古典珍品

经典回到生活　阅读从心开始

中华古典珍品

『中华古典珍品』丛书遴选了清代《四库全书》的精华，而且每一种书在注释、译文、解读等方面做了大量的、扎实的工作。

——傅璇琮

国学就是中国人的学问。『中华古典珍品』是一套非常适合大众阅读的国学经典丛书。国学的传承和发展迫切需要好的大众读本。

——毛佩琦

《四库全书》浩如烟海，真正的必读经典就这百余部。

——任德山

国学是相互通融的，切忌断章或是割裂。今人只有从《周易》等原始经典入手，才能真正找到进入国学的门径。

——刘君祖

中华古典珍品

图解 杜甫集

（唐）杜甫 著
崇贤书院 释译

黄山书社

阅读指南

内容系统全面，引领读者阅读

题解、原文、注释一应俱全，帮助读者更好地领略杜甫诗的萧散自然，沉郁悲凉。

精选诗文篇章，浓缩杜诗精华

以时间为顺序精选杜甫诗篇，再现杜甫诗的精华。

经典古代版画，再现诗文意境

书中精选了二百余幅经典古代版画，直观形象地再现诗文意境，使读者更加深入地理解诗文内涵。

注音随文添加，保证顺畅阅读

将生僻字、多音字读音反复随文标注，为读者顺畅阅读扫清障碍。

精选诗篇

● 精选杜诗名篇，彰显杜诗精华，增强书的可读性。

注释

● 对诗中的生僻字词进行解释，方便读者阅读。
● 对诗中所含的文史知识进行注释，增大信息量。

题解

● 交待诗所产生的时代背景及其在文学史中的重要地位。
● 对诗进行简单的评析，使读者更好地把握诗的主旨。

直接与青、徐二州接壤。诗人在写景之间，巧妙地点出了兖州南楼的地理位置。

上一联是描写空间，接下来的颈联里，诗人又将笔锋转向了颇具沧桑感的兖州历史：秦始皇当初登山留下了《峄山刻石》，如今依然存在；景帝时鲁恭王金碧辉煌的灵光殿，现在却成为一堆瓦砾废墟。

诗人因历史遗迹生出无限感慨，一直都有心去凭吊那些古迹，可是近在眼前却不禁犹豫起来。尾联并未直接描写心理感受，只做出“踌躇”这一典型动作，化抽象为具体，惆怅、犹疑、感慨、沉郁等诸多心理状态通过这简单的两个字淋漓尽致地体现了出来。

房兵曹胡马

题解

这首诗大约写于唐玄宗开元二十九年（741），当时杜甫在洛阳。兵曹，也就是兵曹参军，掌管军防、驿传等事的官吏。房兵曹为何人不详。

胡马大宛名①，锋棱瘦骨成。
竹批双耳峻(jùn)②，风入四蹄轻。
所向无空阔③，真堪托死生④。
骁(xiāo)腾有如此⑤，万里可横行。

［注释］

①大宛：汉西域国名，盛产良马。②竹批：形容马耳之尖，像是竹管削成似的，这是良马的特征之一。批，削。峻：尖锐。③所向：马奔驰所向之处。空阔：指距离很远。④堪：胜任。⑤骁腾：骏马奔驰飞腾。

［诗解］

杜甫原本就善骑射，对马十分喜爱，有很真挚的感情，所以他写的咏马的诗大都十分深刻，借马寄托自己的理想。这首诗便是借马寓志，写得豪放沉雄。

诗人所描写的这匹良马产自大宛。大宛是汉代时西域地区的国家，盛产良马，而良马之中尤以汗血宝马最为著名，号称“天马”。这样一匹良马，体态劲健，棱角分明，这正是杜甫独到的审美眼光所在，“瘦硬方通神”，不同于寻常马匹那样膘肥体壮，鲜明地刻画出这匹胡马的昂藏不凡。

瘦硬是马的整体印象，接下来诗人又集中两个部位进行典型描写：它的耳朵尖锐如同竹管削成，以竹喻马耳，锋利强劲之感顿生。它的四蹄快捷轻盈，远非四蹄风声所能形容，而是“风入四蹄”，奔跑起来的时候让人误以为是马不动而风在动，这一表现手法独具心裁，令读者耳目一新。这两句只点出马耳之峻与马蹄之轻，却以点带面成功地点化出马之神峻，言有尽而意无穷。

前四句是针对胡马的实写，后四句由实转虚，由描写转为抒情。

它所到之处如履平地畅通无阻，这样的良马真可以以性命相托。写到这里，它似乎已经不仅仅是一匹可供骑乘的马，而是一位可靠的朋友。

最后两句总写马的勇猛健壮，以“骁腾有如此”为结总括上文，之后荡开一笔，说“万里可横行”。到这里已经由赞美良马转为赞美房兵曹，诗人希望这匹良马的主人能够驰骋万里。在勉励对方的同时，这也是自己内心的写照。

画鹰

题解

这是一首题画诗，和上一首诗《房兵曹胡马》大约作于同一时期。诗中赞美了画家画技的高超，歌颂了苍鹰的威猛，同时寄托了诗人奋发进取的精神和嫉恶如仇的性格。本诗题画而不拘泥于画，律句中具有古风意味，开创了一个题画诗的新时代。

素练风霜起①，苍鹰画作殊②。
㩳(sǒng)身思狡兔③，侧目似愁胡④。
绦镟(xuàn)光堪摘⑤，轩楹(yíng)势可呼⑥。
何当击凡鸟⑦，毛血洒平芜⑧！

［注释］

①素练：画鹰所用的白绢。②殊：奇异、特殊，指画作出色。③㩳身：耸身，形容收紧身体准备搏击的样子。④似愁胡：苍鹰的眼睛形似发愁的胡人。⑤绦：丝绳，指系鹰的绳子。镟：转轴，指用于系鹰的金属圆轴。⑥轩楹：堂前的柱子，指悬挂画鹰的地方。⑦何当：安得，怎能。凡鸟：一般的鸟。⑧平芜：荒野。

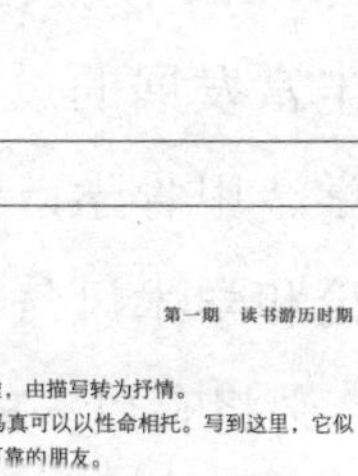

素练风霜起，苍鹰画作殊

［诗解］

题画诗是古代诗歌的特有题材，为了能够更好地表现画意，文人画家们往往会在作品上题留诗作，诗、画相得益彰，二者同时得到了艺术上的升华。

这是一首杜甫早期的题画诗，当时的诗人正值年少，有着积极的进取心，所以诗中也可

选字注音

● 将生僻字选出随文反复标注。
● 将多音字、古今异读字选出随文反复标注。

诗解

● 通过串讲、赏析，使读者更好地理解作品。

古版画插图

● 二百余幅精美版画插图，确保清晰质感。
● 所选版画插图均出自历代名家之手，精妙传神。
● 以图释诗，所选版画插图与诗文内容相互对应，再现诗文意境。

总　序

国学是什么？简单说，国学就是中国人之所以成为中国人的学问。因此，国学不仅包括数千年积累流传下来的经典，比如“四书五经”、《老子》、《庄子》、《孙子》、《史记》、《汉书》、唐诗、宋词，也包含研究中国人思维方式、生活方式、行为方式乃至娱乐方式的各种学问。广言之，国学研究的对象不仅包括文献，也包括实物；不仅包括物质文化遗产，也包括非物质文化遗产，如我国各民族的建筑、服饰、饮食、音乐、绘画、医药、戏曲，等等。

国学是不断丰富、不断发展的学问。上面说的从“四书五经”到唐诗、宋词就是一个不断丰富发展的过程。近代以来，国学的研究范围还在不断地扩大，比如敦煌学、甲骨学，是随着有关文物的出土而兴起的；比如红学，是随着文学理论和学术风气的发展变化而兴起和发展的。随着时间的推移和学术的进步，必将有更多的学问被纳入国学研究的范围。

数千年来，中国人做学问形成了自己独特的理论和方法，比如思想理论、史学理论、文学理论，以及训诂学、考据学、音韵学，等等。但这些理论和方法并不是一成不变的。比如，在史学研究领域，由于地下文物的出土，王国维等人提出了以地下文物与传世文献相补充互证的“二重证据法”。近代以来，西风劲吹。国人主动借鉴西方学术研究的理论和方法，研究中国学问。王国维借鉴尼采的哲学理论研究中国的文学戏剧，胡适以杜威的实验主义研究中国的“国故”。国学从来没有拒绝外国学问的融合，佛教传入中国后，经过改造，形成了中国独特的佛学、因明学；自明朝末年西学传入中国后，中国的天文学、数学等就已经融入了西学的因素。马克思主义传入中国后，不少人用马克思主义理论研究中国历史文化，它们自然也成为了国学的一部分。因此，国学又是开放的、随时代而进步的。那么，当今我们研究、振兴国学，不允许也不应该倒退，不允许也不应该僵化。

然而，国学又是与西学明显区分的。国学是西学的对应物，是与西学完全不同的学术体系。在近代，西学挟坚船利炮强势进入中国之后，中国人还视自我，对于中国固有之学问的称呼出现了中学、国故学、国粹、国学这样的名称。面对“帝国主义”的强大，很多中国人自愧不如，一方面拼命地学习、引进西学，另一方面拼命地贬低、抛弃国学。虽然也有一些人，如张之洞为保护中华文化之根本，提出“中学为体，西学为用”，如胡适，提出“整理国故”，以“再造文明”“建立民族自信心”，但其声音终被时代淹没。国学一再被严重曲解和轻视，造成了中国历史文化的大断裂。也许，这一历史过程是必然的。但回顾过去，中国在走向独立富强的过程中，国学所付出的代价实在太大、太惨重了。

新中国成立后，饱受屈辱的中国人站立了起来，民族自信心大大加强，但没有能够及时认识到国学在新时代的重要性，甚至仅存的一点点国学遗产也进一步成为被抛弃的对象。改革开放三十年之后，走向富强的国人终于幡然醒悟，保护和振兴国学逐渐成为全民的共识。一个强大的自立于世界民族之林的国家，必然要有与之相匹配的伟大的民族文化。中国人，从领导者、学术界到普通百姓，都在重新发现国学的现代价值。同时，在走向全球化的进程中，东西方各国也把目光投向了中国。中国学问，中国的一切都在被重新评价。中国不仅为了自身的建设和发展需要从传统文化中汲取智慧，而且面临着以优秀的中华文化向全人类贡献智慧的责任和挑战。

那么，这套丛书的编纂就是可喜的，编纂者的初衷和努力就是可敬的。希望这套丛书能发挥点滴作用，如同涓涓细水与千百万有志者的努力一道汇成大潮，去迎接中华民族的伟大复兴！

是为序。

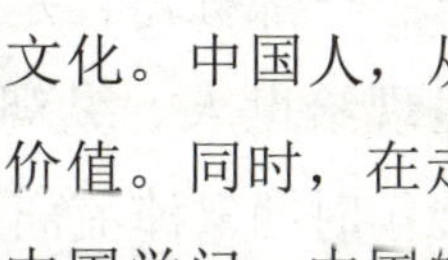

前 言

杜甫，字子美，自号少陵野老，世称“杜工部”“杜老”“杜少陵”。盛唐时期伟大的现实主义诗人，中国古典诗歌的集大成者。他人格高尚、诗艺精湛，在中国古典诗歌中的影响深远，备受推崇。

白居易曾说：“杜诗贯穿古今，尽工尽善，殆过于李。”元稹也曾说：“诗人以来，未有如子美者。”无疑，在白居易、元稹这样负有盛名且影响深远的诗人眼中，杜甫与其诗都是极具魅力的。杜甫亲历了唐由盛至衰的过程，因此与诗仙“李白”相比，杜诗所含的更多的是对国家的忧虑以及对人民疾苦的同情，蕴含了崇高的儒家仁爱精神和强烈的忧患意识。杜甫是伟大的，以至于后人尊他为“诗圣”；杜甫的诗是伟大的，以至于后世将其诗奉为“诗史”。

一部杜诗，是杜甫生活的那个年代的忠实记录，更将一个真实的杜甫呈现给世人。纵观杜甫的一生，少年时期意气风发，青年时期官场失意，壮年时期颠沛流离，老年时期生活凄惨。他既经历了繁荣昌盛的开元时期，又经历了黑暗动荡的安史之乱，遍尝人间冷暖，饱经世态炎凉。即便如此，他仍始终坚持一种积极入世的心态，从不逃避，无论在怎样险恶的形势下，他都没有失去信心。“安得广厦千万间，大庇天下寒士俱欢颜”，这是一个屈居破陋茅舍的文人发出的心声，这里面没有凄冷自怜，没有萎靡不振，反而透露着一股包容天下、振奋天下的豪情。杜甫的魅力，不仅是因为杜甫诗本身思想性和艺术性的难以企及，更多的是诗人自身的人格光彩。

《旧唐书·杜甫传》记载《杜甫集》60卷，自唐起至清末，著录的各类杜集共计4000多种，流传至今的就有200余种。唐代宗大历年间，樊晃编《杜工部小集》6卷，现已不存，今传杜集最早者为北宋王洙、王琪编订的《杜工部集》20卷。本书精选杜诗200余首，其中包括杜甫诗中最经典的篇章《兵车行》、《丽人行》、《自京赴奉先县咏怀五百字》、《北征》、《洗兵马》、“三吏”、“三别”、《茅屋为秋风所破歌》、《闻官军收河南河北》、《八阵图》等名篇，参校其他权威版本，择善而从之，更方便读者对杜诗精华的理解和吸收。

由于相隔了千年之久，现代的人读起杜甫诗来不免有些艰涩难懂，为了帮助读者更好地鉴赏杜诗，最大限度地理解诗文的内涵，在编辑本书过程中我们为每首诗作了题解与注释。题解设计于诗前，简单地介绍诗的写作年代、地点、背景、中心思想等，使读者在鉴赏诗前对诗有个初步的了解，为欣赏诗文做准备。注释设计于诗后，不仅对诗文中出现的生僻字词加以解释，还对诗文中的某些句子进行翻译。此外，杜诗与当时的历史事实紧密相连，为了表达的需要，杜甫在诗中常用典故，为了透彻地理解原诗原意，我们也将这些典故在注释中详加解释。

除此之外，为了缓解文字为读者带来的视觉疲劳，营造一种“诗中有画，画中有诗”的意境，帮助读者最大限度地理解诗文内涵，我们还精选了200余幅与原诗相契合的经典古代版画作为插图。为了保证图书质量，在配图时我们翻阅了大量的中国古代刊刻资料，包括《顾氏画谱》《三才图会》《唐诗画谱》《尔雅音图》等古籍。在选图时，我们严格地按照图文相配、版画清晰的原则，以图释文，使读者在赏心悦目之余，更直观、更形象地理解诗文的意境，以期达到让读者轻松阅读的目的。

最后，我们还考虑到，随着时代的变化，语言文字也会变化，原诗中难免会出现一些生僻字、多音字、古今异读字等，这将给读者的阅读造成障碍，影响读者的欣赏情趣。为了帮助读者顺畅阅读，更好地理解诗文内涵，我们对原诗中出现的一些生僻字、多音字、古今异读字等一一随文注音，这样不仅方便了读者阅读，也强化了读者对标注字词的印象。

杜甫的诗歌，堪称中国古典诗歌的范本；杜甫的人格，堪称中华民族文人品格的楷模；杜甫的思想，更堪称中华民族思想的精华。杜甫的时代已离我们远去，但他伟大的人格魅力依然影响着现代的人们，让我们一起感受诗人的快乐与辛酸，领会诗歌的意境与内涵，与国学经典零距离接触。

目 录

第一期 读书游历时期

第二期 困守长安时期

第三期　陷安史叛军中、为官时期

第四期　漂泊西南时期

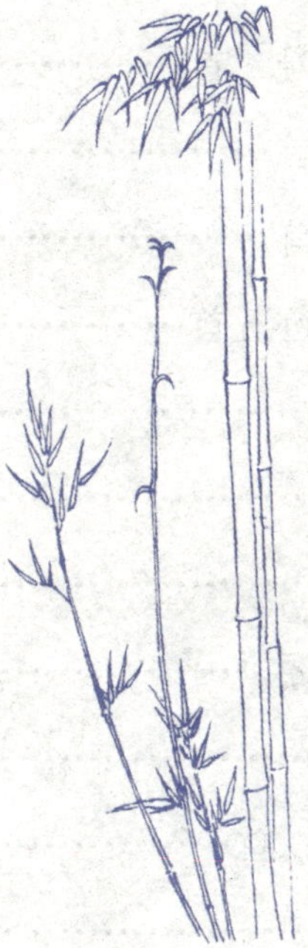

第一期　读书游历时期
（712—745）

第一期收录的是杜甫读书游历时期的作品，包括他三十四岁之前的诗作。杜甫出生在一个“奉儒守官”的家庭，他的祖父杜审言是初唐最负盛名的诗人之一。他自小就受到了良好的家庭教育，加上自幼好学，七岁时便已咏出“七龄思即壮，开口咏凤凰”的诗句。

唐玄宗开元十九年（731），杜甫二十岁，当时正是开元年间的极盛时期，意气风发的杜甫开始了他的游历生涯。他前后一共出游三次，历时十年。第一次出游吴越间（今江苏、浙江一带），他饱览了祖国大好山河以及各种名胜古迹。唐玄宗开元二十三年（735），杜甫为参加进士考试，返回洛阳，但没能考取。于是就在第二年，他开始了第二次游历。这次他游历于齐赵间（今河北、河南、山东一带），当时这里是唐代经济、文化都最为繁华的地区。在这段时间里，风华正茂的诗人生活十分惬意，“放荡齐赵间，裘马颇清狂”。唐玄宗开元二十九年（741），三十岁的杜甫又回到洛阳。约于唐玄宗天宝三载（744），杜甫在这里认识了他一生的挚友、大诗人李白。两个人一见如故，共同出游于梁宋间（今河南商丘一带），这是第三次游历。在游历中杜甫还结识了大诗人高适。三个人结下了深厚的友谊，他们一起谈诗饮酒论文，契阔相合，留下了一段千古梁园佳话。

长时间的南北游历，大大开阔了诗人的视野。一方面，祖国的秀丽山河、名胜古迹以及当时盛唐的繁华，让年轻的诗人心潮澎湃、意气飞扬，诗歌里充满了生机和豪情；另一方面，诗人对社会民生的黑暗现实有了一定的了解。

这一时期，杜甫写得最多也最为成熟的是五言律诗，其次是五言古诗，其他的诗歌体裁都比较少，诗作的篇幅也大都很短。这一时期，可以视为杜甫诗歌创作的准备期。

望岳

题解

这首气势宏大、情思昂扬的写景诗是杜甫现存诗作中最早的一首。杜甫曾于唐玄宗开元二十四年（736）首次游齐赵，这首诗大约作于此时。

岱宗夫如何①？齐鲁青未了②。
造化钟神秀③，阴阳割昏晓④。
荡胸生层云，决眦（zì）入归鸟⑤。
会当凌绝顶⑥，一览众山小！

[注释]

①岱宗：泰山。泰山被尊为五岳之首，故称。宗，长。夫如何：到底怎么样？夫，虚词。②齐：泰山之北，古为齐地。鲁：泰山之南，古为鲁地。未了：没完，未尽。③造化：天地，自然。钟：聚集。神秀：山色的瑰奇绝伦。④阴：山的背阳处，即山北。阳：山的向阳处，即山南。割：分割、划分，这里指区别。昏晓：背阴处如黑夜，向阳处如白昼。⑤决眦：形容张目极视的样子。决，张开。眦，眼眶。⑥会当：定要，古人口语。

[诗解]

岳，是古人对山之高或尊者的称呼，中国名山中有五岳，杜甫这次所望便是五岳之首的东岳泰山。

东岳泰山

诗人首联写初次见到泰山的雄奇，赞叹不已，一时不知该如何形容，不免沉吟测度起来。“夫”本是不表意的虚词，而诗人大胆并巧妙地将其嵌入诗中，成功地将惊叹的心理表现得淋漓尽致。赞叹之余又用夸张的笔调，描写走出了齐鲁大地还能望得见泰山的山色，极言泰山之高大绵长。

颔联说大自然将一切瑰奇绝伦之景都聚集于泰山。之后诗人集中笔力刻画泰山之高绝。高到何等程度？连天蔽日，山南向日处是白昼，而山北背阴处却昏如黑夜。

颈联荡开一笔，转而描写山周围的景物。山中云气升腾缭绕，令人心中为之荡漾。群鸟归山飞入眼帘，极目远望，感觉眼眶几乎都要睁裂。

如此雄壮的景色令诗人流连忘返，于是在尾联产生了登山的想法，一定要登到山顶，才能俯视众山，将美景尽收眼底。

全诗围绕“望”字，热情赞美了泰山的雄伟险峻，抒发了诗人非凡的抱负和胸襟。这时诗人刚刚二十五岁，而此诗气势之高、造句之奇、传诵之广，已经足以证明这位年轻诗人的过人才华。

登兖州城楼

题解

这首诗和前一首诗《望岳》应该都是第一次出游齐赵时所作，是杜甫诗歌中现存最早的一首五言律诗。

东郡趋庭日①，南楼纵目初②。
浮云连海岱③，平野入青徐④。
孤嶂秦碑在⑤，荒城鲁殿余⑥。
从来多古意⑦，临眺独踌躇（chóu chú）。

［注释］

①东郡：兖州，位于今山东西部。趋庭：在父母庭前快走。《论语》中记载孔鲤在庭前见到父亲孔子，“趋而过庭”，后引申为听受父亲教诲。②南楼：兖州南城楼。③海岱：渤海、泰山。④青徐：青州和徐州。⑤秦碑：秦始皇登临峄山时所留刻石。⑥鲁殿：鲁灵光殿，由汉景帝之子鲁恭王所建。⑦从来：向来。古意：思古、怀古之心。

从来多古意，临眺独踌躇

［诗解］

这首诗写了登楼时的所见所感，结构严谨，格律工整，向来多为他人所取法。

首联写诗人因探望父亲之便登上南楼，直接点明主题。而诗人的父亲此时任兖州司马，他前来省视，将“趋庭”的典故用在此处贴切、自然，毫无突兀、堆砌之感。

颔联将视线从楼上投向四野：向上望去，楼顶的浮云蔓延向远方，直到海岱之地；向下望去，几乎可以看见平旷的原野直接与青、徐二州接壤。诗人在写景之间，巧妙地点出了兖州南楼的地理位置。

上一联是描写空间，接下来的颈联里，诗人又将笔锋转向了颇具沧桑感的兖州历史：秦始皇当初登山留下了《峄山刻石》，如今依然存在；景帝时鲁恭王金碧辉煌的灵光殿，现在却成为一堆瓦砾废墟。

诗人因历史遗迹生出无限感慨，一直都有心去凭吊那些古迹，可是近在眼前却不禁犹豫起来。尾联并未直接描写心理感受，只做出“踌躇”这一典型动作，化抽象为具体，惆怅、犹疑、感慨、沉郁等诸多心理状态通过这简单的两个字淋漓尽致地体现了出来。

房兵曹胡马

题解

这首诗大约写于唐玄宗开元二十九年（741），当时杜甫在洛阳。兵曹，也就是兵曹参军，掌管军防、驿传等事的官吏。房兵曹为何人不详。

胡马大宛名①，锋棱瘦骨成。
竹批双耳峻(jùn)②，风入四蹄轻。
所向无空阔③，真堪托死生④。
骁(xiāo)腾有如此⑤，万里可横行。

［注释］

①大宛：汉西域国名，盛产良马。②竹批：形容马耳之尖，像是竹管削成似的，这是良马的特征之一。批，削。峻：尖锐。③所向：马奔驰所向之处。空阔：指距离很远。④堪：胜任。⑤骁腾：骏马奔驰飞腾。

［诗解］

杜甫原本就善骑射，对马十分喜爱，有很真挚的感情，所以他写的咏马的诗大都十分深刻，借马寄托自己的理想。这首诗便是借马寓志，写得豪放沉雄。

诗人所描写的这匹良马产自大宛。大宛是汉代时西域地区的国家，盛产良马，而良马之中尤以汗血宝马最为著名，号称“天马”。这样一匹良马，体态劲健，棱角分明，这正是杜甫独到的审美眼光所在，“瘦硬方通神”，不同于寻常马匹那样膘肥体壮，鲜明地刻画出这匹胡马的昂藏不凡。

瘦硬是马的整体印象，接下来诗人又集中两个部位进行典型描写：它的耳朵尖锐如同竹管削成，以竹喻马耳，锋利强劲之感顿生。它的四蹄快捷轻盈，远非四蹄风声所能形容，而是“风入四蹄”，奔跑起来的时候让人误以为是马不动而风在动，这一表现手法独具心裁，令读者耳目一新。这两句只点出马耳之峻与马蹄之轻，却以点带面成功地点化出马之神峻，言有尽而意无穷。

前四句是针对胡马的实写，后四句由实转虚，由描写转为抒情。

它所到之处如履平地畅通无阻，这样的良马真可以以性命相托。写到这里，它似乎已经不仅仅是一匹可供骑乘的马，而是一位可靠的朋友。

最后两句总写马的勇猛健壮，以“骁腾有如此”为结总括上文，之后荡开一笔，说“万里可横行”。到这里已经由赞美良马转为赞美房兵曹，诗人希望这匹良马的主人能够驰骋万里。在勉励对方的同时，这也是自己内心的写照。

画鹰

题解

这是一首题画诗，和上一首诗《房兵曹胡马》大约作于同一时期。诗中赞美了画家画技的高超，歌颂了苍鹰的威猛，同时寄托了诗人奋发进取的精神和嫉恶如仇的性格。本诗题画而不拘泥于画，律句中具有古风意味，开创了一个题画诗的新时代。

素练风霜起①，苍鹰画作殊②。
㧐(sǒng)身思狡兔③，侧目似愁胡④。
绦镟(xuàn)光堪摘⑤，轩楹(yíng)势可呼⑥。
何当击凡鸟⑦，毛血洒平芜⑧！

[注释]

①素练：画鹰所用的白绢。②殊：奇异、特殊，指画作出色。③㧐身：耸身，形容收紧身体准备搏击的样子。④似愁胡：苍鹰的眼睛形似发愁的胡人。⑤绦：丝绳，指系鹰的绳子。镟：转轴，指用于系鹰的金属圆轴。⑥轩楹：堂前的柱子，指悬挂画鹰的地方。⑦何当：安得，怎能。凡鸟：一般的鸟。⑧平芜：荒野。

素练风霜起，苍鹰画作殊

[诗解]

题画诗是古代诗歌的特有题材，为了能够更好地表现画意，文人画家们往往会在作品上题留诗作，诗、画相得益彰，二者同时得到了艺术上的升华。

这是一首杜甫早期的题画诗，当时的诗人正值年少，有着积极的进取心，所以诗中也可窥见其昂扬的壮志。

首句并未直接写鹰，而是写画鹰的素练，画作上好像突然有风霜凛凛的肃杀之气，给人留下无数遐想。接着方点题，之所以有这种感觉是因为画面上的这只苍鹰实在是太出色了。

颔联从动作和心理入手，进一步描写。它孤身耸立，仿佛是准备捕捉敏捷的野兔，侧目而视的神态像发愁的胡人。虽然鹰在画中，但读者读来似乎是在看真鹰一样。

颈联说为丝绳所系的苍鹰神采飞动，好像去掉束缚就能展翅翱翔，即使挂在堂前柱上，其欲凭空飞去的气势也呼之欲出。“堪”“可”两字恰到好处地点出此鹰是画，非真鹰。

最后两句提升到另一个高度作结，又从画作写到真鹰。如此卓然不群的雄鹰就该使其搏击长空，让那些见之心惊的凡鸟将翎毛、鲜血洒满荒野。此诗名为写鹰，实是喻志，从中可以体察到诗人那种奋发有为的激情和疾恶如仇的性格。

夜宴左氏庄

题解

唐代的地主庄园经济十分发达，很多诗人都拥有自己的庄园，诗中也经常会出现对这些山墅池馆的描写。左氏，姓名不详。这首诗写了夜宴时的情景。时间、地点、事件、景物交代详细，但丝毫不觉繁杂，显示了诗人高超的写作技巧。

风林纤月落①，衣露净琴张②。
暗水流花径③，春星带草堂④。
检书烧烛短⑤，看剑引杯长⑥。
诗罢闻吴咏⑦，扁舟意不忘⑧。

［注释］

①纤月：未弦之月，月牙。②衣露：衣服沾露。净琴：琴音清，故称。张：弹琴。③暗水：因为月亮落下，只能听闻得水声，故称。④带：映带，拖带。⑤检：检阅翻看。⑥引杯长：喝满满的一杯。长，深长。⑦诗罢：诗成。吴咏：用江南之吴音来吟咏诗歌。⑧扁舟：小船。

［诗解］

首句通过勾勒夜景点明时间，说风吹疏林，纤月初落，这正是宴饮的好时节；于是下句紧承而来写出场景，言衣湿凉露，琴声清扬，一派和谐清雅的风味。

接下来两句写月落以后的庄园夜景。因为月已落下，看不到溪流，却还能听到淙淙水声，而星光也因为没有月亮显得尤其明亮。这里“带”字用得最妙，似乎毫不着力，却将星辉洒落草堂的静谧感表现得恰到好处。

铺叙场景之后，诗人开始对宴会的宾主加以刻画。大概是这位姓左的主人有很多藏书，挑书翻看颇为耗时，蜡烛也因此被烧得短了。长剑在手，豪气顿生，连酒喝得也畅快起来。一书一酒，将宴中人的恬淡与潇洒生动地展现了出来。

因为听到席中有人用吴地方言咏诗，诗人于是回想起畅游吴越时的经历，不免非常怀念，于是生出一种异样的亲切感，仿佛又回到了当时那一叶扁舟之上。

临邑舍弟书至，苦雨，黄河泛溢，堤防之患，簿领所忧，因寄此诗，用宽其意

题解

临邑，县名，属于齐州，在今山东。杜甫的弟弟有颖、观、丰、占四人，这首诗中的“舍弟”当是指颖。此诗为五言排律，仅末两句为散行。关于这首诗的写作年代，说法不一。有人认为作于唐玄宗开元二十九年（741），有人则对此表示怀疑，但从诗中的总体情调来看，应当写于困守长安之前，也就是诗人三十五岁以前的作品。

二仪积风雨①，百谷漏波涛。闻道洪河坼（chè）②，遥连沧海高。职司忧悄悄③，郡国诉嗷嗷（áo）④。舍弟卑栖邑⑤，防川领簿曹⑥。尺书前日至，版筑不时操⑦。难假鼋鼍（yuán tuó）力⑧，空瞻乌鹊毛⑨。燕南吹畎（quǎn）亩⑩，济上没蓬蒿⑪。螺（luó）蚌满近郭，蛟螭（chī）乘九皋⑫。徐关深水府⑬，碣石小秋毫⑭。白屋留孤树⑮，青天失万艘⑯。吾衰同泛梗（gěng）⑰，利涉想蟠（pán）桃⑱。却倚天涯钓，犹能掣（chè）巨鳌⑲。

闻道洪河坼，遥连沧海高

［注释］

①二仪：又称“两仪”，指天地。积风雨：风雨不息。②洪河：黄河。坼：裂开，这里指黄河决口。③职司：主管治水防河的官吏。悄悄：形容忧愁的样子。④嗷嗷：象声词，忧愁哀叹声。⑤卑栖：屈身下位。⑥防川：防河。簿曹：官名。⑦版筑：以版夹土夯筑堤防。⑧鼋鼍力：相传周穆王伐楚，至

九江，叱鼋鼍架为桥。⑨乌鹊毛：相传每年农历七月七日，有飞鹊来银河上架桥，使织女牛郎相会。⑩燕南：今河北省南部。畎亩：田间。畎，田中小沟。⑪济上：济南兖州一带。⑫蛟螭：蛟龙，泛指水族。蛟，龙的一种，无角，能发水。螭，无角龙。九皋：深水。⑬徐关：地名，在今山东淄川镇西。水府：指淄川被水淹没。⑭碣石：碣石山，在渤海东边。秋毫：秋天鸟兽新生的细毛，此形容碣石之微小。⑮白屋：百姓所居茅屋。⑯青天：没有狂风暴雨的时候。万艘：极言覆船之多。艘，大船。⑰泛梗：典出《战国策·齐策三》：土偶对桃梗说，我是用西岸的泥土塑成的，不过洪流一来还是化为西岸的泥土，而你是用东岸桃木削成，洪水一来就不知道会漂流到哪里了。后以“泛梗”比喻漂泊。桃梗，用桃木刻成的人偶。⑱利涉：顺利渡水。蟠桃：据《山海经》记载，东海有度朔山，山上有大桃树，屈盘三千里，名曰蟠桃。⑲巨鳌：相传洪灾为巨鳌所致。

[诗解]

这首诗的诗题很长，先说舍弟书信到了，次说久雨河水泛滥；诗则是先说久雨河水泛滥，再说舍弟书至，故写得很不平直，颇有气势。

开篇两句说天地之间凄风苦雨，千川百河因此洪水四溢，一语道破黄河千百年来泛滥的原因。诗人听说黄河决口，洪涛接天如同沧海一样。当地官员忧心如焚，境内灾民愁苦不已。

诗到这里，说的是灾区的惨状，接下来才提到自己的弟弟。诗人的弟弟在这里负责河防，前些天寄来了一封书信，说他那里正日夜加急夯筑河堤，既没有鼋鼍帮助周穆王那样架桥，也不能凭空像牛郎织女那样盼望飞来喜鹊。这次的洪灾非常严重，不仅仅是田地被淹没，城郭之外螺蚌随处可见，深水之中水族横行，徐关已经成为水下之府，碣石山在洪流之中也渺如秋毫。百姓的茅屋被洪水彻底冲毁，只剩下屋边的孤树。即使在没有狂风暴雨的天气里，也会有无数船只在洪水中沉没。诗人用一连串对仗刻画洪灾中的悲惨景象，令人目不暇接，更令人对此有窒息之感。然而到此处诗人笔锋一转，称自己虽然无能得像木刻的偶人一样随波漂流，但是也想摘取蟠桃作为诱饵，远渡天涯去钓上那只兴风作浪的巨鳌。由对民生疾苦的同情转为浪漫的想象，可见诗人胸怀之广大和意气之昂扬。

赠李白

题解

这首诗作于唐玄宗天宝三载（744），是杜甫最早赠给李白的一首诗。

二年客东都①，所历厌机巧②。

野人对腥膻（shān）③，蔬食常不饱④。

岂无青精饭⑤，使我颜色好？

苦乏大药资⑥，山林迹如扫⑦。

李侯金闺彦⑧，脱身事幽讨⑨。

亦有梁宋游⑩，方期拾瑶草⑪。

苦乏大药资，山林迹如扫

[注释]

①客：客居。东都：指洛阳。②所历：凡所经历的。③野人：杜甫的自谦。腥：指鱼类。膻：指牛羊一类的牲畜。④蔬食：蔬菜饭食。⑤青精饭：以糯米染乌饭树汁煮成，饭为乌青色，又称“乌饭”。相传这种饭食之可以益寿延年。⑥大药：金丹。⑦迹如扫：没有足迹，像被扫过一样。⑧李侯：李白。侯，对人的尊称。金闺：金马门，汉时学士待诏处，此指翰林院，李白于唐玄宗天宝元年（742）到长安，玄宗曾命他供奉翰林。彦：指有才华的人。⑨事幽讨：在山林中从事采药和访道的事情。⑩梁宋：开封一带。⑪期：相约。瑶草：传说中的仙草。

[诗解]

此诗前八句为自叙。

诗人在洛阳客居的两年，所经历的无非是奸刁巧诈的事情。他对朱门大户的锦衣玉食厌恶至极，宁愿去吃食不果腹的蔬食粗饭，也不愿沾染上恶俗的腥膻之气。

因为对世俗的厌倦，诗人想到了可以养颜益寿的青精饭，明说青精饭，实际上是在暗示诗人有求仙之想。可是没有炼得金丹的药材，那些显贵们为了求仙，已经派人采光了林中的药材，树林如同被彻底打扫过一样，再没留下一点儿。诗人厌倦都市机巧，羡慕山林归隐的情怀，可是又因为世人的贪求，就连隐居求仙也不可得。写到此处，诗人对世俗的厌恶又加深了一层。

后四句是赠李白之语。

李白这样的人在翰林院中也是卓尔不群的英才，可是因为曾于醉中令高力士为自己脱靴受辱，而终被谗言毁谤，不容于朝堂，于是自求归山，脱离桎梏寻仙去了。刚好诗人在游览梁宋期间与其偶遇，既然同是不得意，同是对世俗感到失望，那不如相约一同前去寻求仙草吧。

诗中充满了对李白惺惺相惜之感，也流露出对行藏出处抉择的困惑。

陪李北海宴历下亭

题解

唐玄宗天宝四载（745）夏天，杜甫第二次出游齐、赵时，李邕在济南历下亭设宴款待杜甫，杜甫便当席赋成此诗。

东藩驻皂盖①，北渚凌清河②。
海右此亭古③，济南名士多。
云山已发兴④，玉佩仍当歌⑤。
修竹不受暑⑥，交流空涌波⑦。
蕴真惬(qiè)所欲⑧，落日将如何？
贵贱俱物役⑨，从公难重过⑩！

［注释］

①东藩：李邕。北海位于京师东面，李邕为北海太守，故称。皂盖：青黑色的车盖。②渚：水中的小块陆地。清河：大清河，古代称为济水，在济南北面。③海右：古人在地理上以西为右，以东为左，济南位于海的西面，故称。此亭：历下亭。④兴：兴会，兴致。⑤玉佩：古代衣带上所佩的玉饰。仍：又、复，和上句的“已”字相呼应。当：相对。⑥修竹：长得很高的竹子。⑦交流：历水与泺水相交，共同流入鹊山湖。空：空自，空劳。⑧蕴真：这里指亭蕴含着真趣。惬：满意，称心。⑨贵：李邕。贱：杜甫的自谓。俱物役：不管公私贵贱，一样被事物所役使，得不到自由。⑩公：李邕比杜甫年长三十四岁，因此诗人称李邕为“公”。

［诗解］

李北海，即李邕，时任北海太守，是当时的文豪书法家。李邕比杜甫年长，故杜甫尊称他为“李北海”而不直呼其名。

全诗分为十二句。前四句写诗人从北渚乘舟经由清河前往历下亭，并申明了前往历下亭的原因。北海郡的历下亭历史悠久，济南有众多的名士。

中间四句主要写了历下亭的内外景物。在亭内，云山已经引发了人们的兴致，歌伎们也正在当筵歌唱。在

云山已发兴，玉佩仍当歌

亭外，由于竹林的荫蔽，遮蔽了暑热，很是凉爽，放眼望去，河水奔流，涌起波浪。

末四句写诗人宴游历下亭的感想。诗人为能在此一游感到很快乐，只是日落西山时终将宴散人去，表现出不胜流连之感。诗人感叹人因受事物所役使，得不到自由，因此发出难以重游之喟叹。

杜甫在诗中赞美了济南的风光以及名士风度，表达了与李邕的深厚友谊，也流露出了一种盛宴难再逢的伤感。

赠李白

题解

这首诗大约是唐玄宗天宝四载（745），李白和杜甫一同出游齐赵时所作，是杜甫现存诗作中最早的一首绝句。天宝三载（744），杜甫和李白在洛阳相识，当时李白被玄宗赐金放还，两人相见甚欢，相约一同出游梁宋。次年，两人又一同出游齐赵，其间两人一同饮酒、骑马、射猎、诗文唱和，感情甚笃。同年秋，两人在鲁郡（今山东兖州）分别，于是杜甫写下这首赠别诗。

秋来相顾尚飘蓬①，未就丹砂愧葛洪②。

痛饮狂歌空度日③，飞扬跋扈（bá hù）为谁雄④？

①秋来：二人相会的季节。相顾：相对而视，见到彼此的样子。飘蓬：蓬为草本植物，容易随风飘荡，比喻人的漂泊不定。②未就：没有成功。丹砂：朱砂，道家认为可以将朱砂炼制成丹药，服用可以益寿延年。葛洪：东晋道士，自号抱朴子，曾在今广东惠州的罗浮山炼丹。③空度日：白白地浪费时间，虚度年华。④飞扬跋扈：超出常规，狂傲不羁。为谁雄：到底是为谁而如此任性逞强呢？

痛饮狂歌空度日，飞扬跋扈为谁雄

［诗解］

这是一首七言绝句，是杜甫写给李白的赠别诗。当时杜甫和李白二人在仕途上失意，李白遭奸佞排斥，被迫离开长安，在齐鲁漫游，与杜甫相会。

诗首句写李杜二人仕途失意，像飘蓬一样四处漂泊。当时杜甫考进士未中，而李白也因得罪高力士、杨贵妃等人而被放还。两人由于有着相同坎坷遭遇，因而情志相投。

次句写李白素来好神仙之道，曾一度自己炼制丹药，并在济州跟随道士高如贵受了“道箓”（道教的一种入教仪式），但丹药一直都未曾炼成。而杜甫也曾一道渡黄河登王屋山访道士华盖君，但因为华盖君去世，没能见到，因而说“愧葛洪”。

后两句是朋友之间相规劝的话，末句的规劝之意尤其明显。李白年轻时好任侠和剑术，曾手刃数人，且又傲视一切，但当世已无知己，又何必如此不羁呢？诗人在这里的意思是希望李白以后不要痛饮狂欢，虚度时日，太过任性使气，应该收敛一些。杜甫虽然嗜酒，但一向不甘于“空度日”，虽然也豪放，但又不以“跋扈”为然，故以此规劝李白。

在这首七言绝句中，杜甫用短短的几句话写出了李白的傲骨嶙峋、狂放不羁的性格特点，为李白的不幸遭遇鸣冤的同时，为自己抱屈。

第二期　困守长安时期
（746—755）

第二期为困守长安时期，主要包括杜甫从三十五岁到四十四岁的十年间的诗作。这十年间，杜甫几乎一直住在长安，而这些诗作也几乎都作于长安。

唐玄宗天宝五载（746），杜甫怀着“致君尧舜上，再使风俗淳”的火热激情从洛阳来到长安，但迎接他的却是一次又一次的残酷打击和黑暗现实。他再次参加科举，却因李林甫的操纵再次落第。一直到唐玄宗天宝十载（751），杜甫才因献上《三大礼赋》意外地获得玄宗赏识，但到最后还是没得到任何官职。由于政治上一直受挫，杜甫入仕无门，生活陷入了困顿落魄的状态，过着“朝扣富儿门，暮随肥马尘”的屈辱艰辛的生活。杜甫在长安困顿了十年之久，到了唐玄宗天宝十四载（755），他才被授予一个八品以下的小官，而当时安禄山也正蠢蠢欲动，将要发动安史之乱。

在长安的经历对杜甫而言有着重要的意义，尤其是对他诗歌创作中的深刻冷峻的现实主义精神的形成有着不可或缺的意义。他来到长安，一方面代表他青年时代游历生活的结束，另一方面也代表一段崭新的具有社会、政治内容的游历生活的开始。杜甫在长安的这段游历生活是黑暗的，处境是困顿的，感受是痛苦的，这些都和他那奋发有为、昂扬壮大的志向是相违的，但是对于诗人的成长是必要和必需的，如果没有这段痛苦生活的经历，也许杜甫就不会取得那么高的成就，也不会有文学史上流传至今的《兵车行》《丽人行》《自京赴奉先县咏怀五百字》，中国文学史也会为之减色不少。

安禄山反叛兵戈举

这一时期，大唐帝国日益走向衰弱，安史之乱正在酝酿，长安作为当时的政治、经济和文化中心，汇集了一切最繁华、最精粹的东西，但它同时是罪恶的渊薮，是权势豪贵作福作威、颐指气使的地方。杜甫在这里也经历了一段甚为蹇舛困顿的生活。理想的受挫，使杜甫开始正视黑暗的现实，在目睹了上层阶级的骄奢淫逸，又接触到广大人民的困苦艰辛后，吟唱出了“朱门酒肉臭，路有冻死骨”的千古绝句。

在这十年中，杜甫写了一百多首诗。落魄而坎坷的生活，扩大了杜甫诗歌创作的领域，也拓展了他诗歌的篇幅，二百字以上的诗歌更是常见，甚至出现了五百字的长篇。在体裁上，这一时期他写了很多的七言古诗，这是第一期所没有的现象。也许这种不拘格律的“长句”更适合杜甫书写悲愤激动的心情。

饮中八仙歌

题解

这首诗大约写于唐玄宗天宝五载（746），是杜甫初到长安时所作。这首诗是追述诗歌中的八人，虽然他们都曾在长安待过，但不是同时在长安，杜甫通过饮酒的角度把他们联系在一起。诗中描写了他们嗜酒的爱好和各自醉后的形态，既写了他们共同的豪放不羁，又勾画出了他们的鲜明个性。

知章骑马似乘船①，眼花落井水底眠②。汝阳三斗始朝天③，道逢曲车口流涎④，恨不移封向酒泉⑤。左相日兴费万钱⑥，饮如长鲸吸百川⑦，衔杯乐圣称避贤⑧。宗之潇洒美少年⑨，举觞（shāng）白眼望青天⑩，皎如玉树临风前⑪。苏晋长斋绣佛前⑫，醉中往往爱逃禅⑬。李白一斗诗百篇，长安市上酒家眠。天子呼来不上船，自称臣是酒中仙。张旭三杯草圣传⑭，脱帽露顶王公前⑮，挥毫落纸如云烟⑯。焦遂五斗方卓然⑰，高谈雄辩惊四筵（yán）⑱。

[注释]

①知章：贺知章，自号四明狂客。似乘船：形容骑在马上的醉态，摇摇晃晃。②眼花：醉眼昏花。③汝阳：汝阳王李琎，唐玄宗的侄子，杜甫曾为他的宾客。④曲车：酒车。涎：口水。⑤移封：改换封地。酒泉：酒泉郡，据称郡城下面有泉，水的味道如酒，故称“酒泉”。⑥左相：李适之。⑦长鲸吸百川：形容李适之豪饮的狂态。⑧衔杯：贪杯。⑨宗之：崔宗之，吏部尚书之子，官至侍御史。⑩觞：酒杯。白眼：传说晋代的阮籍能做青白眼，对于尊敬的人以青眼相看，对于那些庸俗迂阔者，则以白眼相看。⑪玉树临风：形容崔宗之酒后醉态萧飒，因其貌美，故被喻为“玉树”。⑫苏晋：开元年间担任户、吏的两部侍郎。长斋：长期斋戒，指佛教徒不吃荤腥，不饮酒等。绣佛：用彩色丝线绣成的佛像。⑬逃禅：不守佛教戒律。⑭张旭：吴中人，性嗜酒，善狂草，时人誉之为“草圣”。⑮脱帽露顶：形容张旭狂放不羁的神态。⑯如云烟：形容张旭书写的草书飞动

知章骑马似乘船，眼花落井水底眠

鲜活，宛如天上云烟。⑰焦遂：当时的布衣之士。卓然：神采飞扬，精神焕发的样子。⑱惊四筵：让四座的人都为之惊起。古代筵席一般都是分四面而坐，故称。

［诗解］

这是一首别具一格的描写人物的诗，句句押韵，一韵到底，结构十分独特，别具匠心。

这首诗乍一看似乎很乱，实际上却是很有条理。诗人依照顺序分别吟咏八人，且不拘泥于句数的多少，在首、尾、中腰各用两句，前后或三或四，在变化中仍有条理性。在八人当中，贺知章的资历最老，于是放在了第一位，余下的人则是按照官职，从王公宰相一直说到了平民布衣。

在八人当中，关于李白的描写最多，大概是因为八人中李白的成就最大，将李白豪放桀骜的性格刻画得生动立体。"一斗诗百篇"，是说李白饮酒只一斗便可以写出诗作百篇，不但酒兴豪爽，而且文思敏捷。杜甫诗中写八人的醉态，直接以人物速写的笔法，将他们嗜酒、豪放、旷达的性格充分描写出来，生动展现了盛唐时期文人士大夫乐观、豁达的风貌。

春日忆李白

题解

这是唐玄宗天宝六载（747）春，杜甫到达长安以后不久所作。

白也诗无敌①，飘然思不群②。
清新庾(yǔ)开府③，俊逸鲍(bào)参军④。
渭北春天树⑤，江东日暮云⑥。
何时一樽(zūn)酒⑦，重与细论文⑧。

［注释］

①也：语气助词，表示强调。诗无敌：诗歌造诣无人可以匹敌。②思不群：才思远远高于一般人。③庾开府：庾信，六朝末期的著名诗人，曾担任北周的骠骑大将军、开府仪同三司，故称。④鲍参军：鲍照，刘宋时曾担任前军的参军，写有著名的七言诗《行路难》。⑤渭北：渭水北岸，指长安一带，是当时杜甫的所在地。⑥江东：今江苏南部和浙江北部一带，是当时李白的所在地。⑦樽：古代盛酒的器具。⑧论文：论诗。

［诗解］

唐玄宗天宝四载（745）秋，杜甫和李白在鲁郡分别后，就没有再见过面，于是

何时一樽酒，重与细论文

作此诗表达对李白的深切怀念，以及对李白诗歌的高度评价。

诗的前四句一气呵成，高度赞美了李白的诗歌。首句称赞李白的诗歌造诣无人匹敌。第二句对上一句进行了解释说明。诗人称，李白的诗歌之所以无人匹敌，在于李白才思敏捷超绝，不同凡响。三、四句以古代两位负有盛名的诗人来赞美李白诗作，说他的诗有着庾信的诗一样的清新自然，有着鲍照的诗一样的俊朗飘逸。在这里，杜甫以庾信、鲍照来赞美李白之诗兼具二人之长，从中可以看出杜甫对李白诗歌的推崇。自古文人相轻，但杜甫赞扬李白“诗无敌”，可见他对李白的诚心叹服以及自己的谦逊态度。

五、六两句主要写了杜甫和李白各自所在地方的景致。这两句寓情于景，写二人各居一处，天各一方，却又彼此相互怀念。这两句看似平淡，实则字字含情，感情自然流露其中，让人为之动容。最后两句，诗人说出了自己的期盼，说不知何时才能与好友李白一起把酒论诗。杜甫喜欢和李白共同讨论诗文，当年李杜同游齐鲁时，曾多次互相讨论彼此写诗的心得，并在自己的诗集中常常提到这段佳事。只可惜此后这两位大诗人没能再度见面，杜甫一直为此感到遗憾。与李白一起把酒论诗，是杜甫记忆中最难以忘怀的事。全诗以此结束，与诗的开头相互呼应，表达了诗人希望与好友早日重聚。

送孔巢父谢病归游江东，兼呈李白

题解

这首诗是唐玄宗天宝六载（747）春杜甫在长安时所作，是杜甫诗集中一首最早的七言古诗。孔巢父，字弱侯，《旧唐书》中有其传记，载其早年曾和李白、韩准等六人在山东徂徕山隐居，号“竹溪六逸”。安史之乱平定后，他才开始出来做官。当时，孔巢父在长安拒绝就职，谢病而去，意欲东游吴越，有一蔡姓的友人为之设宴饯行，杜甫便于此次宴会上写下此诗相赠。当时李白正在浙东，杜甫在诗中也怀念他，所以说“兼呈”。

巢父掉头不肯住[①]，东将入海随烟雾[②]。诗卷长留天地间，钓竿欲拂珊瑚树[③]。深山大泽龙蛇远[④]，春寒野阴风景暮[⑤]。蓬莱织女回云车[⑥]，指点虚无是归路[⑦]。自是君身有仙骨[⑧]，世人那得知其故[⑨]。惜君只欲苦死留[10]，富贵何如草头露[11]。蔡侯静者意有余[12]，清夜置酒临前除[13]。罢琴惆怅月照席[14]，几岁寄我空中书[15]？南寻禹穴见李白，道甫问讯今何如[16]？

［注释］

①掉头：摇头，表示毫不犹豫。不肯住：不肯留在长安。②海：东海。③珊瑚树：由珊瑚虫聚集而成，形状如树，生长于热带深海之中，古人误以为是植物，故称。④远：远去，指避世隐居。⑤春寒：点明送别的季节。⑥蓬莱：传说中东海的三座仙山之一。织女：星名，神话传说中天帝的孙女，这里以织女来泛指仙子。⑦虚无：此指虚无缥缈的神仙世界。归路：归宿。⑧仙骨：仙风道骨，指巢父能够成仙。⑨知其故：知道巢父弃官访道的原因。⑩苦死留：唐时的方言，即拼命挽留。⑪草头露：草上的露水，形容极容易消逝。⑫蔡侯：生平不详。侯，对人的尊称。静者：恬静的人，代指不眷恋富贵、淡泊名利的人。⑬前除：庭前台阶。除，台阶。⑭罢琴：弹完琴。惆怅：伤感。⑮空中书：此指巢父的来信。⑯问讯：问候。

［诗解］

这首诗写巢父意在求仙访道，故诗中多有缥缈恍惚之语，带有浓厚的浪漫色彩，充满丰富的想象，在某种程度上可以看出杜甫早期所受到的屈原的影响。

巢父

全诗篇幅较长，而结构井然。前十二句写巢父谢病归游，多处讲到了神仙的事情。接下来四句写蔡侯的饯别，抒发依依惜别之情。此时别人都在挽留巢父，唯独蔡侯一人能够参透，设宴欢送，其情意更为深厚。最后两句则是“兼呈”李白，诗人希望巢父见到李白时，能代其向李白问好。此时李白正游历于吴越之间，而巢父也是前往此处，便说“见李白”，表达了对李白的想念之情。

高都护骢马行

题解

这首诗写于唐玄宗天宝八载（749）。唐代设有六大都护府，以统辖边疆地区。安西都护府设立于贞观年间，高仙芝曾出任安西副都护。天宝八载，高仙芝奉诏入朝，此时杜甫正困守于长安，看到了高仙芝带来的西域良马，便借骢马来表达自己政治理想不能实现的慨叹。

安西都护胡青骢(cōng)①，声价欻然来向东②。此马临阵久无敌，与人一心成大功③。功成惠养随所致④，飘飘远自流沙至⑤。雄姿未受伏枥(lì)恩⑥，猛气犹思战场利。腕促蹄高如踣(bó)铁⑦，交河几蹴(cù)曾冰裂⑧。五花散作云满身⑨，万里方看汗流血⑩。长安壮儿不敢骑，走过掣(chè)电倾城知⑪。青丝络头为君老⑫，何由却出横门道⑬？

［注释］

①安西都护：此指高仙芝。唐在龟兹设立安西都护府，高仙芝曾出任安西副都护。胡青骢：西域的良马。骢，青白色的马。②声价：声誉和地位。欻：同“忽”，忽然。③与人一心：马通人性，和主人同心。④惠养：得到周到备至的豢养。随所致：听从主人的心意。⑤流沙：泛指西北的沙漠地区。⑥未受：不愿意接受。枥：马槽。⑦腕促：腕节粗短。蹄高：指马蹄高厚。踣铁：指马蹄的坚硬，踏地如铁。⑧几：不止一次。曾：同“层”。⑨五花：指马毛的颜色斑驳。云满身：身如云锦。⑩汗流血：相传汉代西域大宛国有千里马，征战奔跑时，流出的汗颜色如血。⑪掣电：闪电，形容马奔驰的速度极快。倾城：全城。⑫青丝络头：用青丝做的马笼头。⑬何由却出：如何才能出去作战。横门道：指可以通向西域的大道。横门，汉代时长安城西北头的第一门之名称。

［诗解］

高仙芝是我国古代北方少数民族高句丽人，唐代将领。他于唐玄宗天宝六载（747）平定勃律国，因此建功。高仙芝于天宝八载入朝，次年又征伐石国，这首诗大概作于他入朝、出征前的这段时间。

安西都护胡青骢，声价欻然来向东

这首诗是七言诗，分为四段，每段分为四句。前四句主要说明骢马的来历。它原本是一匹在西域扬名立功的良马，如今来到东方后声价骤增。这一段既写骢马的品格和感情，也写了马在战场上勇猛无比，和主人一同立下战功。

次四句写骢马的性格。这一段诗紧接上文，骢马以前在西域立下战功，如今却随主人入朝，被豢养在马厩里。然而骢马不甘心接受伏枥豢养的恩惠，时刻不忘上沙场建功。此处写骢马愿意去战场建功，实际上是杜甫借马来暗喻自己。当时杜甫虽然“涕泪受拾遗”，但仍然管“闲事”，这就是所谓的“未受伏枥恩”。

接下来四句写骢马的骨相才气，两句写腕蹄，两句写身躯。骢马的腕节粗短，马蹄高厚，踏地如铁，不知有多少次将交河上的冰层踏破，写出了马的飒爽英姿。

最后四句写此马的志向。青丝络头、老死于槽枥之间，并非是青骢马的意愿，只是如何才能重新奔驰于战场呢？全诗意象宏大，杜甫的人格也由此可见。

奉赠韦左丞丈二十二韵

题解

这首诗写于唐玄宗天宝七载（748）。韦左丞，指韦济，当时韦济为尚书左丞，他十分赏识杜甫的诗。当时杜甫困守于长安，同时应试落第，心情消沉，想离开长安出游，于是写了这首诗向韦济告别，以表达自己的感激之意。

纨袴(kù)不饿死①，儒冠多误身②。丈人试静听，贱子请具陈③。甫昔少年日④，早充观国宾⑤。读书破万卷⑥，下笔如有神⑦。赋料扬雄敌⑧，诗看子建亲⑨。李邕(yōng)求识面⑩，王翰愿卜邻⑪。自谓颇挺出⑫，立登要路津⑬。致君尧舜上⑭，再使风俗淳⑮。此意竟萧条，行歌非隐沦。骑驴十三载，旅食京华春⑯。朝扣富儿门，暮随肥马尘⑰。残杯与冷炙，到处潜悲辛⑱。主上顷见征⑲，欻然欲求伸⑳。青冥却垂翅㉑，蹭蹬无纵鳞㉒。甚愧丈人厚㉓，甚知丈人真。每于百僚上，猥(wěi)诵佳句新。窃效贡公喜㉔，难甘原宪贫㉕。焉能心怏怏㉖？只是走踆(qūn)踆㉗。今欲东入海㉘，即将西去秦㉙。尚怜终南山㉚，回首清渭滨㉛。常拟报一饭，况怀辞大臣㉜。白鸥没浩荡㉝，万里谁能驯㉞？

读书破万卷，下笔如有神

［注释］

①纨袴：用细绢做成的裤子，是富贵子弟的标志，这里以物代人。袴，同“裤”。②儒冠：儒巾。古代没有进入仕途的读书人所戴的帽子，这里以物代人，是杜甫自谓。③贱子：杜甫自称。具陈：细细叙说。④少年：唐玄宗开元二十三年（735），杜甫由乡贡参加进士考试，时年二十四岁，故称。⑤充：充当。观国宾：参观国光的王宾，指参加科举考试。⑥破：指读书要

骑驴三十载，旅食京华春

读得烂熟透彻，了然于心。万卷：形容读书很多。⑦如有神：形容思维敏捷，纵横自如，犹如神助。⑧扬雄：字子云，西汉著名赋作家。敌：匹敌。⑨子建：曹植的字，曹植为建安时代的诗人。亲：接近。⑩李邕：字泰和，唐代书法家，曾做北海太守。⑪王翰：字子羽，唐代著名诗人。卜邻：选择邻居。⑫自谓：自以为。挺出：特出。⑬要路津：比喻重要的职位。津，渡口。⑭上：超过。⑮淳：淳朴。⑯京华：京师。春：形容长安城的繁华。⑰肥马：此处以物代人，代指那些“纨袴”之流。⑱潜悲辛：指将悲哀痛苦埋藏在心头。潜，藏。⑲顷：不久之前。⑳欻：同“忽”。求伸：企求能实现致君尧舜的志向。㉑青冥：青云、天空。㉒蹭蹬：失势的样子。㉓愧：愧对。㉔贡公：西汉人贡禹。贡禹和王吉为友，听闻王吉贵显，于是“弹冠”相庆，因为知道自己也将出头。此处杜甫以贡禹自比，期待韦济推荐提拔自己。㉕原宪：孔子的弟子，以贫穷著称。㉖怏怏：气愤难平。㉗踆踆：迟疑不前的模样。㉘东入海：此指归隐避世。㉙秦：本指秦地，此处代指长安。㉚怜：怜爱，舍不得。㉛回首：表示留恋之意。㉜大臣：韦济。㉝白鸥：杜甫的自比。㉞谁能驯：谁可以拘束我？

[诗解]

这首诗是杜甫困守长安十年时期写下的求人援引的诗篇。

唐玄宗天宝七载（748），韦济担任尚书左丞前后，杜甫曾经赠给他两首诗，希望能够得到他的提拔。韦济虽然很赏识杜甫在诗歌方面的才华，却没有给他实际的帮助，因此杜甫写了这首诗。杜甫二十四岁时前往洛阳应试进士落选，到写这首诗时已经过去了十三年。杜甫在仕途道路上四处碰壁，素志难以实现，往日的报国之心早已化作满腔的牢骚和愤慨。

杜甫在诗中陈述了自己的才学和抱负，倾吐了仕途失意、困顿长安十余年的窘状，并对当时黑暗的社会和政治现实进行了抨击。诗人表示如果在长安没有找到出路，就去归隐，决心离开长安了。全诗不卑不亢，慷慨陈词，抒写胸臆，将心中长期郁积的对统治阶级的愤慨全部发泄出来。全诗语言真切动人，是杜甫自述生平的一首重要作品。

乐游园歌

题解

这是一首有着独特诗风的七古长篇，作于唐玄宗天宝十载（751），是杜甫在长安时期的作品。

乐游古园崒(zú)森爽①，烟绵碧草萋萋长②。公子华筵(yán)势最高③，秦川对酒平如掌④。长生木瓢示真率⑤，更调鞍马狂欢赏⑥。青春波浪芙蓉园，白日雷霆夹城仗⑦。阊阖(chāng hé)晴开昳(dié)荡荡⑧，曲江翠幕排银榜⑨。拂水低徊舞袖翻，缘云清切歌声上⑩。却忆年年人醉时⑪，只今未醉已先悲⑫。数茎白发那抛得？百罚深杯亦不辞⑬！圣朝亦知贱士丑⑭，一物自荷皇天慈⑮。此身饮罢无归处，独立苍茫自咏诗。

［注释］

①崒：险峻，用以形容高貌。森爽：森疏而萧爽。②烟绵：云烟笼罩。绵，延绵、笼罩。③公子：指筵席主人杨长史。势最高：筵席在园中的地势最高处。④秦川：原为水名，又名樊川，此处指长安周围的平原。对酒：面对着酒。平如掌：平原平坦得犹如手掌一样。⑤长生木瓢：用长生木做成的酒瓢。示真率：展现真诚与坦率。⑥更调鞍马：饮酒以后又请客人乘马游赏。调，戏弄、游戏。狂欢赏：发狂一样地欢喜游乐。⑦白日雷霆：形容仪仗的气势和声音。仗，仪仗。⑧阊阖：原指天门，此指宫殿门。昳荡荡：阔大。⑨翠幕：指贵族们在游宴时所搭的精美帐幕。排银榜：形容翠幕数量很多，犹如空中浮云，势排银膀。银榜，宫殿门顶上高悬的匾额。⑩缘云清切：形容歌声嘹亮。⑪年年：往年。人：杜甫的自谓。⑫只今：现在。⑬百罚：多次罚酒。深杯：满杯，指痛饮。⑭圣朝：有道之邦，暗指唐代。贱士：杜甫的自谓，和杜甫自称自己是“腐儒”“弃物”一样，都是愤激语。丑：愧耻。⑮一物：一草一木。

公子华筵势最高，秦川对酒平如掌

［诗解］

晦日，即正月晦日（农历正月最后一天），唐代以正月晦日、三月三日、九月九日为三令节。到了德宗时，大臣李泌请求废去正月晦日，以二月朔作为中和节。乐游园，即乐游原，为汉代宣帝时所建，位于长安东南郊，地势极高，登此园远眺，四下皆敞亮，是唐时登高游赏之胜地。每到三月、九月登高之日，便有各色人等登此园，或鼓女乐，或赋新诗，热闹非常。此时杜甫在长安的生活已经日益困顿，诗中言语多感慨。此诗写园中宴会情景，以景寓情，抒发自己年衰而不遇的悲情。

诗的前段十二句写乐游园筵宴以及园内外的景色。诗以乐游古园发端，顺理成章。诗的前段从乐游古园写到曲江、芙蓉园，从写景到写事，将诗的范围从景物扩展到了生活，为后面的叙述作了铺垫。诗的后八句，诗人借酒遣怀，先是感叹年老而功业无成，继而慨叹怀才不遇，从对身世的感叹延伸到对时世的悲叹，不禁满怀凄凉，吟咏出此诗。全诗从筵宴游赏的事情，联系到统治者歌舞欢乐、穷奢极欲的生活，感叹政治黑暗，是一首有着广阔生活内容而又充满想象力的作品。

投简咸华两县诸子

题解

这首诗大约作于唐玄宗天宝十载（751）冬，当时旅居长安的杜甫正处于贫病交加的困境中，因此便写书信给友人，诉说他当下饥寒、贫病交加的状况。投简，投赠书简。咸华，即咸阳和华原两县，在今陕西境内。诸子，即诸位友人。

赤县官曹拥才杰①，软裘快马当冰雪②。长安苦寒谁独悲？杜陵野老骨欲折③。南山豆苗早荒秽(huì)④，青门瓜地新冻裂⑤。乡里儿童项领成⑥，朝廷故旧礼数绝⑦。自然弃掷与时异⑧，况乃疏顽临事拙。饥卧动即向一旬⑨，敝衣何啻(chì)联百结⑩。君不见空墙日色晚，此老无声泪垂血⑪！

南山豆苗早荒秽，青门瓜地新冻裂

[注释]

①赤县：此指长安。官曹：官吏的办事机构，办事处所。拥：拥挤，极言数量之多。②软裘：轻裘，也指狐裘。③杜陵：位于长安城南，秦朝时为杜县地，汉宣帝葬在这里，故称。杜甫曾在此居住过一段时间，自称“杜陵野老”“杜陵布衣”。④荒秽：荒芜。⑤青门瓜：秦时的东陵侯召平，曾在长安城东的青门外种瓜，故称为“东陵瓜”“青门瓜”。青门，长安城

的东门。⑥乡里儿童：此指骂小官僚的话，晋时诗人陶渊明曾将督邮骂作“乡里小儿”。项领成：脖子硬挺，形容乡间小吏自高自大，目中无人。⑦礼数绝：断绝了来往。礼数，礼节。⑧自然：理之当然。弃掷：被朝廷抛弃，不被重用。与时异：和时局不同，不合时宜。⑨动即：一动就是。一旬：十来天。⑩何啻：岂止，何止。⑪此老：杜甫自谓。无声：无言。

[诗解]

这首七言诗是杜甫寄给咸阳、华原两县县府里的友人的诉苦之作。诗的前四句用长安显贵们的荣华生活衬托诗人的穷困和寒酸。前两句是钦羡的口吻，次两句则以问答方式进行唱叹，诗人的满腔愤慨溢于言表。诗人在诗中化用东陵侯召平青门外种瓜的典故，对自己的境况进行了一番描述，说南山种的豆苗早就已经荒芜，而青门外所种的瓜也被冻裂了，喻指自己不但衣着苦寒，而且为饥饿所苦。困顿中的诗人需要他人的帮助，却处处遭白眼，乡间小吏自高自大、目中无人，连朝廷中的故交亲友也断了往来。

后四句诗人宕开一笔，直言自己忍饥而卧，十来天一动也不动，并说这种情况经常发生，并非一次两次了。最后诗人将自己的境遇告诉咸阳和华原两县的友人，说自己饥寒交迫、贫病交加，却又无处可以诉说，唯有默默泣血。

贫交行

题解

这首诗大概作于天宝中期，当时诗人困守在长安，为了求得一官半职，四处求人，饱受世态炎凉、人情冷漠的滋味，因此愤而作成此诗。

翻手作云覆手雨①，纷纷轻薄何须数。

君不见管鲍贫时交②，此道今人弃如土③。

[注释]

①覆：颠倒。②管鲍：管仲和鲍叔牙，春秋时齐国人。管仲早年与鲍叔牙交好，管仲贫困，也曾欺骗过鲍叔牙，但是鲍叔牙始终善待管仲，后人于是以“管鲍”来比喻情谊深厚的朋友。③弃：丢弃、抛弃。

[诗解]

这是一首描写贫贱之交的诗歌。

首句“翻手作云覆手雨”，给人一种势利之交让人可畏的感觉。在你得意时人们会像云彩一样向你靠近，而当你失意时人们又会像雨一样离开。这一句将诗人亲身体会到的世态炎凉生动地展现出来。次句写诗人满含悲愤，道出了诗人对世风的轻蔑和憎恶之情。在如此黑暗、冷酷的社会中生活，使诗人感到了悲哀和绝望。最后两句写诗人在失望之中，想起了古代管仲和鲍叔牙的交谊。早年管仲与鲍叔牙交好，管仲贫困，也曾欺骗过鲍叔牙，但是鲍叔牙始终善待管仲，被后人传为佳话。诗人以管鲍之间的友谊坚如磐石，衬托出“今人”的轻薄。“此道今人弃如土”一句生动形象地表达了诗人的无奈的感慨。

杜甫在诗中运用正反比手法和夸张的语气，反复咏叹，一吐心中的愤懑与悲辛。

兵车行

题解

这是一首“即事名篇，无复依傍”的新题乐府诗，也是一首反对唐玄宗不断发起不义战争的政治讽刺诗，大概作于唐玄宗天宝十载（751）。

车辚（lín）辚①，马萧萧②，行人弓箭各在腰③。爷娘妻子走相送，尘埃不见咸阳桥④。牵衣顿足拦道哭，哭声直上干云霄。道旁过者问行人⑤，行人但云点行（háng）频⑥。或从十五北防河⑦，便至四十西营田⑧。去时里正与裹头⑨，归来头白还戍边。边庭流血成海水，武皇开边意未已⑩。君不闻汉家山东二百州⑪，千村万落生荆杞。纵有健妇把锄犁，禾生陇亩无东西。况复秦兵耐苦战⑫，被驱不异犬与鸡。长者虽有问⑬，役夫敢申恨⑭？且如今年冬⑮，未休关西卒⑯。县官急索租，租税从何出？信知生男恶⑰，反是生女好。生女犹得嫁比邻⑱，生男埋没（mò）随百草。君不见青海头⑲，古来白骨无人收。新鬼烦冤旧鬼哭⑳，天阴雨湿声啾（jiū）啾㉑。

车辚辚，马萧萧，行人弓箭各在腰

［注释］

①辚：车轮的声音。②萧萧：马的嘶鸣声。③行人：出行之人，此指被征发的士兵。④咸阳桥：位于咸阳西南的渭水之上，秦汉时名“便桥”。⑤过者：指杜甫自己。⑥点

况复秦兵耐苦战，被驱不异犬与鸡

行：征兵用语，指按照户籍名册强制征兵从军。频：频繁、多。⑦或：不定指代词，有的人。十五：此指年龄。防河：唐代时吐蕃经常侵扰黄河以西地区，朝廷于是在河西一带进行防御，故云。⑧四十：此指年龄。营田：指屯田，军队无战事时在官田耕种。⑨里正：唐时的制度，每一百户设一里，负责管理户籍、检查民事、催促赋役等事。裹头：古代以皂罗即黑绸三尺裹头，称为“头巾”，因为年小从军，所以里正为之裹头。⑩开边：以武力来开辟边疆。意未已：意图还没有休止。⑪汉家：汉朝，此借指唐朝。山东：当时华山以东的地区。⑫秦兵：关中的士兵。耐苦战：能够顽强苦战。⑬长者：征夫对诗人的尊称。⑭敢申恨：不敢申说自己的愤恨冤屈，即“敢怒不敢言”。⑮今年冬：唐玄宗天宝十载（751）冬。⑯休：罢，停止。⑰信知：深知、确知。恶：不好。⑱比邻：近邻。⑲青海头：青海边上，唐军和吐蕃等少数民族曾在此处交战。⑳新鬼：新战死的士兵。㉑啾啾：象声词，唧唧，一种呜咽之音。这里是想象中的新鬼、旧鬼一同发出的悲惨呜咽声。

[诗解]

行，乐府歌曲体裁的一种。杜甫没有套用《从军行》之类的乐府旧题，而是自创新题，书写新事。天宝以来，唐王朝的统治者开始实施以掠夺财富为目的的“开边”政策，不断对西南、西北的少数民族边疆地区发动战争。此时的战争已经不再是安定边疆，而是不义之战。

据《通鉴》记载：唐玄宗天宝十载（751）四月，剑南节度使鲜于仲通率领八万军队征讨南诏，结果在西洱河大败，死伤六万余人。为扩充兵力，朝廷便在两京（长安和洛阳）地区及河南、河北地区招募士兵。当时人们听说云南多为瘴疠之地，不等交战，士卒死伤者就会有十之八九，于是无人肯来应募。杨国忠便派御史在各个道路上捉人，将壮丁驱遣到前方战区，一时间造成行者作死别，父母妻子奔走相送，哭声震天。

全诗分为前后两大段，以回答的形式，先记事后记言。第一段写道边亲人送别的惨状，爷娘妻子全都奔走相送，是为记事；“问行人”以下为第二大段，记录征夫的诉苦，是为记言。诗人借征夫之口，进行客观的、具体的描写，有很强的感染力。

丽人行

题解

这首诗大约作于唐玄宗天宝十二载（753）春。唐玄宗后期一味宠幸杨贵妃，生活奢侈、荒淫、糜烂。杨国忠依靠杨氏姐妹的裙带关系而飞黄腾达，为相以后更是权倾朝野。当时的唐王朝政治日趋腐败，风雨飘摇，这首新题乐府便是由此而发。

三月三日天气新[1]，长安水边多丽人。态浓意远淑且真[2]，肌理细腻骨肉匀[3]。绣罗衣裳照暮春，蹙(cù)金孔雀银麒麟[4]。头上何所有？翠为㔩(è)叶垂鬓唇[5]。背后何所见？珠压腰衱(jié)稳称身[6]。

就中云幕椒(jiāo)房亲[7]，赐名大国虢(guó)与秦。紫驼之峰出翠釜[8]，水精之盘行素鳞[9]。犀箸(zhù)厌饫(yù)久未下[10]，鸾刀缕切空纷纶[11]。黄门飞鞚不动尘[12]，御厨络绎送八珍[13]。箫鼓哀吟感鬼神，宾从杂遝(tà)实要津[14]。

后来鞍马何逡(qūn)巡[15]，当轩下马入锦茵[16]。杨花雪落覆白蘋[17]，青鸟飞去衔红巾[18]。炙手可热势绝伦[19]，慎莫近前丞相嗔(chēn)[20]。

[注释]

①三月三日：即上巳日。唐代长安城中的士女大都在这一天外出游赏曲江。②态浓：姿态浓艳。意远：神气高远。淑且真：形容十分端庄，贤淑而不做作，这里是反语。③肌理细腻：皮肤细嫩光滑。匀：匀称。④蹙金孔雀银麒麟：此指衣服上用金银线绣有孔雀和麒麟。蹙金，一种金线刺绣工艺。⑤翠：一种翡翠鸟的羽毛。㔩叶：妇人的首饰。鬓唇：鬓边。⑥腰衱：裙带。⑦就中：其中、从中。云幕：云雾似的帐幕。椒房：汉代皇后的居室。汉代皇后的宫室的墙壁以椒和泥所涂成，故称。称皇后的亲属为“椒房亲”。⑧紫驼之峰：驼峰，一种珍贵的食物。⑨水精：水晶。素鳞：白色的鳞鱼。⑩犀箸：用犀牛角制作的筷子。厌饫：吃腻。⑪鸾刀：饰有银铃的刀。缕切：细切。空纷纶：此指厨师们白忙活了一阵。⑫黄门：指代宦官。鞚：马勒头。⑬御厨：指天子的厨

三月三日天气新，长安水边多丽人

房。⑭杂遝：杂乱众多。实：表示嗟叹的口气。要津：本指重要的路口，此指杨国忠兄妹的家门。⑮后来鞍马：此指丞相杨国忠。逡巡：徘徊不前，有旁若无人、趾高气扬的意味。⑯轩：指门户。锦茵：锦织成的地毯。⑰杨花雪落：杜甫以“杨花雪落”的景致来揭露杨国忠和其妹虢国夫人的暧昧行为。杨花，暗指杨氏兄妹。⑱青鸟：神话传说中西王母的使者，也指给男女之间传递消息的人。红巾：妇人所用的红手帕。⑲炙手可热：气焰嚣张，声势灼人。绝伦：无人可比。⑳丞相：指杨国忠。嗔：发怒。

[诗解]

这首诗通过描写杨氏兄妹游赏曲江的情景，揭露上层社会奢侈、荒淫、腐朽的丑态，从侧面反映安史之乱爆发前夕的社会现实。

这首诗分为三段。首二句是全诗的提纲。细写丽人的姿态服饰之美，以此引出杨氏姐妹的貌美。“就中”二句点出讽刺的主角。紧接着细写宴饮的奢华以及杨氏姐妹所得到的宠幸。末段则写杨国忠的嚣张气焰以及无耻之态。

杜甫采取了严格的写实方法，写眼前所见，不空发议论，对杨氏兄妹骄奢淫逸的生活作了尽情揭露。诗中展现了极高的讽刺艺术，全诗无一讽刺语，而讽刺之意毕现，手法极为高妙，是一首绝妙的讽刺诗。全诗笔调细腻生动，叙述得体，具有很高的艺术性。

前出塞九首

题解

《出塞》为乐府横吹曲名，汉乐府中有《出塞》《入塞》，是西汉音乐家李延年根据西域的乐曲而创造，主要以边疆的战斗生活为题材。这里是杜甫借这一乐府旧题来写当时的时事。杜甫写有多首《出塞》，先写的九首题为《前出塞》，后写的五首题为《后出塞》。这九首诗是为天宝末年边将哥舒翰出兵吐蕃而作。

其　一

戚戚去故里①，悠悠赴交河②。
公家有程期③，亡命婴祸罗④。
君已富土境⑤，开边一何多⑥！
弃绝父母恩，吞声行负戈。

[注释]

①戚戚：形容愁苦的样子。②悠悠：漫漫、遥远的样子。交河：位于今新疆维吾尔自治区的吐鲁番。③公家：官家。有程期：赶赴交河还有一定期限，需要在规

定的日期内到达。④婴：触犯。祸罗：灾祸的罗网。⑤富土境：唐朝管辖的领土疆域已经足够辽阔。⑥开边：此指发动开拓边疆、争夺土地的不义战争。

捷下万仞冈，俯身试搴旗

其　二

出门日已远，不受徒旅欺①。

骨肉恩岂断？男儿死无时②！

走马脱辔头③，手中挑青丝④。

捷下万仞冈⑤，俯身试搴旗⑥。

[注释]

①徒旅：军中的伙伴。②死无时：时刻都有死掉的可能。③走马：跑马。脱：拔掉，去掉不用，形容骑术十分高超。辔头：马笼头。④青丝：马的缰绳。挑：信手挑着。⑤捷下：飞驰而下。⑥试搴旗：练习拔取军旗。搴，拔取。

其　三

磨刀呜咽水①，水赤刃伤手。

欲轻肠断声②，心绪乱已久。

丈夫誓许国③，愤惋复何有？

功名图麒麟④，战骨当速朽⑤。

[注释]

①呜咽水：此指陇头水。陇头，陇山，在今陕西陇县。②轻：轻忽，没有听见。肠断声：陇头水呜咽的水声。③丈夫：征夫的自谓。誓许国：决心将生命献给国家。④图麒麟：西汉时，汉宣帝曾令画工画霍光、苏武等十八名功臣的画像于麒麟阁中，以示表彰、褒奖之意。⑤当：表面上似乎是甘心这样，其实是不甘心。

其　四

送徒既有长①，远戍亦有身②。

生死向前去，不劳吏怒嗔！

路逢相识人，附书与六亲③。

哀哉两决绝④，不复同苦辛！

［注释］

①送徒：押送征夫。长：头目，指率领征夫的官吏。②远戍：征夫的自谓。③附书：捎信。六亲：父、母、兄、弟、妻、子。④决绝：永别。

其　五

迢迢万里余①，领我赴三军。
军中异苦乐②，主将宁尽闻？
隔河见胡骑③，倏（shū）忽数百群④。
我始为奴仆⑤，几时树功勋⑥！

［注释］

①迢迢：遥远的样子。②异苦乐：苦乐不均匀。③河：交河。骑：骑兵。④倏忽：很快，一会儿工夫。数百群：形容胡兵数量极多。⑤为奴仆：当时戍边的战士多为边将役使。⑥几时：何时。树：立。

其　六

挽弓当挽强①，用箭当用长。
射人先射马，擒贼先擒王。
杀人亦有限②，立国自有疆③。
苟能制侵陵④，岂在多杀伤？

［注释］

①挽弓：拉弓。②限：限度。③疆：疆界。④制侵陵：制止侵犯、侵略。侵陵，侵略。

挽弓当挽强，用箭当用长

其　七

驱马天雨雪①，军行入高山。
径危抱寒石，指落层冰间②。
已去汉月远③，何时筑城还？
浮云暮南征④，可望不可攀！

［注释］

①雨雪：下雪。②指落：手指被冻掉。层冰：冰层。③汉月：此指整个中国。

汉代时国力强盛，声名远播，后世一般以汉借指中国，又因唐代和汉代一样强盛，因此唐人常以汉寓唐。④南征：向南征伐。

其　八

单于寇我垒①，百里风尘昏。
雄剑四五动②，彼军为我奔③。
虏其名王归④，系颈授辕门⑤。
潜身备行列⑥，一胜何足论？

[注释]

①单于：汉代时匈奴君主的称号，此处泛指边疆少数民族的君主首领。②雄剑：古代传说宝剑有雌雄二剑，这里泛指武器。四五动：挥动宝剑不费多大力气。③彼军：敌军。奔：败北、奔逃。④名王：匈奴中有声望的首领。⑤辕门：军营的门。辕，车前驾牲口的直木。⑥潜身：藏身。备：备位，充数。行列：指队伍。

其　九

从军十年余，能无分寸功①？
众人贵苟得②，欲语羞雷同③。
中原有斗争，况在狄与戎④？
丈夫四方志，安可辞固穷⑤？

[注释]

①能无：同“岂无”“宁无”，估计，揣度。分寸功：极言战功的微小。②众人：一般的将士。苟得：贪争战功和奖赏。③欲语：想说。雷同：雷声响起，四周都有回应，指人云亦云。④狄：古代对北方少数民族的称呼。戎：古代对西部少数民族的称呼。⑤固穷：坚守志向，不失气节。

中原有斗争，况在狄与戎

[诗解]

这组诗的主题思想是讽刺唐玄宗的开边黩武，集中描写了一个征夫十年戍边的过程，以点带面，反映了战争带给人民的沉重苦难以及军中赏罚不公的种种弊端。

组诗采用了第一人称的写法，让征夫直接对读者诉说，寓主观于客观之中，既可以畅所欲言，又不会有直斥时政的罪状。诗的结构十分紧凑，从第一首的出门到第九首的论功，循序渐进、次序井然，浑然一体。此外这组诗着重对人物的心理进行了刻画，塑造了一个勇敢、淳朴和谦逊的士兵形象。

在唐代的诗歌作品当中，很少有以议论取胜的，而杜甫的这组诗以议论高妙见称。开边扩土的战争，是事关国家安危的大事，统治者应慎重考虑，诗人以此表达自己的看法，反映了其热爱和平、渴望安定的思想。

同诸公登慈恩寺塔

题解

这首诗作于唐玄宗天宝十一载（752）秋。诸公指的是岑参、高适、薛据和储光羲。他们四人一同登慈恩塔，各自写了一首登塔的诗，其中薛据的一首诗失传，其他三人的诗都有留存。杜甫在诗下有自注：“时高适、薛据先有此作。”可见当时杜甫作此诗是在其后，所以说“同诸公”。

高标跨苍穹[1]，烈风无时休。自非旷士怀[2]，登兹翻百忧[3]。方知象教力[4]，足可追冥搜[5]。仰穿龙蛇窟[6]，始出枝撑幽[7]。七星在北户[8]，河汉声西流[9]。羲(xī)和鞭白日[10]，少昊行清秋[11]。秦山忽破碎[12]，泾(jīng)渭不可求[13]。俯视但一气，焉能辨皇州？回首叫虞(yú)舜，苍梧云正愁。惜哉瑶池饮[14]，日晏昆仑丘[15]。黄鹄去不息[16]，哀鸣何所投？君看随阳雁[17]，各有稻粱谋[18]！

［注释］

①高标：此处指塔。苍穹：青天。②旷士：旷达超世之士。③兹：此指慈恩寺塔。翻：反而。④象教：佛教常假借形象以教人，故佛教也被称为“象教”。⑤冥搜：探幽，原指深入探究事物的底蕴，后也指构思写作。⑥龙蛇窟：龙蛇的洞穴。塔内的道路弯弯曲曲，如同穿龙蛇的洞窟。⑦枝撑：塔中交错的柱子。⑧七星：北斗七星。⑨河汉：指银河。⑩羲和：古代传说中日神的御车者，故用“鞭”字。⑪少昊：古代神话中秋天的神。⑫秦山：终南诸山。忽破碎：凭高远望，因山势大小错杂，犹如破碎一般。⑬泾渭：泾河和渭河。泾河水清，渭河水浑，泾河的水流入渭河时，清水、浊水互不相混。这里暗指政治黑暗，善恶不明。⑭瑶池：古代神话传说中昆仑山上的仙境，西王母居住于此处。⑮晏：迟、晚。⑯黄鹄：一种大鸟。这里比喻贤人，也含有自比之意。去不息：指遭到排斥，被迫高飞远走。⑰随阳雁：雁为候鸟，秋

季由北向南，春日由南向北，随着气候的冷暖而迁徙，故云。此处比喻自私自利的小人。⑱稻粱谋：原指禽鸟寻觅食物的方法，此处比喻小人一味谋取个人私利。

［诗解］

慈恩寺塔也称“大雁塔”，位于今陕西西安市南，为三藏法师玄奘所立，至今仍在。

当时唐廷政治黑暗，“口蜜腹剑”的李林甫把持相位十九年，玄宗则沉溺于酒色，不管朝政。此时杜甫在长安困顿达六七年之久，依然应试不第，干谒未果，找不到出路，因此杜甫在诗中寄寓了自己的感慨和讽刺。

诗的开头两句写慈恩塔之高，气概不凡。次二句诗人委婉言怀，言自己并非旷达之士，所以登塔不但没有消解忧愁，反而触景伤情，增加了无限愁思。

接下来四句抛开忧虑，转而对塔进行描绘，突出塔的奇险。前两句写想象中的夜景，后两句写黄昏时登临时的景色，并且点明了登塔的季节。诗人站在塔的最高处，眼前北斗七星仿佛清晰可见，似乎就在塔的北窗口，银河似乎在向西流动，发出声响。诗人紧接着写俯视所见，因而发出感慨，成为全篇的中心。诗人在塔上远眺，山势大小错杂，犹如破碎一般，以景物的模糊，象征时局的昏暗。

高标跨苍穹，烈风无时休

后八句诗人借事寄寓感慨。时值朝廷政治黑暗，玄宗日益昏聩，不辨善恶忠奸，故杜甫远望时不禁想起虞舜之类的贤君。诗人最后指斥那些趋炎附势的小人，就像迁徙的候鸟一样，为了谋生而追逐私利。

诗中采用比兴的象征手法，将对现实社会的讽刺蕴含在对景物的描写和对故事的感叹之中，曲折含蓄，耐人寻味。

送高三十五书记十五韵

题解

高三十五，即大诗人高适，唐人惯用排行作为称呼，表示对其尊敬和亲切。当时高适出任河西节度使哥舒翰的掌书记。唐玄宗天宝十一载（752），哥舒翰入朝，高适随其一同来到长安，这首诗大约作于这一时期。

崆（kōng）峒小麦熟①，且愿休王师②。请公问主将③，焉用穷荒为④？饥鹰未饱肉⑤，侧翅随人飞。高生跨鞍马⑥，有似幽并儿⑦。脱身簿尉中[8]，始与捶楚辞[9]。借问今何官，触热向武威[10]？答云一书记，所愧国士知[11]。人实不易知，更须慎其仪[12]。十年出幕府[13]，自可持军麾(huī)[14]。此行既特达[15]，足以慰所思。男儿功名遂[16]，亦在老大时[17]。常恨结欢浅[18]，各在天一涯。又如参与商[19]，惨惨中肠悲。惊风吹鸿鹄，不得相追随。黄尘翳(yì)沙漠[20]，念子何当归[21]。边城有余力[22]，早寄从军诗。

[注释]

①崆峒：山名，位于今甘肃省定西市西部。②休：休兵。王师：唐朝军队。③公：高适。主将：哥舒翰。④穷荒：贫瘠边远的地方。⑤饥鹰：比喻高适。⑥跨鞍马：借指从戎。⑦幽并：幽州和并州。幽州在今河北，并州在今山西。⑧簿尉：封丘县尉，高适最初所做的官。⑨捶楚：鞭挞，杖刑。⑩触热：冒着炎热。武威：郡名，在今甘肃省。⑪国士：全国才能杰出超众的人。⑫慎其仪：慎言慎行，谨慎从事。⑬幕府：将帅在外的营帐。⑭军麾：指挥所用的军旗。⑮特达：特别突出，前途远大。⑯功名遂：功成名就。⑰老大时：高适此时已经五十多岁了，故云。⑱结欢浅：刚相聚却又要分散，故云。⑲参与商：参星和商星。这两颗星此出彼没，永无相见之时，此处借以说明分手以后就难以再得相见。⑳翳：遮蔽、遮掩。㉑何当：何时。㉒边城：指武威。

[诗解]

这是一首送别诗人高适的诗。诗题中的“高二十五”即高适，是杜甫年轻时的好友。天宝十一载（752），高适随歌舒翰入朝，在长安与杜甫相遇，杜甫作诗送给他。

高生跨鞍马，有似幽并儿

全诗分为三部分。首四句为第一部分，写边事并点出送别高适的本旨，希望能够休兵息民，早日停战。“饥鹰未饱肉”至“亦在老大时”十八句为第二部分，写高适的为人，既有诗人对高适的赞赏，也有对其的忠告。这一部分可分为三节，每节六句。第一节总写高适的为人，深含赞叹之意；第二节是对高适的忠告；第三节则是祝贺高适的前程。“常恨结欢浅”至篇末为第三部分，写离别之情，并叮嘱其寄诗相回。“边城有余力，早寄从军诗”两句是对高适的殷殷寄语，希望他在边城有时间时，早点将在军中所写的诗歌寄来给我。

这首诗表现了杜甫对时局的忧虑和对朋友的规劝之情，诗句诚挚恳切，令人感动。

曲江三章章五句

题解

这组诗大概作于唐玄宗天宝十一载（752）。杜甫在长安一直蹇舛不得志，先后两次参加科举考试皆落第，后又献赋，虽得玄宗赏识，却仍未能谋得官职。这一年，杜甫又参加应诏，同样未能如愿。仕途上的坎坷失意，让杜甫悲愤满怀，于是在当年秋游玩曲江时写下这组诗作，以抒发心中的悲愤。

其 一

曲江萧条秋气高，菱（líng）荷枯折随风涛，
游子空嗟垂二毛①！白石素沙亦相荡②，
哀鸿独叫求其曹③。

［注释］

①游子：杜甫自谓。二毛：头发有黑、白两种颜色，指年纪已老。②白石素沙：河底的白石、素沙，此处形容当时的秋景。③哀鸿：鸿雁哀鸣。曹：同类。

其 二

即事非今亦非古①，长歌激越捎林莽②，
比屋豪华固难数③。吾人甘作心似灰④，
弟侄何伤泪如雨⑤。

［注释］

①非今亦非古：既非今体，也不是古体。②长歌：引声而歌，长歌当哭之意。激越：歌声浑厚高亢。捎：摧折。林莽：丛生的草木。③比屋：屋子连着屋子，形容屋子很多。④吾人：诗人自己。心似灰：自己对功名富贵已经心灰意冷了。⑤何伤：何必伤心。

其 三

自断此生休问天①，杜曲幸有桑麻田②，
故将移住南山边③。短衣匹马随李广，

看射猛虎终残年④。

［注释］

①自断：自己判断。休问天：不必问天。②杜曲：地名，位于长安南面，杜甫的祖籍地。③故将：所以就，这两个字承接上句而来。南山：曲江在终南山北边，故说“南山边”，暗指自己将要归隐。南山，终南山。④残年：余生。

［诗解］

曲江，又名“曲江池”，是汉武帝时建造，因为水流宛转曲折而得名。开元年间，玄宗对其大加修整，一时成为游玩的胜地。曲江风景优美，南有芙蓉苑，西有杏园以及慈恩寺。

全诗共三章，每章都是七言五句，且都是在第三句作顿，很有特点，这种形式为杜甫独创的“连章体”。第一章诗人借写曲江秋季萧条，悲叹自己怀才不遇的境地。前两句写曲江萧条的景象，诗中以景起兴，景随情迁。第三句写诗人旅居长安，郁郁不得志，感秋悲叹，岁月荏苒，年岁老成，逢此萧秋，不禁空自叹息。末二句写曲江水下的白石素沙摇荡不定，鸿雁悲哀鸣叫，诗人触景生情，加剧了孤独、飘零之感。

第二章写诗人吟诗解忧。首句写诗人即事吟诗，随意抒怀，结果吟咏出来的既非今体，也不是古体。次句写诗人引吭高歌，歌声浑厚高亢，声动草木。第三句写曲江一带豪华宅第数不胜数，在写景的同时隐约流露出一种悲愤之情。末二句写诗人对功名已经心灰意冷，同时劝弟侄辈不必为他的处境伤心。

第三章写诗人感到仕途无望，意欲归隐，表达其内心的愤懑之情。首句写诗人预见到将来自己的前途，无须再去问天了。次两句写诗人打算回祖籍地隐居，隐含着一种无可奈何的情绪和思乡之情。末二句写诗人欲学李广在终南山中打猎射虎，嗟叹自己的怀才不遇。

夏日李公见访

题解

这首诗是天宝末年杜甫在长安时所作。诗中写杜甫居所的夏日景色，以及主客共欢、殷勤劝酒之情态，用语平实，所写景物皆是寻常的村家情事，却巧于结构的布置，让整首诗情态宛然，曲折生动。

远林暑气薄①，公子过我游②。贫居类村坞③，僻近城南楼。旁舍颇淳朴，所须亦易求。隔屋唤西家，借问有酒否？墙头过浊醪（láo）④，展席俯长流。清风左右至，客意已惊秋。巢多众鸟喧，叶密鸣蝉稠⑤。苦遭此物聒（guō）⑥，孰谓吾庐幽？水花晚色净⑦，庶足充淹留。预恐樽（zūn）中尽⑧，更起为君谋。

[注释]

①薄：稀少，稀薄，指远林暑气稀薄，可以避暑。②过：拜访，探问。③村坞：村庄。坞，村外筑土形成的小土堡。④过：递过来。浊醪：浊酒。⑤稠：众多。⑥此物：指蝉。聒：吵闹。⑦水花：莲花。⑧预：提前，先。

巢多众鸟喧，叶密鸣蝉稠

[诗解]

李公，即李炎，当时为太子家令。

这首诗是杜甫写景诗当中的一首佳作。诗中描写的是盛夏时诗人在农舍邀请李炎畅饮之事。全诗结构严谨，层次鲜明，只见顿挫而不见沉郁。

诗的前四句相互呼应，表明此地距离闹市很远，幽远寂静。诗人的生活虽然贫困，但是有浊醪、美景和乐音，因此邀请客人留下一起喝酒。次两句说此地的民情淳朴，有需要也会很容易求到，不像都市中那些富贵人家那样虽富有却吝啬。“墙头过浊醪，展席俯长流”两句写因为村居之所，比邻而居，只隔一道矮墙，东西可以直接从墙头递过来。这里是说向邻居借的酒隔着墙头递了过来，可见邻居的热情、诗人与邻居关系的和谐。此时正好是秋天，诗人接着写秋天好像知道客人的意愿，刮起阵阵秋风。下两句为对偶句，写林间鸟儿嬉戏、蝉鸣，为下一句进行铺垫。诗人认为这里太吵了，并不像别人认为的那样幽静，诗人借此来表达心中的苦恼。至于招待的东西，因为村野僻远，没有什么好东西可以拿来款待客人，只好将此间美好的景色充作留客之物，可见杜甫的幽默。喝着、说着，诗人又怕酒水不足，于是“更起为君谋”，想办法为客人去找酒，展现了诗人的淳朴、豪爽。

秋雨叹三首

题解

这组诗大约作于唐玄宗天宝十三载（754）秋。

其　一

雨中百草秋烂死，阶下决明颜色鲜①。

著叶满枝翠羽盖[2]，开花无数黄金钱。
凉风萧萧吹汝急，恐汝后时难独立[3]。
堂上书生空白头[4]，临风三嗅馨香泣。

[注释]

①决明：决明草，豆科植物，可用作药材，用来明目，故名。②羽盖：用鸟的羽毛制成的车盖。③汝：你，此指决明草。后时：以后的时间，即秋后岁暮天寒之时。④堂上书生：杜甫。

其　二

阑风伏雨秋纷纷[1]，四海八荒同一云[2]。
去马来牛不复辨，浊泾(jīng)清渭何当分？
禾头生耳黍(shǔ)穗黑[3]，农夫田父无消息[4]。
城中斗米换衾裯[5]，相许宁论两相值？

[注释]

①阑风伏雨：连绵不断的秋雨。②四海八荒：广阔边远的地方。四海，古人认为中国四境有四海环绕，故以其代指天下。八荒，八方荒远之地。③禾头生耳：由于久下大雨，庄稼又长出了耳朵形状的新芽。黍穗黑：庄稼不耐久雨，穗子都被淋得发黑而将烂掉。④无消息：据《资治通鉴》记载，唐玄宗天宝十三载（754）八月，唐玄宗担忧长时间的大雨会危及庄稼，杨国忠却不顾人民死活，只想讨好邀功，就专门取那些尚完好的庄稼献给玄宗，并上报说，雨虽大，但并没危害庄稼。玄宗信以为真，于是灾情日益严重，而没有人敢说出实情，因此杜甫有“无消息”之叹。⑤衾裯：被褥、床帐等卧具。

其　三

长安布衣谁比数[1]？反锁衡门守环堵[2]。
老夫不出长蓬蒿，稚子无忧走风雨。
雨声飕(sōu)飕催早寒，胡雁翅湿高飞难[3]。
秋来未曾见白日，泥污后土何时干[4]。

[注释]

①长安布衣：杜甫自谓。谁比数：指没有人瞧得起，没有人关心“我”的死活。②衡门：横木做门，是贫者的居处。环堵：四堵墙，形容居室狭小、简陋。

③胡雁：北方的大雁。④后土：大地。

[诗解]

据《唐书·韦见素传》记载，当时天降大雨，一直下了六十多天，不但田中庄稼被淹没，连百姓居住的房屋墙舍也倒塌损毁，人民深受其苦。

这组诗共三首，第一首是借物寓意，慨叹自己老大无成；第二首是实写久雨摧伤农作物，感叹百姓所遭的苦难；第三首是感伤自己的穷愁潦倒，并兼叹百姓所遭受的灾难一时间生活很难恢复。这三首诗都用赋的手法，而其中兼有比意，各有所讽，寓意深切。诗作形象地描述了当时的情景，表现出很强的忧患意识。诗人写这组诗，在感叹阴雨连绵的同时，更是感叹百姓生活的艰苦。

九日寄岑参

题解

这首诗作于唐玄宗天宝十三载（754）的重阳节，和前面的《秋雨叹》应当是同时之作。

出门复入门[①]，雨脚但仍旧[②]。所向泥活活[③]，思君令人瘦。沉吟坐西轩，饭食错昏昼。寸步曲江头[④]，难为一相就[⑤]。吁嗟乎苍生，稼穑(sè)不可救！安得诛云师[⑥]？畴(chóu)能补天漏？大明韬(tāo)日月[⑦]，旷野号禽兽。君子强逶迤(wēi yí)[⑧]，小人困驰骤[⑨]。维南有崇山[⑩]，恐与川浸溜[⑪]。是节东篱菊，纷披为谁秀[⑫]？岑(cén)生多新语[⑬]，性亦嗜醇酎(zhòu)[⑭]。采采黄金花[⑮]，何由满衣袖？

菊花

[注释]

①复：多次，再三再四。②雨脚：雨丝，雨线。③所向：所到之处。泥活活：形容走在泥泞中发出的声响。④寸步：形容离得十分近。⑤相就：相访。⑥云师：云神，名为丰隆，一说名为屏翳。⑦大明：日月。韬：韬晦，隐藏。因为昼夜都在下雨，所以日月尽晦。⑧君子：朝廷官员。逶迤：委蛇，形容从容自在的模样，这里是反语。⑨小人：平民和仆役，他们只能徒步，所以困于奔走。⑩崇山：长安城南的终南山。⑪溜：水流迅急。⑫纷披：花盛开。这

里是说菊花纷纷盛开，游人却又不能前往赏玩，故说“为谁秀”。⑬岑生：岑参。新语：新诗。⑭醇酎：醇酒。⑮采采：盛貌。黄金花：代指菊花。

［诗解］

岑参，唐代著名的边塞诗人，和高适齐名，杜甫的诗友之一。岑参在长安时，经常和杜甫结伴同游。这首诗以诗人被连日大雨所阻，不能和岑参一同在重阳佳节结伴饮酒赏菊一事表达遗憾，由此传达出对天灾给人民带来深重灾难的深切同情。诗作表现出杜甫每时每刻都关心民生的崇高情怀，也表示出对朝政的讽刺。

奉先刘少府新画山水障歌

题解

唐玄宗天宝十三载（754），因为连日秋雨成灾，长安乏食，杜甫只好携家眷一同前往奉先。这首诗即是在奉先时所作。

堂上不合生枫树①，怪底江山起烟雾②！闻君扫却《赤县图》③，乘兴遣画沧洲趣④。画师亦无数，好手不可遇。对此融心神，知君重毫素⑤。岂但祁岳与郑虔(qián)⑥，笔迹远过杨契丹⑦。得非玄圃(pǔ)裂⑧？无乃潇湘翻⑨？悄然坐我天姥下⑩，耳边已似闻清猿⑪。反思前夜风雨急⑫，乃是蒲城鬼神入⑬。元气淋漓障犹湿⑭，真宰上诉天应泣⑮。野亭春还杂花远⑯，渔翁暝踏孤舟立⑰。沧浪水深青溟阔⑱，欹(qī)岸侧岛秋毫末⑲。不见湘妃鼓瑟时⑳，至今斑竹临江活。刘侯天机精㉑，爱画入骨髓。自有两儿郎，挥洒亦莫比㉒。大儿聪明到，能添老树巅崖里。小儿心孔开㉓，貌得山僧及童子。若耶溪㉔，云门寺。吾独胡为在泥滓(zǐ)㉕？青鞋布袜从此始㉖！

不见湘妃鼓瑟时，至今斑竹临江活

［注释］

①堂上：厅堂中。不合：不应当。②底：什么，六朝时期方言。③君：指刘单。扫却：画成。赤县图：华夏图景，此应指长安或者奉

先县的风景画。④沧洲趣：是说所见的山水画上的隐士们流连于山水之间的乐趣。⑤毫素：作画所用的毛笔和绢素。⑥祁岳与郑虔：杜甫同时代人，工于山水画。⑦杨契丹：隋朝的著名画家。⑧得非：莫不是。玄圃：也作“县圃”，位于昆仑山之巅，是仙人居住的地方。⑨潇湘：潇水和湘水，湖南的两条河流，在湖南零陵县处合流。⑩天姥：山名，在浙江新昌，杜甫早年游历吴越时曾登此山。⑪清猿：叫声凄清的猿猴。⑫反思：回想。⑬蒲城：即奉先县。鬼神入：鬼神下降。⑭元气淋漓：形容笔墨之酣畅饱满。元气，天地造化的自然之气。障犹湿：因为障上的画是新画成的，墨迹尚未干，所以说“障犹湿”。⑮真宰：指造物主。⑯野亭：指画面里的山中之亭。春还：春回大地，指画中时间是春天。⑰暝：苍茫的薄暮时分。⑱沧浪：原为河流名，这里用来形容水的颜色之清。青溟：指碧海。⑲侧岛：旁岛，不在水中央。秋毫末：秋毫之末，极言其细小。⑳湘妃：指舜的两个妻子娥皇和女英。㉑刘侯：刘单。天机：天资，天性。㉒亦莫比：没有人能够比得上。㉓心孔开：心眼开窍。㉔若耶溪：在今浙江绍兴若耶山下，溪上有云门寺。㉕胡为：为什么。泥滓：泥淖，指浊世，污浊的社会现实。㉖青鞋布袜：归隐者的穿着打扮。从此始：从此去游玩山水。

[诗解]

少府，县尉的尊称，唐时称县尉为少府，称县令为明府。刘少府即刘单，当时任奉先县尉。山水障指画有山水的屏障。当时唐人很流行在障上写诗。这首诗即杜甫写于刘单创作的山水屏障上的一首题画诗。

这首诗写刘单画完《赤县图》后，又画山水屏障，扣题入笔。杜甫以同时代画家衬托了刘单的画技后，没有立即实写画中情景，而是结合自己的观后感，展开想象，赞扬了刘单山水画的神奇。在写法上，诗人将客观、自然的联想和奇幻景物的假设交错，赞叹刘单山水画的巧夺天工。诗人在写足题面后进一步阐发，表达由这幅山水屏障而产生的隐遁之志。

这首诗描绘的画中景象以及画面的意境，细致生动，传神写照，让人有身临其境之感，并且对后来的题画诗有一定的影响。

醉时歌

题解

这首诗大约作于唐玄宗天宝十四载（755）春，此时杜甫已经困守在长安达十年之久。

诸公衮(gǔn)衮登台省①，广文先生官独冷②。甲第纷纷厌粱肉③，广文先生饭不足。先生有道出羲(xī)皇④，先生有才过屈宋⑤。德尊一代常坎坷⑥，名垂万古知何用⑦！杜陵野客人更嗤⑧，被褐短窄鬓如丝。日籴太仓五升米[9]，时赴郑老同襟期[10]。得钱即相觅，沽(gū)酒不复疑[11]。忘形到尔汝[12]，痛饮真吾师[13]。清夜沉沉动春酌，灯前细雨檐花落[14]。但觉高歌有鬼神[15]，焉知饿死填沟壑[16]？相如逸才亲涤器[17]，子云识字终投阁[18]。先生早赋归去来，石田茅屋荒苍苔[19]。儒术于我何有哉[20]？孔丘盗跖(zhí)俱尘埃[21]。不须闻此意惨怆[22]，生前相遇且衔杯[23]！

[注释]

①衮衮：形容很多的样子。台：指御史台。省：指中书省、尚书省和门下省。这都是当时重要的朝廷机构。②广文先生：指郑虔。③甲第：指头等宅第。厌：饱。④出：超出。羲皇：伏羲氏。⑤屈宋：屈原和宋玉。⑥德尊：指道德高尚。坎坷：车行不利，常比喻人的不得志。⑦名垂万古：名声永远流传。⑧杜陵野客：杜甫的自谓。嗤：讥笑。⑨籴：买入的米。太仓：京师所设的粮仓。⑩郑老：郑虔的确切年龄已不可考，但大约要比杜甫大二十岁，所以杜甫称他为“郑老”。同襟期：指彼此的襟怀性情相同。⑪不复疑：毫不迟疑。⑫忘形：不拘形迹，抛开那些长幼之礼节，表示两人之关系亲密。尔汝：称名道姓、你来我往的，毫不客气。⑬痛饮：痛快淋漓地喝酒。⑭檐花：指檐前的细雨因为有灯光映射，闪烁如花。⑮高歌：放歌，吟诗抒怀。有鬼神：有鬼神的相助。⑯焉知：哪知、岂知。填沟壑：死亡，此处指饿死。⑰相如：司马相如。此处引用了司马相如和卓文君同开酒店，文君当垆卖酒、相如亲自洗涤食器的典故。⑱子云：扬雄的字。据记载，王莽时刘棻因为献符命而获罪，扬雄曾经教刘棻作过奇字，所以也被连及。当时扬雄正在天禄阁校书，使者前来捉拿扬雄，扬雄便直接从阁楼上跳下，差点摔死。⑲石田：沙石之田，此指硗薄的田地。⑳儒术：此处不专门指儒家学说，泛指匡君济世的才学。何有：何用。㉑盗跖：姓柳下，名跖，春秋时期的大盗，故称“盗跖”。㉒惨怆：极其悲伤。㉓且衔杯：此指还有什么可说的，还是只管喝酒吧。

不须闻此意惨怆，生前相遇且衔杯

[诗解]

杜甫由于仕途坎坷、社会黑暗看不到前途，心中的不满和愤怨与日俱增。在当时，几乎每个诗人都会喝酒，而在酒后吐怨愤语就十分常见。因此后人不能将诗人的醉后狂直之言全都看作他们真正的人生观点，这首诗同样如此。

此诗充满了诗人的嘲笑和自嘲，以及对现实生活的无奈。

诗题下原有注：赠广文馆博士郑虔。这说明此诗是诗人写给郑虔的。郑虔与杜甫是好友，是当时有名的学者，擅长诗、书、画，曾被玄宗称为“三绝”。郑虔处境与杜甫相同。杜甫在诗中叙述自己与郑虔的不幸遭遇。首段是对郑虔的嘲讽，说其才学不下屈、宋，道德品格被举世推尊，仕途却总是坎坷，解决不了饥寒问题；次段是嘲讽诗人自己，实际上也是对世人的嘲讽；第三段列举了司马相如、扬雄的例子，似乎是在给自己解嘲，实际上是借此进一步嘲讽当时的社会。

天育骠图歌

题解

这首诗大概作于唐玄宗天宝十四载（755）。

吾闻天子之马走千里[1]，今之画图无乃是[2]？是何意态雄且杰[3]，骏尾萧梢朔风起[4]。毛为绿缥两耳黄[5]，眼有紫焰双瞳方。矫矫龙性含变化[6]，卓立天骨森开张[7]。伊昔太仆张景顺[8]，监牧攻驹阅清峻[9]。遂令大奴字天育[10]，别养骥(jì)子怜神俊[11]。当时四十万匹马，张公叹其材尽下[12]。故独写真传世人，见之座右久更新。年多物化空形影[13]，呜呼健步无由骋[14]。如今岂无騕褭(yǎoniǎo)与骅骝(huá liú)[15]？时无王良伯乐死即休[16]！

[注释]

①天子之马：指皇帝的御马。②无乃：只怕是，为推测之词。③是何：与“无乃”相呼应，是为了证明自己的推测。是，指所画之马。意态：神态。④萧梢：摇尾的样子。朔风：北风。⑤缥：淡青色。⑥矫矫：桀骜不驯的样子。龙性：像龙一样桀骜难驯的性格，古人多以龙来比拟良马。⑦天骨：天生的雄伟骨干。⑧伊昔：从前。伊，发语词，无实意。⑨攻驹：训练小马。攻，训练。驹，两岁的马。阅：检查。⑩大奴：马奴的头目，养马人的头领。字：养。⑪别养：单独驯养。骥子：良马，这里指骠骑。神俊：指马的神态俊逸。⑫材尽下：这里是说别的马都是驽马，这里用普通马的驽钝来反衬骠骑的英勇。⑬物化：化作异物，这里是说真

遂令大奴字天育，别养骥子怜神俊

马已经死去。空形影：空自留下了一幅画。⑭无由骋：画马再好，终究也不能驰骋，所以说是“无由骋”。⑮騕褭、骅骝：都是古代的骏马，此处指千里马。⑯王良、伯乐：都是春秋时期的人，王良善驾马，伯乐善相马。

［诗解］

天育，马厩名，皇家养马的地方。骠，即飞骑。

全诗分为三段。首段描写画马，以真马来引出并衬托画马。起二句以真马作陪，“是何意态雄且杰”以下六句句句在说真马，即句句在陪衬画马，愈发觉其生动真切。“伊昔太仆张景顺”以下八句是第二段，追叙画马的来历，也一并反映了当时养马的盛况。“年多物化空形影”到末尾四句为最后一段，从画马空存，翻出异材常有，只是现在无人识得之叹。诗人在感叹马的同时，实际上是对自己的感叹，这也是诗的主旨所在。

官定后戏赠

题解

这首诗应大约作于唐玄宗天宝十四载（755）十月。这一年，杜甫被任命为河西县尉，他不肯上任，之后被改任为右卫率府胄曹参军。这是个负责看守兵甲器具、管理门禁锁钥的小官，与他的政治理想相差甚远。杜甫很是无奈，便写了这首诗来自我解嘲。

不作河西尉，凄凉为折腰①。
老夫怕趋走②，率府且逍遥③。
耽酒须微禄，狂歌托圣朝④。
故山归兴尽⑤，回首向风飙（biāo）⑥。

［注释］

①折腰：本指弯腰，此处指屈身事人。②怕：讨厌，厌烦。趋走：奔走，即侍候上司。③率府：指右卫率府胄曹。且逍遥：这个官职多少要比做县尉自由一些，故云。此处为牢骚、反讽语。④托圣朝：是说托庇于这个圣明的朝廷可以无所顾忌地纵吟狂歌，这也是“任率府”的另一原因。托，托庇。⑤归兴尽：杜甫此时的家在奉先，他因为官职的羁绊而不能回家，故云。⑥向风飙：杜甫虽被官职的羁绊无法回家，但是又想家，故云。

［诗解］

这首诗名虽为“戏赠”，实际上杜甫的心情很伤心、愤懑和无奈，寓讽于“戏”中。诗人首联写不做河西尉的原因：县尉对待官长要巴结逢迎，对待百姓则是要鞭打压榨，并且有时候自身也难免要受鞭笞之辱。颔联写诗人任右卫率府胄曹比县尉至少要自由一些。诗人并不是贪图个人的逍遥，这是一句牢骚、反讽语，表达了自己的无奈。颈联说明了诗人任率府的原因：有俸禄可以买酒，在当今圣明的朝廷的托庇下可以纵饮狂歌，无所顾忌。这其实也是牢骚语、反语，也就是“戏语”，杜甫当官并不是为了那点俸禄，但这样的闲散微小官职，又怎能做出有利于国计民生的大事呢？最后两句说因为这个官职的羁绊而不能回家，表达了诗人对家人的思念。

去矣行

题解

这首诗大约是唐玄宗天宝十四载（755）杜甫上任右率府胄曹参军以后不久。原本杜甫以为“率府且逍遥”，实际上并非如此，在遍地达官王侯的现实中做这样一个小官实在是不容易，所以想辞官而去。

君不见韝（gōu）上鹰①，一饱即飞掣！
焉能作堂上燕②，衔泥附炎热③？
野人旷荡无靦（tiǎn）颜④，岂可久在王侯间？
未试囊中餐玉法⑤，明朝且入蓝田山⑥。

［注释］

①韝：放鹰人所穿的臂衣，用来保护手臂。鹰：此处是杜甫自比。②燕：此处用来比喻小人。③附炎热：依附于气焰嚣张的达官贵人。④靦颜：厚颜，不知羞耻。⑤餐玉：服食玉屑，古代传说仙家以此延寿。⑥蓝田：山名，位于长安东南三十里，盛产玉，也叫玉山。

焉能作堂上燕，衔泥附炎热

［诗解］

去矣，即辞官。

诗的前两句写诗人以鹰拟人或是自拟，希望自己能像鹰一样展翅高飞，而不是像现在一样被束缚住，与“率府且逍遥”相去甚远。接下来两句写诗人在官场中不像那些官员一样去巴结权贵，不与他们同流合污，表现了诗的气节。“野人旷荡无靦颜，岂可久在王侯间”两句写诗人心胸开阔、正直，不会去做厚颜无耻之事，怎能在王侯权贵之间久处呢？最后诗人称自已特别讨厌那些王侯，但不做这个官，又无法维持生计，因此就有了试一试餐玉即辞官归隐的想法。

自京赴奉先县咏怀五百字

题解

这首诗大约作于唐玄宗天宝十四载（755）十一月，是杜甫被授右卫率府胄曹参军不久，由长安赶往奉先县探望妻子时所写。当时安禄山已经发动叛变，然而消息还没传到长安。诗人途径骊山时，唐玄宗和杨贵妃正在骊山游玩作乐。诗人于是写了这首诗，将途中的见闻和感受表达出来。

杜陵有布衣[1]，老大意转拙[2]。许身一何愚，窃比稷(jì)与契[3]！居然成濩(huò)落[4]，白首甘契阔[5]。盖棺事则已[6]，此志常觊(jì)豁[7]。穷年忧黎元[8]，叹息肠内热[9]。取笑同学翁，浩歌弥激烈。非无江海志，萧洒送日月。生逢尧舜君[10]，不忍便永诀[11]。当今廊庙具[12]，构厦岂云缺？葵藿(huò)倾太阳，物性固莫夺。顾惟蝼蚁辈[13]，但自求其穴。胡为慕大鲸[14]，辄拟偃溟渤[15]？以兹误生理[16]，独耻事干谒[17]。兀兀遂至今，忍为尘埃没[18]。终愧巢与由[19]，未能易其节[20]。沉饮聊自遣[21]，放歌破愁绝[22]。岁暮百草零，疾风高冈裂。天衢(qú)阴峥嵘，客子中夜发[23]。霜严衣带断，指直不得结。凌晨过骊山，御榻在嵽嵲(dié niè)[24]。蚩尤塞寒空[25]，蹴(cù)踏崖谷滑。瑶池气郁(yù)律[26]，羽林相摩戛[27]。君臣留欢娱，乐动殷胶葛[28]。赐浴皆长缨，与宴非短褐[29]。彤庭所分帛[30]，本自寒女出。鞭挞其夫家，聚敛贡城阙[31]。圣人筐篚(fěi)恩[32]，实欲邦国活。臣如忽至理[33]，君岂弃此物？多士盈朝廷，仁者宜战栗(lì)[34]！况

中堂舞神仙，烟雾蒙玉质

闻内金盘㉟，尽在卫霍室㊱。中堂舞神仙，烟雾蒙玉质㊲。暖客貂鼠裘㊳，悲管逐清瑟。劝客驼蹄羹㊴，霜橙压香橘。朱门酒肉臭㊵，路有冻死骨！荣枯咫尺异㊶，惆怅难再述！北辕就泾(jīng)渭㊷，官渡又改辙㊸。群冰从西下，极目高崒(zú)兀㊹。疑是崆(kōng)峒来㊺，恐触天柱折㊻。河梁幸未坼(chè)㊼，枝撑声窸(xī)窣(sū)㊽。行李相攀援，川广不可越。老妻寄异县㊾，十口隔风雪。谁能久不顾？庶往共饥渴㊿！入门闻号咷(táo)，幼子饿已卒。吾宁舍一哀(51)，里巷亦呜咽(52)！所愧为人父，无食致夭折！岂知秋禾登(53)，贫窭(jù)有仓卒(54)？生常免租税，名不隶征伐(55)。抚迹犹酸辛(56)，平人固骚屑(57)。默思失业徒，因念远戍卒。忧端齐终南(58)，澒(hòng)洞不可掇(59)！

[注释]

①杜陵布衣：杜甫自谓。杜陵，位于长安城南，杜甫祖籍所在地。②拙：笨拙，不合时宜。③稷与契：稷，即后稷，周代的祖先，曾教人民耕种；契为商人的祖先，掌管人民的教化。二人皆是古代的贤臣，此时诗人将自己比作稷与契。④居然：竟然。濩落：廓落，大而无用。⑤契阔：辛苦、勤劳。⑥盖棺：指人死亡。⑦觊豁：希望能够达到目的。⑧穷年：全年，整年，一年到头。黎元：指百姓。⑨肠内热：内心焦急，忧心如焚。⑩尧舜君：像尧、舜一样贤明的君主，此处用来代指唐玄宗。⑪永诀：永远诀别，再不相见。⑫廊庙具：喻指朝廷百官中的栋梁之臣。⑬蝼蚁辈：比喻那些自私自利、四处奔走干谒的人。⑭胡为：为什么要。大鲸：比喻志向远大的人，这里是诗人的自比，照应前面的“窃比稷与契”。⑮辄拟：总是打算着。偃：休息。⑯兹：此，即“慕大鲸”。误：耽误。生理：生计。⑰事：从事。干谒：拜见，指奔走往来于权贵之门间，登门求见。⑱忍：岂能忍，反问语气，是说无法甘心忍受。尘埃：喻指尘世间的凡俗小事。⑲终愧：杜甫推崇巢父和许由，但不能做到像他们一样真正去做隐士，所以说“终愧”。巢与由：指巢父和许由，他们是尧时的两个隐士。⑳易其节：改变自己的节操。其：杜甫自谓，并不是指巢由。㉑沉饮：无节制地痛饮。㉒放歌：放声而歌。破：一作“颇”。愁绝：愁极，极

后稷

度忧愁。㉓中夜发：夜半时刻动身出发。㉔御榻：皇帝所用的床，代指玄宗。嵽嵲：形容山高的样子，这里代指骊山。㉕蚩尤：上古时代九黎族部落首领，相传蚩尤与黄帝大战，用巫术制造了一场大雾。㉖瑶池气：温泉的上升之气。瑶池，传说中西王母的宴会之地。郁律：形容水汽氤氲的样子。㉗羽林：指天子的卫兵。相摩戛：指武器相互碰撞，形容卫兵的人数众多。㉘殷：宏大，盛。胶葛：形容天空广阔无际的样子，这里是说音乐的声音响彻云霄。㉙与宴：参加宴会的人。短褐：古代贫苦人穿的衣服。长缨、短褐，都是以所服衣冠代指人，形成对比。㉚彤庭：指朝廷。㉛城阙：本指城门上的建筑物，此指京师、朝廷。因为京师有阙，故称。㉜筐篚恩：天子将从百姓处聚敛来的锦帛赏赐给朝中群臣的皇恩。筐篚，盛东西的竹器。㉝忽：忽视，忽略，忘记。至理：最正确的道理。㉞战栗：颤抖，引申为警惕小心。㉟内：天子的宫禁，也称为大内。唐时有东内、西内、南内。内金盘：指皇帝所使用的金盘。㊱卫霍：卫青、霍去病，两人都是汉武帝时的外戚权臣，此处用来比作杨国忠。㊲烟雾：形容贵妇人衣裳的轻薄。玉质：形容肌肤的洁美。㊳貂鼠裘：用貂鼠皮所做的大衣。㊴驼蹄羹：用骆驼蹄做成的肉汤。㊵朱门：涂有红漆的大门，此处代指权贵们的豪门。㊶咫尺异：宫墙的内外，一荣一枯，一生一死，虽只有一墙之隔，却是两个截然不同的世界，所以说"咫尺异"。㊷北辕：车子往北走。就：靠近。㊸官渡：官家所设的渡口，这里是泾、渭二水的渡口。改辙：改道。指经过官渡以后又改道。㊹极目：一眼望过去。崒兀：高峻突兀的样子。㊺崆峒：山名，位于甘肃岷县境内。㊻天柱折：形容群冰来势之猛。天柱，撑天的柱子，喻指国家，担忧国家将遭覆灭。㊼河梁：桥。坼：裂开。㊽枝撑：桥的支柱。窸窣：象声词，形容轻微细碎的声音。㊾异县：别的县，指奉先县。㊿庶：庶几，表示希望，有求之不得之意。51宁：岂能、哪能。舍：舍弃，割舍。一哀：一个人的悲痛。52里巷：代指邻居。53登：庄稼成熟。54贫窭：贫穷，指穷苦人家。仓卒：指发生突然事故，指幼子夭折。55隶：属。征伐：征讨，指被征从军。56抚迹：抚事，追想已经发生了的事情，指上面提到的幼子饿死的事。犹：尚且如此。57平人：平民百姓。唐人为避唐太宗李世民之讳，多改"民"作"人"，改"世"作"代"。固：原本，本应。骚屑：本是形容风吹树木的声音，这里指骚乱、动荡不安。58忧端：忧思的端绪。齐终南：指千头万绪的愁思，堆积得如同终南山一般高。59澒洞：广漠无边的样子。掇：收拾。

巢父

［诗解］

这首诗是杜甫对长安十年生活经历的总结，在其创作史上具有划时代的意义。杜甫抱有热爱人民的思想，因此诗题虽然是“咏怀”，但诗中反映的是广大人民的苦难，对统治阶级的荒淫无耻进行了大胆而尖锐的揭露，是杜甫“诗史”中的第一首长篇作品。

这首诗可分为三大段。第一段叙述自己的身世遭遇，表现忧国忧民的情怀，所咏的是过去之胸襟。第二段叙述从京城奔赴奉先县途中的所闻所见，所咏的是当时的感怀。第三段则是叙述回到家后的情形，所咏的是对将来的忧心。“穷年忧黎元”一句表达了杜甫的中心思想，是全诗的主旨和骨干。正因为“穷年忧黎元”，所能够从“朱门酒肉臭”联想到“路有冻死骨”，在“幼子饿已卒”的情况下能够“默思失业徒，因念远戍卒”，可谓“一篇之中，三致意焉”。

全诗以记行为线索，记叙、议论、抒情有机融合，以千回百转的感情传达了复杂的社会现实，很好地表现了杜诗沉郁顿挫的特点。

后出塞五首

题解

这组诗大概作于唐玄宗天宝十四载（755）冬，即安禄山起兵反唐初期。

其　一

男儿生世间，及壮当封侯①。战伐有功业，焉能守旧丘②？召募赴蓟(jì)门③，军动不可留④。千金装马鞭，百金装刀头。闾(lú)里送我行⑤，亲戚拥道周⑥。斑白居上列⑦，酒酣(hān)进庶羞⑧。少年别有赠⑨，含笑看吴钩⑩。

［注释］

①及壮：到了壮年。②旧丘：故园、老家。③召募：招募，唐时已开始实行募兵制。蓟门：今北京一带，当时属于渔阳节度使安禄山的管辖范围。这里点明出塞的地点，即幽州范阳镇。④军动：军队开拔。⑤闾里：街坊邻居。⑥道周：道边。⑦斑白：头发花白，泛指老人。居上列：坐在上头、上位。⑧酒酣：指酒喝到一半的时候。进：献上。庶羞：指美味的菜肴。⑨别：与众不同，特别，呼应上文的“庶羞”。⑩吴钩：原为春秋时吴王阖闾所锻造的一种弯形宝刀，后泛指所有的宝刀。

其　二

朝进东门营①，暮上河阳桥②。落日照大旗③，马鸣风萧萧。平沙列万幕④，部伍各见招⑤。中天悬明月，令严夜寂寥(liáo)⑥。悲笳(jiā)数声动⑦，壮士惨不骄。借问大将谁⑧？恐是霍嫖姚⑨。

[注释]

①东门营：洛阳城东面的门有“上东门”，军营就设在那里，所以说“东门营”，而由洛阳前往蓟门，须从东门而出。②河阳桥：位于今河南孟津，是黄河上的浮桥，是通往河北的要津。③大旗：专门供大将使用的红旗。④列：指整齐地排列着。帐幕的排列都有一定的方位和距离要求。幕：帐幕，供士兵宿营而用。⑤部伍：古代军队中的基层编制。⑥寂寥：寂然无声。⑦笳：北方的一种乐器，其声悲壮。⑧大将：招募统军之将。⑨恐是：揣度之词，估计是、恐怕是。嫖姚：同“剽姚”，汉代武帝时，霍去病任嫖姚校尉，曾经跟随大将军卫青出塞，所以以此作比。

落日照大旗，马鸣风萧萧

其　三

古人重守边，今人重高勋[①]。岂知英雄主[②]，出师亘长云。六合已一家[③]，四夷且孤军。遂使貔虎士[④]，奋身勇所闻[⑤]。拔剑击大荒[⑥]，日收胡马群[⑦]。誓开玄冥北[⑧]，持以奉吾君！

[注释]

①今人：当今的边将，指安禄山之流。重高勋：贪图大功名。②岂知：哪里料到，不料。英雄主：指唐玄宗，暗讽其好大喜功。③六合：天地四方，此指全国范围内。④遂使：于是就使得，承上“且孤军”而来。貔：貔貅，一种猛兽，此处用来比喻战士。⑤勇：勇往。⑥大荒：穷荒，不毛之地。⑦收：虏获。胡马群：边地所产的成群善战的良马。⑧玄冥：古代传说中北方的水神。

其　四

献凯日继踵[①]，两蕃静无虞(yú)[②]。渔阳豪侠地[③]，击鼓吹笙竽。云帆转辽海[④]，粳稻来东吴[⑤]。越罗与楚练[⑥]，照耀舆台躯[⑦]。主将位益崇[⑧]，气骄凌上都[⑨]。边人不敢议，议者死路衢(qú)。

[注释]

①献凯：指对朝廷献俘报捷，以骗取皇帝的信任。②两蕃：奚和契丹。静无

虞：原本就没有寇警。无虞，太平无事。③渔阳：唐代的郡名，在今天津市蓟州区一带。豪侠地：渔阳习俗尚武，多出豪士侠客，故称。④辽海：渤海，为安禄山管辖之地。⑤粳：一种晚熟而不黏的稻子。来东吴：自东吴而来。⑥越罗：越国出产的丝绸。楚练：楚地出产的绢。⑦照耀：罗和练都是高贵的丝织品，闪闪有光彩，所以说“照耀”。舆台：周代将人分为王、公、大夫、士、皂、舆、隶、僚、仆、台十等，舆为第六等，台为第十等。此处泛指安禄山所豢养的爪牙。⑧主将：安禄山。位益崇：官位日益显赫。⑨凌：凌犯，指目无朝廷。上都：京师，指朝廷。

其　五

我本良家子①，出师亦多门②。将骄益愁思③，身贵不足论。跃马二十年④，恐辜明主恩。坐见幽州骑⑤，长驱河洛昏⑥。中夜间道归⑦，故里但空村。恶名幸脱免⑧，穷老无儿孙。

[注释]

①良家子：家世清白的子弟。②出师：参加战争，打仗出征。多门：很多门道，指参加各种各样的战争。③益：增益。愁思：忧虑。④跃马：驰骋战场。二十年：形容从军多年。⑤坐见：一说行见、立见，指时间短暂；一说对此无能为力，只能眼睁睁地看着。⑥长驱：指长驱直入，极言其易。河洛昏：指洛阳将沦陷。⑦间道归：抄小道逃跑回家。间，小道。⑧恶名：叛逆的罪恶之名。

跃马二十年，恐辜明主恩

[诗解]

这组诗通过一个从战争中脱身归来的征夫的自述，揭露出安禄山假借“开边”之名而行反唐之实的真相，意图让唐玄宗尽快清醒过来，看清其真面目。诗中指出了造成安禄山叛变的原因，即是玄宗皇帝好大喜功，宠信边将，才使得安禄山得以边功受宠，权势日益显赫，重兵在握，大权在手，终于发动叛乱，给国家和人民造成了巨大的灾难。

第一首写的是男儿志在军旅，整装待征；第二首写的是男儿轰轰烈烈，悲壮而行；第三首写的是将士在战场上拼死征杀，邀战功回报国君；第四首写的是边境安全后将帅骄气凌人，把有异议者都杀戮了；第五首写的是征夫不堪忍受二十年的不断战争，找机会藏匿于空旷无人的家乡小村中，终生未娶、孤老一生。

这组诗的表现手法基本上和前面的《前出塞》相同，诗的最初都是一个从军的征夫形象，也都是自辞家写起，中间叙说将帅骄横而叛乱，最后以逃归作结，全诗层次清晰，结构严谨，五首犹如一首。但这组诗表现出的情调从《前出塞》的哀痛委婉变为豪壮明快，同时因为强迫征调与主动应募的处境不同，人物形象也有很大的差别。

第三期　陷安史叛军中、为官时期
（756—759）

第三期是杜甫沦陷于安史叛军中以及为官时期。杜甫这一时期的作品包括从四十五岁到四十八岁四年之间的作品，这是安史之乱爆发后最为黑暗动乱的一段时间。唐玄宗天宝十四载（755）十一月，安史之乱爆发。天宝十五载（756）六月，潼关失守，长安陷落，玄宗仓皇逃往蜀地。杜甫在长安陷落一个月前离开长安开始流亡。同年七月，太子李亨在灵武即位，杜甫便由鄜州投奔灵武，但不幸在途中被叛军所俘，押解到长安。唐肃宗至德二载（757）四月，杜甫从长安逃往肃宗处，被任命为左拾遗，但是上任后不久，又因房琯事件触怒肃宗，几乎被定罪。同年八月，肃宗疏远杜甫，准许他回鄜州探亲。九月，长安收复。杜甫于十一月举家回到长安。唐肃宗乾元元年（758）六月，杜甫被贬为华州司功参军，而就在被贬期间，他写出了“三吏”“三别”等著名诗篇。唐肃宗乾元二年（759）七月，杜甫弃官客居秦州，其后又客居同谷和成都，生活甚为艰难。在这四年里，杜甫陷于安史叛军中约有九个月，为官的时间则有两年零两个月。

这一时期虽然只有短短的四年，却是杜甫在创作上的一个很关键的阶段。从作品的数量来看，这一时期的作品比诗人在长安十年创作的作品多出一倍以上；从作品的质量上看，这一时期的作品内容饱满充实，思想性和艺术性高度统一，成为其创作中的一个顶峰。

安禄山的叛乱激化了民族矛盾，杜甫又一度身陷于叛军当中，亲眼看到了胡兵的凶残暴行，切身尝到了国破家亡之痛，所以这一时期杜诗最显著的特征就是爱国精神。他的一喜一忧，都和当时战局的一胜一败、城池的一得一失密切相关。

杜甫在两年多的为官期间，正是因为唐肃宗对他的贬斥和疏远，让他能够深入民间。也正是这些切身经历和体验，让杜甫在这一期间写出了大量具有现实主义代表性的诗篇。

在诗的体裁上，除了五律以外，这一时期杜甫写五言古体诗写得最多，达九十首，其中篇幅最长的五古《北征》便是写于此时。另外，还有二十二首七言古体诗，其中篇幅最长的七古《洗兵马》同样写于此时。在这一时期，杜甫所写是更为复杂的事件、事物和情感，更多地采用了古体诗这种诗歌体式。

哀王孙

题解

这首诗作于安史之乱中潼关失守之后。唐玄宗天宝十五载（756）六月，潼关失守，玄宗匆忙逃往蜀地，仅带贵妃等人一同出逃，大部分妃嫔、皇孙、公主都来不及逃走。安禄山攻陷长安后，先后杀害了王孙、公主等一百多人。

长安城头头白乌①，夜飞延秋门上呼②。
又向人家啄大屋，屋底达官走避胡。
金鞭断折九马死③，骨肉不得同驰驱。
腰下宝玦（jué）青珊瑚，可怜王孙泣路隅。
问之不肯道姓名，但道困苦乞为奴。
已经百日窜荆棘，身上无有完肌肤。
高帝子孙尽隆准④，龙种自与常人殊。
豺狼在邑龙在野⑤，王孙善保千金躯。
不敢长语临交衢，且为王孙立斯须。
昨夜东风吹血腥，东来橐（tuó）驼满旧都。
朔方健儿好身手⑥，昔何勇锐今何愚。
窃闻天子已传位⑦，圣德北服南单于。
花门剺（lí）面请雪耻⑧，慎勿出口他人狙⑨。
哀哉王孙慎勿疏，五陵佳气无时无⑩。

［注释］

①头白乌：指白头的乌鸦，民间将其说为不祥的鸟。②延秋门：唐代长安禁苑西门，玄宗由此出逃。③九马：皇帝御马。④高帝：汉高祖刘邦。⑤豺狼在邑：指安禄山在洛阳称帝。龙在野：指唐玄宗逃到蜀地。⑥朔方健儿：指哥舒翰军。⑦传位：天宝十五载（756）七月，玄宗在灵武传位于肃宗。⑧花门：指回纥。剺面：以刀划面。匈奴风俗是在遇到大忧大丧时，以割面流血表示忠诚和哀痛。⑨狙：伺察，窥伺。⑩五陵：玄宗以前的唐室有五陵，即高祖献陵、太宗昭陵、高宗乾陵、中宗定陵、睿宗桥陵。佳气：兴旺之气。无时无：时时存在中兴的希望。

[诗解]

哀，悲痛、悲哀。诗中所指的王孙，应该是在劫难中幸存下来的王孙。

杜甫在诗中首先对安史之乱发生前的征兆进行了追忆，随后写玄宗抛弃王孙匆忙出逃，导致王孙流散民间，尝尽了各种艰辛。诗人最后悄悄告诉王孙当前的形势，叮咛王孙要珍重，等待河山的光复。诗中所描写的事物，都是诗人耳闻目睹，亲身亲历，因此言辞情真意切、荡人胸怀。诗人在诗中极言王孙在战乱中的颠沛流离、遭受的各种苦难，对王孙既寄予了深深的同情，也含蓄地规劝统治者不要一味地纵欲、贪图享乐。

月 夜

题解

这首五言律诗，大概作于唐肃宗至德元年（756）八月，是杜甫被安禄山的叛军所俘后困居长安时望月思家而作，表达了对离乱中的家小的深切挂念。

今夜鄜（fū）州月①，闺中只独看。
遥怜小儿女②，未解忆长安③。
香雾云鬟（huán）湿，清辉玉臂寒④。
何时倚虚幌（huǎng），双照泪痕干⑤？

[注释]

①鄜州：今陕西富县，当时杜甫的妻子在鄜州城北的羌村居住。②遥怜：远怜，因为当时杜甫被困在长安，而妻子在鄜州，所以说是“遥怜”。③未解忆：未解，不了解。④清辉：指月亮的清寒之光。⑤双照：指月光照着久别重逢的夫妻。

今夜鄜州月，闺中只独看

[诗解]

诗中抒写了杜甫对在鄜州的妻子的真切怀念，情感真挚，深婉动人，语言明白如话，却无比深情、隽永动人，丝毫不见为律诗束缚的痕迹。

诗采用从对方设想的方式。首联是诗人的想象之语，先不说自己思亲之苦痛，却从对方处写来，写妻子对月独看时的孤单和思念，作者的思家之情便越发显得真切、诚挚和深沉。诗人在这里借助想象抒写妻子对自己的思念，寄托自己对妻子的思念。

颔联是流水对，承接上句的“独看”，点出妻子看月的心事是忆长安，也是自己在感叹身处乱世之苦。诗中写小儿因为年幼不能理解“忆长安”的父亲，也不懂得母亲看月是在想念他们的父亲。

颈联是想象妻子在闺中独自看月的情景。雾原本无香，香味当是从鬟中之膏沐中生出。“湿”“寒”二字，写出了夜深久望不能寐的情景，望的时间如此长，正是因为忆那么深。

最后诗人写出了自己的心愿，什么时候才能够一同倚在窗帷之下，让月光将两个人的泪水一同照干呢？这一问句意蕴悠远，令人回味无穷。

悲陈陶

题解

这一篇和下一篇《悲青坂》都写于唐肃宗至德元年（756）冬杜甫被困长安的时期。诗中记录了房琯在和安史之乱的叛军作战时的一次惨败。诗人对此次惨败表达了深深的同情和哀婉，以及对叛军骄横凶残的愤懑，充分体现了杜甫高度的爱国精神。

孟冬十郡良家子①，血作陈陶泽中水！
野旷天清无战声②，四万义军同日死③！
群胡归来血洗箭④，仍唱胡歌饮都市⑤。
都人回面向北啼⑥，日夜更望官军至。

[注释]

①孟冬：指阴历十月，这是战争发生的时间。十郡：泛指陕西地区，这是言明义军士兵的籍贯。良家子：清白人家的孩子。②无战声：没有交战的声音。③四万义军：指官军死亡的人数众多。④群胡：安禄山的军队。血洗箭：指兵器上都沾满了人的鲜血，如同用血洗过一样。⑤饮都市：指在长安的大街上饮酒为乐，甚为放肆。⑥都人：指长安城中的百姓。向北啼：此时唐肃宗居于灵武，灵武位于长安北面，所以说“向北啼”。

[诗解]

关于诗中叙述的这件事，《唐书·房琯传》中有记载。陈陶，即陈陶斜，又名为陈陶泽，位于咸阳城东。因为是兵败于陈陶，故作者以“悲陈陶”为题，全诗只用记叙手法，而愤怒、悲伤之情彰然可见。

对于这场遭受惨痛失败的战役，诗人没有直接点出，而是在前两句直接写这件事发生的时间、牺牲者的籍贯和身份，然后写士兵的鲜血流入水中，混在一起，让人不忍目睹。一开头，诗人就将唐军士兵的牺牲写得尤为沉重。

“野旷天清无战声，四万义军同日死”两句写了诗人的感受。这里并不是说人死了，野外没有了生息，而是说战争结束后，野外愈发空旷，天地间肃穆得一点生气也没有，仿佛在哀悼死去的四万士兵，表现出一种沉重的气氛。

群胡归来血洗箭，仍唱胡歌饮都市

后四句诗人将写作对象从战场转移到了长安。诗人在这里分别写了胡人和长安人民两种人。前两句写安禄山叛军的骄横凶残，残害长安城中的百姓，肆意在大街上饮酒为乐。长安城里的百姓遭此劫难，悲伤不已，向肃宗所在的北方哭泣，日夜盼望着官军早日到来，一举将叛军平定，收复故都。诗人在这里写出了广大人民的愿望，鼓舞人民为平定叛乱而起来斗争，这表明其在创作思想上达到了很高的境界。

悲青坂

题解

这首诗同样作于唐肃宗至德元年（756）冬杜甫被困长安的时期。房琯以北军、中军大败于陈陶之后，存留下来的士兵只有数千人。同年十月，房琯因为被肃宗所派来的监军所催促，便又率领南军和叛军作战，结果惨遭失败。这首《悲青坂》所写的就是这第二次大败。

我军青坂（bǎn）在东门①，天寒饮马太白窟②。

黄头奚儿日向西③，数骑弯弓敢驰突④。

山雪河冰野萧瑟，青是烽烟白人骨⑤。

焉得附书与我军⑥，忍待明年莫仓卒⑦！

[注释]

①东门：为驻军之地。②太白：山名，位于陕西太白东南，距离长安约有二百里，此处泛指山地。窟：水塘。③黄头：指黄头室韦，是东胡的一支，此处代指安禄山的部队。奚儿：指胡儿。④数骑：寥寥可数的精锐骑兵。敢驰突：敢于驰骋、

黄头奚儿日向西，数骑弯弓敢驰突

奔冲。⑤烽烟：烽燧，古代用作边防报警的两种信号，白天放烟称“烽”，夜间举火称“燧”。⑥焉得：哪能，岂能。附书：托人捎递书信。⑦莫仓卒：指好好做准备，不能妄自躁进。仓卒，也作“仓猝”。

[诗解]

青坂，房琯军队驻扎的地方，离陈陶斜不远。

唐军在青坂遭到惨败后，诗人在表示痛惜和悲惋的同时，提出应当审时度势，伺机而发，而不应该轻举妄动，否则会重蹈覆辙。诗中的感情甚为悲愤、低沉。

诗的前半部分说官军在太白山上居高坚守着。此时正值寒天，住于寒山，又复饮寒水，可以看出朝廷正处于劣势。而安禄山叛军得胜以后的骄横无比、目中无人，衬托出了官军的懦弱。后半部分写官军的败像，表达了被困在长安城里的百姓和诗人的思想感情。陈陶斜惨败后，长安百姓在悲伤之余希望官军马上进行反攻，然而青坂再次失利后，他们了解到了叛军力量的强大，只好放弃盼望官军到来的念头。诗人此时在长安城中，得知唐军惨败的消息，心痛之余想要托人带信给官军，希望他们重整旗鼓，等待来年再进行反攻。诗的最后一句深刻表现了百姓对接连失利的官军在思想感情上的转变。

对雪

题解

这首诗大概是唐肃宗至德元年（756）诗人身陷安史叛军中时所作。当时诗人被困长安，听到官军惨败的消息，心中十分悲愤沉痛，又值天降大雪，便写下了这首诗，表达了复杂而痛苦的心情。

战哭多新鬼①，愁吟独老翁②。
乱云低薄暮，急雪舞回风③。
瓢弃樽(zūn)无绿④，炉存火似红⑤。
数州消息断⑥，愁坐正书空⑦。

[注释]

①战哭：为战事的惨败而哭。多新鬼：多了很多新的鬼魂，暗示陈陶和青坂

之战的惨败之事。②老翁：指诗人自己。③回风：指旋风。④无绿：无酒。因为酒的颜色为绿色，古人多以“绿”代指酒。⑤火似红：似火红。⑥数州：指唐军和安禄山的叛军作战的广大地区。消息：包括妻、子、弟、妹的家事以及国事的情况。⑦书空：用手指比画着在空中写字。

［诗解］

这首诗情景交融，具有独特的风格。

诗的首句——“战哭多新鬼”，暗示陈陶和青坂之战的惨败。唐军再次惨遭失败，收复长安暂时也就没有希望了，这给诗人平添了一些愁苦。次句“愁吟独老翁”的“独”字写出了诗人所处境地的险恶。

乱云低薄暮，急雪舞回风

三、四句直接写当时的天气。先写黄昏时的狂云，然后写在旋风中飞舞的急雪。通过这个描写，分出层次，突显诗题中的“对”字，暗示诗人在斗室中独坐，看屋外乱云、急雪，心绪满怀，仿佛与屋外的天气交织在一起。

接下来两句写诗人生活的贫困境况。诗人被困长安，生活异常艰辛，装酒的葫芦也早就扔掉了，酒杯里空无一物。房中没有柴火，只剩下一个空炉子。诗人在这里不说炉中没有火，而偏说有“火”，并写出了火的“红”，就好像屋里炉火熊熊，满屋生辉，用“似”点出了这只不过是幻境。这种无中生有的描写，表现了诗人隐藏在内心中的丰富情感。

最后两句写诗人对局势的忧愁。此时的叛军在黄河中游一带，形势对唐军愈加不利。诗人被困长安，前线战况和妻子、弟妹的消息一无所知，诗人只能“愁坐”，比画着在空中写字。全诗表达了杜甫对国家、亲人命运的深切关怀而又无可奈何的苦恼之情。

春　望

题解

这是一首五言律诗，是唐肃宗至德二载（757）三月杜甫被困长安时所作。当时，杜甫被叛军俘获后押解到长安。春天原本是万物复苏、生机勃勃的时节，但当时长安沦陷，山河破碎，虽是满城春色却无比荒凉，诗人身处逆境，触景生情，忧国伤怀，写下了这首忧国忧民、怀念家人的诗篇。

国破山河在①，城春草木深②。

感时花溅泪，恨别鸟惊心

感时花溅泪③，恨别鸟惊心④。

烽火连三月⑤，家书抵万金⑥。

白头搔更短⑦，浑欲不胜簪(zān)⑧。

［注释］

①国：国都，指长安。山河在：是说山河依旧，只是江山已经换了主人。②草木深：草木丛生，人烟稀少。③感时：感伤时局。花溅泪：见花开而流泪，觉得花儿自身也在流泪。④恨别：怨恨别离。鸟惊心：听到了鸟鸣声很是心惊，觉得鸟儿也在心惊。⑤连三月：接连三个月。⑥抵：抵得上。⑦白头：白发。搔：抓。⑧浑欲：简直是，简直要。不胜簪：因为头发短少，连发簪也用不上了。胜，经得起。

［诗解］

这首诗围绕“望”字，前半章写春望之景，后半章抒发望中所思，情、景融为一体，感情真挚沉痛，既贴切又深刻，成为千古传诵的名篇。

首联写望中所见，高度概括了所见之景，感情极为沉痛。山河虽然在，可是江山已经换了主人。因为叛军入长安后曾疯狂地焚烧、杀戮，使长安城变成了草木丛生、人烟稀少之地。这里从大处着眼，为悲壮之笔。

颔联写诗人感伤国事，对花流泪，感觉花也在流泪。花鸟原本为可娱之物，现在却见其形而悲泣，闻其声而惊悲，可见诗人感情之沉痛、周围景物之荒凉。这里从小处着笔，情因景而生，景随情转移。

颈联写战火已经延续了三个月，家中音信难得，一封书信抵得上“万金”。颈联上句写战事的长久，下句写家人音讯隔绝，盼音信不至时的迫切心情，概括了战乱之中人们盼望亲人平安的心理。

诗人最后写安史之乱让诗人愁白了头发，而原本就很稀少的白发，又因诗人忧伤时局国事，经常搔抓头发，变得更为稀少，几乎连发簪也戴不住了。前一联写诗人对国家命运的忧愁，这一联则写愁之深。国破家亡，诗人在离乱伤痛之外，又感叹衰老，平添了一份悲愁。

哀江头

题解

这首诗作于唐肃宗至德二载（757）春，大约与前一首同时。

少陵野老吞声哭①，春日潜行曲江曲②。江头宫殿锁千门，细柳新蒲为谁绿③？忆昔霓旌下南苑④，苑中万物生颜色⑤。昭阳殿里第一人⑥，同辇随君侍君侧⑦。辇前才人带弓箭⑧，白马嚼（jiáo）啮（niè）黄金勒。翻身向天仰射云⑨，一笑正坠双飞翼⑩。明眸（móu）皓齿今何在⑪？血污游魂归不得⑫！清渭东流剑阁深⑬，去住彼此无消息⑭。人生有情泪沾臆⑮，江草江花岂终极⑯！黄昏胡骑尘满城⑰，欲往城南望城北⑱。

［注释］

①少陵野老：杜陵是杜甫的祖籍地，故杜甫自称“少陵野老”。吞声哭：将哭声咽在肚子里，不敢哭出声来。②潜行：秘密地行走。曲：角落里。③为谁绿：绿给谁看呢。④霓旌：像云霓一样的彩色旗帜，此处指天子之旗。南苑：指芙蓉苑，位于曲江东南，故称“南苑”。⑤生颜色：增光辉，添光彩。⑥昭阳殿：汉代宫殿名，汉成帝的宠妃赵飞燕所居的宫殿。第一人：最为得宠的人。⑦辇：天子所乘之车。⑧才人：唐宫中的女官。带弓箭：携带着弓箭等武器而跟随皇帝巡行的扈从者。⑨仰射云：仰射飞鸟。⑩一笑：此处指杨贵妃看到才人射中了飞鸟，便为之一笑。⑪明眸皓齿：明亮的眼睛和洁白的牙齿，此指杨贵妃。⑫血污游魂：指唐玄宗天宝十五载（756）六月，杨贵妃在马嵬兵变中被缢死之事。⑬清渭东流：指杨贵妃死后被葬于渭水之滨，即马嵬驿的周围。剑阁：今四川剑阁县，唐玄宗逃往蜀地时经由此处。⑭去住彼此：代指唐玄宗和杨贵妃。去，指去往蜀地的唐玄宗；住，指葬于马嵬的杨贵妃。无消息：没有任何消息。⑮臆：胸膛。⑯岂终极：哪里会有穷尽。终极，穷尽。⑰胡骑：叛军的骑兵。⑱欲往：将要去。

明眸皓齿今何在？血污游魂归不得

[诗解]

江头，即曲江，位于长安城东南，在当时是皇帝大臣以及文士们的游赏胜地。这里往昔曾是繁华热闹之地，但这年春天，杜甫一个人来到曲江，已经是寂寂落落，分外萧条清冷，再无昔日的繁华。过去和现在形成了强烈的对比，反映了安史之乱带来的沉重灾难，繁华昌盛的大唐帝国变得衰败贫弱，而这种地方更容易让人感受到国破家亡的痛苦。

诗人在诗中抚今追昔，多有哀悼意，而主旨在于指出导致国破家亡的根源是统治者的骄奢荒淫，并指出统治者也品尝到了自己种下的恶果，“明眸皓齿”尽化为“血污游魂”。诗作先由现实写起，然后追溯历史，最后又回到现实，既有生动的叙事也有沉痛的抒情，既有高度的概括也有细致的描写，浑然一体。

杜甫在诗中流露出来的感情既是真挚的，也是复杂的，在表达真诚爱国热情的同时，流露出对蒙难君王的哀悼之情。

塞芦子

题解

这首诗是唐肃宗至德二载（757）春杜甫在长安时所作，诗中蕴含着诗人的一些战略思想。

边兵尽东征，城内空荆杞

五城何迢迢[1]，迢迢隔河水。边兵尽东征[2]，城内空荆杞。思明割怀卫[3]，秀岩西未已[4]。回略大荒来[5]，崤(xiáo)函盖虚尔[6]。延州秦北户[7]，关防犹可倚[8]。焉得一万人，疾驱塞芦子。岐(qí)有薛大夫[9]，旁制山贼起。近闻昆戎徒[10]，为退三百里。芦关扼两寇[11]，深意实在此。谁能叫帝阍(hūn)[12]，胡行速如鬼。

[注释]

①五城：定远（今宁夏平罗）、丰安（今宁夏中卫）以及其他三个受降城（三城都在内蒙古自治区）。②边兵：驻守五城的兵。尽东征：为了征讨安禄山，堵住芦子关这个交通要道，五城的驻守士兵倾巢而出，前去

芦子关，所以说“尽东征”。③思明：史思明，安史之乱的祸首之一，宁夷州突厥人，原为安禄山的旧将，与安禄山一同叛变。割：舍弃，离开。怀卫：怀州和卫州。④秀岩：高秀岩，原是哥舒翰的部将，后来投降安禄山。西未已：不停地向西进犯。⑤回略：迂回包抄。大荒：广大的荒野，这里泛指西北五城地区。⑥崤函：崤山和函谷关。盖虚尔：成形同虚设了。⑦延州：今延安市，芦子关是延州的属地。秦：指今陕北关中一带。⑧关防：驻守的关隘，即芦子关。⑨岐：扶风郡，在今陕西扶风县。薛大夫：薛景仙。⑩昆戎：吐蕃，即上面所提到的“山贼”。⑪扼：扼制。两寇：史思明和高秀岩。⑫帝阍：天子之门。

[诗解]

安史之乱爆发后的第二年，原本驻守在五城的边兵，都调往东部去征讨安史的叛军，使得五城一带的边防空虚。唐肃宗至德二载（757），叛军史思明、高秀岩等兴兵十万围攻太原，意欲由此西进，因此杜甫建议立即调兵把守芦子关，阻断敌人的西进之路。

杜甫在诗中表明了自已对塞芦子关边防空虚的担心。他希望朝廷立即派兵加强塞芦子的防务，以免被叛军钻了空子。可见杜甫并不只是一个文人，还具有一定的军事才华，对当时两军以及战场上的形势的变化都有一定的了解，并十分关心。诗中议论国事，不仅体现了杜甫筹边的策略，同时表现了杜甫“临危莫爱身”的崇高精神，他关心国家时局之情溢于言表。

自京窜至凤翔喜达行在所三首

题解

诗题从《文苑英华》本，其他版本均作《喜达行在所三首》。唐肃宗至德二载（757）二月，肃宗从彭原迁至凤翔。四月，身陷敌军的杜甫便冒险从长安逃到凤翔。五月，杜甫被任命为左拾遗，是肃宗身旁的一个谏官。这三首诗便是杜甫就任左拾遗后不久所作。

其 一

西忆岐(qí)阳信①，无人遂却回。
眼穿当落日②，心死著寒灰③。
雾树行相引，连山望忽开④。
所亲惊老瘦⑤，辛苦贼中来。

[注释]

①岐阳：凤翔，位于岐山之南，所以称为“岐阳”。信：信使或是信息。②眼穿：望眼欲穿。当落日：面对着西方日落的地方。③心死：心如死灰，此处指自

己的绝望之情。④连山：太白山和武功山。⑤惊老瘦：惊讶诗人的苍老和清瘦。

其　二

愁思胡笳夕①，凄凉汉苑春②。
生还今日事③，间道暂时人④。
司隶章初睹⑤，南阳气已新⑥。
喜心翻倒极⑦，呜咽泪沾巾。

[注释]

①胡笳：北方胡人的一种乐器，声音悲凉。②汉苑：以汉苑来借指唐苑，也就是曲江、南苑等往日游玩之地。③生还：活着回来。今日事：今天的事情。④间道：逃奔途中所走的偏僻小道。暂时人：当时还不知道是人是鬼，因为生死悬于顷刻间，随时都有遭遇不幸的可能。⑤司隶：司隶校尉。⑥气已新：已经出现了新气象。⑦翻倒：反倒，高兴至极却又泪水满巾，当歌而哭，当喜反悲，似乎是不合常情的反常，所以说是“翻倒”。

其　三

死去凭谁报①？归来始自怜②！
犹瞻太白雪③，喜遇武功天④。
影静千官里⑤，心苏七校前⑥。
今朝汉社稷⑦，新数中兴年⑧。

[注释]

①凭谁报：指如果自己真的在小道上死去的话，也无人替自己报信。②自怜：自己怜惜自己。③太白雪：太白山十分高峻，海拔四千一百一十三米，山顶终年积雪。④武功天：指到了唐王朝的管辖范围内，如同重见天日。⑤影静：自己心情平静。⑥心苏：心情振奋高兴。苏，苏醒、活跃。七校：武卫，汉武帝曾设立了七校尉。⑦汉：以汉代指唐王朝。社稷：指国家。⑧新数：重新开始算得上。中兴：朝廷中衰而再兴。

[诗解]

“行在所”，即帝王所在之地，又称“行在”“行所”。蔡邕《独断》中有：“天子以四海为家，谓所居为行在所。”

第一首诗写诗人沉陷于长安时的绝望心情和从长安逃归至凤翔的经过。杜甫冒着生命危险从被叛军占领的长安逃了出来，历尽艰辛到达凤翔，投奔了肃宗。“眼穿当落日，心死著寒灰。”两句写诗人面对西方的落日，望眼欲穿，从盼望、失望到重新燃起希望之火。这些心情的交替变换，全都表达了出来。

第二首诗写沉陷长安时的悲痛，出逃途中的危险和到达凤翔以后的欣喜。诗人回想一路上的艰辛，随时都有生命危险，能够活着回来，真是值得庆幸。“喜心翻倒极，呜咽泪沾巾”两句写诗人由喜而悲，喜极而悲。这种感情的急剧变化，是诗人极致感情的体现。

第三首诗写对唐王朝再度兴盛的希望。诗人在安顿下来后，再回忆起路途上的经历，想想实在是太危险了。在“静影千官里”，有千官列朝，校尉护卫，诗人这才感到了“心苏”，才获得了安全感。诗人最后把笔锋一转，希望唐廷能像汉王朝一样从逆境中恢复过来，实现大唐的中兴。

犹瞻太白雪，喜遇武功天

述　怀

题解

唐肃宗至德二载（757）五月，杜甫从长安逃脱，投奔肃宗到凤翔，而后被任命为左拾遗，这首诗就是他就任后不久所作的。当时诗人惊魂稍定，因思及家人的下落而作了这首诗。

去年潼关破，妻子隔绝久①。今夏草木长，脱身得西走②。麻鞋见天子，衣袖露两肘。朝廷愍(mǐn)生还③，亲故伤老丑④。涕泪授拾遗⑤，流离主恩厚。柴门虽得去⑥，未忍即开口。寄书问三川⑦，不知家在否？比闻同罹(lí)祸⑧，杀戮(lù)到鸡狗。山中漏茅屋，谁复依户牖(yǒu)⑨？摧颓苍松根⑩，地冷骨未朽。几人全性命，尽室岂相偶？嵚(qīn)岑猛虎场⑪，郁结回我首⑫。自寄一封书，今已十月后。反畏消息来，寸心亦何有？汉运初中兴⑬，生平老耽酒⑭。沉思欢会处，恐作穷独叟⑮。

[注释]

①隔绝：因为阻隔而音信断绝。②得：得以，能够。西走：向西而行，由长安去

往凤翔要向西走。③愍：怜悯，同情。④亲故：亲人故友。⑤拾遗：唐代官制中有左右拾遗，属于谏官之列。⑥柴门：用树枝和木材所造的门，说明杜甫家十分贫困，代指杜甫在鄜州的家。得去：可以去，能去。⑦三川：县名，唐时在鄜州，当时杜甫家人的居住处。⑧比闻：近闻。罹祸：遭难，遇难。⑨户牖：门窗。⑩摧颓：毁坏。⑪嵚岑：形容山的高峻。猛虎：比喻贼寇的残暴。⑫郁结：心上的疙瘩。回我首：想念回望。⑬汉运：代指唐朝的命运。唐人多以汉来比拟唐。初中兴：这时长安和洛阳都还没有收复，但已出现转机，所以说“初中兴”。⑭耽酒：喜酒，嗜酒。⑮叟：对年老男子的称呼。

麻鞋见天子，衣袖露两肘

[诗解]

杜甫在诗中抒发了自己深切的思念和担忧，同时表现出杜甫时时刻刻都在关心着国家和人民。这首诗可分为三段，开头十二句为第一段，主要叙述诗人的经历，即得去而又未忍去之故；“寄书问三川”以下十二句为第二段，说自己无法分身，只能够寄书了，书寄出后又得不到回信，因此多为想象揣测之词；最后八句为末段，通过这次寄书，联想到上一年的寄书，恐怕妻子儿女已经身亡，最后会变成只有自己一个孤独老人的悲惨结局。

诗人根据自己的所见所闻，运用丰富的想象，生动具体地描绘出了心中的担忧和惊恐，以及对家人的思念，感人至深。

羌村三首

题解

这三首诗作于唐肃宗至德二载（757）秋。杜甫在这年五月被任命为左拾遗，因房琯被罢相，他上书为之辩护，触怒了肃宗，被放还鄜州羌村探望家小。这三首诗就是这次返家时所作。

其　一

峥嵘赤云西①，日脚下平地。
柴门鸟雀噪，归客千里至②。

妻孥(nú)怪我在③，惊定还拭泪。
世乱遭飘荡，生还偶然遂④！
邻人满墙头，感叹亦歔欷(xū xī)⑤。
夜阑更秉烛⑥，相对如梦寐⑦。

[注释]

①峥嵘：原本形容山的高峻陡峭，这里用来形容云峰。②归客：杜甫自己。③妻孥：妻儿。④生还：活着回来。遂：如愿以偿。⑤歔欷：悲泣感叹之声。⑥夜阑：深夜。⑦梦寐：睡梦中。

其　二

晚岁迫偷生①，还家少欢趣②。
娇儿不离膝，畏我复却去③。
忆昔好追凉④，故绕池边树。
萧萧北风劲⑤，抚事煎百虑⑥。
赖知禾黍(shǔ)收⑦，已觉糟床注⑧。
如今足斟酌⑨，且用慰迟暮。

萧萧北风劲，抚事煎百虑

[注释]

①晚岁：老年。实际上杜甫这时只有四十六岁。②少欢趣：杜甫以为在国家遭难之时，自己赋闲家中，这是一种可耻的偷生，所以感到“少欢趣”。③却去：即去、便去。④忆昔：追忆往日，指去年六七月间。追凉：追逐凉爽之地。⑤萧萧：写落叶情状，兼写自己心情悲凉。⑥抚：抚念。⑦赖：全亏了，依赖。⑧糟床：酒醉，一种造酒的器具。注：流，此处指酒。⑨足斟酌：有足够的酒喝。

其　三

群鸡正乱叫，客至鸡斗争。驱鸡上树木，始闻叩柴荆①。父老四五人，问我久远行②。手中各有携，倾榼(kē)浊复清③。苦辞酒味薄④，黍地无人耕。兵革既未息，儿童尽东征。请为父老歌，艰难愧深情⑤。歌罢仰天叹，四座泪纵横⑥。

歌罢仰天叹，四座泪纵横

[注释]

①始闻：才听到，指开始时叩门声被鸡的叫声所淹没，一直到这时才听见。柴荆：柴门，也称“荆柴”“荆扉”。②问：问遗，携带着礼物去慰问人，也指以物遥赠。③榼：酒器。浊、清：酒的颜色清浊不一。④苦辞：再三地说，觉得很抱歉。⑤愧：愧疚。⑥四座：四周在座的人。

[诗解]

这组诗写的是杜甫回到家之后的所见所闻所感。三首诗可称为返家三部曲。肃宗准许杜甫返回鄜州羌村探望家小，实际上是趁机将他远放，这是杜甫在仕途上的一个沉重的打击，却给了他一个深入民间体察民生疾苦的机会。

第一首诗写诗人刚回到家时全家团聚时的情景，以及在战乱时期人们所表现出来的特殊心理。第二首诗写诗人在回家之后的苦闷和矛盾心理。诗人有心报国却无从施展，表达了其不甘苟且偷生的心态。第三首写邻里带着酒前来慰问以及诗人致谢的情景，通过与邻里之间的谈话，反映了当时百姓的生活。

全诗采用白描手法，抓住当时的生活情景以及人物的心理，有很强的表现力，景真情挚，感发人心。

北 征

题解

这首诗作于唐肃宗至德二载（757）秋。杜甫因房琯事件触怒肃宗后，从凤翔回到鄜州羌村探家。这首诗就是杜甫回到家后，追叙此次回家的经历、感想以及到家后的所见所闻。

皇帝二载秋①，闰八月初吉②。杜子将北征③，苍茫问家室④。维时遭艰虞(yú)⑤，朝野少暇日。顾惭恩私被⑥，诏许归蓬荜(bì)⑦。拜辞诣阙下⑧，怵(chù)惕久未出⑨。虽乏谏诤姿⑩，恐君有遗失。君诚中兴主，经纬固密勿⑪。东胡反未已⑫，臣甫愤所切⑬。挥涕恋行在⑭，道途犹恍惚。乾坤含疮痍(chuāng yí)，忧虞何时毕⑮？

[注释]

①皇帝二载：唐肃宗至德二载（757）。②初吉：朔日，即初一。③杜子：杜甫，子是古代男子的通称。④苍茫：指当时战乱，对家中的情形一无所知。问：探望。⑤维时：当是时。⑥恩私被：恩赐独加于自己一个人身上，所以自感惭愧。⑦诏许：下诏准许。蓬荜：蓬门荜户，此指诗人的家。⑧阙下：宫阙，指朝廷。⑨怵惕：惊恐不安的样子。⑩谏诤：臣下对君上的直言规劝。⑪经纬：本指织物的纵线和横线，此处借指对国家大事的计划和治理措施。密勿：勤谨。⑫东胡：安史之乱的叛军。已：停止。⒀臣甫：杜甫，这是章奏上的惯用之词，是臣子对君王的自称。⒁行在：天子出行的居所，这里代指临时设立在凤翔的朝廷。⒂忧虞：忧虑。

顾惭恩私被，诏许归蓬荜

靡(mí)靡逾(yú)阡陌⑯，人烟眇萧瑟⑰。所遇多被伤，呻吟更流血。回首凤翔县，旌旗晚明灭⑱。前登寒山重，屡得饮马窟⑲。邠(bīn)郊入地底⑳，泾(jīng)水中荡潏(yù)㉑。猛虎立我前，苍崖吼时裂。菊垂今秋花，石戴古车辙。青云动高兴，幽事亦可悦㉒。山果多琐细，罗生杂橡栗㉓。或红如丹砂，或黑如点漆㉔。雨露之所濡㉕，甘苦齐结实。缅思桃源内㉖，益叹身世拙。坡陀望鄜(fū)畤㉗，岩谷互出没。我行已水滨，我仆犹木末㉘。鸱鸮(chī xiāo)鸣黄桑，野鼠拱乱穴㉙。夜深经战场，寒月照白骨。潼关百万师㉚，往者散何卒！遂令半秦民㉛，残害为异物㉜。

[注释]

⑯靡靡：迟迟。逾：越过。阡陌：田间的道路，南北为阡，东西为陌。⑰眇：少。萧瑟：萧条。⑱明灭：形容旌旗在日光下飘动，忽明忽灭。⑲屡得：多次遇到。饮马窟：饮马的水洼，古人在野外行军时，遇到地势低洼有水处，就在水洼处饮马，称为“饮马窟”。这里是说因为战争而出现了“饮马窟”。⑳邠：邠州，在今陕西彬县。㉑荡潏：形容水涌的样子。㉒幽事：下面说到的山中所见的景物。亦可悦：也使人喜悦。㉓橡栗：栎实，形状像栗子，比栗子要小一些。㉔点漆：黑而小的山中野果。㉕濡：沾濡。㉖缅思：遥想。㉗坡陀：形容山冈的起伏貌。鄜畤：原指秦时

文公所筑的用来祭天的坛场，这里代指鄜州。㉘木末：树梢，此处泛指山上。㉙拱乱穴：像人拱着手一样立于乱穴中间。㉚百万：夸张的说法，极言其多。㉛半秦民：秦地一半的人民。㉜为异物：化为异物，即死亡。

经年至茅屋，妻子衣百结

况我堕胡尘[33]，及归尽华发[34]。经年至茅屋，妻子衣百结[35]。恸（tòng）哭松声回，悲泉共幽咽。平生所娇儿，颜色白胜雪[36]。见耶背面啼，垢（gòu）腻脚不袜。床前两小女，补绽才过膝[37]。海图坼（chè）波涛[38]，旧绣移曲折。天吴及紫凤，颠倒在裋褐[39]。老夫情怀恶，呕泄卧数日[40]。那无囊中帛，救汝寒凛栗[41]。粉黛亦解包[42]，衾裯稍罗列[43]。瘦妻面复光[44]，痴女头自栉（zhì）[45]。学母无不为[46]，晓妆随手抹[47]。移时施朱铅[48]，狼藉画眉阔[49]。生还对童稚，似欲忘饥渴。问事竞挽须[50]，谁能即嗔（chēn）喝[51]。翻思在贼愁，甘受杂乱聒（guō）[52]。新归且慰意，生理焉得说[53]。

［注释］

㉝堕胡尘：陷于叛军当中。㉞及归：等到回来。指从长安逃归到凤翔。华发：白发。㉟百结：衣服上打满了补丁。㊱白胜雪：指孩子以前十分白净，和下面说到的“垢腻”形成对比。㊲补绽：补缀所用之物。㊳海图：绣着大海景象的图障。㊴天吴：水神，该神为虎身人面，有八手八足八尾。㊵呕泄：吐泻。卧：卧病在床。㊶寒凛栗：冷得直打哆嗦。㊷黛：古代女子用来画眉的黑粉。㊸衾：被褥。裯：床帐。㊹面复光：面容重新容光焕发。㊺头自栉：主动自己梳起头来。㊻无不为：无所不为，全都照着做。㊼随手抹：信手胡乱地涂抹。㊽移时：费了很长的时间。朱铅：红粉。㊾狼藉：杂乱，不整洁。画眉阔：汉代和唐代的女子画眉时都以阔为美。㊿问事：孩子们围着父亲问长问短。(51)嗔喝：生气地喝止。(52)聒：吵闹。(53)生理：生计。

至尊尚蒙尘[54]，几日休练卒。仰观天色改，坐觉妖氛豁[55]。阴风西北来，惨淡随回纥(hé)[56]。其王愿助顺[57]，其俗善驰突[58]。送兵五千人，驱马一万匹。此辈少为贵，四方服勇决[59]。所用皆鹰腾[60]，破敌过箭疾[61]。圣心颇虚伫，时议气欲夺。伊洛指掌收[62]，西京不足拔。官军请深入，蓄锐可俱发。此举开青徐[63]，旋瞻略恒碣(jié)[64]。昊天积霜露[65]，正气有肃杀。祸转亡胡岁，势成擒胡月。胡命其能久，皇纲未宜绝[66]。

［注释］

[54]至尊：对皇帝的称呼，这里指肃宗。蒙尘：蒙受风尘，指皇帝流落在外。[55]豁：开朗、澄清。[56]回纥：我国古代北方及西北的少数民族。[57]助顺：帮助朝廷。[58]善驰突：擅长骑射突击。[59]勇决：骁勇果断决绝。[60]鹰腾：像鹰一样飞腾搏击。[61]过箭疾：比箭发射出的速度还要迅疾，形容破敌的速度极快。[62]伊洛：伊水、洛水，流经洛阳，这里代指东京洛阳。指掌：极为容易。[63]青徐：青州、徐州，在今山东、苏北一带。[64]旋瞻：眼看。略：略取，攻得。恒碣：恒山和碣石山，指山西、河北一带。[65]昊天：秋天。[66]皇纲：唐朝的帝业传统，也是国运的象征。

仰观天色改，坐觉妖氛豁

忆昨狼狈初[67]，事与古先别。奸臣竟菹醢(zū hǎi)[68]，同恶随荡析[69]。不闻夏殷衰[70]，中自诛褒妲(dá)[71]。周汉获再兴，宣光果明哲[72]。桓桓陈将军[73]，仗钺(yuè)奋忠烈[74]。微尔人尽非[75]，于今国犹活。凄凉大同殿，寂寞白兽闼(tà)[76]。都人望翠华[77]，佳气向金阙[78]。园陵固有神[79]，扫洒数不缺[80]。煌煌太宗业[81]，树立甚宏达[82]。

［注释］

[67]狼狈：这是追忆去年六月唐玄宗仓皇出逃四川的旧事。[68]奸臣：杨国忠。菹醢：肉酱。[69]同恶：杨国忠的同党。荡析：消灭，除尽。[70]夏殷：夏朝的夏桀王和殷朝的商纣王，二人都是因女色而导致亡国的暴君。[71]中自：主动。[72]宣光：周代的宣王和汉代的光武帝，在此用来比喻唐肃宗。[73]桓桓：形容勇猛威武的样子。陈将军：陈玄礼，称其官号是表示敬意。[74]仗钺：护卫皇帝。忠烈：忠诚刚烈。[75]微：没有。尔：你，指陈玄礼。人尽非：人民都受到安史的野蛮凶残统治。[76]白兽闼：

白兽门，位于凌烟阁之北、太极殿西南。⑦都人：长安城内的百姓。翠华：天子仪仗中饰有翠绿色羽毛的旌旗。⑱金阙：用金子装饰的阙门。⑲园陵：皇帝的墓地。⑳数：礼数。㉑煌煌：光辉宏大。㉒宏达：宏伟昌盛。

[诗解]

由凤翔到鄜州是向东北方向走，所以说“北征”。

杜甫写《北征》的目的一是根据自己在途中的亲身见闻，写出战乱中人民生活的苦况，以此引起唐肃宗的注意和关心；二是表达自己对借用回纥兵的意见，以唤起唐肃宗的警惕。诗中真实反映了当时“乾坤含疮痍”的场景，表明了自己的政治见解和看法。这时杜甫担任左拾遗，属于谏官之列，这首诗就是他的谏书，诗的格式写得也很像奏议。

煌煌太宗业，树立甚宏达

这首长篇叙事诗共有一百四十句，是杜甫五言古体诗中篇幅最长的一首。全诗可分作五大段，忧国忧民的爱国精神贯穿始终。按从朝廷所在的凤翔返回杜甫家人所在的鄜州的历程，诗人依次描写了蒙君恩放还归家探亲，告别朝廷启程时的忧愁；在归途中所看到的情景以及所发出的感慨；回到家后与妻子儿女团聚的悲喜交集情景；在家里时刻关注时局的发展和提出怎样向回纥借兵的建议；最后诗人回顾朝廷在安禄山叛乱后所出现的一些可喜变化，并表达了自己对大唐的中兴饱含期望，对国家的命运非常有信心。

全诗以记叙为主，夹叙夹议，结构完整缜密，描写细腻具体，感情曲折深刻，是杜诗中的名篇。

彭衙行

题解

这首诗作于唐肃宗至德二载（757）八月，是一首感谢朋友的诗，写的是一年前诗人全家在逃难途中受到友人孙宰热情招待的事情。

忆昔避贼初，北走经险艰。夜深彭衙道，月照白水山[①]。尽室久徒步[②]，逢人多厚颜[③]。参差谷鸟鸣[④]，不见游子还。痴女饥咬我，啼畏虎狼闻。怀中掩其口，反侧声愈嗔(chēn)[⑤]。小儿强解事[⑥]，故索苦李餐。一旬半雷雨，泥泞相牵攀。既无御雨备[⑦]，径滑衣又寒[⑧]。有时经契阔[⑨]，竟日数里间[⑩]。野果充糇(hóu)粮[⑪]，卑枝成屋椽(chuán)[⑫]。早行石上水，暮宿天边烟。少留同家洼[⑬]，欲出芦子关。故人有孙宰[⑭]，高义薄层云[⑮]。延客已曛(xūn)黑，张灯启重门。暖汤濯(zhuó)我足[⑯]，剪纸招我魂。从此出妻孥(nú)，相视涕阑干[⑰]。众雏烂熳睡[⑱]，唤起沾盘飧(sūn)[⑲]。誓将与夫子[⑳]，永结为弟昆。遂空所坐堂，安居奉我欢[㉑]。谁肯艰难际，豁达露心肝[㉒]。别来岁月周[㉓]，胡羯(jié)仍构患。何当有翅翎[㉔]，飞去堕尔前。

[注释]

①白水山：白水县的山。杜甫在唐肃宗至德元年（756）六月向鄜州逃难时途经白水。②尽室：全家。③多厚颜：感觉非常不好意思。厚颜，羞惭。④参差：高低、长短不齐。⑤反侧：挣扎。声愈嗔：哭声越发大了起来。⑥强解事：即“强作解事”，指本不明事情的真意而妄加议论、解释。⑦备：工具，这里指雨具。⑧衣又寒：衣服被雨打湿而越发寒冷。⑨经契阔：碰到了特别难走的地方。契阔，劳苦。⑩竟日：一整天。⑪糇粮：干粮。⑫屋椽：屋宇。椽，架屋顶的木条。⑬少留：短时间的逗留。同家洼：友人孙宰的家所在的地方。⑭宰：唐代时人们对县令的一种敬称，孙宰可能做过县令。⑮薄层云：上接云天，形容友人的义气之高，也就是“义薄云天”。⑯暖汤：热水。⑰阑干：纵横交织的样子，这里是形容相见时的涕泪之多。⑱众雏：上面提到的孩子们。烂熳睡：稚子睡得香甜的模样。⑲沾盘飧：吃晚饭。⑳夫子：对别人的尊称，这里是孙宰对杜甫的称呼。㉑奉我欢：使我愉快。㉒豁达：待人宽厚。露心肝：推心置腹、坦诚相待。㉓岁月周：时间满一年。㉔何当：何时好，什么时候。

故人有孙宰，高义薄层云

[诗解]

彭衙，位于陕西白水县东北六十里，即现今的彭衙堡。

安史之乱爆发后，杜甫举家从奉先逃往白水，潼关失守后，他们又逃往鄜州，在逃难途中，为久雨所困，孙宰热情相邀，并周到款待。一年以后，杜甫从凤翔赶回鄜州探家，途中经过彭衙之西，回忆起昔日孙宰热情款待的深情厚谊，又想到自己无法枉道相访，于是写了这首诗，叙述当日逃难之艰险、友人相待之厚谊。

这首诗全篇都是追叙往事，只有最后四句是诗人作诗时的话，因此以“忆昔”作为诗的开始。诗分为两部分。前一部分从开头到“暮宿天边烟”句，主要写诗人举家逃难的艰辛景况。后一部分为“少留同家洼”句到结尾，写孙宰对自己的热情款待，两人结下了深厚的友谊。

这首回忆友人的诗，用追忆的口吻直接叙述，自然真挚地道出了诗人对故友的眷怀和感激。

送郑十八虔贬台州司户，伤其临老陷贼之故，阙为面别，情见于诗

题解

这首诗大约作于唐肃宗至德二载（757）冬杜甫从鄜州返回长安时。

郑公樗(chū)散鬓成丝①，酒后常称老画师②。
万里伤心严谴日③，百年垂死中兴时④。
苍惶已就长途往，邂逅(xiè hòu)无端出饯(jiàn)迟。
便与先生应永诀⑤，九重泉路尽交期⑥。

苍惶已就长途往，邂逅无端出饯迟

［注释］

①樗：一种落叶乔木，质地松散，并且枝叶有臭味，俗称“臭椿”。②老画师：郑虔自称，因为当时画家受到轻视，故其酒后自称老画师，这是牢骚话。③万里：遥远的台州。严谴：严厉的惩罚。④百年：人的一生。垂死：临近死亡，时日不多。再加上遭贬，会加速死亡。⑤永诀：死别。⑥九重泉路：指死后走上黄泉路。

［诗解］

台州，即今浙江临海。司户，县佐小官。郑虔，即郑广文，十八是其排行，古人常常以排行

相称，有尊敬和亲切意。

安禄山起兵叛乱后，郑虔被叛军劫到洛阳。安禄山任其为水部郎中，郑虔称病不就，并暗中与唐廷通消息。唐肃宗至德二载（757）十月，两京收复，陷叛军当中的官员被分作六等定罪，郑虔被贬于台州。郑虔和杜甫的关系十分要好，杜甫对郑虔被贬之事深表同情。郑虔出外上任时，两人没能当面告别，于是杜甫写下了这首诗。

诗的前两句写郑虔的容貌和醉态；三、四句写诗人感慨国家中兴而郑虔却遭受了贬官的严厉惩罚；五、六句写郑虔仓皇离开京城前往台州贬所，自己却无法与其告别。“邂逅无端”，写出了诗人因不能与郑虔饯别的无可奈何。最后两句说就此永诀，再见只能是在黄泉路上了。这两句写得极其沉痛，但也预言了最后的结局。当时郑虔已到了垂暮之年，被贬万里之外必然会加速他的衰老，因而诗人发出了“便与先生应永诀”的感叹。

春宿左省

题解

这首诗作于唐肃宗乾元元年（758）春，描写了诗人任左拾遗时值夜，在上封事前的心情，表现了其忠君爱国、勤于国事的思想。

花隐掖垣（yè yuán）暮①，啾啾（jiū）栖鸟过。
星临万户动，月傍九霄多②。
不寝听金钥③，因风想玉珂（kē）④。
明朝有封事⑤，数问夜如何。

不寝听金钥，因风想玉珂

［注释］

①掖垣：本指皇宫的旁垣。唐时门下、中书两省称左右掖垣，这里指左掖，与题目中的“左省”相切合。②九霄：天的最高处，表示极高极远之处。③金钥：金锁。④玉珂：马络头上的饰物，百官上朝时都骑马，玉珂也随之而鸣。⑤封事：密封的奏折。

［诗解］

宿，值宿。左省，即门下省，因在殿庑之东，故称。

唐肃宗至德二载（757）九月，唐军收复长安。十月，肃宗从凤翔返回长安，杜甫也从鄜州回到长安，仍然担任左拾遗。左拾遗掌管讽谏，遇有大事便当廷而诤，小事也要上“封事”。诗中对宫廷夜色的描写尤为出色，一向为人所称道。

诗的首联写诗人在左省上夜班时所见到的景物。花影婆娑，栖鸟飞鸣而过。“暮”字点明此时已是黄昏，与“宿”相应。“花”与“鸟”点明这时是春天。“掖垣”则点明了地点是左省。首联字字点题，可见诗人的匠心。

颔联写由暮至夜深的景色。皇宫之内，星光闪烁，就像千万门户在动。因为宫殿高耸，直入云霄，距离月亮很近，所以觉其得月独多。

颈联写诗人值夜班时的情景。诗人无法入睡，仿佛听到有人开宫门的锁钥声。风吹动铎铃发出鸣声，就像官员骑马上朝时的马铃响。这些都是诗人的想象之语，表现了其认真谨慎、勤于国事的特点。

尾联写诗人“不寝”的原因。因为明天早晨要向皇帝上封事，诗人心绪不宁，无法入睡，因此数次询问“夜如何”。全诗以时间为线，从黄昏写到深夜，前四句写景，后四句写情，情景结合，结构严谨，描写生动。

曲江二首

题解

这首诗作于唐肃宗乾元元年（758）暮春。当时唐军已经收复了长安，肃宗和群臣也已经回到长安，安史之乱渐渐平息，可是它所带来的劫难随处可见。杜甫此时仍担任左拾遗，然而又值宦官李辅国擅权，身为谏官的杜甫被视为异己，受到排斥，志不得行，因此十分烦闷，便借此诗来伤春感时，表面上是感伤春光易逝，实则伤感于人事无常。

其　一

一片花飞减却春①，风飘万点正愁人。
且看欲尽花经眼②，莫厌伤多酒入唇③。
江上小堂巢翡翠，苑边高冢(zhǒng)卧麒麟④。
细推物理须行乐⑤，何用浮名绊此身⑥？

[注释]

①减却春：减损了春色。②欲尽花：将尽之花。经眼：过眼。③多酒：过量饮酒。④苑：芙蓉苑，位于曲江西南。⑤物理：就事物的盛衰变化而言的道理。⑥浮名：虚名。

其　二

朝回日日典春衣①，每日江头尽醉归。

酒债寻常行处有，人生七十古来稀。
穿花蛱蝶深深见[2]，点水蜻蜓款款飞。
传语风光共流转[3]，暂时相赏莫相违[4]！

[注释]

①朝回：退朝后回家。典：典当。②蛱蝶：一种蝴蝶，翅膀呈赤黄色，有黑色纹饰。③传语：传告。共流转：同盘桓。④违：违背、错过。

穿花蛱蝶深深见，点水蜻蜓款款飞

[诗解]

杜甫写了很多和曲江有关的诗，其中安史之乱期间所写的曲江诗，多是为自身和国家未来的命运担忧，而安史之乱后的诗作更多的是在为逝去的年华而伤感叹息，为王朝的衰微没落而悲泣。《曲江二首》就是其中的代表。

第一首诗写杜甫在曲江看花喝酒，布局严谨，抒情淋漓。诗人从落花开始写起，表达了一种伤春之情。首联和颔联通过落花触发诗人的感怀，满眼的落花使诗人想到了春天的流逝，继而想到自己年岁已高，无力实现为国效力的理想了。颈联写四周的景色，鸟儿在小堂上筑巢，墓地旁的麒麟也倒塌在地，长安的繁华不再。暮春荒凉的景色，自己的不受重用，使杜甫感悟到既然无法改变现实，为何不及时行乐，何必在意那流芳百世的浮名呢？

这两首诗是“联章诗”，上下之间有内在的联系，在内容上第二首紧承第一首。杜甫无法放弃自己的理想，但又无可奈何，只能借酒消愁。首联和颔联写诗人借酒放逐自己，想到自己已是年近五十，感叹“人生七十古来稀”，已经时日不多了。最后四句写蝴蝶、蜻蜓在自由自在地飞翔，诗人暂且陶醉在这景色中，希望春天的风光不要那么快离开自己，再陪伴自己多一会儿——尽管此时已是暮春时节。在这里诗人借仅剩的春光忘掉现实的不快，掩饰心中的凄苦。

至德二载，甫自京金光门出，间道归凤翔。乾元初，从左拾遗移华州掾，与亲故别，因出此门，有悲往事

题解

这首诗大概作于唐肃宗乾元元年（758）六月。当时杜甫直言上书，又一次被指责为房琯党徒，遭到贬谪。这首诗写于离开长安之时，诗人主要抒发自己因政治上受到打击而担忧国事的心情。

此道昔归顺①，西郊胡正繁。
至今犹破胆②，应有未招魂。
近侍归京邑③，移官岂至尊④？
无才日衰老⑤，驻马望千门⑥。

[注释]

①归顺：投诚、归降，指脱离叛军归顺唐廷。②破胆：吓破了胆，形容胆战心惊。③近侍：左拾遗。京邑：华州。华州离长安不远，所以称为“京邑”。④移官：贬官。至尊：唐肃宗。⑤无才：诗人将贬官的原因归咎于自己无用。⑥千门：宫阙。

[诗解]

诗题中所用“移”字，即“贬”，这是一种场面话。长安外郭城的西面有三扇门，北门称开远门，中门称金光门，南门称延平门。杜甫这次贬官别京时所走的就是中门金光门。

杜甫从左拾遗被贬为华州司功参军，对他的仕途是一次重大的打击，是他在政治上的一个转折点，也是他在创作上发生转变的关键。诗人开始走向广大人民百姓，广泛地深入民生，体察民情和时事。从这以后，杜甫在创作上进入高峰期，写出了著名的“三吏”“三别”等重要作品，奠定了杜诗“诗史”的地位。

诗的首联写诗人当年从沦陷的长安逃往肃宗所在的凤翔，也是从这条偏僻的小道出发，那时西郊外还有很多叛军。颔联写现在回忆起来还胆战心惊，应该还有未招回的魂魄吧。颈联写诗人到凤翔后，到华州任司功参军，问：这难道是皇帝的本意吗？这个反诘句，表明诗人不敢埋怨国君。尾联诗人写自己无才且年迈，不愿离去，驻马回望宫阙，不由悲从中来。

全诗叙事抒情，既有诗人忠于朝廷而又无辜被贬的愤懑，也有对朝廷罢黜良臣、信任奸臣的讽喻。

望 岳

题解

这首诗作于唐肃宗乾元元年（758）夏杜甫贬官于华州时期。当时诗人在赶赴华州途中望见华山，悠然神往，便写下了这首七律。

西岳崚嶒竦处尊[1]，诸峰罗立如儿孙[2]。（líng céng sǒng）
安得仙人九节杖，拄到玉女洗头盆？
车箱入谷无归路，箭栝通天有一门[3]。
稍待西风凉冷后，高寻白帝问真源[4]。

[注释]

①崚嶒：形容山高峻的样子。竦处：最高处。②如儿孙：用人的长幼来形容山的高下。大的山如同儿子，小的山如同孙子。③箭栝：箭栝峰，华山山峰名。④白帝：此处指华山。真源：群仙的住居之地，这里有访道问仙的意思。

[诗解]

岳，指西岳华山。

杜甫的《望岳》诗共有三首，分别咏东岳（泰山）、南岳（衡山）、西岳（华山）。这一首写的是望西岳华山。杜甫咏华山同样雄伟，然而这首诗却是一首失意之作。杜甫此时已到中年，一直仕途不顺，生活极其艰辛，因此在诗中流露出了失意、彷徨、困惑。

西岳华山

诗的前两句写华山的高崇。诗人想登山，“安得”二字进行诘问，表明诗人的愿望很难实现。这与诗人一心想为国效力，却总是报国无门是一样的，表达了一种无可奈何的心情。“车箱”两句写诗人仰望之时，估算着攀登的道路。这只不过是诗人在望岳时借以自我安慰而已。最后两句写现实环境的不顺，使得诗人产生了厌倦仕途之感，期望在喧嚣中寻得“凉冷”以自疗伤痛。杜甫以华山之顶比作白帝之居，表现了他感到理想已经难以实现的彷徨心情。

瘦马行

题解

这首诗作于唐肃宗乾元元年（758）冬，当时杜甫贬官为华州司功参军。这是一篇写实兼具抒情的诗作。

东郊瘦马使我伤，骨骼硉(lù)兀如堵墙①。绊之欲动转欹(qī)侧②，此岂有意仍腾骧(xiāng)③。细看六印带官字④，众道三军遗路傍。皮干剥落杂泥滓(zǐ)⑤，毛暗萧条连雪霜⑥。去岁奔波逐余寇，骅骝(huá liú)不惯不得将⑦。士卒多骑内厩(jiù)马⑧，惆怅恐是病乘黄⑨。当时历块误一蹶(jié)⑩，委弃非汝能周防⑪。见人惨澹若哀诉，失主错莫无晶光⑫。天寒远放雁为伴⑬，日暮不收乌啄疮。谁家且养愿终惠，更试明年春草长。

[注释]

①硉兀：形容马骨突出如山石。如堵墙：形容形体之瘦。②绊之：用马缰来绊马足。欹侧：歪倒。③腾骧：飞跃。④六印带官字：马身上印着六个印子，其中一个是官字印。⑤剥落：脱落。⑥毛暗：马因为生病而导致毛头生尘，毛色暗淡。连雪霜：身上带着雪霜。⑦骅骝：古代的良马名。将：参与。⑧内厩：御厩、天厩，指天子的马厩。⑨乘黄：古代的良马名，此指瘦马。⑩历块：原形容马行速度之快，此处指逐寇。误一蹶：失足跌倒。⑪汝：你，此指马。周防：提防。⑫错莫：落寞、索莫。⑬放：放牧。

[诗解]

杜甫之所以要写瘦马，一是因为诗人非常喜欢马，二是因为这匹遭人遗弃的官马，和诗人当时的处境颇为相似，因此借马来寄托自己的身世蹇舛之感。这首诗被后人称作是杜甫“自伤贬官而作”。

这首诗可分为两段。前八句为第一段，写瘦马的憔悴外形。后十二句为第二段，写出了瘦马的悲怆内心。诗中处处写马，同时又将诗人的身世暗喻其中，抒发内心的抑郁不平。杜甫一心想要为国效力，却不想遇上房琯罢相之事，结果诗人因此事被贬为华州司功参军。诗

东郊瘦马使我伤，骨骼硉兀如堵墙

人写《瘦马行》正是借马寓意，通过马的昔用今弃写自己仕途的浮沉，以马的形容憔悴来抒写自己的悲愁、痛苦。

赠卫八处士

题解

这首诗大约是唐肃宗乾元二年（759）春，杜甫任华州司功参军时所写。杜甫在去往华州途中，在拜访旧友时和卫八不期而遇，一时间悲喜交加、感慨万端，便写下这首五言古诗来记叙当时的场景。

人生不相见，动如参与商①。今夕复何夕，共此灯烛光。少壮能几时，鬓发各已苍②。访旧半为鬼③，惊呼热中肠④。焉知二十载，重上君子堂。昔别君未婚，儿女忽成行⑤。怡然敬父执⑥，问我来何方。问答未及已⑦，儿女罗酒浆⑧。夜雨剪春韭，新炊间黄粱⑨。主称会面难⑩，一举累十觞⑪。十觞(shāng)亦不醉，感子故意长⑫。明日隔山岳⑬，世事两茫茫⑭。

[注释]

①参商：也作“参辰”，参星和商星。②苍：灰白色。③半为鬼：指一半已经去世。④热中肠：为故友的死亡而悲痛。⑤成行：儿女众多。⑥父执：父亲的挚友。⑦未及已：还没有来得及说完。⑧儿女：一作“驱儿”。罗：罗列。⑨新炊：刚煮出来的新鲜饭。间：掺和。黄粱：小米。⑩主：主人，指卫八。⑪累：一连，接连。⑫故意长：朋友昔日的情谊深长。⑬山岳：西岳华山。⑭世事：世上的事和个人的命运。两茫茫：分手以后各自的命运如何，彼此互不知晓。

问答未及已，儿女罗酒浆

[诗解]

处士，指隐居不仕的人。八，是处士的排行。卫八处士，名不详，当是杜甫青年时代的好友。

全诗可分为五段。一至四句为一段，从大

处起笔，以人生如同参、商二星各在东西两方，表达了相见的艰难。三、四句以反诘的语气衬托暂时相聚的喜悦，与今夜在灯光下共叙离别之情。五至十句为第二段，主要从生离到死别、重逢，引出对世事、人生变化无常的感慨。十一至十八句为第三段，主要写卫八儿女成行以及盛情款待自己的情景。十九至二十四句为第四段，主要写主人与客人畅饮的情景以及对世事的感叹。

诗中传达了时局乱离之际，人们所具有的沧海桑田和别易会难之感，具有深刻的普遍意义。全诗采用白描的手法，以朴素的语言叙述相见的艰难和重逢的喜悦，生动自然，亲切真挚。

洗兵马

题解

这首诗大约是唐肃宗乾元二年（759）春二月，杜甫在洛阳时所作，表现了诗人高度的爱国主义及现实主义精神。

中兴诸将收山东①，捷书夜报清昼同②。河广传闻一苇过③，胡危命在破竹中④。只残邺(yè)城不日得⑤，独任朔方无限功⑥。京师皆骑汗血马⑦，回纥餧(wèi)肉葡萄宫⑧。已喜皇威清海岱⑨，常思仙仗过崆峒⑩。三年笛里关山月⑪，万国兵前草木风⑫。成王功大心转小⑬，郭相谋深古来少⑭。司徒清鉴悬明镜⑮，尚书气与秋天杳(yǎo)⑯。二三豪俊为时出⑰，整顿乾坤济时了⑱。东走无复忆鲈(lú)鱼，南飞觉有安巢鸟。青春复随冠冕入⑲，紫禁正耐烟花绕⑳。鹤驾通宵凤辇备㉑，鸡鸣问寝龙楼晓㉒。攀龙附凤势莫当㉓，天下尽化为侯王㉔。汝等岂知蒙帝力㉕？时来不得夸身强。关中既留萧丞相，幕下复用张子房㉖。张公一生江海客㉗，身长九尺须眉苍㉘。征起适遇风云会㉙，扶颠始知筹策良㉚。青袍白马更何有㉛？后

京师皆骑汗血马，回纥餧肉葡萄宫

汉今周喜再昌[32]。寸地尺天皆入贡[33]，奇祥异瑞争来送。不知何国致白环[34]，复道诸山得银瓮(wèng)[35]。隐士休歌紫芝曲，词人解撰河清颂[36]。田家望望惜雨干[37]，布谷处处催春种[38]。淇上健儿归莫懒[39]，城南思妇愁多梦[40]。安得壮士挽天河[41]，净洗甲兵长不用[42]！

[注释]

郭子仪

①中兴诸将：李俶、郭子仪等人。山东：唐时指华山以东地区，包括河北一带。②清昼同：捷报不分昼夜地频频传来。③河：指黄河。④胡：安庆绪、史思明。命在破竹中：胡兵的灭亡已经在眼前。⑤只残：只剩下。邺城：相州，今河南安阳。不日得：很快就能够克复失地。⑥独任：专任和信任。朔方：朔方军以及朔方节度使郭子仪。⑦汗血马：胡地出产的一种良马，泛指胡马。⑧馁：同“喂”，饲养。⑨海岱：东海及泰山之间的地区，今山东一带。⑩仙仗：天子的仪仗。崆峒：山名，古时有四个崆峒山，这里指甘肃平凉的崆峒山。⑪关山月：汉乐府横吹曲中的一首，是伤离别之曲。⑫草木风：人心惶惶、草木皆兵。⑬成王：肃宗之子李俶，即后来的唐代宗。⑭郭相：郭子仪。唐肃宗乾元元年（758）八月，郭子仪被任命为中书令，故称。⑮司徒：李光弼。唐肃宗至德二载（757）四月，李光弼被任命为司徒。⑯尚书：王思礼，他是高丽人，时任兵部尚书。气与秋天杳：气概像秋天一样高远开朗，形容王思礼为人开朗。⑰为时出：应运而生。⑱济时了：渡过了难关。⑲青春：春光。冠冕：用来代指朝中官员。入：进入。⑳紫禁：皇宫，天子之宫。正耐：正合、正要。㉑鹤驾：太子的车驾。凤辇：皇帝所乘之车。㉒龙楼：皇帝居住的场所。㉓攀龙附凤：比喻攀附帝王成就功业。指攀附肃宗和张淑妃的一班小人，如李辅国之流。㉔天下：夸张的写法，形容封侯之多。㉕汝等：上面说的所封的王侯辈，此处为对他们斥骂的称呼。蒙帝力：蒙受皇帝的偏爱。㉖张子房：张良，此处用张良来比张镐。㉗江海客：浪迹江海之人。这里指张镐半生未入仕，清正廉洁。㉘身长：代指张镐仪状魁伟。㉙征起：起用。风云会：风云际会。古代称动乱时代明君和贤臣的遇合为风云际会。㉚扶颠：救亡。㉛青袍

白马：南朝梁时北方的侯景起兵叛乱，此处借指“安史之乱”。侯景作战时骑着白马，士兵穿着青衣，后人以“青袍白马”代指乱臣贼子。㉜昌：繁荣昌盛。㉝寸地尺天：一小块土地和天空，即“普天之下”。㉞白环：传说虞舜时代，西王母亲自前来朝见，并献上白环玉玦。㉟银瓮：上面所说的“奇祥异瑞”，相传政治清平，就会有银瓮出现。㊱河清颂：南北朝宋文帝时，黄河水清，人们以为这是天下太平的祥瑞，鲍照于是作《河清颂》，称赞文帝的功德。这里指文士们作歌颂太平的文章。㊲望望：望了又望，形容盼望之殷切。㊳布谷：布谷鸟，是催耕之鸟，声如“布谷”。㊴淇上健儿：围攻邺城的战士。淇，淇水，今河南淇河。㊵城南思妇：泛指从军战士的妻子。㊶挽天河：引来天河之水。㊷甲兵：盔甲和兵器。

[诗解]

洗兵马，出自左思《魏都赋》中的“洗兵海岛，刷马江洲”。此处的意思是洗净兵器，即盼望战乱早日结束，这些兵器再无用武之地。诗题下原有注“收京后作”。

布谷鸟

这首诗写于乾元二年（759）春，即长安和洛阳收复之后、唐军兵败相州之前。当时国家形势既有好的方面，也有不利的方面，所以此时杜甫的心情十分矛盾，“一则以喜，一则以惧”。在这首诗中，诗人一方面用洪亮的声调、壮丽的词句，对国家的复兴表现出了无比的喜悦和颂扬；另一方面为了取得彻底的胜利，使战争早日结束，以寓讽刺于颂祷之中的手法对朝廷存在的弊端进行了指斥和警告。因此，这首诗具有鼓舞人心和警惕隐患的双重作用。

全诗可以分成四段，每段用一韵，每韵十二句，平韵和仄韵轮流使用，诗句整齐华丽，不同于一般的七古。宋代王安石选杜诗时，以这首诗作为杜诗的“压卷”之作。

新安吏

题解

这首诗作于唐肃宗乾元二年（759）三月间，为“三吏”“三别”组诗的首篇。这一年唐军在邺城遭到惨败，为补充兵力，朝廷强制征兵，百姓深受其苦。当时杜甫正从洛阳赶回华州，目睹了官吏们的暴行。诗人百感交集，出于对百姓的同情以及对国家时局命运的担忧，写下了“三吏”“三别”。

客行新安道[①]，喧呼闻点兵[②]。借问新安吏，县小更无丁[③]？府帖昨夜下[④]，次选中男行[⑤]。中男绝短小，何以守王城[⑥]？肥男有母送，瘦男独伶俜(líng pīng)。白水暮东流[⑦]，青山犹哭声。莫自使眼枯，收汝泪纵横。眼枯即见骨[⑧]，天地终无情[⑨]。我军取相州[⑩]，日夕望其平[⑪]。岂意贼难料[⑫]，归军星散营[⑬]。就粮近故垒[⑭]，练卒依旧京。掘壕(háo)不到水，牧马役亦轻。况乃王师顺[⑮]，抚养甚分明。送行勿泣血，仆射如父兄[⑯]。

[注释]

①客：杜甫的自称。②喧呼：喧闹呼叫。点兵：按照户籍名册来点名征兵。③更：岂，难道。丁：唐代的制度中，最初为“十六为中，二十一为丁，六十为老”，唐玄宗天宝三载（744）改为“十八以上为中男，二十二以上为丁”。④府帖：军帖，唐时是府兵制，故称“府帖”。⑤次选：因为壮丁已经被全部征用，再次征兵时只能征中男入伍。⑥王城：指洛阳。⑦白水：指大河。⑧眼枯：眼泪流得太多，已经流不出来了。⑨天地：朝廷，因不敢直指便以此影射。⑩相州：邺城，在今河南安阳。⑪日夕：早晚，时刻。平：平定，克复。⑫贼难料：贼寇狡猾，意图难料。⑬星散营：兵败以后军营像天空中的星星一样散乱着。⑭就粮：就食。近故垒：靠近旧营地。⑮王师：王者之师。原指天子的军旅，后来多用以指反抗外敌入侵的官军，即杜甫所说的“义军”。顺：名正言顺、合乎正义。⑯仆射：官名，唐时相当于宰相，此处指郭子仪。

[诗解]

新安，即今河南新安。

这首诗是五言律诗，与《石壕吏》《潼关吏》统称“三吏”。这组诗在艺术上继承了古乐府的传统，采用白描的手法将浓烈感情寓于其中，震撼千古。

全诗可分为三段。前八句为第一段，以“客行新安道，喧呼闻点兵”两句总起全篇。“客”是杜甫的自指。后文都是从诗人“喧呼闻点兵”五字中生出。第一段写诗人的问话，继而提出了关于征兵的疑问。第二段也是八句，描写诗人见到的那些应征的中男。最后十二句为一段。前四句提到了相州失败的形势，后八句写给被征入伍的中男，说他们将去服兵役，并对此予以安慰。

我军取相州，日夕望其平

全诗表达了杜甫思想的复杂性，在点选中男时诗人表现出来的是同情和怜悯，对朝廷无人道的强行征兵表达了不满。但诗人又对朝廷在危难之中进行征兵进行了回护，表现了诗人矛盾的心理。

潼关吏

题解

这首诗的完成时间稍晚于前一首诗，是杜甫从洛阳返回到华州途中，经过潼关时所作。唐肃宗乾元二年（759）春，唐军在相州大败，叛军逼近洛阳。朝廷为了防止洛阳失守，派重兵固守潼关。杜甫经过此地时，刚好看见守城的将士正在加固城墙。诗人见此情形，于是写下了这首诗，用对话的形式，叮嘱守关的将领要慎重行事，以免重蹈哥舒翰的覆辙。

士卒何草草①，筑城潼关道。大城铁不如②，小城万丈余。借问潼关吏，修关还备胡③？要我下马行，为我指山隅（yú）。连云列战格④，飞鸟不能逾⑤。胡来但自守，岂复忧西都⑥？丈人视要处⑦，窄狭容单车。艰难奋长戟（jǐ），万古用一夫⑧。哀哉桃林战，百万化为鱼。请嘱防关将，慎勿学哥舒⑨！

［注释］

①草草：形容士卒疲劳不堪的样子。②铁不如：形容所筑的城墙之牢固，铁也比不上其高坚。③胡：安史叛军。④连云：形容战格之高。战格：战栅，用以防御敌人。⑤逾：越过。⑥西都：长安。⑦丈人：官吏对杜甫的尊称。要处：险要之地。⑧一夫：用“一夫当关，万夫莫开”意，形容潼关地势的险峻。⑨哥舒：哥舒翰。

士卒何草草，筑城潼关道

［诗解］

潼关是洛阳通往长安的咽喉要道，地理位置十分重要。

诗开头四句描写了筑城的士兵和潼关关防，用简括的语言描写诗人对唐军加紧修筑潼关的印象。“借问潼关吏，修关还备胡？”两句引出了“潼关吏”，并问为何要“修关”。这里诗人是故意发问，暗中带出了潼关三年前失守一事。紧接着，潼关吏的回答了诗人的疑问。他邀请诗人下马，指着高耸的山峦，说层层战栅高耸入云，连飞鸟也难以飞越。关吏的这些讲述，反映了守关将士斗志的昂扬。

关于关吏的回答，诗人没有赞词，而是发出一番感慨。“请嘱防关将，慎勿学哥舒”二句，诗人以昔日哥舒翰之事为诫，叮嘱和告诫守关将士千万不能轻举妄动，轻易出兵。诗人联想到桃林塞的前车之鉴，希望官军吸取上次失败的教训，避免重蹈覆辙。

石壕吏

题解

杜甫从洛阳返回华州，途经石壕村并夜宿于此地，目睹了一户人家全家都被强征入伍的事，于是写下这首诗。

暮投石壕村[1]，有吏夜捉人。老翁逾墙走[2]，老妇出门看。吏呼一何怒！妇啼一何苦！听妇前致词：“三男邺(yè)城戍。一男附书至[3]，二男新战死。存者且偷生，死者长已矣[4]！室中更无人[5]，惟有乳下孙[6]。有孙母未去，出入无完裙。老妪(yù)力虽衰，请从吏夜归。急应河阳役[7]，犹得备晨炊。”夜久语声绝，如闻泣幽咽[8]。天明登前途，独与老翁别。

［注释］

①投：投宿。②逾墙：越墙逃走。③附书：捎信。④长已矣：已经死去了，完结了。⑤更无人：再也没有人。⑥乳下孙：正在吃奶的小孙子。⑦河阳：地名，今河南孟州。⑧幽咽：低微且断断续续的哭声。

［诗解］

石壕，村镇名，位于今河南陕县东面，在新安和潼关之间，杜甫从洛阳返回华州要经过此地。

全诗可分为三段。前四句为第一段。一、二句开门见山，直接叙述事件。三、四句写人民长期以来深受征兵之苦，老翁也不可避免。接下来的十六句为第二段。五、六句形象地概括了“吏”和“妇”的矛盾。“听妇前致词”一句在诗中起承上启下的作用。八至十二句是

吏呼一何怒！妇啼一何苦

老妪致辞的第一部分，也是对县吏第一次喝问的诉苦。面对县吏的逼问，老妪又苦诉家中已经没人，最后被县吏带走赴役。最后四句为第三段，既照应了前四句所涉及的人物，又写出了事情的结局和诗人的感受。

全诗用白描手法进行叙述铺陈，生动具体，并没有任何评论，将当时人民所受的灾难和痛苦淋漓尽致地表现出来。诗歌写老妪一家的悲惨遭遇和老妪被抓应役，让人不禁为之心酸悲恸，真实反映了当时“天地终无情”的景况。

新婚别

题解

这首诗和下面的《垂老别》《无家别》三首诗通篇都没有诗人形象出现，是借别者之口说出，和“三吏”的表现手法不同。这首诗是居者送别行者之词，反映了兵役带给人民的痛苦。

兔丝附蓬麻①，引蔓故不长。嫁女与征夫，不如弃路旁。结发为君妻②，席不暖君床③。暮婚晨告别，无乃太匆忙！君行虽不远，守边赴河阳。妾身未分明④，何以拜姑嫜(zhāng)⑤？父母养我时，日夜令我藏⑥。生女有所归⑦，鸡狗亦得将⑧。君今往死地⑨，沉痛迫中肠⑩。誓欲随君去，形势反苍黄。勿为新婚念，努力事戎行⑪。妇人在军中，兵气恐不扬⑫。自嗟贫家女，久致罗襦(rú)裳⑬。罗襦不复施⑭，对君洗红妆⑮。仰视百鸟飞，大小必双翔。人事多错迕(wǔ)⑯，与君永相望⑰。

[注释]

①兔丝：一种蔓生的草，多缠绕依附在其他植物上生长，古代常以此比喻女子嫁给征夫，很难白头偕老。②结发：古代男子二十岁束发而冠，女子十五岁以簪束发，表示成年。③席不暖：形容分别之快、相处时间之短。④未分明：是因为暮成婚晨即别，还未来得及拜见公婆，未能确定名分。分明，古代的礼俗认为新妇应当在出嫁后的第三天祭家庙、拜见公婆，才能确定名分。⑤姑嫜：公婆。旧时称丈夫的母亲为“姑”，丈夫的父亲为“嫜”。⑥藏：固守闺阁，不随便外出露面。⑦归：女子出嫁。⑧将：相随，相与。⑨死地：战场。⑩迫中肠：内心饱受煎熬。⑪戎行：从军作战。⑫兵气恐不扬：士气恐怕不振，军威恐怕不扬。⑬久致：长时间才置办成。罗襦：用丝绸制成的短衣。⑭不复施：是说不再穿。⑮洗红妆：洗去脸上敷施的脂粉，此指不再打扮。⑯错迕：错杂交迕，事与愿违。⑰永相望：长久相思，永不变心，表示对爱情始终不渝。

［诗解］

新婚别，指新婚燕尔之日，新郎新娘就要分别。全诗以新娘的口气写出，通篇皆是新娘的泣别之词，一方面表现了新娘对暮婚晨别的哀怨以及对新婚丈夫的难以割舍之情；另一方面又表现了新娘的深明大义，激励丈夫要以国事为重的崇高品质和自我牺牲精神。这种矛盾其实也是杜甫对这场战争的矛盾心理的表现。杜甫对这类惨无人道的强行征兵是不满和悲愤的，但是诗人对时局又有很清醒的认识，当时国家正处于危难之中，必须在失利后迅速补充兵力，否则后果不堪设想。

君今往死地，沉痛迫中肠

全诗大致可分为三段，每段之间不是并列关系，而是逐渐加深，其中又有曲折。第一段从“兔丝附蓬麻”至“何以拜姑嫜”句，写新娘子诉说自己的不幸遭遇。第二段从“父母养我时”至“形势反苍黄”，写新娘子将话题从自身逐渐转移到丈夫身上，表达了其对丈夫的忠贞。“勿为新婚念”以下为第三段，主要写新娘在经历了一番痛苦的倾诉和内心斗争之后，从自己的不幸和对丈夫的关切中走了出来，重新振作起来。

全诗采用独白的方式，写得具体生动，所述之事当为诗人亲眼所见。

垂老别

题解

诗歌以自叙的口气，写一个老翁在子孙全部阵亡以后辞别妻子，于残暮垂老之年愤然从军。这首诗为行者之词。

四郊未宁静，垂老不得安。子孙阵亡尽，焉用身独完①？投杖出门去，同行为辛酸②。幸有牙齿存，所悲骨髓干。男儿既介胄(zhòu)③，长揖别上官④。老妻卧路啼，岁暮衣裳单。孰知是死别⑤，且复伤其寒！此去必不归，还闻劝加餐⑥！土门壁甚坚，杏园度亦难⑦。势异邺(yè)城下⑧，纵死时犹宽。人生有离合⑨，岂择盛衰端⑩？忆昔少壮日⑪，迟回竟长叹⑫。万国尽征戍，烽火被冈峦。积尸草木腥，流血川原丹。何乡为乐土，安敢尚盘桓⑬！弃绝蓬室居，塌(tā)然摧肺肝。

［注释］

投杖出门去，同行为辛酸

①焉用：哪里用。完：完全，指活命。②辛酸：伤心。③介胄：甲胄，铠甲和头盔，指军服。④长揖：《汉书·周亚夫传》中有“介胄之士不拜”之说，此处是用来表现老者的傲岸之气。⑤孰知：熟知、深知。⑥劝加餐：老妻对丈夫的叮咛之语。⑦杏园：镇名，位于河南卫辉，附近有渡口名为杏园渡。⑧势异：指现在的情况和以前围攻邺城时不一样。⑨离合：分离和相聚。⑩盛衰：壮年盛与老年。⑪少壮日：年轻时期的太平日子。⑫迟回：徘徊不进。⑬盘桓：徘徊、逗留，形容留恋不舍的样子。

［诗解］

这首诗可分为三段。前八句为第一段，叙述老人“出门”从军的情形。“男儿既介胄”以下的八句为第二段，叙述老者和妻子告别的情景；以下十六句为最后一段，格调由低沉悲凉转向高亢慷慨，是对妻子的宽解之语，也是老者对自己的宽解，态度决绝，然而自宽处也恰是自痛处。诗的最后，独自前行的老翁前途将会怎样，孤苦伶仃的老妪如何生活下去，变幻莫测的战局将会如何发展，诗人将这一切都留给了读者去体会、想象。

这首叙事短诗用老翁自序的口气展开描写，着重表达了其复杂的心理状态，而这种多变的基调，使全诗的结构层次严谨而又跌宕有致。

无家别

题解

《无家别》写的是一个单身汉在邺城溃败之后返乡，而后又被再度征召入伍的悲惨遭遇，也是行者之词。

寂寞天宝后，园庐但蒿藜（hāo lí）①。我里百余家，世乱各东西。存者无消息，死者为尘泥。贱子因阵败②，归来寻旧蹊。久行见空巷，日瘦气惨凄③。但对狐与狸，竖毛怒我啼④！四邻何所有？一二老寡妻。宿鸟恋本枝，安辞且穷栖？方春独荷锄，日暮还灌畦（qí）。县吏知我至，召令习鼓鞞（pí）⑤。虽从本州役，内顾无所携⑥。近行止一身，远去终转迷。

家乡既荡尽，远近理亦齐[7]！永痛长病母，五年委沟溪[8]。生我不得力，终身两酸嘶[9]。人生无家别，何以为蒸黎[10]？

[注释]

①天宝后：安禄山之乱以后。安史之乱爆发于天宝十四载（755）。②贱子：无家者的自谓。阵败：邺城之败。③日瘦：日光淡薄，杜甫自创语。④怒我啼：对我发怒且啼叫。⑤鼓鞞：古代军中所用之乐鼓。⑥无所携：指家里没有可以告别的人。⑦齐：齐同，一样。⑧五年：从天宝十四载安禄山作乱到这一年正好是五年。⑨酸嘶：失声痛哭。⑩蒸黎：劳动人民。

宿鸟恋本枝，安辞且穷栖

[诗解]

这首诗与“三别”中的其他两篇一样，叙述者都不是作者，而是诗中的主人公。诗歌描绘了安史之乱中百姓饱受战乱之苦的悲惨境遇和命运。诗中的行者孤零零一个人，没有家，也没有告别的对象，只是一个人自言自语，令人惨然。

全诗可分为三段。从开头至“一二老寡妻”十四句为第一段，主要写了战乱后回到家乡所见。远景概括全貌，近景则描写细节。“宿鸟恋本枝，安辞且穷栖？方春独荷锄，日暮还灌畦”四句在结构上自成一段，写主人公回到家乡后的生活。以下为最后一段，主要写主人公无家而又别离，描写了主人公听到召令后的无奈。

诗作以真实具体的细节描写、质朴无华的语言，真实而又客观地再现了安史之乱时的社会现实，感人至深。

秦州杂诗二十首（录四首）

题解

这组诗由二十首五言律诗组成，作于唐肃宗乾元二年（759）秋，是杜甫由华州弃官往秦州投奔自己的侄子杜佐时所作。

其　一

满目悲生事[1]，因人作远游。

迟回度陇(lǒng)怯②，浩荡及关愁③。
水落鱼龙夜④，山空鸟鼠秋⑤。
西征问烽火⑥，心折此淹留⑦。

抱叶寒蝉静，归山独鸟迟

［注释］

①满目：到处都是。生事：谋生之事，生计。②迟回：徘徊。陇：陇山，也叫陇阪，位于今陕西宝鸡、陇县和甘肃清水等地。③浩荡：关势高峻险远。及：到达。关：陇关，又称“大震关”。④鱼龙：河流名，发源于甘肃东部六盘山。⑤鸟鼠：山名，在今甘肃渭源西南。⑥西征：秦州在长安之西，所以说西征。烽火：战争，即吐蕃侵扰。⑦心折：忧虑，担心。淹留：驻足、停留。

其　四

鼓角缘边郡①，川原欲夜时②。
秋听殷地发③，风散入云悲。
抱叶寒蝉静④，归山独鸟迟⑤。
万方声一概⑥，吾道竟何之！

［注释］

①鼓角：战鼓号角。边郡：秦州。②川原：山川和原野。③秋：表明时间是秋天。殷地发：鼓声震地，形容鼓声之大。④寒蝉：秋天的蝉。静：夜晚蝉不再鸣叫。⑤独鸟：孤独的飞鸟。⑥一概：一同。

其　七

莽莽万重山，孤城山谷间。
无风云出塞，不夜月临关①。
属国归何晚②，楼兰斩未还③。
烟尘一长望，衰飒(sà)正摧颜④。

[注释]

①不夜：月光如昼。②属国：指西汉时苏武出使匈奴之事。③楼兰：汉时西域古国名。④摧颜：让人发愁、疾首蹙额的样子。

其二十

唐尧真自圣①，野老复何知②！
晒药能无妇③？应门亦有儿！
藏书闻禹穴④，读记忆仇池⑤。
为报鸳行旧⑥，鹪鹩（jiāo liáo）在一枝⑦。

[注释]

①唐尧：喻指唐肃宗。自圣：生来就是皇帝。②野老：杜甫自喻。③晒药：把草药晒干。④禹穴：相传为夏禹藏书之处。有两处，一处在浙江绍兴的会稽山上，另一处在陕西旬阳的东面。这里的禹穴，应指后一处。⑤读记：阅读记载山川名胜的书。仇池：山名，在今甘肃同谷西。山上有池，故称“仇池”。⑥行：班行或行列。古人用“鸳行”来比喻朝官，故称“鸳行旧”，指同朝旧友。⑦鹪鹩：一种小鸟。

[诗解]

秦州，今甘肃天水。杂诗，因感而作，或感叹时局，或抒发个人情怀。虽然编在一起，但是可以各自成篇。

这组诗的第一首表明诗人到秦州的原因以及到达秦州后的所见所闻。第四首写诗人从华州来到秦州，本为躲避战乱，未曾想秦州地界亦是鼓声震地，角声连天，也是一片动乱景象。面对如此多灾多难的国家，想到自己的前途命运，诗人一声叹息“吾道竟何之”，令人不禁为之感慨。

第七首写秦州的险峻地势，诗人由“万重山”“孤城”展开，想到汉朝使臣苏武出使边疆建立功业的事迹，看到现实中的种种，不禁愁从心生。感慨世事之变迁，时代之不同，抒发一己之情怀。最后一首大概是写送给朝廷旧日同僚的，有总结性的特点。诗中抒发了诗人充满愤恨和对抗的情绪，用反语来说，寓意曲折，感情比较激烈。

藏书闻禹穴，读记忆仇池

留花门

题解

这首诗大约作于唐肃宗乾元二年（759）秋，诗题作《留花门》，实际是说“花门不可留”。

花门天骄子[1]，饱肉气勇决[2]。高秋马肥健，挟矢射汉月[3]。自古以为患，诗人厌薄伐[4]。修德使其来[5]，羁縻（jī mí）固不绝[6]。胡为倾国至，出入暗金阙[7]？中原有驱除，隐忍用此物[8]。公主歌黄鹄[9]，君王指白日。连云屯左辅[10]，百里见积雪[11]。长戟（jǐ）鸟休飞，哀笳（jiā）晓幽咽。田家最恐惧，麦倒桑枝折。沙苑临清渭[12]，泉香草丰洁。渡河不用船，千骑常撇烈[13]。胡尘逾太行[14]，杂种抵京室。花门既须留，原野转萧瑟[15]！

［注释］

①天骄子：天之骄子。②饱肉：指回纥主要以肉为食。③射汉月：回纥军队侵入唐地，直言回纥军力的强大。④厌：厌烦。⑤修德：实行怀柔政策。⑥羁縻：笼络控制，指保持一定的联系。⑦暗金阙：形容回纥的骄横，他们常任意出入宫殿。⑧隐忍用：不得已而用。此物：指回纥兵。⑨公主歌黄鹄：借用汉乌孙公主的故事，汉武帝把公主嫁乌孙王，公主因为悲秋所以作歌，歌中有“愿为黄鹄兮归故乡”的话语，因此这里说“歌黄鹄”。此处借用汉朝和亲典故，实指时事。⑩连云：众多。左辅：即下面诗句中的“沙苑”。⑪见积雪：回纥风俗尚白，衣冠都是白色，旗帜也用白色，因此这里说“见积雪”。⑫沙苑：又名沙阜，在今陕西大荔城南，东西有八十多里，南北长三十多里。⑬撇烈：亦作“撇捩”，形容战马迅疾之状。⑭胡尘：代指史思明。⑮萧瑟：萧索、萧条。

［诗解］

花门，回纥的别名。回纥西南千里有花门山堡，因此杜甫诗歌中多以花门代指回纥。

高秋马肥健，挟矢射汉月

诗一开始就对回纥强大武力进行渲染，一句“自古以为患”表明诗人对待回纥的态度。中间部分，对唐朝和亲状况进行叙写，述及回纥风俗及其对大唐的破坏——“麦倒桑枝折”。诗人对唐肃宗一味依靠回纥的做法表示了极大的愤慨和忧虑。本诗较之《北征》更为露骨，更加鲜明地表现出诗人反对一味妥协退让的政策。

月夜忆舍弟

题解

这首诗是唐肃宗乾元二年（759），诗人流寓秦州时所作，抒发了诗人对亲人的思念之情，感叹因为战乱导致的兄弟离散、背井离乡的悲惨境遇。

戍鼓断人行①，边秋一雁声②。
露从今夜白③，月是故乡明。
有弟皆分散，无家问死生。
寄书长不达，况乃未收兵。

露从今夜白，月是故乡明

［注释］

①戍鼓：将入夜时候戍楼所击的禁鼓。②一雁：单独的雁。③露从今夜白：露没有经过夜不会变白，此处指恰逢白露节。

［诗解］

杜甫有四弟，名为颖、观、丰、占，这时唯有杜占跟随他，其他则散居在山东、河南地区。

诗题是“月夜”，诗人首联却没有从月夜写起，而是写边塞秋天的景色，写自己的所见所闻，通过戍鼓雁声，写出了战时肃杀的气氛。这也正是忆弟情绪的根源。

颔联直接点题。“露从今夜白”，写景的同时也点明时令。“月是故乡明”，同样是写景，但略有不同。诗人这里写节令时序的变易，增加人的思亲之情。月到处都明亮，但是心在思念故乡。

颈联由望月转入抒情，引起忆弟之情。前一句说弟兄离散，天各一方，下一句说家已经不存在，兄弟分散而各自成家，生死难卜。诗人在这里借自己的遭遇，写安史之乱后人民饱受战乱之苦的普遍遭遇。

尾联进一步抒发了诗人内心的忧虑之情。亲人们四处流散，寄书常常无法到达，何况战事频繁，生死两茫茫。诗中最后一句“况乃未收兵”，对战事进行正面表述，甚是沉重。

梦李白二首

题解

这首诗是唐肃宗乾元二年（759）秋，杜甫流寓秦州时所作。杜甫对李白的才华推崇至极，同时也非常喜欢李白豪放的性格。唐玄宗天宝四载（745）秋，杜甫与李白在山东兖州石门分手后，就再没有见面。唐肃宗至德二载（757），李白因参与永王李璘的军事行动，被关到浔阳狱中。唐肃宗乾元元年(758)，李白又被流放到夜郎。次年二月，李白在三峡流放途中遇赦得还。杜甫这时流寓秦州，地方偏远，消息隔绝，一直没有李白的消息，因而忧念成梦，于是写了这两首诗。

其　一

死别已吞声①，生别常恻(cè)恻！江南瘴疠(zhàng lì)地②，逐客无消息③。故人入我梦，明我长相忆④。恐非平生魂，路远不可测。魂来枫林青，魂返关塞黑。君今在罗网⑤，何以有羽翼？落月满屋梁，犹疑照颜色。水深波浪阔，无使蛟龙得⑥。

落月满屋梁，犹疑照颜色

［注释］

①已：止。这是对下句中的“常”字说的。②瘴疠地：浔阳、夜郎这两地都在南方。南方天气炎热，容易感染瘴气而患病，因此有“瘴疠地”的说法。③逐客：被统治者流放到边远地区的人，此处专指李白。④长相忆：长久回忆、怀念。⑤罗网：法网。⑥蛟龙得：被恶人所诬陷。

其　二

浮云终日行，游子久不至①。三夜频梦君，情亲见君意。告归常局促②，苦道来不易。江湖多风波③，舟楫恐失坠。出门搔白首，若负平生志。冠盖满京华④，斯人独憔悴⑤。孰云网恢恢⑥，将老身反累⑦。千秋万岁名，寂寞身后事⑧。

[注释]

①游子：此指李白。②告归：就是告辞。局促：指不自在不快乐的样子。③风波：比喻纠纷和乱子。④冠盖：代指官僚。⑤斯人：指李白。憔悴：形容困顿的样子。⑥孰云：谁说，反诘语气，表示说那话不能够让人信服。网：天理。恢恢：形容广大的样子。⑦将老：李白这时已经五十九岁，故诗人称他为“将老”。⑧身后：死后。

浮云终日行，游子久不至

[诗解]

第一首诗可分为三段，首四句叙写李白被放逐，诗人终日为此担心，是致梦的因素；中间八句叙写与李白梦中相会的情景，因为知道李白在放逐中，故发出“君今在罗网，何以有羽翼”的疑问，同时是对李白际遇的叙写；末四句写梦醒后的情景“落月满屋梁”，刚才的梦境仍然在眼前，满眼里仍然是老朋友李白的影子，表现诗人对挚友的担心、思念之深。

第二首诗是为频繁做梦而作。首句顺承第一首诗，化用“浮云游子意”发感慨，见不到挚友李白，写李白三夜来入梦，足见二人“情亲”；中间借用李白之口，叹世道不易，世事艰险；最后一部分是杜甫梦醒后自己的感慨，将李白昔日的“冠盖满京华”与现在的落拓相比较。最后两句“千秋万岁名，寂寞身后事”寓世深刻，是传世名句。

这两首诗充分表现了李、杜之间的深厚友谊和他们的不幸遭遇。

天末怀李白

题解

这首诗与《梦李白二首》应当是杜甫同一时期的作品。诗人在诗中设想深秋时节李白流放途中，于长江途经洞庭湖地区的情景，表达了诗人对好友的深切怀念以及对好友不幸遭遇的同情。

凉风起天末①，君子意如何②？

鸿雁几时到③？江湖秋水多④！

文章憎命达，魑魅（chī mèi）喜人过⑤。

应共冤魂语⑥，投诗赠汨（mì）罗。

[注释]

①天末：天的尽头。当时杜甫在秦州，地处边塞，故说“天末”。此外，也有人以为“天末”指的是夜郎。②君子：这里指李白。③鸿雁：代指书信。④秋水多：风波险阻，意指不容易得到。⑤魑魅：山泽中的神怪，喻指坏人或恶势力。⑥冤魂：代指屈原。

凉风起天末，君子意如何

[诗解]

首联以秋风起兴，给全诗笼罩上了悲凉的气氛。秋天凉风乍起，仰望云天，诗人与李白已是人海两茫茫，世事的艰险让人感到十分悲凉。次句诗人没有说自己的心境，反而询问远方的人“意如何”，表达了诗人对李白的关切之情。

颔联写友人遇赦，诗人急盼音讯，因此问“鸿雁几时到”；潇湘、洞庭多风波险阻，因此思虑“江湖秋水多”。消息不通使诗人心生一种苍茫、惆怅之感。

颈联写诗人对友人的怀念，进而同情起其命运来，言老天总是嫉妒有文才的人，文章写得好了要遭受困顿。“魑魅喜人过”句隐喻李白被流放夜郎，是遭人诬陷。

尾联写李白流放潇湘，诗人联想到了同样被放逐、自沉汨罗江的爱国诗人屈原。诗人知道李白跟从永王李璘起兵，或许是出于爱国之情。如今被流放，和屈原一样都是被冤枉的。

这首诗因秋风感兴而怀念友人，感情真挚，充满殷切思念，是一首抒情名作。

捣衣

题解

这首诗作于唐肃宗乾元二年（759）秋。诗人借助一个捣衣戍妇之口，截取日常生活中的一个片段，反映了战争给人民带来的苦难。

亦知戍不返，秋至拭清砧(zhēn)①。
已近苦寒月，况经长别心。
宁辞捣熨(yùn)倦②，一寄塞垣(yuán)深③。
用尽闺中力，君听空外音。

已近苦寒月，况经长别心

[注释]

①砧：捣衣石。②熨：用火斗把布帛烫平。倦：疲劳。③塞垣：捣衣戍妇丈夫征戍的地方。

[诗解]

此诗前六句是托为戍妇之语，末二句则是诗人的直接表述。此诗选取的画面虽小，但是，背后反映广阔的社会现实是发人深省的，非常深刻。

首联写得极其沉痛，这是痛苦积攒得太多才能说出来的话。诗人借助思妇之口，开口就说“亦知戍不返”，悲凉之意毕现。因为安史之乱，官兵死亡得非常多，家人也知道征戍的人几乎不能生还。诗人一落笔就关乎时事，让人读来就觉得全篇字字是深情，字字是苦情。

颔联写思妇捣衣的心情。寒冷的冬天已经临近，久别的心一直挂念着远方的丈夫，既怕他受冻又欲表寸心。

颈联承上联而来，说明思妇不辞辛苦的做棉衣是为了送给那征戍的丈夫。

尾联表面写捣衣的声音，表明思妇用尽了所有的力气：你若能听见响传空外的捣衣声，该有多好啊！捣衣戍妇的相思之情跃然纸上。

空　囊

题解

这首诗为杜甫寓居秦州时所作，描写了诗人在秦州时的艰苦生活。

翠柏苦犹食，明霞高可餐。
世人共鲁莽[1]，吾道属艰难！
不爨（cuàn）井晨冻[2]，无衣床夜寒。
囊空恐羞涩[3]，留得一钱看[4]。

[注释]

①鲁莽：粗疏。②爨：烧火做饭。③羞涩：不好意思。④看：守护钱袋。

[诗解]

杜甫寓居秦州时唐王朝正值战乱，青壮年尽被征去从军，从而土地荒芜，无人耕种。加上贪官污吏横征暴敛，真可谓民不聊生。

首联写诗人没有钱买东西吃，只好吃云霞和松柏。这是诗人无聊、自负的话语，表现了其不畏艰难以及乐观的精神。

颔联写了诗人囊空的原因，是因为世人不分是非，而自己又不肯与他们同流合污，所以只得艰难度日。

颈联具体写诗人是如何囊空，如何受苦的。上句说没有吃的东西，下句说没衣服穿。诗人没有米，自然也不必生火做饭了；夜晚床上寒冷，是因为没有衣服，也没有盖的被子。

尾联将诗人此时的困顿、落魄极其传神地写了出来，让人不禁为之潸然泪下。

病马

题解

这是一首咏马诗，作于开元二十三年或二十四年，当时诗人在河北、山东一带漫游。

乘尔亦已久[1]，天寒关塞深。
尘中老尽力，岁晚病伤心。
毛骨岂殊众[2]？驯良犹至今。
物微意不浅，感动一沉吟。

[注释]

①尔：代指马。②岂：难道。殊：不一样。

[诗解]

“病马”就是失意悲苦的诗人。在这首诗中，诗人通过吟咏“老尽力”的病马，衬托自己晚年落魄的境况。杜甫在仕途中遭到统治者的弃斥，同时很少得到人们的关怀和同情，这也是他经常将犬马——特别是马看成知己的一个重要的原因。

诗人在首联中写自己和这匹马共度患难相处的时间已经很久了，建立了深厚的感情。颔联承接上两句，具体描写马现在的状态：老了并且生病了，但是，在艰苦路途上，这匹病马还在为我卖力。正是岁晚天寒时，加上生病，怎么不让人为它伤心呢？后四句由外及内写马的“驯良”品格。

乘尔亦已久，天寒关塞深

马的地位虽然低微，可是对人的情分十分深厚，使诗人不禁为之感动而沉吟。

送远

题解

这首诗大概是唐肃宗乾元二年（759）杜甫离开秦州时所作，是一首杜甫赠给自己远行的五言律诗。

带甲满天地①，胡为君远行②！
亲朋尽一哭③，鞍马去孤城。
草木岁月晚，关河霜雪清。
别离已昨日，因见古人情。

［注释］

①带甲：披甲的士兵。②胡为：何为。③尽一哭：同声一哭。

［诗解］

这首诗展现了当时唐王朝兵荒马乱的一个社会现实场景，描写了亲朋好友依依惜别的深情。诗人想起当时的别离，回想起亲朋好友为自己挥泪送别的情景，对昔日好友产生了一种深深怀念之情。

首联以提问开篇，写得雄壮矫健，披甲的士兵遍地都是。次句诗人向自己发问：自己为何在兵荒马乱之际远行？点明当时唐王朝战乱不息的现实。

颔联写与亲人分别的情景，十分感人。亲友同声痛哭，世道动乱，面临远行，所以用哭来作别。诗人跨上"鞍马"告别孤城秦州远去，这形象描述了当时的悲凄之状。

颈联点出了诗人远行的时间和在途中看到的景色。当时已是岁末，关河有霜雪飘落，冷冷清清，这描绘了寒冬的旅程。

最后两句是说别离虽然已成过去，但是诗人心中仍念念不忘，到现在才明白古人那种依依惜别的心情。

佳人

题解

这首诗作于唐肃宗乾元二年（759）秋，也就是安史之乱的第五年。

绝代有佳人①，幽居在空谷②。自云良家子，零落依草木③。关中昔丧乱④，兄弟遭杀戮(lù)。官高何足论⑤，不得收骨肉。世情恶衰歇，万事随转烛⑥。夫婿轻薄儿，新人美如玉。合昏尚知时⑦，鸳鸯不独宿。但见新人笑⑧，那闻旧人哭⑨！在山泉水清⑩，出山泉水浊⑪。侍婢卖珠回⑫，牵萝补茅屋⑬。摘花不插发⑭，采柏动盈掬(jū)⑮。天寒翠袖薄，日暮倚修竹⑯。

[注释]

①绝代：冠绝当代，举世无双。②幽居：静处闺室，恬淡自守。③零落：飘零。依草木：对应前句的“在空谷”。④关中：函谷关以西统称关中，这里指长安。丧乱：死亡和祸乱，指遭逢安史之乱。⑤官高：官阶高。⑥转烛：烛火随风转动，比喻世事变化无常。⑦合昏：夜合花，这种花早上开晚上合，因此得名。⑧新人：新娶的妻子。⑨旧人：佳人自称。⑩泉水：佳人的自喻。⑪山：比喻丈夫的家。⑫卖珠：因生活穷困而卖珠宝。⑬牵萝：拾取树藤类枝条，此指佳人的清贫。⑭不插发：不戴在头上。⑮采柏：采摘柏树叶。掬：两手捧取。⑯修竹：高大茂密的竹子。

[诗解]

安史之乱发生之前，杜甫被迫辞去了华州司功参军一职，后因生计所迫，携妻儿来到秦州投奔侄子杜佐。杜甫一直对唐廷竭忠尽力，一片丹心，到头来却陷入漂泊的境地。即使是在关山难越、贫困交加的境遇下，杜甫依然不忘国家安危。诗人这种不顺的际遇和高风亮节，与诗中女主人公十分相像。这首诗不仅反映了当时社会中存在的问题，也体现了诗人的寄托。诗中人物凄惨的命运和高尚的情操形成了鲜明的对比，让人同情的同时敬佩不已。

绝代有佳人，幽居在空谷

全诗大致可分为三段，每八句为一段。第一段写佳人家庭的不幸，点出佳人命运的悲惨，隐喻诗人当时的处境；第二段写佳人倾诉被丈夫抛弃的遭遇，充溢着悲愤不平的情绪；第三段赞美佳人虽然遭遇不幸，但仍有着高洁的情操。

诗人通过“赋”的写作手法叙述佳人凄惨的生活，同时用“比兴”赞赏了其高尚纯洁的品格。此诗含蓄蕴藉，感人肺腑，耐人寻味，着实为一首佳作。

发秦州

题解

这首诗是唐肃宗乾元二年（759）杜甫自秦州赴同谷县纪行。在这次行程中，杜甫根据所经历的路线写了十二首纪行诗。这是第一首，为序诗。从“汉源十月交”句可以看出，杜甫这次行程的具体时间是乾元二年十月。

我衰更懒拙，生事不自谋①。无食问乐土②，无衣思南州③。汉源十月交④，天气凉如秋。草木未黄落，况闻山水幽。栗亭名更嘉⑤，下有良田畴。充肠多薯蓣(shǔ yù)⑥，崖蜜亦易求⑦。密竹复冬笋，清池可方舟⑧。虽伤旅寓远，庶遂平生游。此邦俯要冲⑨，实恐人事稠。应接非本性，登临未销忧。溪谷无异石，塞田始微收⑩。岂复慰老夫，惘(wǎng)然难久留。日色隐孤戍，乌啼满城头。中宵驱车去⑪，饮马寒塘流。磊落星月高，苍茫云雾浮。大哉乾坤内，吾道长悠悠。

[注释]

①生事：谋生之事，就是下面所说的衣食之事。②问：寻求。乐土：那些富裕的地区。③南州：南方，这里指同谷。④汉源：县城名，与同谷县相邻。⑤栗亭：地名，隶属同谷县。⑥薯蓣：俗名山药。⑦崖蜜：又称石蜜、岩蜜，是野蜂在山崖以及石壁间所酿造的蜜。⑧方舟：泛舟，这里说“方舟”，意在说明池面非常广。⑨此邦：指秦州。要冲：要道，要塞。⑩塞田：山田。微收：形容收成非常少。⑪中宵：夜半时分。

磊落星月高，苍茫云雾浮

[诗解]

杜甫在诗中叙写了自秦州到同谷的原因，即生活窘迫。在秦州数月后，杜甫一家为了生计踏上了久已向往的栗亭之路。杜甫花了大量的笔墨来写同谷的物产和气候。此外，诗人还追述了去秦州的原因，以及从秦州出发时的情景。杜甫在栗亭入川的途中，目睹了当时的社会状况，体验了百姓的疾苦，在思想上逐渐由理想主义向现实主义转变。全诗结构紧凑，层次清晰，感情真切。

寒峡

题解

杜甫于唐肃宗乾元二年（759）秋携眷流寓秦州。在此住了约三个月后，天气开始变得寒冷，诗人贫困交加，秦州又面临吐蕃的威胁。在诗人忧虑前往何处之际，同谷县的一位好友来信相邀。于是在这年冬十月，诗人携家眷一路南下，踏上前往同谷县的艰苦行程。以下四首诗都是杜甫由秦州前往同谷途中所作的纪行诗。

行迈日悄悄①，山谷势多端②。云门转绝岸③，积阻霾(mái)天寒④。寒峡不可渡，我实衣裳单⑤。况当仲冬交⑥，泝(sù)沿增波澜⑦。野人寻烟语，行子傍水餐。此生免荷殳(shū)⑧，未敢辞路难。

[注释]

①迈：远行。②多端：变化多端。③云门：峡口。绝岸：陡峭的岸边。④积阻：重山叠嶂。⑤单：单薄。⑥仲冬交：快到十一月的时候。⑦泝：同“溯”，指沿水逆流向上。沿：缘水向下。增波澜：仲冬时分的风特别猛烈，所以这里说“增波澜”。⑧免荷殳：可以不去当兵打仗。殳，一种兵器。

[诗解]

寒峡，地名，今甘肃陇南。

这首纪行诗主要描写的是诗人沿途所看到的一些险奇的景色，诗人在写景的同时，流露出对国家和人民的命运的关切。

寒峡不可渡，我实衣裳单

诗的首句写诗人因寒噤说不出话，只能够悄悄地走，随后写周围山的形态变化多端。接下来两句写所经峡谷中的阴森气象。因为自己穿的衣服少，不能抵挡寒气侵入，因此无法渡过寒峡，表明第一个不可渡的原因。紧接着诗人表明了第二个不可渡的原因，此时快到十一月，天气愈发寒冷。仲冬时分的风特别猛烈，更是增添了波澜，可见路上的艰难，表明第三个不可渡的原因。“野人寻烟语，行子傍水餐”两句描写寒峡的荒凉，路上行人非常少，诗人在水边用餐的情景。最后两句写这时所有的壮丁甚至妇孺老弱全都被朝廷征调了。诗人在自己陷入困境时，目光仍然关注着人民的生活，表现了忧国忧民的精神。

龙门镇

题解

这首诗也是诗人由秦州到同谷的路途中写下的，叙述了诗人经过龙门时所见以及辛苦的旅程。

细泉兼轻冰①，沮洳(rù)栈道湿②。不辞辛苦行，迫此短景急③。石门云雪隘(ài)④，古镇峰峦集⑤。旌竿暮惨澹⑥，风水白刃涩⑦。胡马屯成皋⑧，防虞(yú)此何及⑨。嗟尔远戍人⑩，山寒夜中泣。

［注释］

①轻冰：形容冰非常薄。②栈道：阁道。③短景：形容冬天时间显得比平时少。④石门：龙门。云雪：又作“云雷”。隘：狭窄，这里形容路途的艰辛。⑤古镇：龙门镇。⑥旌竿：军旗。⑦涩：不光滑，钝涩。白刃：这里形容戍卒的刀枪。⑧成皋：地名，地处洛阳附近。⑨防虞：防患。此：这里指龙门镇。⑩嗟尔：嗟叹、叹息。

［诗解］

此时的杜甫已经陷入落魄、困顿的境地，但是心中仍时刻担忧国家的安危。此诗写龙门的险峻地势，批评唐军在军事布置方面的不当，同时借助戍卒夜晚悲泣来表现诗人的无奈与叹息。

诗的前四句写道路上有水又有冰，所以泥泞难行，使诗人感到冬天时间显得比平时少。五、六句写古镇周围的环境，四面环山，有流云峰峦。接下来写诗人的所见，在暮色中看见军旗显得黯淡无光，士兵的刀枪也变得钝涩了。这四句写诗人在镇上所见。最后四句写胡马屯兵在成皋，而朝廷置戍在龙门，实际作用不大，故诗人说“此何及”。杜甫当晚在龙门镇投宿，一个“夜”字，表明诗人并没有睡着。听到戍卒在深夜里低声哭泣，诗人想到世事动乱，不禁为国家、为天下黎民百姓叹息。

石　龛

题解

这首诗是诗人途经石龛时写下的。与上一首诗一样，诗人写自己的所见所闻，描写了石龛山高涧阔、道路崎岖的地势。

熊罴(pí)咆我东，虎豹号我西。我后鬼长啸，我前狨(róng)又啼①。天寒昏无日②，山远道路迷。驱车石龛(kān)下，仲冬见虹霓。伐竹者谁子，悲歌上云梯[3]。为官采美箭，五岁供梁齐[4]。苦云直簳(gǎn)尽[5]，无以充提携。奈何渔阳骑[6]，飒(sà)飒惊蒸黎[7]。

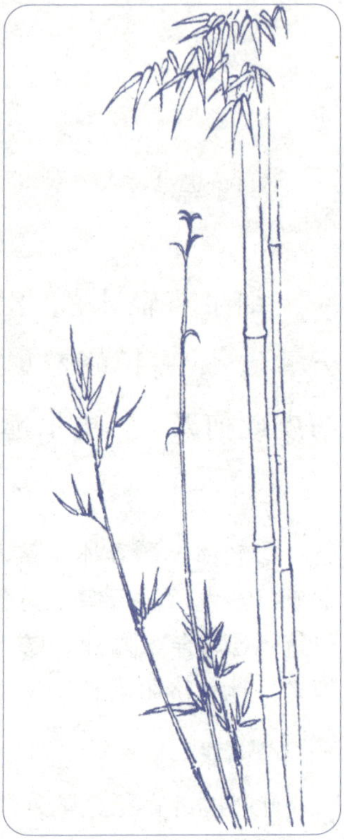

竹

[注释]

①狨：属猿类，体型矮小，尾巴是金色，所以又叫金线狨。②昏无日：昏暗，没有日色。③上云梯：往上攀登高山。④五岁：从唐玄宗天宝十四载（755）至唐肃宗乾元二年（759）五年。梁齐：河南、山东地区，当时唐朝军队与安史叛军多在这一带开战。⑤苦云：表明诗人有苦难言。簳：可以做箭杆的小竹子。⑥渔阳骑：安禄山率领的叛军。⑦飒飒：本意是形容风声，这里指军队行进时发出的声音。蒸黎：百姓，黎民。

[诗解]

在这首诗中，杜甫对石龛几乎没有作任何描写，而贯穿全诗的是对黎民苍生的挂怀。诗中借伐竹者的口吻，道出了百姓身上负担的沉重徭役，表达了诗人对人民深深的同情，以及对战争的无情抨击。

诗的前四句通过“熊罴咆”“虎豹号”“鬼长啸”“狨又啼”四种恐怖的声音，描写山路的险恶可怕，无论前后还是左右，这里都特别吓人。接下来四句写诗人在昏暗的天色下来到石龛，竟然见到了彩虹，说明了当地气候的特殊。因为按照一般情况，十月的时候是没有彩虹的。“伐竹者谁子”至“五岁供梁齐”四句是伐竹者的说辞，说出自己伐竹的缘由。最后四句写伐竹者手中没有东西拿，因为采不到作箭杆之竹，没办法交差，只好悲歌。此外，四处掠夺的叛军也使老百姓忧心忡忡，不得安生。

凤凰台

题解

这首诗是杜甫于唐肃宗乾元二年（759）所作。面对凤凰台，诗人回想往事，感慨万千，于是写下此诗。

亭亭凤凰台[1]，北对西康州[2]。西伯今寂寞[3]，凤声亦悠悠。山峻路绝踪，石林气高浮。安得万丈梯，为君上上头？恐有无母雏，饥寒日啾(jiū)啾。我能剖心血，饮啄慰孤愁[4]。心以当(dàng)竹实，炯然无外求。血以当醴(lǐ)泉[5]，岂徒比清流[6]？所重王者瑞，敢辞微命休[7]？坐看彩翮(hé)长[8]，纵意八极周[9]。自天衔瑞图，飞下十二楼。图以奉至尊，凤以垂鸿猷(yóu)[10]。再光中兴业，一洗苍生忧。深衷正为此，群盗何淹留[11]？

[注释]

①亭亭：高耸的样子。②西康州：指同谷县。③西伯：周文王。寂寞：这里指死去。④孤：指前面提到的“无母雏”。⑤醴泉：形容泉水特别甜。⑥岂徒比：胜过醴泉。清流：醴泉。⑦敢辞：不敢也不能推托。⑧坐看：行看或立见，意思是不久。⑨八极周：周游八方。⑩垂鸿猷：留盛德于后世。⑪群盗：安史之乱的余孽。

凤凰

[诗解]

凤凰台，在同谷县凤凰山。

这首诗写诗人由凤凰台联想到凤鸣岐山，联想到周文王，联想到时下国家动荡不安。这首诗以凤凰作为象征，将多个典故以独特的手法蕴于其中。诗人用暗示的语言激发联想，以当地的传说赋予其象征意义，表达对君主的不满和对贤能之士失志的关怀。通过这首诗，人们可以真切地看到诗人那颗忧国忧民的心，诗人虽然饱受风霜、屡受打击，但普济苍生之心始终没有改变。关于此诗的主旨，卢元昌说是为肃宗惑于张良娣，残害诸子而作，此说未免附会史实。

乾元中寓居同谷县作歌七首

题解

这组诗是唐肃宗乾元二年（759）十一月所作。杜甫由秦州携带家眷来到同谷，不久从这里入蜀。这年杜甫四十八岁，是诗人行路最多的一年，也是生活最为困顿的时期。所谓“一岁四行役”，说的便是这一年。

其　一

有客有客字子美[1]，白头乱发垂过耳。

岁拾橡栗随狙公②，
天寒日暮山谷里。
中原无书归不得③，
手脚冻皴皮肉死④。
呜呼一歌兮歌已哀⑤，
悲风为我从天来！

岁拾橡栗随狙公，天寒日暮山谷里

[注释]

①有客：杜甫是寓居，故自称“客”。子美：杜甫的字。②岁：岁暮。橡：一种落叶乔木，野生，果实可食用。狙公：养猴子的人。狙，猴子。③中原：河南洛阳一带，即杜甫的故乡。④皴：皮肤因受冻而干裂。⑤兮：语气助词，相当于现在的“啊”。

其　二

长镵长镵白木柄①，我生托子以为命②！
黄独无苗山雪盛③，短衣数挽不掩胫④。
此时与子空归来⑤，男呻女吟四壁静。
呜呼二歌兮歌始放，闾里为我色惆怅⑥！

[注释]

①长镵：一种农具，因为有长木柄，因此称为“长镵”。②子：本来是对人的称呼，这里指长镵。③黄独：一种野生的土芋，地下有块状茎，味道苦涩，可以用来充饥，也可以入药。④胫：膝以下的小腿。⑤子：指长镵。⑥闾里：邻居。

其　三

有弟有弟在远方①，三人各瘦何人强②？
生别展转不相见③，胡尘暗天道路长④。
东飞驾鹅后鹙鸧⑤，安得送我置汝旁！
呜呼三歌兮歌三发，汝归何处收兄骨？

[注释]

①弟：兄弟。杜甫有四个兄弟，分别是颖、观、丰、占，这时只有杜占跟着杜甫。②何人强：反问语气，说没有一个身体强健的。③展转：同“辗转”，指迁移不定。④胡尘：代指安史之乱。⑤驾鹅：野鹅，一种类似雁却比雁大的野鹅。鹙：秃鹙。鸧：鸧鸹。

其　四

有妹有妹在钟离[1]，
良人早殁(mò)诸孤痴[2]。
长淮浪高蛟龙怒，
十年不见来何时？
扁舟欲往箭满眼[3]，
杳(yǎo)杳南国多旌旗[4]。
呜呼四歌兮歌四奏，
林猿为我啼清昼[5]！

长淮浪高蛟龙怒，十年不见来何时

[注释]

①钟离：今安徽凤阳。②良人：丈夫。殁：死。痴：幼稚，年少无知。③箭满眼：旌旗杂乱，形容兵乱。④南国：南方，这里指江汉一带。⑤清昼：白天。

其　五

四山多风溪水急，寒雨飒(sà)飒枯树湿。
黄蒿(hāo)古城云不开[1]，白狐跳梁黄狐立[2]。
我生何为在穷谷？中夜起坐万感集[3]！
呜呼五歌兮歌正长，魂招不来归故乡！

[注释]

①黄蒿：一种野草，形容景象荒凉。云不开：云雾晦暝，天气暗淡。②跳梁：跳跃。因为人烟稀少，所以狐狸活跃。③中夜：半夜。

其　六

南有龙兮在山湫(qiū)[1]，古木巃嵸(lóngzōng)枝相樛(jiū)[2]。

木叶黄落龙正蛰（zhé）③，蝮蛇东来水上游④。
我行怪此安敢出，拔剑欲斩且复休。
呜呼六歌兮歌思迟，溪壑为我回春姿！

[注释]

①湫：龙潭。②宠嵸：错杂不齐的样子。樛：形容枝条下垂的样子。③蛰：蛰居、潜藏，这里点明季节。④蝮蛇：一种毒蛇。

其 七

男儿生不成名身已老①，三年饥走荒山道②。
长安卿相多少年，富贵应须致身早③。
山中儒生旧相识，但话宿昔伤怀抱④。
呜呼七歌兮悄终曲⑤，仰视皇天白日速！

[注释]

①男儿：杜甫自称。②三年：从唐肃宗至德二载（757）至乾元二年（759）这三年时间。③致身：致力于仕途。④宿昔：昔日、从前。⑤悄终曲：悄然结束吟唱。

男儿生不成名身已老，三年饥走荒山道

[诗解]

这七首诗形象地描绘了杜甫客居异乡、饥寒交迫的困境。这组诗采用七古这一体裁，取法于蔡琰的《胡笳十八拍》。

第一首诗的内容从诗人自身做客的窘境说起；第二首主要写全家因为饥饿而病倒的惨状；第三首写怀念自己的兄弟；第四首写怀念寡妹；第五首从怀念弟妹回到自身，从淮南山东返回同谷；第六首从一身一家说到了国家的形势；第七首写诗人感叹自己身世飘零。

这七首诗在结构上相同，都是前二句点出主题，中四句叙事，末二句感叹。这组诗饱含深情，展示了诗人悲愤不平的心理，真切感人。

发同谷县

题解

唐肃宗乾元二年（759）十二月一日，杜甫在同谷住了不到一个月就携带全家奔往成都。在这次行程中，杜甫同样写了十二首纪行诗，这是第一首，是序诗。

贤有不黔突①，圣有不暖席②。况我饥愚人，焉能尚安宅③？始来兹山中，休驾喜地僻④。奈何迫物累⑤，一岁四行役⑥！忡（chōng）忡去绝境⑦，杳（yǎo）杳更远适。停骖（cān）龙潭云⑧，回首虎崖石⑨。临歧别数子⑩，握手泪再滴。交情无旧深，穷老多惨戚。平生懒拙意，偶值栖遁（dùn）迹。去住与愿违，仰惭林间翮（hé）⑪。

[注释]

①贤：墨翟。②圣：孔丘。席：座席。③安宅：安居，这里“宅”作动词用。④休驾：息驾，这里指卜居同谷这件事。⑤迫物累：为衣食之累所逼迫。⑥行役：旅行，但与一般旅行不同，大多出于无可奈何且路上多艰辛。⑦忡忡：忧愁的样子。绝境：风景优美的胜地，这里形容同谷山川的壮美。⑧骖：本指车子两旁的那两匹马，这里活用此意。龙潭：万丈潭。⑨回首：回头看。虎崖：虎穴，在今同谷西。⑩歧：歧路，岔道口，此指分手的地方。⑪翮：鸟翎的茎，这里指鸟。

[诗解]

这首诗所写的是杜甫辞别同谷时的感受，对“一岁四行役”的漂泊生活的感叹。杜甫在同谷只住了一个月左右，仍未能解决衣食问题，无法定居，不得已而离开。诗人虽然是被迫离开同谷，但对这里仍心存好感，此时的心情与从秦州出发时有了很大的不同。

奈何迫物累，一岁四行役

前四句是诗人对自己的安慰，说想到孔子四处奔波、坐不暖席，圣贤的遭遇尚且如此，何况“我”这个饥饿的愚顽之人，对自己的漂泊流离也就不必抱怨了。诗人在这里透露出自己因饥寒所迫，只好离开同谷。杜甫非常看重人情，尽管在同谷的时间不长，但在临行前为那些给予他帮助的人流下了眼泪——“临歧别数子，握手泪再滴”。因为彼此既非旧识，又无深交，因此杜甫与其互称“穷老”，同病相怜，更添告别的惨戚之情。

剑　门

题解

这首诗是唐肃宗乾元二年（759）十二月，杜甫自同谷县赴成都途经剑阁时所作。

惟天有设险[1]，剑门天下壮。连山抱西南[2]，石角皆北向[3]。两崖崇墉(yōng)倚[4]，刻画城郭状[5]。一夫怒临关，百万未可傍[6]。珠玉走中原[7]，岷(mín)峨气凄怆[8]。三皇五帝前[9]，鸡犬各相放。后王尚柔远[10]，职贡道已丧[11]。至今英雄人[12]，高视见霸王[13]。并吞与割据，极力不相让。吾将罪真宰[14]，意欲铲叠嶂(zhàng)。恐此复偶然[15]，临风默惆怅。

[注释]

①惟：只有。②抱西南：环绕西南，指地势有利于地方割据。③石角：巨石的锋棱。④崇墉：高大的城墙。⑤城：内城。郭：外城。⑥傍：靠近。⑦珠玉：财富。中原：黄河中下游地区，当时朝廷所在地。⑧岷峨：指岷山和峨眉山，都在四川。⑨三皇五帝：传说中的远古帝王。三皇一般指燧人、伏羲、神农；五帝，指黄帝、颛顼、帝喾、尧、舜。⑩后王：夏、商、周三代君王。柔远：统治者对偏远地区采取安抚的政策。⑪职贡：按规定向朝廷缴纳赋税和贡物。道：指“鸡犬各相放”的淳朴民风。⑫英雄人：代指秦汉以来争名夺利的野心家，这里是讽刺之语。⑬高视：野心非常大。⑭真宰：天帝。⑮此：霸王们的割据争夺。复偶然：再一次偶发。

[诗解]

这首诗不仅写剑门的险峻，也是写古意在谏今。剑门，在今四川剑阁县。境内有大、小剑山，因为山石陡峭似剑，石崖对峙如门，因此得名。这里地势险要，是关中入蜀的必经之道。

峨眉山

诗的前八句突兀而起，描写了诗人初见剑门山时的惊愕神态。在描写剑门的同时，诗人针对当时的局势抒发议论。“珠玉走中原”至“极力不相让”十句句句说历史，又与现实紧密联系。最后四句诗人直接表达了自己对发动战争、分裂国家之人的愤怒，同时对国家的前途感到担忧。本诗意在提醒朝廷，要慎重选派镇守蜀地的人，减少对百姓的剥削，防止出现割据局面。

成都府

题解

这首诗是唐肃宗乾元二年（759）十二月杜甫刚到成都时所作。诗中“季冬”二字，表明了时间。诗歌写诗人在成都的所见所闻，以及对故乡的回望。

翳(yì)翳桑榆日①，照我征衣裳②。我行山川异，忽在天一方。但逢新人民，未卜见故乡③。大江东流去④，游子日月长⑤。曾城填华屋⑥，季冬树木苍。喧然名都会⑦，吹箫间笙簧(jiàn shēnghuáng)。信美无与适⑧，侧身望川梁⑨。鸟雀夜各归，中原杳茫茫。初月出不高，众星尚争光⑩。自古有羁旅，我何苦哀伤！

［注释］

①翳翳：朦胧的样子。桑榆日：晚日。②征衣：客衣，这里代指人。③未卜：难以预料，说不定。④大江：岷江。⑤日月长：岁月长，指日子难熬，漂泊在外的游子对日子非常敏感。⑥曾城：重城。曾，同“层”。华屋：形容华丽的房子。⑦喧然：喧嚣热闹的样子。都会：都市。⑧适：适从，依靠。⑨川梁：万里桥。⑩众星：指天下混战的群雄。

［诗解］

这首诗真实地刻画了杜甫初到成都时喜忧交织的感情。诗中将诗人自己的所见所闻和所感所想都写出，明白如话，同时蕴含深沉的情思。

作为一首纪行诗，诗中用“赋”铺陈其事。诗开篇直接说出了眼前的景色：夕阳西下，暮色朦胧。诗人在岁暮黄昏之际来到成都，一、二句渲染出了一种苍茫的氛围。诗既是赋，又兼比兴，桑榆之日正是诗人垂暮飘零的写照。接下来的“大江东流去，游子日月长”，“鸟雀夜各归，中原杳茫茫”，都是赋中兼兴。最后写“初月出不高，众星尚争光”，暗寓中兴草

初月出不高，众星尚争光

创、寇乱仍未平的忧虑。诗人通过比兴手法，诗中的景物隐含着深挚的情感。诗的最后，杜甫以一句“自古有羁旅，我何苦哀伤”来安慰自己漂泊的羁旅生涯。从此，杜甫便开始了其“漂泊西南天地间”的生活。

第四期　漂泊西南时期

（760—770）

这是杜甫人生阶段的第四期，是诗人从四十八岁到五十九岁逝世前的十一年间的一段稍微安稳但终又漂泊不定的时期。这一时期既是伤心回顾，也是乱世求安的时期；既是诗人晚年诗作大增，也是其体弱多病的时期。这一时期从总体上可以划成为三个阶段：在夔州以前是第一阶段，一共有六年多的时间（760—766），这其中住在成都草堂前后大概有五年的时间，在这个阶段，杜甫一共写了五百八十五首诗。移居到夔州是第二个阶段，大概有两年（766—768），时间虽然很短，作品却有很多，一共写了四百三十七首诗。离开夔州以后，漂泊在湖北和湖南属于第三阶段，这一阶段为时近三年（768—770），此时杜甫已经是一个老人了，但他还是写出了一百五十首诗。

杜甫在漂泊西南的十一年中，一共写了一千多首诗。这些诗作占他存世作品总数量的七成多，大部分是近体诗——绝句和律诗，还有长篇排律。这一时期是他的诗作成熟时期，而此时他体弱多病。仿佛已感知命运多厄、时日无多，他能展现自己思想的只有诗歌，只有写诗才能安慰他那孤独困苦的心灵，只有诗作才是精神慰藉和生命寄托。因此，不管是夔州多病还是湘江漂泊，杜甫用羸弱的笔墨留下了晚年的感怀、行踪和绝唱。可以看出，在诗歌创作中，杜甫是厚积薄发的。诗人这种始终如一的执着的创作精神，非常值得我们肯定和学习。

因为时代、生活和年龄等的影响，杜甫这期作品最主要的特征，是对诗歌的抒情特质极力弘扬，即抒情诗非常多，单纯叙事性诗很少。这些抒情诗的内容、题材非常丰富，有描写景物的抒情诗，有展现劳动生活的场景的抒情诗，有回忆往事的抒情诗等等。这些诗里有大声疾呼、直抒胸臆的；有回肠荡气、抑扬顿挫的。但是，它们有一个共同的特征，就是这些抒情诗都接近现实。在这些抒情诗中最值得关注的是政治抒情诗——主要是一些政治讽刺诗。杜甫是一个“穷年忧黎元，叹息肠内热”的诗人，在其漂泊西南的这十一年中，广大人民长期处在悲惨的境地中，国家也一直处在动荡中，因此这类政治讽刺诗始终贯穿着他这一时期的三个阶段。这些讽刺诗，有尖锐且精辟的议论，例如《有感五首》（其三）中的“不过行俭德，盗贼本王臣”；有通过借用景物比兴，如《病橘》《花鸭》等诗。而杜甫其他直接反映现实的诗中，也往往在叙事中掺杂着议论或感愤，带有强烈的抒情气息。

杜甫这个时期的诗歌内容主要是抒情，所以在诗的形式方面也有了新的发展，大量

采用律诗和绝句这两种近体诗的形式。杜甫所作的三十一首五绝，全是在这个时期写成的；他的一百零七首七言绝句，其中有一百零五首是这时所作。同时，杜甫还写了四百八十一首五言律诗和一百二十五首七言律诗，五言排律在这一时期的数量也是最多的，最长的一首五言排律（《秋日夔府咏怀一百韵》）也是这个时期写的。因为种种限制，律诗不适合叙事而比较适宜于抒情，这也是这一时期杜甫写律诗比较多的原因之一。但是，律诗作为一种诗体，也有独特之处，因为它本身具有的音乐性和精练性要求更高的概括，所以用来作为一种讽刺的“武器”非常有力，能够一针见血。

综上所述，杜甫在这个时期的叙事诗具有很高的价值，他的抒情诗同样重要。通过欣赏这些抒情诗，我们可以更准确地了解这位诗人的伟大灵魂以及高尚的人格。让我们通过对作品的解读，进入诗人真实的感情世界，与诗人一起欢笑、一起流泪、一起感叹、一起哀伤。

卜居

题解

这首诗是唐肃宗上元元年（760）春，杜甫在成都西郭草堂居住时所作。

浣花溪水水西头[①]，主人为卜林塘幽[②]。
已知出郭少尘事，更有澄江销客忧。
无数蜻蜓齐上下，一双鸂鶒（xī chì）对沉浮[③]。
东行万里堪乘兴，须向山阴上小舟[④]。

［注释］

①浣花溪：在成都西边，又称“百花潭”，杜甫草堂就建在这里。②幽：幽静。③鸂鶒：一种长有漂亮彩色毛羽的水鸟，经常雌雄相随。④山阴：古地名，今浙江绍兴。

［诗解］

卜居，选择居住的地方。诗人饱经忧患、备尝困苦，又正当“一岁四行役”，如今忽然得到一个安身之所，自然是满心欢喜。

首句写杜甫入住浣花溪畔，在此安居下来。次句“林塘幽”三字领起全诗，下四句描写的都是林塘的幽静。“无数蜻蜓齐上下，一双鸂鶒对沉浮”两句写了成双入对的蜻蜓与鸂鶒，表达出一种欣喜的情绪。“齐”和“对”，显出物情闲适的样子，非常传神，可以看出林塘之幽。最后两句进一步展开说，草堂周围不仅是“林塘幽”，而且出门非常方便，只要坐上小船，就可到达山阴。

蜻蜓

为农

题解

这首诗是杜甫开始卜居成都草堂时所作，表达了想安居务农的愿望，但事实上又始终不忘国事。

锦里烟尘外①，江村八九家。

圆荷浮小叶，细麦落轻花。

卜宅从兹老，为农去国赊②。

远惭勾漏令③，不得问丹砂。

[注释]

①锦里：成都。因为成都被称为“锦官城”，故称。烟尘：古人经常用此代指战争。②国：长安。赊：远。③勾漏令：这里指晋代的葛洪。葛洪曾因听说交趾出丹砂，而求任勾漏令。勾漏，地名，位于今广西北流。

[诗解]

杜甫在经过一段时间的流离辗转后，生活暂时安定下来，看到成都安详的社会景况，于是产生了务农的念头。其实，诗人的心思仍然没有离开国家，离开人民。但是，这是杜甫生活上的一个转变的标志。

首联写当时国家遍地干戈，只有成都还没有遭受战争的破坏，自己身处一个寥落的江村。颔联写草堂周围的景色，圆荷小叶、细麦轻花在居所周围可以见到，为下文进行了铺垫。颈联写诗人心里还是关心国家前途的，因为朝廷把自己抛弃了，自己远离政治中心，所以才产生务农的念头。最后两句化用葛洪求官交趾的典故，说自己不能像葛洪一样洒脱，也去弃世求仙，因此说“远惭”。

蜀 相

题解

杜甫在漂泊西南的时候，写了不少怀念诸葛亮的诗。这首诗是唐肃宗乾元三年（760）春，杜甫定居成都后游武侯祠时所作。当时，安史之乱尚未平定，杜甫深感国家没有像诸葛亮一样的政治家来为国效力，平定叛乱。

丞相祠堂何处寻①？锦官城外柏森森。

映阶碧草自春色，隔叶黄鹂空好音。

三顾频烦天下计②，两朝开济老臣心③。

出师未捷身先死④，长使英雄泪满襟⑤。

[注释]

①丞相祠堂：即武侯祠，位于成都城南，是东晋时李雄所建。②三顾：三次拜访，这里指诸葛亮隐居隆中，刘备三次求见，恳求诸葛亮出山辅佐的故事。频烦：

诸葛亮

多次烦劳。天下计：统一天下的谋略。③两朝：刘备、刘禅父子两朝。④出师：诸葛亮出兵五丈原，与司马懿列阵在渭南，相持一百多天，最后病死军中。⑤英雄：后来追怀诸葛亮的有志之士。

［诗解］

刘备在蜀地即帝位，诸葛亮为丞相，故称“蜀相”。杜甫也有自己的政治抱负和热情，因此在诗中对“鞠躬尽瘁，死而后已”的诸葛亮推崇备至。

这是一首有着浓烈政治色彩的七言律诗。诗人在首联自问自答，写武侯祠所在之处，以近乎口语化的诗句点出了武侯祠堂的位置和古柏森森的环境。首句中的“寻”字，道出了诗人急切瞻仰武侯祠的心情。颔联写祠堂内的景物，感物思人。“自”和“空”字突出了武侯祠的凄凉寂寞，虽然春色盎然，但鲜有人来。颈联写诸葛亮的雄才大略和忠贞报国之心，流露出诗人的仰慕之情。诗人从高处着眼，描写了诸葛亮的才德，概括了诸葛亮的一生。当时安史之乱未平，需要诸葛亮这样的人物。尾联是全诗的点睛之笔，道出诗人痛惜诸葛亮功业未就，并追怀后来的有志之士，感情真挚，是千古传颂的名句。

堂成

题解

唐肃宗乾元二年（759）年底，杜甫来到成都，并开始在百花潭北、万里桥边建造草堂。草堂于第二年春末完工。此诗便是这时所作。

背郭堂成荫白茅①，缘江路熟俯青郊②。
桤（qī）林碍日吟风叶，笼竹和烟滴露梢。
暂止飞乌将数子③，频来语燕定新巢。
旁人错比扬雄宅④，懒惰无心作《解嘲》⑤。

［注释］

①背郭：背对着城郭。荫白茅：用茅草覆盖。②江：浣花溪附近的锦江。③将：率领。④扬雄宅：西汉学者扬雄的宅子，又名草玄堂，在成都少城西南

角。⑤《解嘲》：扬雄的作品。

［诗解］

堂，即“草堂”。成，落成。

诗以“草堂”为题，写的主要是草堂景物和定居草堂的心情。堂用白茅盖成，背向城郭，邻近锦江，坐落在沿江大路的高地上。杜甫从草堂可以俯瞰郊野青葱的景色。

诗的开头两句，从环境背景勾勒出草堂的方位。中间四句写草堂本身之景，通过自然景色的描写，把自己历尽兵燹之后新居初定时的生活和心情，细致而生动地表现了出来。这首诗从草堂的完成说起，中间部分写景，以“语燕定新巢”作为过脉，由物到人，最后回到草堂，感慨自己的身世。“背郭堂成”的“堂”，和“错比扬雄宅”的“宅”遥相呼应，关合之妙，不见痕迹。

杜甫之所以写这篇《堂成》，是为发泄宦途不得意的愤懑之情。他只不过把这草堂作为避乱偷生之所，和草玄堂里的扬雄心情是不同的，因而也就懒于发出那《解嘲》式的牢骚了。

江村

题解

这首诗作于唐肃宗上元元年（760）的夏天，即草堂落成后。这时的杜甫靠着朋友的资助，在浣花溪畔建了一间茅屋，有了自己的家，生活算是暂时安定了下来。这首诗表现的就是杜甫当时怡然自足的心情。

清江一曲抱村流①，
长夏江村事事幽。
自去自来堂上燕，
相亲相近水中鸥②。
老妻画纸为棋局③，
稚子敲针作钓钩。
但有故人供禄(lù)米④，
微躯此外更何求⑤？

自去自来堂上燕，相亲相近水中鸥

［注释］

①清江：浣花溪。②相亲相近：鸥与人相互亲近，相互没有猜疑。③棋局：棋盘。

④禄米：古代用作官吏俸禄的粟米。⑤微躯：一种谦称，贱躯。此：指禄米。

［诗解］

诗的前四句以一种轻松的笔调抒写那绕着村子的、清澈的浣花溪，自由自在、飞进飞出的燕子，成伙嬉戏的沙鸥，呈现出一派安宁祥和之景。其中首联第二句“事事幽”三字，提挈一篇旨意，是全诗的关键。五、六句写老妻正在纸上画棋局，小儿子正在用针制作鱼钩。在经历了长期离乱之后，诗人重获家庭的欢乐，十分欣喜和满足。最后两句诗人点明了自己的衣食来源：老朋友给提供的。有这样的生活“我”还有什么别的希求么？诗人在这里虽然有喜幸之词，但言语当中仍包含些许悲苦之情。结尾两句语气说是幸词，倒毋宁说是诗人悲酸的话语。

宾 至

题解

这首诗作于唐肃宗上元元年（760）杜甫卜居成都草堂时，诗题一作《有客》。这位“不速之客”，大概是杜甫所不乐见的“俗物”，所以诗题不写出他的尊姓大名，诗的语气也很傲岸，带嘲讽之意。

幽栖地僻经过少①，老病人扶再拜难。
岂有文章惊海内？漫劳车马驻江干②！
竟日淹留佳客坐③，百年粗粝腐儒餐④。
不嫌野外无供给⑤，乘兴还来看药栏⑥。

［注释］

①经过少：形容地方偏僻，过访的人少。②江干：江边。③竟日：整天。④百年：终身。粝：粗粝、粗糙。⑤无供给：没有美酒佳肴可以招待。⑥药栏：保护芍药的栏槛。

［诗解］

诗题里的“宾”，当指事先通报“车马”而至的“贵介之宾”，有别于“花径”不扫，“不速”而来的“相知之客”，从选词上看，是“各见用意所在”的。诗中未确指“宾”之姓名，全诗表现出傲岸之气，且含嘲讽之意，可见此客为诗人尊而不亲甚或不喜见之人。

诗的前两句写延客之状。草堂刚建好，处于偏僻幽静的地方，很少有人拜访。忽然贵客来到，只能去循礼迎接。这说明来的客人可能是个大官，杜甫因为不愿行礼，就借口自己年老生病不能再拜。三、四句写惊讶之情。从上句看，此宾当是耳闻杜甫文名，特意通报相访的。为此诗人说：他初到成都，哪有震“惊海内”的“文章”，竟然徒劳“车马”枉驾暂“驻江干”。“岂有”“漫劳”四字，在这里起了宾主相称的作用。五、六句写款待之事，表达了诗人对客人款待不周的歉意，在自谦中实含自伤之意。最后两句写诗人表达歉意的同时，邀请贵客重来做客。诗人说：如果您不嫌我这“野外”“供给”菲薄，还望您“乘兴”再“来看”花。这是诗人的客套话，又有送客的意思，嘲讽之意隐约可见。

狂 夫

题解

这是一首七律诗，作于唐肃宗上元元年（760）夏天杜甫客居成都时。

万里桥西一草堂①，百花潭水即沧浪②。
风含翠筱(xiǎo)娟娟净③，雨浥(yì)红蕖(qú)冉冉香④。
厚禄故人书断绝⑤，恒饥稚子色凄凉⑥。
欲填沟壑惟疏放⑦，自笑狂夫老更狂。

[注释]

①万里桥：在成都南门外，杜甫的草堂就在万里桥的西面。②百花潭：即浣花溪，杜甫草堂在其北。沧浪：汉水支流沧浪江。③翠筱：翠绿细小的竹子。娟娟净：秀美光洁之态。④浥：滋润。红蕖：粉红色的荷花。冉冉：婉弱的样子。⑤厚禄故人：做大官的朋友。书断绝：断了书信来往。⑥色凄凉：形容可怜的样子。⑦填沟壑：把尸体扔到山沟里去，这里指穷困潦倒而死。疏放：疏远仕途，狂放不羁。

万里桥西一草堂，百花潭水即沧浪

[诗解]

诗题为“狂夫”，当以写人为主，但是诗着重写居所的环境。

诗的前四句写草堂及浣花溪的美丽景色，对幽美宜人的草堂环境进行了细腻的描写，表现了诗人在自然中心灵的愉悦和清静。五、六句笔锋一转，通过凄凉的情调描写世态炎凉和生活的艰难清苦。诗人初到成都时，曾靠故人严武接济，分赠禄米，而一旦故人音书断绝，一家人的生活又将陷入困境。“厚禄故人书断绝”句写的就是此事，这也导致自己幼子的脸色不好了，全家的情况更加可想而知。七、八句表明诗人疏远仕途后狂放自适的心境。尽管全家眼看就要饿死，诗人还是一味疏放，不能改其故态，仰面向人。杜甫没有被生活磨难压倒，始终以一种倔强的态度面对生活的困境。诗人的这种人生态度并没有因为时光的流逝而减弱，反而越来越强烈了，这正表现出了诗人“狂夫”的特点。

野 老

题解

这是一首七言律诗，写于唐肃宗上元元年（760）。这时，杜甫刚在成都西郊的草堂定居下来。

野老篱边江岸回①，柴门不正逐江开。
渔人网集澄潭下②，贾客船随返照来。
长路关心悲剑阁③，片云何意傍琴台④？
王师未报收东郡⑤，城阙秋生画角哀⑥。

［注释］

①野老：杜甫自谓。②澄潭：即百花潭。③长路：承上句“客船”而来。④片云：孤云。何意：何事。琴台：成都名胜，相传为司马相如和卓文君当垆卖酒的地方，在浣花溪北，这里代指成都。⑤收东郡：唐肃宗上元元年（760）六月田神功破史思明于郑州，但东京和诸郡仍未收复。⑥城阙：这里指成都。唐肃宗至德二载（757）升成都府为南京，故称“城阙”。画角：古代军中乐器，长五尺，形如竹筒，外加彩绘。

［诗解］

杜甫经过长年颠沛流离之后，总算到了一个憩息之处，这使他感到欣慰。然而国家残破、生灵涂炭的现实，时刻在撞击他的心灵，使他无法宁静。这首诗就揭示了他内心这种微妙的感情波动。

诗的前两句写草堂的景色。“野老”是杜甫的自称。江岸回曲，竹篱茅舍，此时诗人正在草堂前的江边漫步观赏，柴门方位不正，迎江而建。三、四句写在那边澄碧的百花潭中，渔民们正在欢快地下网捕鱼，也许因为江流回曲，适于泊舟，那一艘艘商船也迎着晚霞，纷纷在此靠岸。前四句所写的是诗人远望四周的景色，充满了村野之趣，表现了诗人闲适的心情。五、六句写诗人想回到秦州，但又感叹自己如浮云般四处漂泊。回秦州路途遥远，现在自己最关心的就是剑阁，因为剑阁地势最险，又经常被乱军所占领，所以伤悲。自己像浮云一样四处漂泊，为何留滞成都呢？末尾两句写诗人哀愁伤感的心情。诗人感叹去年洛阳再次失陷后，至今未光复，而西北方面吐蕃对唐廷虎视眈眈。蜀中也隐伏着战乱的危机，在萧瑟的秋风中，成都城头传来阵阵画角声，那是多么凄切悲凉。

客至

题解

这首诗作于唐肃宗上元二年（761）春，是杜甫五十岁时在成都草堂写下的作品。

舍南舍北皆春水①，但见群鸥日日来。
花径不曾缘客扫，蓬门今始为君开②。
盘飧(sūn)市远无兼味③，樽(zūn)酒家贫只旧醅(pēi)④。
肯与邻翁相对饮，隔篱呼取尽余杯。

［注释］

①舍：诗人自称其家为“舍”，这里指成都浣花溪畔的草堂。春水：流经草堂的浣花溪。②蓬门：茅屋的门。③盘飧：盘中的菜肴。无兼味：是谦虚的话，说菜太少。兼味，味道重。④旧醅：旧酿的浊酒。醅，未经过滤的酒。

盘飧市远无兼味，樽酒家贫只旧醅

［注释］

这首诗是一首纪事诗，有着浓郁的生活气息，显示了诗人朴实和好客的性格。作者在题下自注“喜崔明府相过”，由此可见诗题中的“客”，即崔明府，其具体情况不详。此外杜甫母亲姓崔，有人认为这位客人或许是其母亲的亲戚。明府，是唐时人们对县令的尊称。相过，即探望、相访。

诗的首两句从屋外的景色着笔，点明客人来访的时间、地点以及诗人的心境。“但见”二字，表明诗人亲友云散，交游冷落，只见群鸥，不见其他来访者，闲逸的生活不免有一丝单调、寂寞。颔联将笔触转向庭院内，引出客人的到来。花草遍地的庭院小路，还没有因为迎客打扫过，用蓬草编成的门，因为你的到来，今天才打开。前四句虚写客人的到来，颈联转入客人来了就得招待。草堂远离街市不方便，只能备些简单的菜肴，酒也只能喝家酿的陈酒。末尾两句写诗人询问客人肯不肯与邻家的老翁相对而饮。全诗流露出诗人热情好客的心境，将草堂景色、招待客人等生活场景刻画得形象逼真，表现出了浓郁的生活气息。

遣　兴

题解

这是一首五言诗，作于唐肃宗上元二年（761），一共有两首，这是第一首。诗人自上一年春定居浣花溪畔后，虽然已安定下来，但每想起战乱，想起兄弟离散，想起自己年老体衰，也常黯然神伤。

干戈犹未定，弟妹各何之①？
拭泪沾襟血②，梳头满面丝③。
地卑荒野大④，天远暮江迟。
衰疾那能久？应无见汝期！

［注释］

①各何之：都到哪里去了。②沾襟：血泪之多。③满面丝：头发尽白。④地卑：成都地势很高，四周都是山，所以说“地卑”。

［诗解］

诗前两句写诗人对弟妹的思念。战事还没有结束，兄弟姊妹分散各处，生死两茫茫。颔联写诗人沉痛的心情，他思念亲人，禁不住泪流满襟，头发也全都白了，已经衰老了。这里的“满面丝”与下面的“衰疾”相呼应。颈联写诗人遥望弟妹所处方向时所见之景。成都辽阔的原野，以及在傍晚天底下缓缓流动的大江，使诗人有一种“念吾一身，飘然旷野”的感觉。最后两句是诗人自怨自艾的话语：我又老又患有疾病，流寓在荒野，哪能长久地活在人世间呢？有生之年或许见不到你们了！

题壁上韦偃画马歌

题解

这是一首题画诗，内容是关于韦偃画在杜甫草堂墙壁上的奔马。诗中交代了韦偃作画的原因，以及韦偃高超的绘画技巧，同时借物言志，感叹时局。

韦侯别我有所适①，知我怜君画无敌②。
戏拈秃笔扫骅骝(huá liú)③，欻见麒麟出东壁④。
一匹龁(hé)草一匹嘶⑤，坐看千里当霜蹄⑥。
时危安得真致此，与人同生亦同死！

[注释]

①别我：向我告别。有所适：要到另外一个地方去。②怜：爱，喜欢。③戏拈：写韦偃绘画造诣之高，画起来一点不费力，好像游戏一样。骅骝：骏马名。④欻见：忽见，指画得非常神速。麒麟：传说中的瑞兽，用来比喻良马。⑤龁：用牙齿咬东西。⑥霜蹄：《庄子·马蹄篇》中有“马蹄可以践霜雪”的说法，故称“霜蹄”。

马

[诗解]

韦偃，唐代京兆人，寓居蜀川，擅长画马。唐代时，人们喜好在墙壁上作画或题诗。诗题中的壁，就是草堂的墙壁。

诗的前两句写韦偃向“我”告别，要到另外一个地方去。韦偃知道杜甫喜欢他的画，来草堂的目的一是告别，另一个就是作画留念。因为安史之乱，韦偃这么有名的画家也迫于生计开始四处漂泊。颔联写韦偃高超的技艺，他画千里马只是用秃笔。“戏拈”二字写出了韦的造诣之高，画马犹如游戏，全不费工夫。颈联写诗人的赞叹，好似转眼之间韦偃画的马就要奔驰到千里之外的地方去，说明其绘画水平之高。最后两句写当今时局艰危，怎样才能得到这样的真马？那“我”就和他一起同生共死，为国家建功立业。杜甫此时念念不忘国家的危难，在这里用骏马比作志士，希望他们拯救国家于危难之中，流露出忧国忧民的爱国精神。

恨别

题解

这首诗作于唐肃宗上元元年（760），是杜甫在成都写的一首七言律诗。诗中没有说恨，但每句都是恨，表达了诗人希望国家早日平定叛乱的爱国情怀。

洛城一别四千里①，胡骑长驱五六年②。

草木变衰行剑外③，兵戈阻绝老江边④。

思家步月清宵立，忆弟看云白日眠。

闻道河阳近乘胜⑤，司徒急为破幽燕⑥！

［注释］

①四千里：言恨离家之远。②胡骑：指安史之乱的叛军。五六年：言恨战乱之久，从唐玄宗天宝十四载（755）到此时，已经过了五六年。③剑外：剑南，唐代称剑门之南为“剑外”。④江边：锦江边，这里指草堂所在地。⑤乘胜：唐肃宗上元元年（760）三月，检校司徒李光弼破安太清于怀州城下，四月又破史思明于河阳西渚。⑥司徒：李光弼，当时李光弼为检校司徒。幽燕：幽州与燕州，古地名，在今河北北部及辽宁一带。

［诗解］

杜甫在诗中抒发了流落他乡的感慨以及对故乡、骨肉的思念，由于当时叛乱还未平定，他被迫离开家园，因此希望国家早日复兴。

诗人在首联一开头就写“恨别”，点明思家、忧国的主旨。“四千里”，言自己离家之远；“五六年”，感伤战乱之久。诗人的困苦经历、国家的危难，都在这些词语中体现了出来。颔联写诗人流落蜀中的境况。诗人来到成都，多亏亲友的帮助才能安居下来，但思乡之情念念不忘。由于“兵戈”的“阻绝”，诗人无法返回故土，只好老于锦江边了。颈联通过“宵立”“日眠”的生活细节描写，表达了诗人思乡忆弟的心情。诗人夜晚思不能寐，白昼因困倦而眠。诗人通过这种坐卧不安的举动，委婉地表达了对亲人的怀念，突出诗题的“恨别”。尾联回应颔联，抒写诗人听到唐军接连告捷的喜讯，盼望着早日破幽燕、平定叛乱的急切心情。

这首诗将诗人的遭遇与国家命运结合在一起，以充满希望的诗句作结，感情由悲凉转为欢喜。

后　游

题解

杜甫曾于唐肃宗上元二年（761）春到过新津县，写了《游修觉寺》一诗，这次是重游，故题为《后游》。

寺忆曾游处，桥怜再渡时①。

江山如有待，花柳更无私②。

野润烟光薄③，沙暄日色迟④。

客愁全为减，舍此复何之⑤？

寺忆曾游处，桥怜再渡时

[注释]

①怜：怜爱。②私：偏私。③烟：烟霭。④暄：温暖。⑤此：指修觉寺。

[诗解]

这首诗全篇景象鲜明，理趣盎然。诗首联写诗人重游故地，第二次经过桥时不知不觉对桥也产生了感情。颔联说江水和山峰好像在等待“我”再次到来，花柳也没有一点偏私，凡是来游玩的人都可以尽情享受。颈联表明了时间推移，诗人从早到暮在此，可见流连之久，又从侧面说明了景色之美。最后两句写看了如此美好的景色，在外作客的愁闷完全减消了，除了这儿还要往哪儿去呢？

这首诗表面写得豁达，实则沉郁，心中郁结以顿挫、委曲之态表达出来，感人更深。诗采用散文句式，平顺自然，这种创新对后世尤其是宋代诗人的影响颇大。

春夜喜雨

题解

这首诗作于唐肃宗上元二年（761）春，杜甫此时居住在成都草堂。从去年的冬天到这年的二月间，成都地区发生旱灾，因此当春雨到来时，诗人十分高兴，并赋诗抒发这种久旱逢甘雨的喜悦。

好雨知时节，当春乃发生①。

随风潜入夜②，润物细无声。

野径云俱黑③，江船火独明④。

晓看红湿处，花重锦官城⑤。

[注释]

①乃：正当、就。发生：这里指万物生长。②潜入夜：细雨的到来，不被人们所觉察。③野径：野外的小路。④火独明：灯火明亮，衬托“云俱黑”。⑤花重：花因沾着雨水，显得饱满沉重。锦官城：成都的别称。

[诗解]

这首诗是杜甫借描绘春夜雨景，表现喜悦心情的佳作。

诗中一开始就用一个“好”字赞美“雨”。紧接着，诗人把雨拟人化，说它“知时节”。春天正是需要雨的时候，雨就下起来了，这里流露出诗人的喜悦之情。颔联属于流水对，进一步写雨的“好”。春天的雨伴随着和风无声无息降临，滋润万物。“好”雨的一个特点就是雨细，这样才能充分滋润万物。颈联写放眼四望，江面、小路无法辨清，天空中全是黑沉沉的云，只有船上的灯火是明亮的。这两句从云黑写起，写出了雨意正浓，也写出了诗人喜悦的心情。尾联是诗人想象中的情景。这样的“好雨”下一晚上，万物都能得到滋润，代表春色的花也必定红艳欲滴。等到明天清早去看看吧！整个锦官城一片“红湿”，一朵朵红艳艳、沉甸甸的花，汇成花的海洋。

野径云俱黑，江船火独明

这首诗从听觉写到视觉，从当夜写至清晨，结构严谨，是一首描写细腻、情调明快的诗。诗中没有使用“喜悦”“欢愉”一类的词汇，却处处显露出喜悦的气息。

江上值水如海势，聊短述

题解

这首诗是唐肃宗上元二年（761）杜甫在成都草堂时所作，主要是谈自己的创作经验。诗题说江水暴涨如海，景观新奇，但因暂无佳句，只好聊作短歌。

为人性僻耽佳句①，语不惊人死不休②！

老去诗篇浑漫与③，春来花鸟莫深愁④。

新添水槛(jiàn)供垂钓⑤，故著浮槎(chá)替入舟⑥。

焉得思如陶谢手⑦，令渠述作与同游！

[注释]

①性僻：性情孤偏，这是自谦的说法。耽：嗜好，沉溺。②死不休：表决心，意思是到死也不停止。③老去：人到老年。浑漫与：全是随意抒写。④愁：是对花鸟说的，意思是说连花鸟也要愁怕。⑤新添：初做成。水槛：水边的木栏杆。

⑥故：承接关系，表示因此。浮槎：小木筏。⑦陶谢：陶渊明和谢灵运。

新添水槛供垂钓，故著浮槎替入舟

［诗解］

杜甫一向严谨创作，炼字熔句，刻意求工，老来诗境成熟，得心应手。但他并不满足于已取得的成就，还要继续向前人学习，争取在艺术上达到更高的境界。

诗人在首联自谓“为人性僻耽佳句，语不惊人死不休”，可见其“聊短述”的良苦用心，反映了诗人认真、严谨的写作态度。颔联写诗人如今年老，已不像过去那样刻苦琢磨。说就是花鸟也要愁怕，是调笑花鸟之辞。首联、颔联虽然没有写海势，但诗人心中的海已经形成。

诗人在首、颔两联虚写海势后，随即转而实写江水。因此颈联说“新添水槛供垂钓，故著浮槎替入舟”。这里虽然写江水，但只是轻轻带过，如此写江水的手法，值得让人玩味。尾联以“焉”字进行转折，富有新意。诗人说：如果让陶渊明、谢灵运那样的人的妙手来作诗，而自己陪同他们在江海之上游览，岂不快哉！尾联与首联相呼应，思路新奇，展现了诗人炉火纯青的诗艺。

奉济驿重送严公四韵

题解

宝应元年（762）四月，唐代宗即位。六月，代宗召严武入朝，杜甫送别赠诗，因之前已经写有《送严侍郎到绵州同登杜使君江楼宴》，因此称“重送”。

远送从此别，青山空复情。
几时杯重把，昨夜月同行。
列郡讴歌惜①，三朝出入荣②。
江村独归处③，寂寞养残生。

［注释］

①列郡：东、西两川属邑。②三朝：唐玄宗、唐肃宗、唐代宗三朝。出入荣：指严武受到重用。③江村：成都浣花溪边的草堂。

[诗解]

严公，即严武，曾两度出任剑南节度使。严武有文才武略，与杜甫品性相投。在镇守蜀地期间，严武亲自到草堂拜访杜甫，并进行接济。二人相互敬重，诗作往来频繁，结下了深厚的友谊。

诗一开始点明“远送”，体现了诗人依依不舍的别离之情。次句写青山伫立，仿佛含情送客。诗人借山言人，表达了自己不忍相别而不得不告别的无可奈何之情。三、四句是倒装，写诗人想起昨夜在月色下送别友人，不知何时才能重逢共饮。关于严武，诗人直接颂扬其政绩，说其“列郡讴歌惜，三朝出入荣”，表明其在唐玄宗、唐肃宗、唐代宗三朝出守外郡或入处朝廷，都处在高位。最后两句抒写诗人送别后的心境：送别你后“我”独自回到江村，寂寞地度过余下的岁月。这两句充分体现了诗人与严武之间的真挚友谊，惜别之情溢于言表。

寄李十二白二十韵

题解

这首诗大概作于唐代宗宝应元年（762），当时杜甫自成都送严武入朝，到绵州时遇到剑南兵马使徐知道起兵叛乱，于是转赴梓州。这时杜甫才获悉李白正在当涂养病，于是写下这首诗寄给他。

昔年有狂客①，号尔谪(zhé)仙人②。笔落惊风雨，诗成泣鬼神③。声名从此大，汩没一朝伸④。文彩承殊渥(wò)⑤，流传必绝伦。龙舟移棹(zhào)晚，兽锦夺袍新。白日来深殿，青云满后尘。乞归优诏许，遇我宿心亲。未负幽栖志，兼全宠辱身。剧谈怜野逸，嗜酒见天真。醉舞梁园夜，行歌泗水春。才高心不展，道屈善无邻。处士祢(mí)衡俊⑥，诸生原宪贫⑦。稻粱求未足，薏(yì)苡(yǐ)谤何频⑧。五岭炎蒸地，三危放逐臣。几年遭鵩(fú)鸟⑨，独泣向麒麟。苏武先还汉，黄公岂事秦。楚筵辞醴(lǐ)日⑩，梁狱上书辰。已用当时法，谁将此义陈。老吟秋月下，病起暮江滨。莫怪恩波隔，乘槎(chá)与问津⑪。

[注释]

①狂客：贺知章，晚年自号四明狂客。②谪仙：被贬谪的神仙。③泣鬼神：据《本事诗》记载，贺知章在读了李白的《乌栖曲》后感叹“此诗可以泣鬼神矣”。④汩没：埋没、湮灭。⑤承殊渥：受到特殊的恩惠。⑥祢衡：字正平，东汉文学家，少年时就有辩才。⑦原宪：春秋时人，孔子弟子，以安贫乐道著称。

⑧薏苡：一种多年生草本植物，果仁称为薏米。据《后汉书·马援传》记载，马援征交趾，载回薏苡种子，却被进谗言者说成明珠。此指李白参与永王幕府，被视为谋反。⑨鵩鸟：古代认为的一种不祥之鸟。⑩醴：甜酒。西汉穆生不喜饮酒，为楚元王刘交中大夫，元王常为穆生准备醴酒。元王死后，其子嗣位，一次忘备醴酒，穆生认为楚王怠慢，就称病离开了。此指李白在永王幕府不受赏识。⑪乘槎：乘坐竹木筏。

[诗解]

杜甫与李白有着深厚的情谊，曾写了不少思念李白的诗篇，这是其中一首。这首诗的主旨是为李白晚年的不幸遭遇进行辩护，是李白不平凡的一生的写照。杜甫通过精妙的语言赞美了李白的非凡才华。诗的前四句被后人看作描写李白的佳句，最能表现旷世诗仙的狂放不羁和才华，从中可见杜甫对李白的推崇和钦佩。

全诗大致可分为四个部分。第一部分从“昔年有狂客”至“青云满后尘”，写李白于开元十八年（730）和天宝元年（742）两次到长安的经历，对李白的前半生进行了概括，同时赞颂了李白诗歌的艺术成就。第二部分从“乞归优诏许”至“诸生原宪贫”，写李白于唐玄宗天宝三载（744）春被赐金放还后四处漫游、潦倒落魄的情景，并回忆自己与李白相识交往中建立起的友谊。第三部分从“稻粱求未足”至“谁将此义陈”，写李白长期流放夜郎的经历，是全篇的重点所在。最后四句是结束语。诗人希望李白在晚年仍然吟诗不辍，祝愿他早日康复，多作好诗，并劝李白不要埋怨没有得到皇帝的恩泽，表明自己要上书朝廷，探究事情的真相。

春水生二绝（录一首）

题解

杜甫绝句多用方言俗语点化入诗，因此风格活泼，这首诗属于其中一例。

一夜水高二尺强①，数日不可更禁当②。

南市津头有船卖，无钱即买系篱旁！

[注释]

①二尺强：比二尺长。②当：抵挡、阻挡。

[诗解]

杜甫到了成都后，生活略微安定，写了一些活泼欢快的小诗。本诗纯用口语，写担忧水涨，想到水涨买船却没有钱，故而自嘲一番。前两句是说水涨得越来越猛烈，堤坝要抵挡不住了。最后两句感叹因为怕淹，所以想到买船，但是“无钱”，只能空担忧。

所 思

题解

这是一首怀念老朋友的诗，怀念的是被贬的醉司马崔漪。诗人很久没有崔司马的消息，思念落泪而写就此诗。

苦忆荆州醉司马①，谪(zhé)官樽(zūn)酒定常开②。
九江日落醒何处？一柱观头眠几回③？
可怜怀抱向人尽，欲问平安无使来。
故凭锦水将双泪④，好过瞿(qú)塘滟滪(yàn yù)堆⑤！

［注释］

①苦忆：苦苦的思念。醉司马：崔漪。②谪官：这里指崔漪由吏部贬荆州司马的事情。定：表示是料想中的事情。③一柱观：古迹名，为南朝宋的临川王刘义庆镇守江陵的时候所建造。④锦水：锦江，杜甫现在的居住地。⑤滟滪堆：在瞿塘峡口，是到荆州的必经之地，十分险要。

［诗解］

诗开头“苦忆”二字是全诗的灵魂，点明了诗人对崔漪的思念之情。前两句写崔漪由吏部贬荆州司马的事情。崔漪被贬失意，因此借酒排遣。“九江日落醒何处？一柱观头眠几回”两句是诗人想象崔漪的醉态。诗作紧接着说崔漪虽满腹牢骚，却无知己可诉说，只好一个人孤独饮酒，所以说“向人尽”。想问友人平安与否却没有人告知。最后两句写诗人思念、担心崔漪，但没有信过来，因此寄诗慰问。这里杜甫希望自己的友情能够带给崔漪宽慰，所以嘱咐，小心渡过那险要的滟滪堆。诗作感情真挚、浓郁。

绝句漫兴九首（录六首）

题解

这组绝句写于唐肃宗上元二年（761），即杜甫寓居成都草堂的第二年。

其 一

眼见客愁愁不醒①，无赖春色到江亭②。
即遣花开深造次③，便教莺语太丁宁！

[注释]

①不醒：形容沉醉、迷惘。②无赖：本来是用来形容人的，这里指嗔怨春色。③即：即刻，马上。造次：鲁莽，轻率。

眼见客愁愁不醒，无赖春色到江亭

其二

手种桃李非无主，
野老墙低还是家[1]。
恰似春风相欺得[2]，
夜来吹折数枝花。

[注释]

①野老：杜甫自喻。②相欺得：指欺负“我”这个野老。

其三

孰知茅斋绝低小[1]，江上燕子故来频[2]。
衔泥点污琴书内，更接飞虫打着人。

[注释]

①绝：异常。②故来频：故意频繁飞来。

其四

二月已破三月来[1]，渐老逢春能几回？
莫思身外无穷事，且尽生前有限杯！

[注释]

①破：突破，过完。

其五

肠断春江欲尽头，杖藜徐步立芳洲。
颠狂柳絮随风舞，轻薄桃花逐水流[1]。

[注释]

①颠狂：激烈动荡的样子。

其　九

隔户垂杨弱袅袅，恰似十五女儿腰。

谁谓朝来不作意①，狂风挽断最长条。

［注释］

①谁谓：哪知道。作意：着意、立意，唐时俗语。

［诗解］

题作“漫兴”，有兴之所到随手写出之意。不求写全，不求写尽，也不是同一时间完成。从这里选取的六首诗的内容可以看出，诗人应当是在春至夏相继写出，有次第可寻。杜甫的绝句常常为纵笔所至，有着一种天然标格和风趣。

隔户垂杨弱袅袅，恰似十五女儿腰

杜甫草堂周围景色秀丽，生活也逐渐安定下来，但诗人并没有忘记国难未已，难以归乡；尽管眼前繁花簇簇，家国的愁思还时时萦绕在心头。杜甫善于用反衬的手法，写情和景的同时，深化自己想要表达的思想感情，加强了诗的艺术效果。

江畔独步寻花七绝句（录四首）

题解

这组诗是唐代宗宝应元年（762），杜甫在成都所作。

其　二

稠花乱叶裹江滨①，行步攲(qī)危实怕春②。

诗酒尚堪驱使在③，未须料理白头人④。

［注释］

①裹：形容两岸都是花。②攲危：形容歪歪斜斜的样子。③在：得。④料理：照料、照管。

其　五

黄师塔前江水东①，春光懒困倚微风②。

桃花一簇开无主③，可爱深红爱浅红？

黄四娘家花满蹊，千朵万朵压枝低

[注释]

①黄师塔：指埋葬和尚的塔。②倚微风：临微风。③无主：没有主人，可以随意赏玩。

其　六

黄四娘家花满蹊①，千朵万朵压枝低。

留连戏蝶时时舞，自在娇莺恰恰啼②。

[注释]

①黄四娘：具体身份不明，可能是杜甫在浣花溪畔的邻居。蹊：小路。②恰恰啼：正好这个时候啼叫了起来。

其　七

不是爱花即欲死，只恐花尽老相催。

繁枝容易纷纷落①，嫩蕊商量细细开②！

[注释]

①繁枝：形容花开得非常多。②嫩蕊：含苞待放的花朵。

[诗解]

杜甫历经千辛万苦来到成都，在西郊浣花溪畔建成草堂，暂时有了安身的处所，对此诗人的心情是比较舒畅的。但诗人并不满足于个人生活的安适，仍时刻关心着国家大事，始终挂念着被叛军控制的家乡，没有忘记自己是在迫不得已的情况下流落成都的。

杜甫当时已经年满五十，长年的流离奔波严重损害到了他的身体和精神。所以诗人此时的情绪有些颓废，诗中流露出叹老伤病之感。诗人不仅是为个人的命运而悲愁，更多的是为了国家的前途而忧虑。在此背景下，在春暖花开之日，他独自在江畔散步赏花，情随景生，有感而发，写下了这七首绝句。这组诗以花为主题，抒发了杜甫对美好事物的向往和热爱。诗中掺入了一些方言土语，采用了一些民歌的表现手法，充满民歌风味。

进　艇

题解

这首诗是唐肃宗上元二年（761）杜甫在成都时所作。诗人因思念朝廷和故乡而“伤神坐北窗”，为了遣散心中郁结，和妻子划着小船在江上散心，描写了在江上的所见。

南京久客耕南亩①，北望伤神坐北窗②。

昼引老妻乘小艇，晴看稚子浴清江。

俱飞蛱(jiá)蝶元相逐，并蒂(dì)芙蓉本自双③。

茗饮蔗浆携所有④，瓷罂(yīng)无谢玉为缸⑤。

[注释]

①南京：至德元年（756），唐玄宗为避安禄山之乱来成都，称成都为“南京”，唐肃宗上元元年（760）取消这个称呼。②北望：向北望向中原。③芙蓉：荷花。④茗饮：茶水。蔗浆：蔗汁。⑤瓷罂：盛茶浆的器皿。无谢：不愧、不让。

昼引老妻乘小艇，晴看稚子浴清江

[诗解]

进艇，即划小船。这首诗描写的是夏天的生活情形，风格比较明朗。

前两句写自己因为躲避战乱来到成都安居，并在草堂周围从事种树、种药、锄草等劳动。虽然在成都暂时安居下来，但朝廷和故乡都在北方，北望中原他难免有些伤感。这两句引出了进艇的缘由。三、四句写诗人为了缓解心中的伤感，白天带着妻子和孩子到清江乘船。五、六句写在船上看到的景色，蛱蝶嬉戏，荷花绽放。最后两句说虽然没有美酒与佳肴，但自己的这些器皿与富贵人家所用的玉缸相比并不逊色。

此诗写诗人一家老小各得其乐，这是一种随遇而安，也是一种乐观诙谐，表明诗人在成都安居期间并不总是愁眉苦脸、忧心忡忡的。

赠花卿

题解

这是一首七言绝句，大约作于唐肃宗上元二年（761）。这首诗可能是在花敬定举行的一次宴会上的即兴之作。

锦城丝管日纷纷①，半入江风半入云。

此曲只应天上有，人间能得几回闻②？

[注释]

①锦城：锦官城，指成都。丝管：弦乐器和管乐器，泛指音乐。日纷纷：天天演奏不断。②天上：传说中的神仙世界。

[诗解]

卿，当时对地位和辈分较低的人的一种客气称呼。花卿，指花敬定，他是当时成都尹崔光远的部将，曾在平定梓州刺史段子璋叛乱中立功。

诗的前两句对乐曲作了具体、形象的描绘，是实写。“纷纷”二字本意是多而乱的样子，通常是用来形容具体事物的，这里却用来比喻看不见、摸不着的乐曲，形象地写出了弦管轻悠、杂错而又和谐的效果。诗人在“半入江风半入云”句中也采用了同样的写法。悠扬动听的乐曲随风飘荡在江面上，然后飘入蓝天白云间，使人感受到了乐曲的美妙之处。后两句以天上的仙乐相夸，是遐想。乐曲如此美妙，使作者不禁感叹——“此曲只应天上有，人间能得几回闻”。这样美妙的音乐，只有在天上才能听到，人间难得一闻。全诗因实而虚，虚实相生，将乐曲的美妙赞到了极度。

三绝句（录二首）

题解

这两首绝句风格清新，描写了诗人在流寓生涯中一个短暂的比较明朗的生活画面，表达了一种爽朗的情绪。

其一

楸(qiū)树馨香倚钓矶[①]，斩新花蕊未应飞[②]。

不如醉里风吹尽，可忍醒时雨打稀[③]？

[注释]

①倚钓矶：楸树紧挨着钓台。钓矶，钓鱼时坐的石头。②斩新：崭新。③可忍：怎么忍心。

其三

无数春笋满林生，柴门密掩断人行。

会须上番看成竹[①]，客至从嗔(chēn)不出迎[②]！

[注释]

①会须：应须、定要。上番：轮番，指唐代的兵制，兵丁每年按照道路远近轮流到京师当宿卫。②从嗔：随他嗔怪去。

［诗解］

第一首诗为咏楸花。诗中写在钓矶旁边生长的楸树，花开花谢自有时日，十分短暂。诗人看见花开便忧心花谢，而让诗人更加揪心的是，楸树会不会受到秋风冷雨的摧残，这时候不如酒醉不醒，实在是不忍心看见楸花被风雨摧残的惨状。这首绝句体现了诗人对楸花的怜悯之情。

第二首诗为咏春笋。诗中写竹林中长了无数春笋，不仅挡住了柴门，还堵住了行人走的道路。那些踩着新竹前来欣赏新竹的人来这里时，“我”都怒而不欢迎。这首诗写出了诗人爱护竹子的心情。

送韩十四江东省觐

题解

这是一首赠诗，是杜甫写给去江东看望自己父母的韩十四的。诗中感叹世事的艰难，劝诫韩十四路上小心那重重艰险，同时表达了诗人对弟弟妹妹的思念之情，并把这种感情扩展到了天下的百姓身上。

兵戈不见老莱衣①，叹息人间万事非！
我已无家寻弟妹，君今何处访庭闱（wéi）②？
黄牛峡静滩声转，白马江寒树影稀③。
此别应须各努力④，故乡犹恐未同归。

［注释］

①老莱衣：比喻孝顺老人。②庭闱：父母所居住的地方，这里指父母。③黄牛峡、白马江：是韩十四出峡去往江东必经的地方。④各努力：各自为归乡之计努力。

［诗解］

省觐，指省视父母。十四，韩的排行，其人生平不详。

诗的首句脱口而出，感慨深远，写韩十四去寻访父母，所以借老莱子的故事，紧扣诗题。次句将这种情感推向整个社会，可见这份痛苦不仅是几家的痛楚。三、四句具体落到诗题上，想到自己流落在外，兄弟姊妹离散，又看到韩十四去省亲，不禁为之忧

此别应须各努力，故乡犹恐未同归

虑。五、六句写韩十四出峡去往江东必经的地方。杜甫关心对方，所以特地指出前路的重重艰险，包含下面两句诗中“应努力”的意思。最后两句是诗人勉励韩十四的话，勉励韩十四的同时勉励自己。因为上面的诗句中诗人用自己作陪衬，所以这里用一“各”字来关照。因为韩十四与杜甫是同乡，所以有“故乡”“同归”语。

戏为六绝句

题解

这组诗大约在唐代宗宝应元年（762）写成。六首诗单独成诗，表现不同的主题，前三首是对诗人的评价，后三首是论诗的宗旨。用绝句这种体裁论诗，这是我国文学史上的首创。

其　一

庾（yǔ）信文章老更成①，凌云健笔意纵横。

今人嗤点流传赋②，不觉前贤畏后生。

[注释]

①庾信：字子山，南北朝时期的著名诗人。文章：泛指文学。老更成：指文章等上了年纪之后写得更老练。②今人：与杜甫同一时代的人。嗤点：指嗤笑指点。流传赋：庾信流传下来的文章。

其　二

王杨卢骆当时体①，轻薄为文哂（shěn）未休②。

尔曹身与名俱灭③，不废江河万古流④。

[注释]

①王杨卢骆：王勃、杨炯、卢照邻、骆宾王，这四人都是初唐时期著名的文学家，被称为“初唐四杰”。当时体：当时那个时代的体裁。②轻薄：轻佻浮薄的人，与“尔曹”同义。哂：嘲笑。③尔曹：一种轻视的称呼，指那些哂笑的人。④不废：不害、不伤，不影响。江河：长江、黄河，这里代指包括“初唐四杰”在内的优秀作家。

其　三

纵使卢王操翰墨①，劣于汉魏近风骚②。

龙文虎脊皆君驭③，历块过都见尔曹④。

[注释]

①翰墨：同“笔墨”，指文辞。②劣于：低于。③龙文、虎脊：汉代时的两匹名马，这里比喻“初唐四杰”。④历块过都：指良马跨越一个国都就像跑过一小块土块一样，这里比喻创作实践。

龙文虎脊皆君驭，历块过都见尔曹

其　四

才力应难跨数公①，
凡今谁是出群雄？
或看翡翠兰苕(tiáo)上②，
未掣(chè)鲸鱼碧海中③！

[注释]

①跨：超过。数公：这里指庾信及“初唐四杰”。公，对人的尊称。②翡翠：一种美丽的鸟。兰苕：香草。③掣：牵引。鲸：这里指大鱼。

其　五

不薄今人爱古人①，清词丽句必为邻②。
窃攀屈宋宜方驾③，恐与齐梁作后尘④。

[注释]

①今人：与杜甫同时代的诗人。古人：古代的诗人。②必为邻：离不开或少不了。③屈宋：屈原和宋玉。④齐梁：南朝的两个朝代，文风以浮艳、重形式为主要特色。

其　六

未及前贤更勿疑①，递相祖述复先谁②？
别裁伪体亲风雅③，转益多师是汝师④！

[注释]

①未及：赶不上。前贤：那些自古至今的诗人、作家。勿疑：不用怀疑。②递相祖述：代代相传，继承前人的优良传统。复先谁：不用分谁先谁后。③别：区别。裁：裁汰。伪体：那些形式主义的诗。④转益多师：多方面地找老师。汝：上面所说的“尔曹”。

[诗解]

在这组诗中，杜甫对诗人们进行评点，对当时文人相轻的风气进行了批评，并谈到了自己的学习和创作经验。诗人的见识精准，其观点不仅被后人所认可，这种以诗论诗的形式也经常被后人所效仿。

这六首绝句可作文艺批评看，也可作杜甫个人的学习经验和创作经验看，杜甫是针对当时诗学界所存在的贵古贱今、好高骛远、夜郎自大等毛病而作的，值得我们借鉴。杜甫不欲“自以为是”，也为了冲淡教训人的味道，所以题作“戏为”。

楠树为风雨所拔叹

题解

这首诗是唐肃宗上元二年（761）杜甫在成都时所作。

倚江楠树草堂前，故老相传二百年。诛茅卜居总为此[1]，五月仿佛闻寒蝉[2]。东南飘风动地至，江翻石走流云气[3]。干排雷雨犹力争，根断泉源岂天意[4]！沧波老树性所爱[5]，浦上童童一青盖[6]。野客频留惧雪霜，行人不过听竽籁(lài)[7]。虎倒龙颠委榛棘(zhēn jí)[8]，泪痕血点垂胸臆。我有新诗何处吟？草堂自此无颜色！

[注释]

①诛茅：剪除茅草。总为此：全都为了这棵楠树。②寒蝉：蝉的一种，深秋的时候在日暮之时鸣叫。③流云气：形容雷雨欲来的样子。④岂：难道。⑤沧波老树：因为楠树倚靠清江，故云。⑥浦：水边。童童：又作“亭亭”。⑦竽籁：竽和箫。⑧虎倒龙颠：指楠树僵仆之状。杜甫常用龙、虎来形容古柏等树木。委：舍弃。

[诗解]

“叹”本是曲调的一种，如“歌”“行”“吟”之类，这里兼具表达感情的作用。杜甫喜欢这颗楠树，常在这树下吟诗，又目睹楠树与风搏斗，最后被狂风所拔，这和杜甫的遭遇有相同之处，因此诗人借物抒情，写得极有生气。

野客频留惧雪霜，行人不过听竽籁

全诗十六句，每四句一转意。起四句追叙楠树未被狂风所拔之前，写诗人在这里建宅，是因为有这棵楠树。“东南飘风动地至”以下四句正写楠树为风雨所拔。诗中极力写风力之大，气势骇人。“沧波老树性所爱”以下四句写楠树被风雨吹倒后回思之情，两句写自己，两句写一般人。末尾四句写诗人对楠树的哀悼。诗人写楠树被风雨吹倒后无限落寞的样子，连草堂也失去了昔日的生气。这里有一种英雄末路的感慨，既是叹楠树，也是叹自己！

茅屋为秋风所破歌

题解

唐肃宗上元二年（761）秋八月，怒号的秋风卷走了浣花溪畔草堂上的茅草，晚上又下了一场大雨，结果屋漏床湿。如此惨状让诗人陷入沉思，联想到像自己一样的“天下寒士”，不知他们何时才能都解脱苦难。这种忧国忧民、先人后己的高尚情怀为后人所称道。

八月秋高风怒号[①]，卷我屋上三重茅[②]。茅飞渡江洒江郊，高者挂罥(juàn)长林梢[③]，下者飘转沉塘坳(ào)[④]。南村群童欺我老无力，忍能对面为盗贼[⑤]。公然抱茅入竹去[⑥]，唇焦口燥呼不得[⑦]！归来倚杖自叹息[⑧]。俄顷风定云墨色[⑨]，秋天漠漠向昏黑[⑩]。布衾多年冷似铁[⑪]，娇儿恶卧踏里裂[⑫]。床头屋漏无干处，雨脚如麻未断绝[⑬]。自经丧乱少睡眠[⑭]，长夜沾湿何由彻[⑮]？安得广厦千万间[⑯]，大庇天下寒士俱欢颜[⑰]，风雨不动安如山！呜呼！何时眼前突兀见此屋[⑱]？吾庐独破受冻死亦足！

唇焦口燥呼不得！归来倚杖自叹息

［注释］

①怒号：愤怒呼号，这里是拟人化的写法。②三重：三层，不是很厚。③挂罥：挂结、悬挂。④坳：低洼的地方。⑤忍能：怎么能这样。⑥公然：明目张胆，此处是形容顽童的行径。⑦呼不得：喊不住。⑧叹息：感慨。⑨俄顷：顷刻之间。云墨色：形容云黑如墨，指天要下雨。⑩漠漠：天空浓云密布、阴沉迷蒙的样子。向：将近。⑪布衾：棉被。⑫恶卧：睡相不好。⑬雨脚如麻：形

容雨下得非常密，不是那种稀稀疏疏的雨。⑭丧乱：这里指安史之乱。⑮何由彻：怎样才能熬到天亮呢？⑯安得：想要得到却不能得到。广厦：大房屋。⑰大庇：全部保护起来。寒士：一般指贫寒的书生，这里指饱受苦难的人。⑱突兀：形容高耸的样子，这里指广厦的高大。

[诗解]

这是一首歌行体的古诗，句式长短不齐，韵脚多次转换，给人一种参差错落、曲折跌宕的感觉，有助于表现坎坷生活和悲凉郁塞的心情。这是杜甫很有名的一首诗，对后世影响很大。

全诗大致可分为四个段落。前五句为第一段，主要写“秋风破屋”的情景。下五句为第二段，主要写“群童抱茅”的过程。这是对第一段的发展和补充。再下八句为第三段，写“长夜沾湿”的苦痛，是全诗的高潮所在。最后六句为第四段，写诗人忧国忧民的崇高理想。诗人在这里将自己的遭遇推己及人，表现了博大的胸襟。杜甫不是“但自求其穴”的蝼蚁之辈，所以尽管自己的茅屋破了，却希望广大的穷人都有坚固的房子住，并不惜以自己冻死为代价，表现了他对百姓的同情和热爱。

百忧集行

题解

这首诗作于唐肃宗上元二年（761）。年过半百的杜甫，回忆起少年时期的一些生活片段，想到现今年迈体衰，却仍然壮志未酬，生活拮据，前途渺茫，心中百感交集。诗题“百忧集行”，可谓十分直白而确切。

忆年十五心尚孩①，健如黄犊（dú）走复来②。庭前八月梨枣熟，一日上树能千回。即今倏（shū）忽已五十，坐卧只多少行立③。强（qiǎng）将笑语供主人④，悲见生涯百忧集。入门依旧四壁空⑤，老妻睹我颜色同。痴儿不知父子礼，叫怒索饭啼门东⑥。

[注释]

①心尚孩：身上还有孩子气。②犊：小牛。③少行立：走和站的时候很少，说明身体衰老了。④强将笑语：勉强露出笑容。⑤入门：回到家。四壁空：家里一无所有。⑥门东：东边的门，古时候庖厨的门在东边。

[诗解]

行，古诗的一种体裁。

诗人首句没有谈忧，而是谈喜；没有谈老，而是回忆年少之状。首句写杜甫

即今倏忽已五十，坐卧只多少行立

十四五岁的时候就已经被当时的文豪比作班固、扬雄，他那时候还非常天真。次句突出了杜甫当年身体的健壮，与后面写他年老体衰作对比。“庭前八月梨枣熟，一日上树能千回”两句写当梨枣成熟时，少年杜甫常常上树摘取，一日几乎可达千回。“千回”只是夸张的语气，比喻其摘取的次数多。五、六两句写诗人年老体弱的样子。由于年老力衰，行动不便，他坐卧多而行立少。接下来四句写诗人寄人篱下，因此有说不出的苦处。诗人尽管强作欢笑，百般迁就，仍然得不到别人的援助，双手空空回到那一无所有的家里，那种心情可想而知。老妻看见诗人愁眉不展也面有忧色。末尾两句刻画出小儿的稚气，描写了杜甫的慈祥以及那种愧为人父的悲哀。

病橘

题解

这是一首五言古诗，诗人借橘以感慨时事，讽刺统治者为满足口腹之欲压榨百姓。

群橘少生意，虽多亦奚为[①]？惜哉结实小，酸涩如棠梨。剖之尽蠹(dù)虫[②]，采掇爽所宜[③]。纷然不适口，岂止存其皮？萧萧半死叶，未忍别故枝。玄冬霜雪积[④]，况乃回风吹！尝闻蓬莱殿，罗列潇湘姿。此物岁不稔(rěn)[⑤]，玉食失光辉[⑥]。寇盗尚凭陵[⑦]，当君减膳(shàn)时[⑧]。汝病是天意[⑨]，吾愁罪有司[⑩]。忆昔南海使，奔腾献荔枝。百马死山谷，到今耆(qí)旧悲[⑪]。

橘

[注释]

①亦奚为：反问句，即那又有什么用。②蠹虫：木中的害虫。③采掇：采摘。所宜：征敛得不是时候。④玄冬：冬天。玄，黑色。古人用黑色配冬天，因此冬神也被称为“黑帝”或者“玄

冥”。⑤此物：橘子。岁不稔：这里指橘子结果实，一年结得多，下一年一定结得少。⑥玉食：美食如玉，指皇帝的饮食。⑦凭陵：横行、充斥，指皇帝的饮食。⑧减膳：古代皇帝在发生天灾或天象变异时吃素或减少肴馔，以示自责，表示他对苍生的关怀以及担忧。⑨汝：你，此指橘。⑩司：官吏。⑪耆旧：熟悉旧事、德高望重的老人。

[诗解]

杜甫早年咏物，喜欢吟咏壮伟的景物。他入蜀以后更加留意于咏物，而且多咏平凡、普通之物，咏物的寓意也更加深广。这首咏橘的作品，既是咏物，也是咏人。诗人带着同情、悲悯的感情描写病橘的悲惨处境，其实也是当时人民悲惨处境的写照。

诗人用大部分笔墨对病橘进行描写，最后借用唐玄宗给杨贵妃送荔枝的故事，劝谏朝廷减少人民的负担，让人民休养生息，不要一味索取，否则最终会带来深重的灾难。

枯 棕

题解

这首诗作于唐肃宗上元二年（761）。当时赋税繁多，人民负担非常沉重，杜甫由此写下此诗。

蜀门多棕榈(zōng lǘ)①，高者十八九②。其皮割剥甚，虽众亦易朽。徒布如云叶③，青青岁寒后④。交横集斧斤，凋丧先蒲柳⑤。伤时苦军乏⑥，一物官尽取。嗟尔江汉人，生成复何有⑦？有同枯棕木，使我沉叹久。死者即已休，生者何自守⑧？啾啾黄雀啅(zhuó)⑨，侧见寒蓬走。念尔形影干⑩，摧残没藜莠(lí yǒu)⑪。

[注释]

①蜀门：蜀中，就是成都。棕榈：又名“栟榈”，常绿乔木。②十八九：十有八九，形容很多。③云叶：浓密的叶子。④岁寒：寒冷季节，深冬。⑤凋丧：凋零死亡。⑥军乏：军用物资缺乏。⑦生成：产生形成，指上面那些产出的东西。⑧何自守：凭什么才能保住自己的性命呢？⑨啅：又作“啄”，指群雀的噪声。⑩尔：这里指枯棕，也指人民。⑪莠：狗尾草。

黄雀

[诗解]

这首诗在写实中兼有比喻。杜甫一向关心人民疾苦，因此在写景赋物时，往往必有所感触，这是一首为民请命之作。

杜甫咏物诗题材广阔，含意深远。这首诗并不是为赋枯棕而作，而是由棕之枯借物抒怀，以枯棕喻人，借咏被“割剥”至死的枯棕，比喻被官府榨干最后一滴血的老百姓。诗人由枯棕看到了剥削的残酷和人民的痛苦，抒发了自己对唐王朝统治者横征暴敛的愤慨，寄予了对人民的深切同情。

野望

题解

这首诗是唐肃宗上元二年（761）杜甫在成都草堂所作。诗以“野望”为题，是诗人跃马出郊时感伤时局、怀念诸弟的自我写照。

西山白雪三城戍①，南浦清江万里桥②。

海内风尘诸弟隔，天涯涕泪一身遥。

惟将迟暮供多病③，未有涓埃答圣朝④。

跨马出郊时极目⑤，不堪人事日萧条⑥。

[注释]

①西山：在成都西边，因为终年积雪，所以又被称为“雪岭”。三城：松（今四川松潘）、维（故城在今四川理县西）、保（故城在今四川理县新保关西北）三州。戍：防守。②南浦：南郊外水边地。清江：锦江。万里桥：在成都城南。③迟暮：黄昏，比喻晚年、暮年。杜甫当时五十岁，故称。④涓：细流。埃：微尘。⑤极目：形容放眼远望。⑥人事：人世间的事。

[诗解]

诗的前两句写野望时看到的景色。前一句写远景，下一句写近景，有人事萧条之感。

三、四句写诗人由战乱推出怀念自己的弟弟。由于连年战火，诸弟散居各地，诗人怀念家园，不禁“涕泪”横流。

五、六句由“天涯”“一身”引出自己“多病”。杜甫被困守在长安的时候已患有肺病、疟疾，到成都后又患上头风等病症，因此说自己多病。“供”字语气沉痛，对一个心中想有所作为的人来说，不多的迟暮时光，是非常宝贵的。由于多病，诗人感叹自己未曾为国家做得一点事，十分惭愧。

最后两句点出“野望”的方式和诗人的忧虑。由于当时西山三城列兵防戍，蜀地百姓赋役负担沉重，杜甫深为民不堪命而对世事产生“日”转“萧条”的隐忧。

不见

题解

这首诗作于唐肃宗上元二年（761），是杜甫现存怀念李白的最后一首诗，题下有自注："近无李白消息。"次年李白卒于当涂，杜甫无诗哀悼，可能未曾作诗，也可能有诗后来已失传。

不见李生久①，佯狂真可哀②。
世人皆欲杀，吾意独怜才③。
敏捷诗千首，飘零酒一杯。
匡山读书处④，头白好归来。

李白

［注释］

①李生：李白。久：很长时间。②佯狂：故意装作癫狂。③怜才：爱才。④匡山：四川彰明（今江油）境内的大匡山。李白少时在此读书，这时杜甫客居成都。

［诗解］

这首诗用语质朴，表现了对挚友李白的怀念之情。

诗人一开头将"不见"二字放在句首，表达了诗人渴望见到李白的强烈愿望。杜甫从唐玄宗天宝四载（745）和李白在山东兖州分别后一直未见面，因此这里说"不见李生久"。"佯狂"虽能蒙蔽世人，然而杜甫却深深地理解和体谅李白的苦衷。"真可"两字修饰"哀"，生动地传达出诗人无限叹惋和同情的心事。三、四句写杜甫对李白因怀才不遇而疏狂自放的哀怜和同情。五、六句宕开一笔，绝妙概括李白的一生，勾勒出一个诗酒飘零的浪漫诗人的形象。杜甫想象李白在漂泊中以酒相伴，酒或许能浇其胸中块垒，慰其忧愁。此句仍意在写李白的不幸，更深一层地抒发了怀念挚友的深情。末尾两句诗意承上"飘零"而来，杜甫为李白的命运担忧，希望他叶落归根，终老故里，声声呼唤表达了对老友的深长情意。

花鸭

题解

这是杜甫在成都所作《江头五咏》（丁香、丽春、栀子、鸂鶒、花鸭）的最后一首。这五首诗都是借咏物以自咏的，而《花鸭》一首，结合了诗人自身经历，意蕴深远。

花鸭无泥滓（zǐ）①，阶前每缓行。
羽毛知独立，黑白太分明。
不觉群心妒，休牵众眼惊！
稻粱沾汝在②，作意莫先鸣③！

[注释]

①泥滓：泥渣。②稻粱：比喻禄位。③先鸣：比喻直言。

[诗解]

杜甫由左拾遗贬华州司功参军，是因为喜欢直言，好管“闲事”，结果触怒了唐肃宗和其亲信。然而杜甫并不后悔，而且一直“鸣”到死，这是他的伟大之处，所以欣赏此诗时，要仔细体悟“稻粱沾汝在，作意莫先鸣”所传达出来的真正意蕴。

诗人首联以花鸭身上没有泥，比喻自己的洁身；用花鸭路上缓行，比喻自己从容自得的处世态度。颔联用羽毛独立比喻自己的才能，后一句用黑白分明比喻自己的刚正、是非分明。“太分明”名贬实褒。这句诗体现了杜甫疾恶如仇、是非分明的性格。颈联写诗人洁身自好，坚持自我，引起众人的嫉妒。尾联写有人想把稻粱给花鸭吃，交换的条件是，花鸭不要事事出头，不要最先鸣叫。这两句的含义深广，目的在于揭露权贵们利用威迫利诱等手段控制人们的言论，使众人都不敢乱说话。

遭田父泥饮，美严中丞

题解

这首诗是唐代宗宝应元年（762）春，杜甫在成都草堂所作，表达了对劳动人民的热爱，展现了劳动人民豪爽的品质。

步屧（xiè）随春风①，村村自花柳。田翁逼社日②，邀我尝春酒。酒酣（hān）夸新尹③，畜眼未见有④。回头指大男，渠是弓弩（nǔ）手⑤。名在飞骑籍⑥，长番岁时久⑦。前日放营农⑧，辛苦救衰朽⑨。差科死则已⑩，誓不举家走！今年大作社⑪，拾遗能住否⑫？叫妇开大瓶⑬，盆中为吾取。感此气扬扬，须知风化首⑭。语多虽杂乱，说尹终在口。朝来偶然出，自卯（mǎo）将及酉⑮。久客惜人情⑯，如何拒邻叟？高声索果栗，欲起时被肘⑰。指挥过无礼⑱，未觉村野丑⑲。月出遮我留⑳，仍嗔（chēn）问升斗㉑。

[注释]

步屧随春风，村村自花柳

①屧：古代鞋的木底，泛指鞋。②逼：逼近、临近。社日：古代祀祭土地神的节日，祭祀以祈求丰年。一年有两次，即春社、秋社，此处指春社，在春分前后举行仪式。③酒酣：有几分酒意。新尹：严武去年十二月被任命成都尹，刚刚上任。④畜眼：老眼。⑤渠：方言，他。⑥飞骑：军名，唐代军中的一个主要兵种，能骑马射箭。⑦长番：长时间当兵，没有轮番替换。⑧放营农：放归（大儿子）使其从事农耕生产。⑨衰朽：衰老，这里是田翁自谓。⑩差科：一切徭役赋税。死则已：到死为止。⑪大作社：是说等到社日要好好热闹一回。⑫拾遗：田父对杜甫的敬称。杜甫曾经任做过左拾遗，因此田父这样称呼他。⑬叫：形容粗声大气地叫喊。⑭风化首：意思是说当官的首要任务就是爱民。⑮卯、酉：早晨五点到七点为卯时；下午五点到晚上七点为酉时。⑯惜：珍重。⑰肘：作动词用，捉肘。⑱指挥：田父热情地强留杜甫，可以看出田父的热情。⑲村野：乡村田野，借指乡居之人。⑳遮：遮拦，拦住不让走。㉑嗔：嗔怪，假装生气。

[诗解]

严中丞，即严武，时任成都尹兼御史中丞。他是杜甫的旧交老友，两个人关系非常好，在生活上曾对杜甫给予帮助。这首诗具体叙述了杜甫被一位农民盛情相邀饮酒的情景，通过农夫之口赞颂了严武政绩卓著以及在百姓中口碑非常好。诗中对老农的热情淳朴、豪迈正直写得十分生动，表达了杜甫对广大劳动人民的热爱以及他们那豪爽天真的品质。

大麦行

题解

唐代宗宝应元年（762），党项、羌进攻打梁州，吐蕃攻陷成、渭等州，并收割了这些地区已经成熟的麦子。杜甫漂泊在外，感慨万千，于是写下此诗。

大麦干枯小麦黄，妇女行泣夫走藏。
东至集壁西梁洋，问谁腰镰胡与羌（qiāng）①！
岂无蜀兵三千人？部领辛苦江山长！

安得如鸟有羽翅②，托身白云还故乡。

[注释]

①腰镰：腰间插着镰刀，指收割。②羽翅：翅膀。

[诗解]

诗的前三句描写了外族入侵，田地无人照看，百姓四散，国家丢失大片土地的情景。第四句说因为战争，农民都四处逃散了，麦子被外族的人收割了去。五、六句是诗人自问自答，意思是说难道蜀地没有官兵吗？接着说，因为道路漫长，蜀兵人少且疲于奔命，所以不能去保护。最后两句是诗人的感叹，说如果自己像鸟那样有翅膀就好了，就可以飞回家乡了。诗人由大麦到了收获的季节，却因为战乱没有人来收割，被外族收走了，联想到自己漂泊在外，感慨万分。

大麦干枯小麦黄，妇女行泣夫走藏

奉送严公入朝十韵

题解

这是一首杜甫送给自己朋友儿子的五言排律诗。“严公”对杜甫来说，是所谓“忘年之交”。唐肃宗上元二年（761）十二月，严武为成都尹。次年七月，唐代宗召严武还朝，杜甫便写了这首诗送他。

鼎湖瞻望远，象阙宪章新①。四海犹多难②，中原忆旧臣。与时安反侧③，自昔有经纶④。感激张天步⑤，从容静塞尘⑥。南图回羽翮(hé)⑦，北极捧星辰。漏鼓还思昼⑧，宫莺罢啭(zhuàn)春。空留玉帐术⑨，愁杀锦城人。阁道通丹地⑩，江潭隐白蘋⑪。此生那老蜀？不死会归秦⑫！公若登台辅⑬，临危莫爱身！

[注释]

①象阙：这里指朝廷。宪章：法制。②多难：国家战乱未平。③安反侧：平定安史之乱。④经纶：理出丝绪为经，编丝成绳为纶。这里比喻一个人的文武才干。⑤感激：奋发。张天步：这里指收复京师。⑥从容：应付自如。静塞尘：镇守四川。

⑦翮：鸟的翅膀。⑧漏鼓：报漏刻的鼓。⑨空留：严武离开蜀地，因此说“空留”。玉帐术：指用兵之术。⑩阁道：栈道。丹地：用丹漆涂地，此指朝廷。⑪白蘋：水中的浮草。⑫秦：这里指长安。⑬台辅：宰辅。台，三台，星宿名。古人经常用三台比作三公。

鼎湖瞻望远，象阙宪章新

[诗解]

严公，即严武，杜甫的朋友严挺之的儿子。送严武还朝，杜甫预祝其“见危授命”，别人必然不敢这么说，亦不会这么做，杜甫本身就是一个“济时肯杀身”的人。由此，也可知前诗《遭田父泥饮，美严武》的用意，并非阿谀以谋求私利。

该诗写严武入朝的缘由、平日立下的功绩以及诗人送别时的情绪，鼓励严武见危授命，为国为民倾尽全力，不要因为担忧自己的前程而做出对国家和人民不利的事情，诗人表明了自己的做人原则和对朋友的态度。这首诗的结语“临危莫爱身”便是直接的展现。

客夜

题解

这是唐代宗宝应元年（762）秋，杜甫流落梓州（今四川三台）时所作。这年七月，杜甫送严武还朝，一直送到绵州奉济驿，正要回成都，遇上徐知道在成都作乱，只好避往梓州。这时他的家人仍在成都草堂。

客睡何曾著，秋天不肯明！
入帘残月影①，高枕远江声。
计拙无衣食，途穷仗友生②。
老妻书数纸，应悉未归情③。

[注释]

①残月：残缺不圆的月亮。②仗友生：依靠朋友生活。③应悉：应当了解。

[诗解]

诗作描写了诗人长夜难眠的焦躁的心情。睡不着，不是因为诗人劳累，而是因为

客睡何曾著，秋天不肯明

诗人想到自己目前的境地，衣食没有来源，只能靠朋友的接济，再加上老妻来信催着回家，所以心情烦躁，难以入眠。

首联写诗人睡不着等待天亮的焦急心态，好像老天爷特意和人过不去似的，“不肯”二字特别形象。颔联写诗人所见，一轮残月照进帘子，在床头听到远处传来的江水声。“高枕”句说江声本来自远方，但在枕头上听来，好像从头上传来，因此说是“高枕”；又因为夜静，所以听到的江声很清晰。颈联写诗人失眠时候心里所想，说自己依仗朋友接济生活。尾联写杜甫本就非常愁苦，加上妻子又来信催促回家，所以更睡不着了。“应悉”句，是说妻子应该了解诗人迟迟没有回去的苦衷。

客　亭

题解

这首诗是诗人在梓州时候的作品。诗中描写了一个秋天的早上，诗人回想起自己被“圣朝”抛弃，感叹自己像蓬一样随风飘转，散发着无限悲凉。

秋窗犹曙色①，落木更天风。
日出寒山外，江流宿雾中②。
圣朝无弃物，老病已成翁。
多少残生事③，飘零任转蓬④。

[注释]

①曙色：拂晓时的天色。②宿雾：早上的雾。因为是由前夜而来，所以称“宿”。③残生：余生。④转蓬：人的飘零不定，好像蓬一样随风飘转。

[诗解]

首句描写秋天早上天亮的情景。接下来三句向读者展示了秋天三幅美丽的图景：落了叶子的树在无风的大地上静谧地立着；太阳刚从山顶上冒出来；江水在晨雾中静静流着。五、六两句是矛盾的，先说国家不会放弃有才能的人的，再说自己空有才华，无处施展，已经是一个多病的老头儿了。末尾两句是由于愤慨而说出的灰心绝望的话：遇到这种“圣朝”，“我”还有什么话可以说呢？这辈子只好漂泊在天地间了。

闻官军收河南河北

题解

这是一首七言律诗，作于唐代宗广德元年（763）春，当时诗人五十二岁。

剑外忽传收蓟北①，初闻涕泪满衣裳②。
却看妻子愁何在③？漫卷诗书喜欲狂④！
白日放歌须纵酒⑤，青春作伴好还乡⑥。
即从巴峡穿巫峡⑦，便下襄阳向洛阳⑧。

[注释]

①剑外：剑门关以外，这里指四川。蓟北：今河北北部一带，是叛军的根据地。②满衣裳：沾湿了衣裳。③却看：回头看。④漫卷：胡乱地卷起书本，意思是说书也没有心思看下去了。⑤放歌：放声高歌。纵酒：开怀痛饮。⑥青春：春天。这里的“青春”人格化了。⑦即：即刻。巴峡：在今重庆东边的嘉陵江上。巫峡：在今四川巫山东。⑧襄阳：即今湖北襄阳。

[诗解]

河南、河北，是唐代安史之乱时叛军的根据地。

唐代宗宝应元年（762）冬季，唐军在洛阳附近的横水打了一个大胜仗，收复了洛阳和郑（今河南郑州）、汴（今河南开封）等州，叛军头领薛嵩、张忠志等纷纷投降。第二年即广德元年（763）正月，史思明的儿子史朝义兵败自缢，其部将田承嗣、李怀仙等斩其首来献，并以幽州受降，延续七八年之久的安史大乱，至此正式结束。

即从巴峡穿巫峡，便下襄阳向洛阳

杜甫是一个热爱祖国又饱经丧乱的诗人，听到这个消息，不禁惊喜欲狂，手舞足蹈，冲口而出吟出了这首七律。通过这首诗，我们不仅可以看出杜甫的爱国之心、天真的性格、充沛的热情，还可以看出他在诗歌艺术方面“炉火纯青”的功力。全诗八句，后六句都是对偶，却明白、自然如说话一般，使人忘其为“回忌声病”的律诗，有水到渠成之妙。后人如此评价：“此诗句句有喜跃意，一气流注，而曲折尽情，绝无装点，愈朴愈真”，此诗是老杜“生平第一首快诗”。等等。

九日

题解

这首诗是唐代宗广德元年（763）秋杜甫流亡梓州时所作。

去年登高郪(qī)县北①，今日重在涪(fú)江滨②。
苦遭白发不相放③，羞见黄花无数新④。
世乱郁郁久为客⑤，路难悠悠常傍人⑥。
酒阑却忆十年事⑦，肠断骊山清路尘⑧。

[注释]

①郪县：隶属梓州。②重在：仍然在。涪江滨：梓州。③不相放：不饶人。不甘心衰老，却天天见老，因此恨白发欺人。④黄花：菊花。⑤郁郁：悒郁不快的样子。⑥悠悠：忧思的样子。⑦酒阑：酒罢客散，这个时候最容易追思往事。十年事：十年以前天下未乱时的事。⑧肠断：玄宗的荒淫，造成安禄山之乱，而这个乱子，又正是杜甫“为客”“傍人”的根由，所以说“肠断”。清路尘：天子出行要清道。

去年登高郪县北，今日重在涪江滨

[诗解]

九日，指九月九日，即重阳节。诗人在此诗中主要是感叹时光的易逝，人生的易老。诗人回想起这些年的漂泊生涯，心中有无数感慨，酒醉回忆起战乱前的事情，不禁肝肠寸断。

诗的前两句写诗人回忆自己去年在梓州郪县登高时的情景。诗人回忆完后回到现实中，自己仍然身在梓州。三、四句写诗人感叹岁月不饶人，不知不觉自己已经垂垂老矣。因为自己一天天变老，所以面对那蓬勃开放的菊花，心中无限哀伤。五、六句写诗人如今陷入悲惨境地的原因，是天下不太平。诗人流寓在外，生活所迫，寄人篱下，靠别人接济生活，所以心情总不顺畅。最后两句写诗人每次喝完酒，宾客散尽之后，经常追忆十年前没有战乱的那段日子。诗人委婉地指出是因为玄宗后期荒淫的生活，造成了国家混乱的局面。想到这里，诗人不禁悲痛万分。

有感五首（录一首）

题解

这组诗作于唐代宗广德元年（763）秋。这是其中第三首，内容和当时朝廷中迁都洛阳之议有关。

洛下舟车入①，天中贡赋均。
日闻红粟（sù）腐②，寒待翠华春③。
莫取金汤固，长令宇宙新④。
不过行俭德，盗贼本王臣⑤！

[注释]

①洛下：洛阳。②日闻：不断听说。红粟腐：形容储粟非常多。③寒：人民。翠华：本来指天子之旗，这里代指天子。春：指温暖。④宇宙新：人民安居乐业。⑤本王臣：指那些“盗贼”原本都是皇帝的子民。

[诗解]

安史之乱后，长安所在的关中地区残破不堪，每年要从江淮转运大量粮食到长安，加上吐蕃屡次侵扰，长安处在威胁之下，因此朝中有迁都之议。诗人对此表示反对，希望朝廷能够力行俭约，减轻人民疾苦，指出国家兴衰不在于迁都何处，而在于实行俭德爱民之治。这首诗即为此有感而发。

洛下舟车入，天中贡赋均

首联写洛阳居于全国中心，水陆交通便利，四方入贡赋税，到这里的路程也大致相等。这是主张迁都洛阳的人所持的理由。颔联写诗人近日听说洛阳的国家粮仓里堆满了已经腐坏的粮食，贫寒的老百姓正翘首以盼皇上能分给他们一些粮食，带去春天般的温暖。颈联写诗人认为巩固国家政权，需要不断革新政治，使人民安居乐业。金汤，金城汤池，这里有影射洛阳的意思。险要的地势本来不足以凭恃，所以说是“莫取”，用意在于反对迁都洛阳。尾联写诗人对统治阶级的希望——皇帝躬行俭德，减少靡费，减轻人民的负担。要知道，所谓的“盗贼”，本来都是皇帝的子民啊！杜甫指明所谓“盗贼”产生的根源，是统治阶级的奢侈。“官逼民反”的道理非常普通，却没有人肯说、敢说。

送陵州路使君赴任

题解

这首诗是唐代宗广德元年（763）秋杜甫在梓州所作。诗作叙述了简用文人的理由，并鼓舞路使君锐意进取，坚持清白的操守，为国为民，匡扶天下。

王室比多难①，高官皆武臣。幽燕通使者②，岳牧用词人③。国待贤良急，君当拔擢(zhuó)新④。佩刀成气象⑤，行盖出风尘。战伐乾坤破，疮痍(chuāng yí)府库贫⑥。众寮(liáo)宜洁白⑦，万役但平均！霄汉瞻佳士，泥涂任此身。秋天正摇落，回首大江滨。

[注释]

①王室：朝廷，指国家。比：近来。多难：安史之乱。②通使者：朝廷使命能够通行。③岳牧：泛称封疆大吏。相传尧、舜时期分了四岳十二牧的官职，后来泛指州郡官。词人：文人，这里专指路使君。④拔擢：提拔。⑤成气象：说明其有威仪。⑥疮痍：也作“创痍”，创伤。⑦寮：同“僚”，官。宜洁白：指保持品行的清白纯正。

幽燕通使者，岳牧用词人

[诗解]

陵州，今四川仁寿县。东汉时称太守为使君，唐之刺史相当于汉之太守，故亦称刺史为“使君”。路使君，名字不详。

诗的前四句写国家近来经常发生战乱，朝廷着急赏功平乱，因此武将多在高位，当时的地方长官也多是由武将担任。如今安史之乱已平，朝廷开始简用文人，意在提醒路使君重视这一次的简用。

接下来两句说现在国家急需贤能的良臣，路使君应该很快被提拔的。朝廷由武臣兼领到简用词人，这是一个新的转变，因此说“新”。这两句写得大气，意在鼓舞路使君为其行壮色。因为当时文人多不敢领郡，所以杜甫有“领郡辄无色”之语。后两句写战祸的惨烈后，说明官府对百姓的剥削何等残忍。接下来四句承上句，说官吏应该廉洁，百姓也不要惧怕豪强，只要能做一个被人敬仰的刺史，“我”即便穷途潦倒也没有关系。

最后两句点明送别的时间和地点——是在秋天的大江畔。这个场景别有深意，一方面，诗人希望路使君能够听从自己的劝谏，做一个为国为民的廉吏；另一方面，也表现了诗人对国事的担忧，“回首大江”这个场景极具感染力。

王命

题解

唐代宗广德元年（763）八月，房琯在阆州僧舍去世，杜甫于九月由梓州赴吊。此诗即为在阆州时所作。

汉北豺狼满①，巴西道路难②。
血埋诸将甲③，骨断使臣鞍④。
牢落新烧栈⑤，苍茫旧筑坛⑥。
深怀喻蜀意⑦，恸(tòng)哭望王官⑧。

［注释］

①汉北：汉水源之北。②巴西：本来指郡名，这里指川西。③血埋：这里形容将士战死得非常多。④骨断：骨折。此处指使臣鞍马往来频繁，骨头都折了。⑤牢落：这里形容被烧栈道的残破。栈：栈道。⑥坛：将坛。汉高祖曾经在筑坛拜请韩信为大将。⑦怀喻蜀意：汉武帝命令唐蒙通夜郎，唐蒙却擅自“发军兴制”“转粟运输”，人民逃亡了很多。汉武帝后来派遣司马相如来到蜀地，司马相如写了《喻巴蜀檄》，向巴蜀人民解释那不是朝廷本来的意思。⑧恸哭：形容哭得十分伤心。

汉北豺狼满，巴西道路难

［诗解］

王命，指王朝的命将、命官。《诗经》中有“王命南仲”“王命召伯”等语。

首联写吐蕃步步紧逼的战争形势。紧接着，颔联讲战事的失败，一味讲和也是没有用的。颈联写四川遭受兵灾，被破坏得非常严重，现在已经残破不堪。唐代宗宝应元年（762）七月，自严武离开蜀地后，蜀地多变乱，杜甫希望严武能够再回来镇守蜀川，但是事情渺茫，所以有“苍茫”的感觉。尾联写杜甫急切祈盼唐代宗能够注意到守蜀地的人选，减轻百姓的负担。因为盼望得热切，不觉大哭起来。

征　夫

题解

这首诗是唐代宗广德元年（763）冬杜甫初在阆州时所作。当时吐蕃正围困松州，蜀中人民深受征戍之苦。

十室几人在①？千山空自多②！
路衢（qú）惟见哭③，城市不闻歌。
漂梗（gěng）无安地，衔枚有荷戈④。
官军未通蜀，吾道竟如何？

［注释］

①几人在：没有几个人在。②空自多：指看不见人，只看见山，人少山多，这又有什么用呢？③路衢：四通八达的道路。④衔枚：枚是军队中的一种器具，形状好像筷子，横着衔在口里，防止士兵相互说话。荷戈：代指士兵。

［诗解］

这首诗表现了蜀中人民苦于征戍，到处是一片哭声的悲惨场面，表达了诗人伤时哀世的沉郁情感。

诗的首联语气极为沉痛，写朝廷征召壮丁，导致人口急剧减少。颔联两句笔调沉重，说人民苦于征戍，因此才会有这种反常现象。颈联首句写诗人感叹自己没有安身立命的地方。杜甫因为流寓，所以用“漂梗”来自比。次句说自己经常看到那些衔着枚子、带着武器的征夫，说明战乱还未结束。尾联写官军没有收复四川，我能到哪里去呢？有一种走投无路的感觉。

早　花

题解

这首诗是诗人流落阆州时所作。诗人见早花而伤国难，因此有点恼怒早花。

梅

西京安稳未①？不见一人来！
腊月巴江曲②，山花已自开。
盈盈当雪杏③，艳艳待春梅。
直苦风尘暗，谁忧客鬓催④！

[注释]

①西京：长安。②腊月：阴历十二月。③盈盈：形容花开得鲜艳。当雪杏：杏花迎雪而开。④客鬓：当时诗人作客他乡，故称“客鬓”。

[诗解]

诗人写花不了解人的心情，不能懂得诗人为国家战乱的担忧，只顾在早春里自由自在地开，因此诗人有点恼火了。

诗的首联写诗人的担忧，因为没有遇到从长安回来的人，不知道长安现在到底怎么样。唐代宗广德元年（763）十月，吐蕃攻下长安，焚烧、抢掠一空。唐代宗逃到陕州，到十二月才回到都城。“不见一人来”，因此不知长安如今安定与否。颔联写蜀地的花因为蜀中气暖所以开得很早。花本来非常可爱，诗人也非常喜欢花，但因为感时伤事，心情郁闷，就觉得花早开有点怪，有点恼人，嗔怪花开得不是时候，气恼的是花全然不了解人意，偏开得自由自在。颈联写杏花迎雪而开，鲜艳的梅花在春天之前开放。尾联写诗人关心的是国家的战乱，并不在乎自己的衰老，展现了诗人时刻为国担忧的爱国热情。

发阆中

题解

这首诗是唐代宗广德元年（763）冬，杜甫由阆州回梓州途中所作。

前有毒蛇后猛虎，溪行尽日无村坞（wǔ）①。
江风萧萧云拂地②，山木惨惨天欲雨。
女病妻忧归意速，秋花锦石谁复数③？
别家三月一得书，避地何时免愁苦④？

[注释]

①村坞：村庄。②云拂地：云随着风掠过地面，这是要下雨的迹象。③锦石：

有花纹的石头。④避地：为了避难而流寓异地。

[诗解]

这首诗的前两句写路上的艰险以及人烟稀少，即使坐了一整天的船也见不到一个村庄。三、四句写诗人在溪水上看到的情景，江面上吹着风，云随着风掠过江面，天空阴沉沉的，预示着将要下雨。五、六两句交代诗人行路的缘由。因为女儿病了，自己又担忧妻子，因此对江上的那些美好的景物都不在意。末尾两句写诗人等了好长时间才能收到家里的来信，感叹什么时候才能回到家乡，而不是流落异地。杜甫自唐肃宗乾元二年（759）由华州来到秦州以后，到处漂泊到现在，已经将近五年，因此产生了“何时”的感叹。

诗中描写的场景阴沉、晦暗，诗人的心情也是灰暗的，因为担心女儿病情、担忧妻子，所以归家迫切。诗最后发出“何时免愁苦”的感慨，希望国家早日安定。

桃竹杖引赠章留后

题解

这首诗是唐代宗广德元年（763）冬，杜甫由阆州返回梓州时所作。

江心蟠(pán)石生桃竹①，苍波喷浸尺度足②。斩根削皮如紫玉，江妃水仙惜不得③。梓(zǐ)潼使君开一束④，满堂宾客皆叹息。怜我老病赠两茎，出入爪甲铿(kēng)有声。老大复欲东南征⑤，乘涛鼓枻(yè)白帝城⑥。路幽必为鬼神夺，拔剑或与蛟龙争。重为告曰⑦：杖兮杖兮，尔之生也甚正直⑧，慎勿见水踊跃学变化为龙⑨。使我不得尔之扶持，灭迹于君山湖上之青峰⑩。噫！风尘澒(hòng)洞兮豺虎咬人⑪，忽失双杖兮吾将曷(hé)从⑫？

龙

[注释]

①江心：江中。②尺度足：长短够做拄杖。③江妃水仙：这里泛指男女水神。④梓潼：梓州。一束：一捆。⑤东南征：出峡东游。白帝城位于重庆奉节，是出峡所必经的

地方。⑥鼓枻：荡桨。⑦重为告曰：另外有所奉告。“重曰”“乱曰”等，都是辞赋中的一些习惯用语，有总结上文、突出重点的作用，经常出现在一篇文章的结尾。⑧尔：桃竹杖。⑨龙：古代多用来象征人君，这里暗中劝讽章彝不要像别的将领那样，割据一方。⑩灭迹：扫迹、绝迹，意思是说不能去游历。君山：又名湘山，位于洞庭湖中。⑪澒洞：弥漫。豺虎：比喻寇盗。⑫双杖：桃竹杖。曷从：何从。

［诗解］

桃竹，又名桃枝竹，今名棕竹，产自合州（今重庆垫江），可以制成手杖。引，曲调名，汉乐府有《箜篌引》。章留后，指章彝。留后，官名，始于唐中叶。凡节度使出缺，由部属代领其众，称为“留后”，意谓留主后务。章彝以刺史摄行东川节度使职权，因此称“章留后”。

诗人通过对桃竹杖的生长之地开篇，讲连神仙、鬼神都期望得到，说明它的珍贵；然后又希望桃竹杖能够一直保持正直的秉性，继续扶持自己去游览名山大川，实际上则希望那些正直的良臣能够保持自己的本色，为国家主持正义，拨乱反正，振兴家国。

岁暮

题解

这首诗作于唐代宗广德元年（763）十二月，当时吐蕃攻陷了松、维、保三州。

岁暮远为客，边隅(yú)还用兵。

烟尘犯雪岭①，鼓角动江城。

天地日流血，朝廷谁请缨②？

济时敢爱死③？寂寞壮心惊④！

烟尘犯雪岭，鼓角动江城

［注释］

①雪岭：四川岷山，位于松州嘉城东八十里，春夏经常有积雪，因此得名。②请缨：比喻主动请求担当重任。③爱：爱惜。④寂寞：没有什么事情做，这里指自己被朝廷所抛弃，做客异乡。惊：惊醒、触动。

［诗解］

岁暮，即年末。杜甫在诗中向我们描述了一幅惨烈的战争场景——“天地日流血”。

此时朝廷中没有可以以身殉国的人，自己虽不愿懒散终日，做客他乡，却被朝廷所抛弃，报国无门。

首联交代了诗人漂泊在外的时间是在年末，以及当时的边疆战事。颔联紧接着写吐蕃兵势的强大，说明敌人来势凶猛。颈联写战争的惨烈。诗人用汉终军请缨的典故，表明当时没有能奋不顾身以殉国难的人。“天地日流血”句表明战争造成了极大的伤亡。颈联写想到国家处在危难之中，却没有人决然以身赴国难，诗人不禁想：我敢为国一死吗？尾联写诗人想起自己被朝廷所弃，虽有为国一死的决心，可是身不由己，只能漂泊江湖，不能为国为民出力，极其落寞。

释闷

题解

这是一首七言排律，作于唐代宗广德二年（764）春。当时杜甫从梓州来到阆州，打算由嘉陵江入长江出峡。

四海十年不解兵，犬戎也复临咸京①。
失道非关出襄野②，扬鞭忽是过湖城③。
豺狼塞路人断绝，烽火照夜尸纵横。
天子亦应厌奔走，群公固合思升平④。
但恐诛求不改辙⑤，闻道嬖（bì）孽能全生⑥。
江边老翁错料事⑦，眼暗不见风尘清。

［注释］

①咸京：长安。因为秦都咸阳在长安周围，所以诗中说“咸京”是为了押韵。②这句是化用黄帝迷路的典故。据《庄子·徐无鬼》记载，黄帝将见大隗于具茨之山，“至于襄城之野，七圣皆迷，无所问途”，指明代宗是为躲避祸乱，仓皇出逃，与黄帝迷路不同。失道：指迷失道路。③扬鞭忽是：这里化用晋明帝微服出行的典故。唐代宗逃奔陕地这件事，类似于晋明帝的微服出行，但晋明帝出行是有准备、有目的，唐代宗则是为了逃难，加上事起非常仓促，所以说“忽是”。④升平：太平，安定。⑤辙：车行的痕迹。⑥嬖孽：指宦官程元振。⑦江：嘉陵江。

［诗解］

释闷，排解烦闷，即所谓的“排闷强裁诗”。另外，杜甫还作有《遣闷》诗等。诗歌讲述了诗人自从安史之乱以来所见的哀鸿遍野的悲惨的景象，说明国家要想获得真正的振兴，就必须从朝廷上面进行改革，除掉奸邪的小人，任用贤能之才。杜甫最后得出“不见风尘清”的慨叹，表达了对朝廷的失望。

别房太尉墓

题解

房太尉，即房琯，安史之乱后随唐玄宗奔蜀，后被肃宗任命为宰相，唐肃宗乾元元年（758）为肃宗所贬。杜甫曾为此上疏力谏，结果得罪肃宗，险些遭到刑戮。唐代宗即位后，房琯于宝应二年（763）拜为特进刑部尚书。是年八月，他在前往长安赴任途中患上疾病，在阆州去世，之后被追封为太尉。次年杜甫路过阆州，特来为老友上坟，写下这首诗。

他乡复行役①，驻马别孤坟。
近泪无干土，低空有断云。
对棋陪谢傅，把剑觅徐君②。
唯见林花落，莺啼送客闻。

[注释]

①复行役：一再奔走。②把剑觅徐君：这里是化用季札挂剑的典故。春秋时吴国季札出使晋国，经过徐国时，徐君对他殷勤招待，并对其宝剑十分爱慕。等到季札回国时，徐君已死，季札于是解剑挂在徐君墓前树上而去，意即早已心许。

[诗解]

这是一首抒写感伤情怀的悼亡诗，叙述了诗人与房琯的情谊，抒发了在坟前的哀悼之情，写得情深意切。

诗人在首联写自己生活困顿，漂泊无定所，四处奔走，如今重返成都特地到友人的坟前告别。颔联写诗人在墓前的悲痛之状。想起友人生前与自己的坎坷遭遇，不禁泪流满面，把周围的土地都弄湿了，就连上天也被感动，低空断云，为友人哀悼。颈联化用季札挂剑的典故，写诗人与房琯之间的生死情谊。尾联写房琯坟前的冷清，展现了凄惨哀伤的场景。

天边行

题解

这首诗是诗人到阆州时的作品。诗中充满了一种悲辛之情，非常具有感染力。

天边老人归未得①，日暮东临大江哭。

陇(lǒng)右河源不种田②，胡骑羌(qiāng)兵入巴蜀。
洪涛滔天风拔木，前飞秃鹙(qiū)后鸿鹄③。
九度附书向洛阳④，十年骨肉无消息⑤。

［注释］

①天边老人：杜甫自谓。②陇右：陇右道，属于唐代十道之一，包括今甘肃陇山以西，新疆乌鲁木齐以东及青海东北部的地区。河源：在青海省内。③秃鹙：一种比较凶猛的水鸟。④九度：九次。这里极力言多，不是确数。⑤骨肉：这里指兄弟。

天边老人归未得，日暮东临大江哭

［诗解］

诗题以篇首“天边”二字起，有一种沧桑落寞之感。诗的首联是抒情式描写，漂泊天涯、饱受艰辛的诗人，面对浩荡的大江，想起过去的种种，那种突然涌上心头的辛酸、悲苦一下子爆发了出来，不禁声泪俱下。

颔联是引发诗人临江哭泣的原因，一是有家不能归；二是国家正在遭受外族的入侵，山河破碎。唐代宗广德元年（763）七月，吐蕃攻占河西、陇右这些地方，十月攻入长安，十二月陷落松、维、保三州，以及云山、新筑二城。这就是这两句所咏的史事。

颈联即景寓情，写诗人临江所见到的景物，波浪滔天，狂风撼动巨树，鸿鹄飞在了秃鹙的后面。上句写乱世景象，下句感慨自己不能奋翅急飞，因为前面有“秃鹙”阻挡。

尾联写诗人哭泣的原因，多次给家里写信，却没有收到回信，没有亲人的消息，分外担忧。

阆山歌

题解

这首诗是杜甫流落阆州时的作品，和下面的《阆水歌》属于同一个时期的作品。

阆州城东灵山白①，阆州城北玉台碧②。
松浮欲尽不尽云，江动将崩未崩石③。

那知根无鬼神会？已觉气与嵩华敌[4]。
中原格斗且未归，应结茅斋看青壁[5]。

[注释]

①灵山：地处阆州城东北十里，传说蜀王鳖灵曾经登临此山，故称“灵山”。②玉台：指玉台山，位于阆州城北七里，因为上有玉台观而得名。③崩石：崩塌的石头。④气：气象。嵩华：中岳嵩山和西岳华山。敌：匹敌、抵得上。⑤青壁：青色的石崖。

[诗解]

这是一首专门吟咏阆山雄峻景色的诗。

诗人在前两句直接点出阆州有名的山及它们所在的方位。第三句写山极其高峻。“欲尽不尽云”，说明云层很薄。第四句则写山脚岩石的险峭。五、六句写山脚下江流汹涌而石根却不崩，不知道是不是有鬼神在保护？这里的灵山、玉台山顶极其高，可与嵩华并列高。最后两句写诗人由眼前的阆山联想到中原混战的形势，指出国家处在混乱中，不能回到自己的家乡，权且在这秀美、陡峭的山上盖好房子住下吧！

阆水歌

题解

这首诗作于唐代宗广德二年（764 年）春，是杜甫在阆州时的作品。这一年杜甫应王刺史的邀请第二次到阆中，一住就是近三个月。在这期间，诗人参与了阆中在清明节前后十日祭祖、祭亡友的扫墓活动。诗人感慨万千，于是写下了这首诗。

嘉陵江色何所似？石黛碧玉相因依[1]。
正怜日破浪花出，更复春从沙际归[2]。
巴童荡桨攲(qī)侧过，水鸡衔鱼来去飞[3]。
阆中胜事可肠断[4]，阆州城南天下稀！

巴童荡桨攲侧过，水鸡衔鱼来去飞

[注释]

①石黛：石墨，青黑色，诗中经常称之为“青黛”。古代妇女常用它作画眉的墨。相因依：相互融和，包括黛碧二色。②沙际：岸边。③水鸡：一种水鸟的名字。④胜事：山水的壮美。可肠断：景色非常美丽、可爱。

［诗解］

阆水，即嘉陵江。

诗的前两句写江水的青绿。三、四句写春天里嘉陵江在太阳的映照下更加妩媚多姿。五、六句写江面上欢快的景象。最后两句写阆州的山水非常壮美。阆州城南三里的锦屏山，因为错绣如锦屏，所以号为“天下第一”。这首诗吟咏了阆水壮美的景色，可以看出当时诗人虽流落在他乡，但面对国家的大好河山，心境还是比较开阔的。

将赴成都草堂途中有作先寄严郑公五首（录一首）

题解

唐代宗广德二年（764）正月，杜甫由于生活没有着落，携带家眷由梓州赴阆州，准备出峡，离开四川。二月，杜甫听到朋友严武再次出任成都尹兼剑南节度使的消息，同时严武先有信邀请，便决定重返成都。这组诗就是由阆州返回成都的途中所作，这里是其中的第四首。

常苦沙崩损药栏①，也从江槛落风湍(tuān)②。
新松恨不高千尺，恶竹应须斩万竿！
生理只凭黄阁老③，衰颜欲付紫金丹④。
三年奔走空皮骨⑤，信有人间行路难⑥。

［注释］

①沙崩：沙岸崩塌。②江槛：杜甫在成都草堂临浣花溪筑的水槛。湍：水的激流。③生理：生计。黄阁老：严武。唐代时中书和门下这两省的官员相互称呼“阁老”。严武这个时候凭借黄门侍郎的身份为成都尹，所以称为“黄阁老”。④衰颜：衰老的面容，这里指杜甫自己。紫金丹：炼制的丹药，传说可以延年益寿。⑤空皮骨：瘦得只剩下皮包骨头，说明了生活的艰辛。⑥信有：想不到真有这样的事情。行路难：曲牌名，古乐府中有《行路难》。

［诗解］

唐代宗广德元年（763），严武被封为郑国公，故称“严郑公”。

这首诗写诗人途中想到了在老朋友的资助下可以重建草堂，过一段安居的日子，读者能够感觉到诗人那种欣喜的心情，以及对严武的感激之情。

诗的前四句都是写准备整理草堂应该做的事。前两句写杜甫住在成都草堂曾经设置水槛，防止沙岸崩塌，破坏药栏。如今一年多没有回去，怕是药栏也随江槛一块儿落进水里了，准备回去后重新修补。接下来两句写诗人回草堂后还要清理所有的花木。五、六两句写诗人诉说自己的穷困潦倒，希望得到朋友的照顾，这是寄诗的本意。此时的杜甫已经年过五十，因此诗人说或许只有神仙的灵丹妙药才能够挽回自己的衰老。最后两句写诗人经过三年的流离奔波，饱尝了人世间的疾苦，诗句寄托了对新生活的祈盼。

草 堂

题解

唐代宗广德二年（764），严武再次被任命为剑南东西川节度使，治理蜀中。杜甫在“殊方又喜故人来”的心情下，在三月间自阆州携妻子再次返回成都草堂。这首诗即为初回草堂时所作。

昔我去草堂，蛮夷塞成都。今我归草堂，成都适无虞(yú)①。请陈初乱时，反复乃须臾。大将赴朝廷②，群小起异图③。中宵斩白马，盟歃(shà)气已粗④。西取邛(qióng)南兵⑤，北断剑阁隅(yú)。布衣数十人，亦拥专城居⑥。其势不两大⑦，始闻蕃汉殊。西卒却倒戈⑧，贼臣互相诛。焉知肘腋祸，自及枭獍(xiāo jìng)徒⑨。

义士皆痛愤⑩，纪纲乱相逾。一国实三公⑪，万人欲为鱼。唱和作威福⑫，孰肯辨无辜？眼前列杻(chǒu)械⑬，背后吹笙竽。谈笑行杀戮(lù)，溅血满长衢(qú)⑭。到今用钺(yuè)地⑮，风雨闻号呼。鬼妾与鬼马，色悲充尔娱。国家法令在，此又足惊吁！

贱子且奔走，三年望东吴。弧矢暗江海⑯，难为游五湖⑰。不忍竟舍此，复来薙榛(tì zhēn)芜⑱。入门四松在，步屧(xiè)万竹疏⑲。旧犬喜我归，低徊入衣裾(jū)。邻里喜我归，沽酒携胡芦。大官喜我来⑳，遣骑问所须。城郭喜我来，宾客隘(ài)村墟。

天下尚未宁，健儿胜腐儒㉑。飘飘风尘际㉒，何地置老夫！于时见疣赘(yóu zhuì)㉓，骨髓幸未枯。饮啄愧残生，食薇不敢余㉔。

［注释］

①适无虞：刚刚安定。②大将：严武。③群小：指徐知道等人。④盟歃：歃血为盟，表示讲诚信。⑤邛：邛州，在成都西面。⑥专城居：这里指太守，跟从徐知道造反成为伪刺史的人。⑦不两大：蕃、汉相互争权，谁也不服谁。⑧西卒：吐蕃

兵。⑨枭：鸟名。獍：兽名。⑩义士：当时那些倡议讨伐叛乱的人。⑪一国实三公：指国家发生叛乱，出现分裂。⑫唱和：原指诗歌，此指作威作福。⑬杻械：刑具。⑭长衢：长路。⑮钺：古代一种兵器。⑯弧矢：弓箭。暗江海：东吴沿海一带，到处是兵戈，故称“暗江海”。⑰五湖：江苏的太湖，在东吴。⑱薙：除草。⑲疏：疏朗。⑳大官：指严武。㉑腐儒：杜甫的自谓。㉒风尘际：指战争。㉓疣赘：长在皮肤上的肉瘤，比喻没用的东西。㉔薇：一种草，高二三尺，嫩时可食用。不敢余：食尽，不敢剩下。

西卒却倒戈，贼臣互相诛

［诗解］

清代文人杨伦评论此诗云：“以草堂去来为主，而叙西川一时寇乱情形，并带入天下，铺陈终始，畅极淋漓，岂非诗史？”这原本是一首以个人生活为题材的诗，但由于诗人高尚的情怀、丰富的生活阅历，他的诗表现出极为广阔的社会内容，于是成为“诗史”。

这首诗大致分为四个部分，第一部分从开始到“自及枭獍徒”，写徐知道带头起来叛乱而最终宣告失败。第二部分到“此又足惊吁”，叙述贼徒乘乱残害百姓。以上两段皆申明“昔我去草堂”二句。第三部分到“宾客隘村墟”，写回到苦心经营的草堂以及初回草堂的喜悦。最后一部分是诗歌的最后八句，是全诗的总结。杜甫并没有把草堂当作世外桃源，当他想到国家此时的境况，一时的喜悦立即变成无限的感慨。

四　松

题解

这是一首五言诗，与《草堂》一首是同时之作，当时杜甫携带妻、子从阆中返回成都草堂。

四松初移时，大抵三尺强①。别来忽三载，离立如人长②。会看根不拔③，莫计枝凋伤。幽色幸秀发，疏柯（kē）亦昂藏④。所插小藩篱，本亦有堤防⑤。终然枨（chéng）拨损，得愧千叶黄。敢为故林主⑥？黎庶犹未康！避贼今始归，春草满空堂。览物叹衰谢⑦，及兹慰凄凉⑧。清风为我起⑨，洒面若微霜。足为送老资，聊待偃盖张⑩。我生无根蒂（dì），配尔亦茫茫⑪。

有情且赋诗，事迹可两忘。勿矜千载后，惨澹蟠(pán)穹苍[12]！

[注释]

①三尺强：三尺多高。②离立：指两个人相并而坐，且相并而立。小松有四棵，两两作对，故称“离”，用松来比拟人，故称“立”。③会看：但看。④昂藏：气度轩昂，这是拟人的写法。⑤抉拨：触动。⑥故林：成都草堂。⑦览物：指春草，也兼指水槛、破船等。叹衰谢：感叹年老体衰。⑧及兹：指四松，因为四松昂扬挺立，才可安慰自己的凄凉。⑨清风：松间的风。⑩偃盖张：形容枝叶四面铺开好像伞盖张开一样。⑪尔：你，此指四松。⑫惨澹：萧森之状。

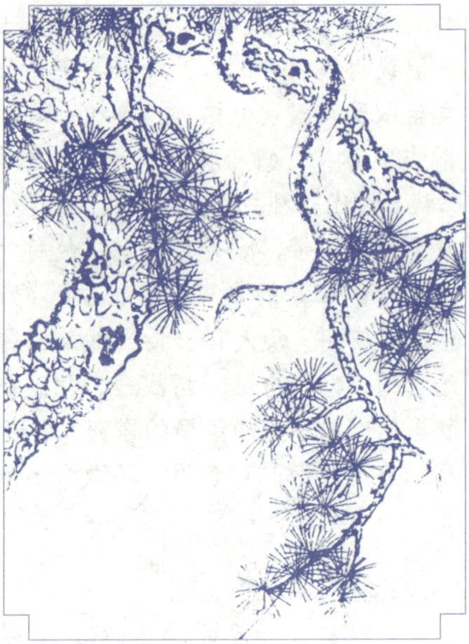

松

[诗解]

杜甫十分喜欢松柏，并把它们看作良师益友。诗人在开始来到草堂时向一位姓何的人要来了这四棵小松树。因为这四棵松树是诗人亲手栽培的，并为此下过一番心血，因此诗人对这四颗松树很有感情。

杜甫为了躲避徐知道之乱而流亡梓州时，仍然思念着这四棵小松。如今回来发现四棵松树安然无恙，诗人的欣喜是可以想象的。然而诗人并没有因此而感到飘飘然，一想到因战乱而四处逃难的百姓，他的喜悦便变成感叹了。

题桃树

题解

这首诗是唐代宗广德二年（764），杜甫初回草堂时所作。

小径升堂旧不斜[1]，五株桃树亦从遮。
高秋总馈贫人食[2]，来岁还舒满眼花[3]。
帘户每宜通乳燕[4]，儿童莫信打慈鸦[5]。
寡妻群盗非今日[6]，天下车书正一家[7]。

[注释]

①小径升堂：即升堂小径。旧不斜：原来不歪斜。②馈：赠送。③来岁：明年。

④通：指把门帘卷起让燕子能够自由出入。乳燕：雏燕。⑤慈鸦：传说乌鸦能反哺它的母亲，故称“慈鸦”。⑥寡妻：群盗杀人，许多妇女成了寡妇。非今日：已经成为过去，不是现在的事情。⑦车书正一家：意思是说国家目前正在走向统一。

桃

［诗解］

题桃树，不是把诗写在桃树上，而是以桃树为题，这个“题”字兼有品题的意思。诗中写离开草堂一年多，小桃树已经长大了很多，诗人由此想到桃树对人的好处，又联想到教化，与人为善，最后转向对天下大势发表议论。

诗作前六句赋写草堂景物。前两句写升堂小径原来不歪斜，没想到诗人回来后发现桃树已经长大，把路都遮断了，但是诗人不忍心剪伐，因此说“亦从遮”。此次两句写桃树结果不仅可以食用，用来充饥，还有花朵让人欣赏。五、六句由爱护桃树进一步说到还应爱护他物。后两句诗人感叹世事。这时候安史之乱基本平定，严武再次回来镇守蜀地，太平日子有希望了，所以杜甫才有了这个想法。

绝句四首（录一首）

题解

这是一首七言绝句，作于唐代宗广德二年（764）春杜甫初回草堂时。《绝句四首》是杜甫诗中的佳作，这里选取的是其中的第三首。

两个黄鹂鸣翠柳①，
一行白鹭（lù）上青天②。
窗含西岭千秋雪③，
门泊东吴万里船④。

［注释］

①黄鹂：黄莺，一种叫声特别清脆的鸟。②白鹭：又名鹭鸶，羽毛纯白色，顶有细长的白羽，捕食小鱼为食。③窗含：窗对着雪山，好像口里含着一样。西岭：雪岭。千秋雪：西山上的白雪，历经千年而不化，故称“千秋雪”。④东吴：指长

江下游的江苏一带。

[诗解]

这里的“绝句”是诗的名称，并没有表示诗的内容，这种形式主要用来写一物一景，抒发作者一时的感慨。

两个黄鹂鸣翠柳，一行白鹭上青天

这首诗四句皆对，一句一景，似各不相干，其实是一个整体，因为具有同样的喜悦情调。诗的前两句描绘了两幅美丽的画面：黄鹂鸣柳，白鹭上天。结尾一句，流露出诗人当时想乘舟东下吴地的打算。当时在成都城外乘船，便可沿江东下抵达吴地。这两句画面由眼前的一下子转到遥远的西岭，转到了长江上，可见诗人思接千载的想象，也透出诗人想乘舟东下之意。诗中图画有动有静，形成了一幅幅美丽的画面，给人以细腻而又开阔的感受。

绝句六首（录三首）

题解

这组诗是唐代宗广德二年（764）年春杜甫初回草堂时所作，当时正是诗人“三年奔走空皮骨”之后，因此诗人觉得草堂景物尤为可爱。

其 二

蔼（ǎi）蔼花蕊乱①，飞飞蜂蝶多。

幽栖身懒动②，客至欲如何？

[注释]

①蔼蔼：形容众多的样子。②幽栖：此指隐居。

蜂

其 四

急雨捎溪足①，斜晖转树腰②。

隔巢黄鸟并③，翻藻白鱼跳。

[注释]

①捎：掠过，形容急雨。②转：横穿，用来描写

斜日。树腰：树干的中部。③隔巢：隔着鸟巢。

其　六

江动月移石，溪虚云傍花。

鸟栖知故道①，帆过宿谁家。

［注释］

①故道：旧路。

［诗解］

第一首诗前两句语对而意不对，蜂蝶之所以这么多，是因为花开的茂盛。在此幽居久了身体都懒得动了，那些客人来这里是为了什么？这首诗写诗人不欢迎别人来此欣赏花朵。

第二首诗前两句写急雨忽晴的景色。雨水掠过溪足，斜阳从树腰泛出。后两句描写黄鸟与白鱼。隔巢有两只黄莺并栖枝头，惊起白鱼翻藻跳跃。

第三首诗写江水流动、月移石影、山溪空寂、云雾傍花。诗人把四样景物构成夜景，活画出一幅清幽的月夜溪流图。后两句写诗人因飞鸟识旧路，船客借店而宿发出感叹：不知我这漂泊的生活何时才能结束？

绝句二首

题解

这两首诗是杜甫复归草堂后所作。诗人看到暮春的草堂外的景色有感而发，写下此诗。

其　一

迟日江山丽①，春风花草香。

泥融飞燕子②，沙暖睡鸳鸯③。

［注释］

①迟日：春天的太阳。②泥融：指泥土滋润。③鸳鸯：一种水鸟，雌雄成对地在水边生活。

其　二

江碧鸟逾白①，山青花欲然②。

今春看又过，何日是归年？

[注释]

①逾：同“愈”，更加。②花欲然：花红得像火一样快要燃烧起来了。然，同“燃”。

[诗解]

杜甫长期在外奔波、劳顿之后，此时，生活得到了暂时的安定，因此心情爽朗了一些。诗人笔下的春天充满盎然生机，同时诗人表达了思乡之情。

诗人在第一首诗以“迟日”领起全篇，突出了春天日光和煦、万物欣欣向荣的景象，组成一幅明丽和谐的春色图。后两句以工笔细描特定画面，既有燕子飞翔的动态写照，又有鸳鸯慵睡的静态描绘。燕子和鸳鸯一动一静，相映成趣。

第二首的首句以江水的碧绿衬托鸟翎的白，碧、白相映生辉。次句以山的青葱衬托花的红艳，青、红互为竞丽。两句诗写江、山、花、鸟四景，分别为碧绿、青葱、火红、洁白四色，令人赏心悦目。然而诗人的主旨并不是写景，三、四句诗人笔锋一转，发出感叹：春末夏初的景色虽美，然而时光匆匆，不知何日是归期。想到这里，诗人不仅没有了游玩的兴趣，反而生起了思乡之情。

登楼

题解

这是一首七律诗，是唐代宗广德二年（764）春杜甫在成都时所作。此时，诗人客居蜀地已有五个年头。

花近高楼伤客心①，万方多难此登临！
锦江春色来天地②，玉垒浮云变古今③。
北极朝廷终不改④，西山寇盗莫相侵⑤！
可怜后主还祠庙⑥，日暮聊为《梁甫吟》⑦。

[注释]

①客心：客居者的心。②锦江：岷江的支流，流经成都。③玉垒：山名，在今都江堰西、成都西北。④北极：北极星，比喻朝廷的中枢。⑤西山寇盗：此指吐蕃。⑥后主：刘备的儿子刘禅。⑦聊为：不甘心这样做而姑且这样做。《梁甫吟》：古代用作葬歌的一支民间曲调，音调哀伤。《三国志》说诸葛亮“躬耕陇亩，好为《梁甫吟》”。

[诗解]

这是一首伤时感事诗。

花近高楼伤客心，万方多难此登临

诗人在首联以倒装的笔法写登楼时的时局和心情。花近高楼，说明正好赏玩，却说“伤客心”，这是因为正处在多难的时期。“万方多难”，是全诗写景抒情的出发点，起势突兀。

颔联诗人放开一笔，写正当自己伤心的时候，锦江的春色，却从四面八方聚来，把诗人包围了起来。玉垒山上的浮云，变幻多端，好诗人多难的人生，这不是更让人伤心吗？

颈联从正面点出“万方多难”，但没有全写，只是着重描写吐蕃攻陷京师、扰乱四川等事，这些都是多难中的大难。因为杜甫对国家充满信心，没有因此而过于悲观。

尾联诗人用登楼后所看到的古迹来寄托感慨，用意深远。诗人在这里说像蜀国后主因为重用宦官以致亡国，暗喻唐代宗虽然未亡国，但重用宦官鱼朝恩等人，唐室能否中兴实在令人忧虑。

宿　府

题解

这首诗作于唐代宗广德二年（764）秋，当时诗人在严武幕府中任节度参谋。

清秋幕府井梧寒①，独宿江城蜡炬残。
永夜角声悲自语②，中天月色好谁看③？
风尘荏苒(rěn rǎn)音书绝④，关塞萧条行路难。
已忍伶俜(líng pīng)十年事⑤，强移栖息一枝安⑥。

梧桐

［注释］

①幕府：军署，古代时候行军，用帐幕作为府署，所以说“幕府”。井梧：梧桐。梧桐叶有黄纹如井，又称“金井梧桐”。②永夜：整夜。自语：角声。③中天：指天空。④风尘荏苒：兵乱连绵不断。荏苒，辗转。⑤伶俜：困苦的样子。⑥强：勉强。

［诗解］

府，即幕府，古代将军的府署。杜甫当时在严武幕府中。

诗的前六句写诗人对“风尘荏苒”“关塞萧条”的忧虑。最后两句写杜甫并不愿做节度参谋，只是迫于生计和严武之间的友谊，才出来做这份差使。虽然“栖息一枝安”，但诗人仍然为自己的辗转流离而苦闷。这首伤时感事诗，表达出诗人对于国事动乱的忧虑和自己漂泊流离的愁闷。正是这些愁苦，使诗人无心赏看中天美好的月色。

诗人此时境遇凄凉，十年漂泊辗转，因此诗风更显沉郁。

太子张舍人遗织成褥段

题解

这是一首五言诗，约是杜甫在唐代宗广德二年（764）返回成都后所作。

客从西北来，遗我翠织成[1]。开缄(jiān)风涛涌，中有掉尾鲸。逶迤(wēi yí)罗水族[2]，琐细不足名。客云充君褥，承君终宴荣。空堂魑魅(chī mèi)走[3]，高枕形神清。领客珍重意，顾我非公卿。留之惧不祥，施之混柴荆[4]。服饰定尊卑，大哉万古程[5]。今我一贱老，裋(shù)褐更无营[6]。煌煌珠宫物[7]，寝处祸所婴。叹息当路子[8]，干戈尚纵横。掌握有权柄[9]，衣马自肥轻。李鼎死岐(qí)阳[10]，实以骄贵盈。来瑱赐自尽[11]，气豪直阻兵。皆闻黄金多，坐见悔吝生[12]。奈何田舍翁，受此厚贶(kuàng)情[13]！锦鲸卷还客，始觉心和平。振我粗席尘，愧客茹藜羹(lí gēng)[14]。

客从西北来，遗我翠织成

［注释］

①织成：指织成的物品。②逶迤：蜿蜒曲折。③魑魅：传说中山林里能害人的怪物。④混：混乱、混淆。⑤万古程：不变的法度。⑥裋：古时童仆所穿的粗布衣服。褐：身份低的人所穿的衣服。更无营：除了裋褐以外，不奢求别的衣服。⑦珠宫：龙宫。⑧当路子：手中握有权力的人。⑨掌握：手中握有。⑩李鼎死：指李鼎的死一定是因为恃功骄贵。岐阳：凤翔。⑪来瑱赐自尽：来瑱在唐代宗宝应二年（763）正月被贬为播州县尉，之后被赐死在鄠县（今陕

西西安市鄠邑区）。⑫悔吝：悔恨。这里指后悔据势贪财。⑬贶：通“况”，况且。⑭茹：食。藜羹：菜汤。

[诗解]

太子张舍人，即张太子舍人。太子舍人，是东宫官，属太子，杜甫怕引起误会，故把它拆开，将“太子”二字放在姓“张”的前面，这也是他细心之处。织成褥段，是用丝织成的床褥，古人称丝织品为“段”，张衡《四愁》诗中有“美人赠我锦绣段”句。

通过这首诗可以了解到杜甫的为人，他虽然自己很困难，但是对于一物的去取，他依旧是丝毫不肯苟且。“吾道属艰难”，这便是他的实践。面对他人的厚赠，杜甫仍坚持自己的操守，无论自己当时的境况多么的恶劣。

丹青引赠曹将军霸

题解

这是一首七言古诗，作于唐代宗广德二年（764）。杜甫和画家曹霸在成都相识，对他的遭遇十分同情，于是写下这首诗，并送给了他。诗中着重写了画家的身世、经历，是一首小叙事诗。

将军魏武之子孙①，于今为庶为清门②。英雄割据虽已矣③，文采风流今尚存④。学书初学卫夫人⑤，但恨无过王右军⑥。丹青不知老将至⑦，富贵于我如浮云。

开元之中常引见⑧，承恩数上南薰殿⑨。凌烟功臣少颜色⑩，将军下笔开生面⑪。良相头上进贤冠⑫，猛将腰间大羽箭。褒公鄂公毛发动⑬，英姿飒爽来酣(hān)战⑭。

先帝御马玉花骢(cōng)⑮，画工如山貌不同⑯。是日牵来赤墀(chí)下⑰，迥立阊(chāng)阖(hé)生长风⑱。诏谓将军拂绢素⑲，意匠惨淡经营中⑳。斯须九重真龙出㉑，一洗万古凡马空㉒！

玉花却在御榻上㉓，榻上庭前屹(yì)

卫夫人

相向㉔。至尊含笑催赐金，圉(yǔ)人太仆皆惆怅㉕。弟子韩幹早入室，亦能画马穷殊相㉖。幹惟画肉不画骨，忍使骅骝(huá liú)气凋丧㉗？

将军画善盖有神，必逢佳士亦写真㉘。即今漂泊干戈际㉙，屡貌寻常行路人㉚。途穷反遭俗眼白㉛，世上未有如公贫。但看古来盛名下，终日坎壈(lǎn)缠其身㉜。

[注释]

①魏武：魏武帝曹操，这里是称赞曹霸显赫的家世。②为庶：作为庶人，平民百姓。清门：寒门。③英雄割据：曹操与刘备、孙权政权三足鼎立。④尚存：存在，没有断绝。⑤卫夫人：名铄，字茂漪，晋汝阴太守李矩妻，工隶书，王羲之曾经跟随她学习书法。⑥无过：没有能够超过。王右军：王羲之，字逸少，东晋书法家。⑦丹青：古代绘画常用朱红、青色，故称画为“丹青”。⑧开元：唐玄宗的年号。引见：被召见。⑨南薰殿：在南内兴庆宫中。⑩凌烟：凌烟阁，在西内三清殿的侧边。少颜色：指旧画的颜色变得黯淡无光。⑪开生面：重画肖像后，个个面目好像活的一样。⑫进贤冠：文官戴的帽子。⑬褒公：这里指褒国公段志玄。鄂公：鄂国公尉迟敬德。⑭飒爽：形容威风凛凛的样子。酣战：相持长时间的激战。⑮先帝：指唐玄宗。玄宗卒于唐代宗宝应元年（762）。玉花骢：唐玄宗所骑过的马。⑯画工如山：形容画师之多。貌不同：画得都不像。⑰赤墀：又称“丹墀”，指皇宫中的台阶。⑱迥立：昂头卓立的样子。阊阖：天子宫门。⑲将军：指曹霸。⑳意匠：构思。㉑斯须：又作须臾，不久，形容画得非常快。九重：这里指皇宫，因为天子拥有九重门，故称。㉒一洗：一扫。㉓御榻：皇帝的坐卧具。㉔庭前：在赤墀下的真马。屹：屹然如山的样子。㉕圉人：养马的人。太仆：掌车马的官。惆怅：因失意而伤感。㉖穷殊相：穷尽那些特殊的姿态。㉗骅骝：古代骏马名，泛指骏马。㉘写真：指画像。㉙漂泊干戈：指躲避安史之乱。㉚寻常行路人：杜甫所痛恨的“俗物”。这里指一代画马宗师，为了糊口，不得不为寻常过路行人画像。㉛眼白：不用正眼看人，表示瞧不起对方。㉜坎壈：意为困顿，不得志。

尉迟敬德

[诗解]

丹青引，即绘画歌。曹霸，盛唐画马大师，安史之乱后，潦倒漂泊。全诗以画家承皇帝的宠爱，以绘凌烟阁功臣像和玉花骢马为中心，写曹霸当时画名的显赫，衬托其晚年的凄凉。此时的诗人饱经沧桑，生活贫困，在感情上更能和曹霸互相理解。

全诗可分为五个部分。从开头到“富贵于我如浮云”为第一部分，从曹霸的家世渊源说到他的艺术，并用学书作陪衬。“开元之中常引见”到“英姿飒爽来酣战”为第二部分，追叙曹霸的奉诏画功臣。对画马来说，仍是陪衬，逐步深入。“先帝御马玉花骢”到“一洗万古凡马空”为第三部分，追叙曹霸奉诏画马，是正面文章。“玉花却在御榻上”到“忍使骅骝气凋丧”为第四部分，承接上段赞美曹霸画马之妙。以上四部分主要写曹霸昔日的显赫。“将军画善盖有神”到末尾为第五部分，从过去回到现在，写曹霸今日的境况，与第一段“为庶为清门”相呼应。

这首诗共四十句，每八句一换韵，平韵、仄韵互换，和《洗兵马》相同，是杜甫在七古中的创格。全诗错综多变，叙事抒情，跌宕有致，在艺术上很成功。

送韦讽上阆州录事参军

题解

这首诗大概作于唐代宗广德二年（764），可从诗中“十载供军食”推断出来。这首诗是杜甫送给韦讽到阆州上任所写。

国步犹艰难[1]，兵革未休息。万方哀嗷（áo）嗷，十载供军食[2]。庶官务割剥[3]，不暇忧反侧。诛求何多门[4]，贤者贵为德。韦生富春秋，洞彻有清识[5]。操持纲纪地，喜见朱丝直[6]。当令豪夺吏[7]，自此无颜色[8]。必若救疮痍（chuāng yí）[9]，先应去蟊（máo）贼[10]！挥泪临大江，高天意凄恻（cè）。行行树佳政，慰我深相忆！

国步犹艰难，兵革未休息

[注释]

①国步：国家运势。②十载：从唐玄宗天宝十四载（755）安禄山造反到唐代宗广德二年（764）这十年时间。③庶官：一般官职的官吏。④诛求何多门：形容苛捐杂税多如牛毛。⑤洞

彻：通达。⑥直：正直。⑦豪夺：强夺。⑧无颜色：没有脸面。⑨必若：如果一定要。疮痍：比喻人民遭受的战祸。⑩蝥贼：指豪强恶吏。

[诗解]

唐代宗宝应元年（762），杜甫送给韦讽摄行阆州诗，因此这里的“上”，是指韦讽赴任。

此诗分可为三个段落。诗的前八句为第一段，叙述国家的混乱、百姓的生活困苦，呼唤有真正才能的官员；接下来八句为第二段，叙述韦讽年纪轻轻就博学多识，诗人相信韦讽能够为官一任，造福一方；最后四句为一段，杜甫喊出自己的心声，勉励韦讽，希望国家能够稳定，人民安居乐业。全诗抒情深挚，描写细腻。

忆昔二首

题解

这两首诗当是唐代宗广德二年（764）杜甫在成都居严武幕府时所作。题目虽为“忆昔”，其实是讽今。

其　一

忆昔先皇巡朔方①，千乘万骑入咸阳②。阴山骄子汗血马③，长驱东胡胡走藏。邺(yè)城反覆不足怪④，关中小儿坏纪纲⑤，张后不乐上为忙⑥。至令今上犹拨乱⑦，劳心焦思补四方。我昔近侍叨奉引⑧，出兵整肃不可当⑨。为留猛士守未央⑩，致使岐(qí)雍防西羌(qiāng)。犬戎直来坐御床⑪，百官跣(xiǎn)足随天王⑫。愿见北地傅介子⑬，老儒不用尚书郎⑭！

阴山骄子汗血马，长驱东胡胡走藏

[注释]

①先皇巡朔方：指唐肃宗在灵武、凤翔的一段时期。②入咸阳：进入长安。③阴山骄子：指回纥。④邺城反覆：指史思明投降又叛乱，在邺城把安庆绪救出来，重新攻陷东京这件事。⑤关中小儿：代指李辅国。⑥上：唐肃宗。为忙：形容唐肃宗惶恐地多方讨好的

样子。⑦至今：又作“至今”。今上：当今的皇上，指代宗。⑧我昔：自己做拾遗时。叨：忝，自谦之词。⑨当：阻挡。⑩猛士：郭子仪。未央：汉官名，在长安。⑪犬戎：吐蕃。⑫跣足：赤足、赤脚。⑬傅介子：西汉时北方人，曾经斩杀过楼兰王的头，并把头颅挂在城门上。⑭老儒：杜甫自谓。

齐纨鲁缟车班班，男耕女桑不相失

其　二

忆昔开元全盛日[①]，小邑犹藏万家室。稻米流脂粟(sù)米白[②]，公私仓廪(lǐn)俱丰实[③]。九州道路无豺虎[④]，远行不劳吉日出。齐纨(wán)鲁缟车班班[⑤]，男耕女桑不相失。宫中圣人奏云门[⑥]，天下朋友皆胶漆[⑦]。百余年间未灾变[⑧]，叔孙礼乐萧何律[⑨]。岂闻一绢直万钱[⑩]，有田种谷今流血。洛阳宫殿烧焚尽，宗庙新除狐兔穴。伤心不忍问耆(qí)旧[⑪]，复恐初从乱离说。小臣鲁钝无所能[⑫]，朝廷记识(zhì)蒙禄秩[⑬]。周宣中兴望我皇[⑭]，洒血江汉身衰疾[⑮]。

[注释]

①开元：唐玄宗年号（713—741）。②流脂：形容稻米颗粒饱满，有光泽。③仓：藏谷的器物。廪：藏米的器物。④九州：中国的别称，古人将全国划分为九个区域，即所谓的“九州”。豺虎：比喻盗贼。⑤纨：细绢。班班：形容众车的声音。⑥云门：乐名，传说为皇帝之乐。⑦胶漆：古人用来比喻爱情或者友谊之深。⑧百余年：唐朝从开国初（618）到唐玄宗开元二十九年（741）百余年的时间。⑨叔孙礼乐：西汉初年，叔孙通制定礼仪。萧何律：汉初，萧何在秦法的基础上，编订了汉律九章。⑩岂闻：哪里听说过。⑪耆旧：年高望重者，指当地的老年人。⑫小臣：杜甫自谓。⑬识：记识，指记忆。蒙禄秩：杜甫被授检校工部员外郎的官职。⑭我皇：指唐代宗。⑮洒血：洒泪流血，意思是特别沉痛。江汉：指四川一带。衰疾：形容年纪大且多病。

[诗解]

第一首诗诗人忆的是唐肃宗信任宦官，告诫代宗不要走先皇的老路，要励精图治，中兴唐室。第一首可分为上下两段，上段九句，下段八句。上段写诗人感伤肃宗的失德，下段感伤代宗不能使国家中兴。

第二首诗诗人忆的是玄宗时的开元盛世，劝谏代宗不要忘记前车之鉴，勤勉图治，恢复盛唐时的繁荣，不是为忆昔而忆昔。这一首诗可分为上下两段，上段十二句，下段十句。上段写诗人追思开元盛世，下段写诗人因悲痛乱离而盼望国家早日中兴。

除草

题解

唐代宗永泰元年（765）正月，杜甫辞去节度参谋的职务，回到草堂。此诗应是回草堂后所作。

草有害于人，曾何生阻修①！其毒甚蜂虿（chài）②，其多弥道周③。清晨步前林，江色未散忧④。芒刺在我眼，焉能待高秋⑤！霜露一沾凝，蕙草亦难留⑥。荷锄先童稚，日入仍讨求⑦。转致水中央，岂无双钓舟？顽根易滋蔓，敢使依旧丘？自兹藩篱旷，更觉松竹幽。芟（shān）夷不可阙⑧，疾恶信如雠（chóu）！

清晨步前林，江色未散忧

[注释]

①阻修：道路。②虿：蝎子一类的毒虫。③弥：满，遍布。④忧：忧愁。⑤高秋：九月。⑥蕙草：一种香草，零陵地区盛产，故有“零陵香”之称。⑦讨求：寻找。⑧芟夷：铲除。

[诗解]

这里的草是一种毒草，叶如苎麻，有毛，能螫人，此处比喻恶人。诗人在此借除草以喻除奸。

诗的前两句正面写草的毒害，为下文的除草作了铺垫。接下来四句表面上写草布满路边，实际比喻恶人之多并且握有权柄。优美的自然风景也不能化解诗人的忧愁。

“芒刺在我眼”至“蕙草亦难留”写除掉恶人要快，不能够让他们自生自灭。“日入仍讨求”句中的“讨”字表现出了诗人的憎恨。“转致水中央，岂无双钓舟”说从岸上送到水里面去，说因为有船才能够转致。最后六句说明要到水中央的缘由，就是要“除恶务尽”。末尾一句由除草说到为政。

从这首诗中可以了解到杜甫的生活状态以及嫉恶如仇的态度。

去蜀

题解

这首诗作于唐代宗永泰元年（765）。这年四月，剑南节度使兼成都府尹严武去世，诗人在蜀中失去依靠，于五月离开成都。诗人乘船东下之时，写下此诗。

五载客蜀郡①，一年居梓（zǐ）州。
如何关塞阻，转作潇湘游②？
万事已黄发③，残生随白鸥④。
安危大臣在，不必泪长流。

［注释］

①蜀郡：指成都。②潇湘：指潇水和湘江，在今湖南省内。③万事：世事。黄发：老年，人老了之后头发变黄。④残生：晚年，余生。

［诗解］

诗人在诗中总结了自己在蜀的五年生活，笔调恢宏寥廓。

诗的首联写诗人在成都客居了五年，其中有一年居住在梓州。

颔联写当前到处兵荒马乱，关山交通阻塞，“我”为什么要远赴潇湘做客呢？诗人以设问的语气表达难言之隐，是问自己，也是问一切关心他的亲友，言下之意是：难道不知时局如此纷乱不宜远行？关山险阻、遍地烽火，本不应该作远游，因此说“转作”。

颈联是诗人对未来的感叹。过去已经是万事无成了，现在自己年纪大了，展望此去前程，又是那么渺茫难测，今后仍然像白鸥一样漂泊不定。这是诗人在去意已决之后，抚今追昔的感慨，“去蜀”之举更显其悲。

尾联写国家安危的大计自有当政的大臣操劳，“我”这个寒儒何须杞人忧天，枉自老泪长流呢！诗人表面上负气说话自我解脱，其实说的是肺腑之言。明知这班肉食鄙夫只会以权谋私，承担不起国家栋梁的重任，而自己“致君尧舜”的理想已经无法实现，国之将覆，怎能不悲？

旅夜书怀

题解

唐代宗永泰元年（765）正月，杜甫辞去节度参谋职务，返回成都草堂。四月，严武去世，杜甫于是携家由成都乘舟东下，经嘉州（今四川乐山）、渝州（今重庆）至忠州（今重庆忠县）。这首诗即为途中所作。

细草微风岸，危樯(qiáng)独夜舟①。
星垂平野阔，月涌大江流。
名岂文章著，官应老病休！
飘飘何所似？天地一沙鸥②！

[注释]

①危樯：高高的桅杆。②沙鸥：杜甫用来自喻的形象。

[诗解]

这是一首五言律诗，诗中用阔大无垠的夜景衬托诗人深沉滞重的孤独感。诗的首联直接表明地点、时间以及诗人的处境，为下文作了铺垫。

颔联写景阔大雄壮，包含着杜甫的感情以及性格。平野开阔，星点遥挂如垂；大江奔流，月光下水流如涌。

颈联首句是诗人不服气的话。一般人都以为“我”是献赋蒙赏，依靠文章著名，哪知“我”的志向并不在作文章上呢？“官应老病休句”是反话。杜甫是因为救房琯、议论时政被当朝统治者排斥而罢官，并不是因为“老病”。罢官与漂泊有直接的关系，因此诗人想起了这件事。

细草微风岸，危樯独夜舟

尾联写诗人的感叹。自己飘然一身像什么呢？不过是广阔天地间的一只沙鸥罢了。这里诗人写景以抒悲怀：水天空阔，人似沙鸥，转徙江湖。诗人在这里用沙鸥比喻自己，不仅是悲伤，更多的是愤慨。

三绝句

题解

这组诗大概是唐代宗永泰元年（765）杜甫去蜀地之后所作，有着强烈的现实主义精神，可以说是绝句中的“三吏”“三别”。

其　一

前年渝(yú)州杀刺史①，今年开州杀刺史②。
群盗相随剧虎狼③，食人更肯留妻子④。

［注释］

①渝州：今重庆。②开州：今重庆开县。渝州、开州在唐代都属于“山南西道”。③剧：甚、过，意思是说比虎狼还要狠毒。④更肯：怎么肯呢？此指群盗言。

其　二

二十一家同入蜀，惟残一人出骆谷①。
自说二女啮(niè)臂时②，回头却向秦云哭。

［注释］

①残：残余，剩下。骆谷：地名，在今陕西周至西南，为关中与汉中的交通要道。②啮臂：咬胳膊，本来是表示决心，此处有狠心和不忍分别的意思。啮，咬。

其　三

殿前兵马虽骁雄①，纵暴略与羌(qiāng)浑同②。
闻道杀人汉水上，妇女多在官军中③。

［注释］

①殿前兵马：指禁军。②羌：泛指吐蕃、党项这些少数民族。浑同：指禁军在掠夺方面与那些外族人是一样的。③官军：殿前的兵马。

［诗解］

绝句的基本特征是四句，这三首诗虽不用平仄，但仍是绝句，是所谓的“古绝句”。

第一首诗开头两句都用“史”字押韵，写群盗造反与滥杀，以及人们对群盗的无比痛恨。诗人在这里没有揭露“群盗相随剧虎狼”的原因。

第二首写民众在入蜀途中的悲惨遭遇。诗人在这里也没有写出罪魁祸首，但显然是群盗所为。“自说二女啮臂时，回头却向秦云哭”写百姓还寄希望于朝廷，真让人痛心疾首。

第三首诗人告诉人们，正是官军与群盗共同施暴，导致百姓遭受深重灾难。从另一方面来想，正是官军的残暴统治才会激起更多的“群盗”。

在这几首诗中，诗人写战乱给人民带来的苦难，描绘了一幅生动具体的历史画面。

白帝城最高楼

题解

唐代宗大历元年（766），杜甫到达夔州，并在朋友的帮助下安定下来。此诗就作于此时。

城尖径仄旌(jīng)旆(pèi)愁①，独立缥缈之飞楼②。
峡坼(chè)云霾(mái)龙虎睡③，江清日抱鼋(yuán)鼍(tuó)游④。
扶桑西枝对断石⑤，弱水东影随长流。
杖藜(lí)叹世者谁子？泣血迸(bèng)空回白头⑥。

[注释]

①城尖：白帝山尖陡峭，白帝城建在上面，所以说“城尖”。旌旆：军旗。②缥缈：高远不明的样子。③龙虎：山峡突兀盘踞的样子。④日抱：太阳照在江面，好像是环抱着江水一样。⑤扶桑：一种神木，传说是太阳升起的地方。⑥回白头：摇头叹气的样子。

城尖径仄旌旆愁，独立缥缈之飞楼

[诗解]

白帝城在夔州东面的山头上，西南临大江，气势雄伟。

这是一首自创音节的拗体七律，充满郁勃不平之气。

首联写白帝城地势的高和险。首句中的“尖”字突出了城的险峻。“旌旆愁”一来写白帝城地势的高危，二来也说明此时社会仍处在战乱中。旌旆尚愁，那么人可想而知。

颔联写诗人登楼后看到的景色。上句写山，下句写水。这两句采用由实转虚的手法，将当时国家动荡不安的形势隐约表现了出来。

颈联写诗人望远所看到的情景以及联想。这两句采用了由虚入实的手法。

尾联笔锋一转，从景转到诗人身上。“杖藜”“白头”说明诗人此时已经年纪大了。“谁子”写的是周围的人，他们看见一位白发苍苍的老人登楼感慨世事，便好奇地打听他是谁。他们的这一问，再次勾起了诗人的悲伤之情。

在这首诗中，诗人将长江天府之国的壮丽山川、名胜古迹同自己蹉跎岁月的感慨结合了起来。

八阵图

题解

这首诗写于唐代宗大历元年（766），是杜甫初到夔州所作的一首赞颂诸葛亮丰功伟绩的咏怀诗。

功盖三分国①，名成八阵图②。
江流石不转③，遗恨失吞吴。

[注释]

①三分国：三国时魏、蜀、吴三分天下。②八阵图：由八种阵势组成的图形，用来操练军队或作战。③石不转：涨水时，八阵图的石块仍然不动。

[诗解]

八阵是天、地、风、云、龙、虎、鸟、蛇八种阵势。东汉时窦宪尝勒八阵击匈奴，说明八阵在诸葛亮之前就已经有了。诸葛亮所布八阵有四处：一在沔阳之高平旧垒，一在新都之八阵乡，一在鱼复（即夔州）永安宫南江滩水上，一在广都。其中以夔州的八阵图最为著名，即此诗所咏。《夔府咏怀一百韵》中所说的“阵图沙岸北”，指的也是八阵图。

诗作首句写诸葛亮的政治才能。他辅佐刘备创建蜀国，形成魏、蜀、吴三国鼎立的局面，功盖一时。第二句写诸葛亮卓越的军事才能，创制了八阵图。第三句照应第二句，写八阵图的神奇之处。末句照应开头，写刘备讨伐吴国失败，葬送了诸葛亮联吴抗曹统一中国的宏图大业，表达了惋惜之情。

这首诗在内容上既怀古，又抒怀，情中有情，言外有意，在绝句中别树一帜。

功盖三分国，名成八阵图

负薪行

题解

这首诗是杜甫到夔州后不久所作。杜甫将贫苦的劳动妇女作为诗歌主角并寄以同情，这在古典诗歌史上是很少见的。

夔(kuí)州处女发半华[①]，四十五十无夫家[②]。更遭丧乱嫁不售[③]，一生抱恨长咨嗟。土风坐男使女立[④]，应当门户女出入。十犹八九负薪归[⑤]，卖薪得钱应供给[⑥]。至老双鬟(huán)只垂颈，野花山叶银钗并。筋力登危集市门[⑦]，死生射利兼盐井[⑧]。面妆首饰杂啼痕，地褊(biǎn)衣寒困石根[⑨]。若道巫山女粗丑，何得此有昭君村[⑩]？

[注释]

①半华：头发斑白。②四十五十：指到了四五十岁。③嫁不售：嫁不出去。④土风：当地的风俗习惯。⑤十犹八九：十有八九，说明非常普遍。⑥供给：供给一家生活以及缴纳苛捐杂税的钱。⑦登危：上高山去打柴。集市门：入市卖柴。⑧射利：谋取财利。⑨石根：山根。⑩昭君：西汉元帝时宫女，后来远嫁匈奴。

[诗解]

杜甫在夔州期间，除了咏叹夔州的山川风物之外，还写了大量反映夔州一带劳动人民生活的诗篇。这首诗便是其中的佳作。诗共十六句，每四句一换韵。

诗歌详尽描绘了夔州妇女的悲惨命运：由于连年战乱，男丁减少，许多女子“四十五十无夫家”，她们为了一家生计，不惜砍柴、卖柴，甚至到盐井中背盐过活。她们未嫁的原因不是不漂亮，而是艰苦的劳作把她们的风姿遮掩了。可是，一些怀有偏见的人却嘲讽夔州一带女子长得“粗丑”，连丈夫都找不到。杜甫站在夔州妇女的立场上愤怒地质问：“若道巫山女粗丑，何得此有昭君村？”

这首诗写土风，所以文字也很朴素。

最能行

题解

这首诗和《负薪行》是一个时期的作品，结构也相似。诗中对归州这一带男儿高超的驾船技术作了描写，并对这种不尚文化、专逐利益的民风进行劝勉。

峡中丈夫绝轻死，少在公门多在水[①]。富豪有钱驾大舸(gě)[②]，贫穷取给行艓(dié)子③。小儿学问止《论语》，大儿结束随商旅④。攲(qī)帆侧柁入波涛⑤，撇漩(xuán)捎濆无险阻⑥。朝发白帝暮江陵⑦，顷来目击信有征⑧。瞿(qú)塘漫天虎须怒⑨，归州长年行最能⑩。此乡之人气量窄，误竞南风疏北客。若道士无英俊才，何得山有屈原宅？

峡中丈夫绝轻死，少在公门多在水

［注释］

①公门：衙门。②舸：大船。③艓：小船。④随商旅：此处指驾船。⑤攲：通“倚”，斜倚，斜靠。⑥濆：喷涌。⑦白帝：白帝城，位于瞿塘峡口的长江北岸。江陵：又名荆州城，位于湖北中部偏南处，地处长江中游。⑧目击：亲眼看见。征：征验。⑨瞿塘：瞿塘峡，又名夔峡，西起重庆奉节的白帝城，东至巫山的大溪镇，全长约八公里。虎须：瞿塘峡上一处险滩名。⑩归州：归州镇，在西陵峡北岸，地处湖北秭归腹地中心。行最能：通过瞿塘、虎须非常容易。

［诗解］

最能，即驾船的能手。

这首诗共十六句，每四句一换韵，写了归州当地少数男子表现出来的较为普遍的不良风俗。男子轻生逐利、气量狭窄，亲南方人疏北方客。诗人认为产生这种现象的原因是他们受教育不多。这些人“小儿学问止《论语》”，如果能接受良好的文化教育，情况就绝不会是这样，要知道屈原就是在这里出生的。末尾两句，杜甫向侮辱三峡男子的偏见者发出正义的质问：“若道士无英俊才，何得山有屈原宅？”杜甫认为“气量狭窄”，并不是因为地理环境而是因为缺乏教育，并以屈原为证。字里行间，诗人表达了与广大百姓同甘共苦、休戚与共的深厚感情。

夔州歌十绝句（录三首）

题解

这组绝句大概作于唐代宗大历元年（766）夏，多写夔州的山川形势和古迹。这组绝句在体例、语言和内容方面很像夔州民歌《竹枝词》。

中巴之东巴东山，江水开辟流其间

其　一

中巴之东巴东山①，江水开辟流其间②。

白帝高为三峡镇③，夔(kuí)州险过百牢关④。

［注释］

①巴东山：大巴山，在川、陕、鄂三省交界，此处指三峡两岸连山。②其间：巴东群山之间。③白帝：白帝城。三峡：瞿塘峡、巫峡、西陵峡。④百牢关：地处汉中，边上两山相对，绵延六十里不断，汉水从里面流出来。

其　四

赤甲白盐俱刺天①，闾阎(lǘ yán)缭绕接山颠②。

枫林橘树丹青合，复道重楼锦绣悬③。

［注释］

①赤甲：赤甲山，位于瞿塘峡西口的北岸，南连白帝山，土石皆为红色，宋人称西山、西郊和卧龙山，今人称鸡公山。白盐：白盐山，位于瞿塘峡中段的北岸，今称“桃子山”，因岩遍布，色如白盐，故名。俱刺天：都直入云天，指都很高。②闾阎：里巷内外的门。缭绕：盘旋的样子。③锦绣：形容美好的景物。

其　九

武侯祠堂不可忘①，中有松柏参天长。

干戈满地客愁破，云日如火炎天凉。

［注释］

①武侯祠堂：供奉诸葛亮的祠堂，在白帝城西数里的关庙沱附近。武侯，三国蜀相诸葛亮。刘备死后，诸葛亮辅佐后主刘禅，以丞相封武乡侯，谥为“忠武侯”。

［诗解］

唐代宗大历元年（766）四月，杜甫由成都辗转来到夔州。唐代夔州属山南东道，州治在瞿塘峡附近，与白帝城相接，在今奉节城东十余里。诗人看见这里风光秀丽，不忍离去，又得到夔州都督柏茂林的资助，就在夔州居住下来，一直住到唐代宗大历三年（768）正月。在西阁住的这段时间，杜甫的生活颇为闲散，写下了不少状物、写景、忆旧、咏怀的诗，瞿塘峡的山水名胜不断地出现在他的诗中。

第一首诗写白帝城和峡中雨景。第二首诗描写夔州地区江峡的险峻以及深秋的景色。第三首诗写诗人看到武侯庙的残破景象，对诸葛亮进行了缅怀。这组绝句首、末两句都对偶成韵，这是诗人在吸取《竹枝词》的形式后又有所创新，是竹枝的别唱。

古柏行

题解

这首诗大约作于唐代宗大历元年（766），和《夔州歌十绝句》当为同时之作。杜甫借对古柏的描写，表达了对诸葛亮忠贞节气的景仰，同时寄托了自己有才而没有尽用的愤慨。

孔明庙前有老柏①，柯(kē)如青铜根如石②。霜皮溜雨四十围③，黛色参天二千尺。君臣已与时际会④，树木犹为人爱惜。云来气接巫峡长，月出寒通雪山白。忆昨路绕锦亭东⑤，先主武侯同閟(bì)宫⑥。崔嵬(wéi)枝干郊原古⑦，窈窕丹青户牖(yǒu)空⑧。落落盘踞虽得地⑨，冥冥孤高多烈风⑩。扶持自是神明力，正直元因造化功。大厦如倾要梁栋，万牛回首丘山重。不露文章世已惊⑪，未辞剪伐谁能送？苦心岂免容蝼蚁⑫，香叶终经宿鸾凤⑬。志士幽人莫怨嗟，古来材大难为用。

[注释]

①孔明庙：指夔州的孔明庙。②柯：树枝。青铜：形容其色青绿而质硬挺。③霜皮：经霜的老皮，形容皮色苍白。溜雨：形容皮的光滑。四十围：四十人合抱，形容其粗。④际会：遇合。⑤忆昨：杜甫去年才离开成都，因此说“忆昨”。锦亭：杜甫在成都所居住的草堂，因其紧靠锦江，中间又有台亭，故称“锦亭”。⑥閟宫：祠庙。成都昭烈庙和武侯祠是连在一起的，所以说“同閟宫”。⑦崔嵬：形容高大，指成都武侯祠前的古柏。⑧窈窕：形容屋宇的深邃。丹青：借指庙内绘画、涂饰。户牖空：殿宇虚空，寂静无人。⑨落落：一棵一棵挺拔耸立，非常出众。得地：占得地势之利。⑩冥冥：昏暗的样子。⑪不露文章：古柏朴实不知自炫，所以这样说。⑫苦心：古柏心苦，

孔明庙前有老柏，柯如青铜根如石

仍然不免被蝼蚁所蛀蚀，所以说“苦心”。⑬香叶：柏叶有香气，为鸾凤所喜爱，所以说“香叶”。

[诗解]

这首诗借古柏自咏怀抱，全诗寄托深广而旨趣鲜明，是咏物的佳作。通篇语调激昂，虽为七古，却多为对偶的律句，凡押三韵，每韵八句，自成段落，格式与《洗兵马》相似。

诗的开头至“月出寒通雪山白”为第一段，主要写孔明庙前古柏的形象。诗人在这里写古柏的高大，暗喻孔明出类拔萃的才华。“忆昨路绕锦亭东”至“正直元因造化功”为第二段，诗人抚今追昔，从夔州的古柏联想到成都武侯祠中的古柏，描绘了古柏的神韵。“大厦如倾要梁栋”到末句为第三段，诗人借古柏的孤高气概抒发自己怀才不遇的感慨。这首诗从物及人，从写古柏及武侯，是一首托物言志的佳作。

白帝

题解

这首诗作于唐代宗大历元年（766），杜甫寓居夔州时。诗人心中挂念国家安危、百姓疾苦，由风雨中的白帝城想到国家的动乱，悲凉之感油然而生，于是写成此诗。

白帝城中云出门①，
白帝城下雨翻盆②。
高江急峡雷霆斗③，
古木苍藤日月昏。
戎马不如归马逸④，
千家今有百家存。
哀哀寡妇诛求尽，
恸(tòng)哭秋原何处村⑤？

高江急峡雷霆斗，古木苍藤日月昏

[注释]

①云出门：云气从城门中出。②翻盆：倾盆，形容雨势猛烈。③雷霆斗：声势如同雷霆之斗。④戎马：作战的马。归马：劳作的马。逸：闲逸。⑤恸哭：放声痛哭。何处村：村村皆哭，无法辨别出哭声出自哪个村子。

[诗解]

这是一首拗体律诗。首联采用民歌的复沓句形式写峡谷云雨翻腾的奇妙景象。诗人登上城楼，只见云气翻腾，从城门中翻涌而去，表现了白帝城的高峻。此时“城下”大雨倾盆，让人觉得城在云雨之上，再次衬托出白帝城的高峻。

颔联承上一句“雨翻盆”而来，描写雨中水流的景象。由于两山夹水，峡谷中的水流湍急，加上倾盆的大雨，水势更加湍急，如同雷霆一般。诗人在前两联以云雨寄兴，暗喻时代的动乱，为后两联进行造势、铺垫。

颈联笔锋一转，境界陡变，从云雨的紧张转化为阴惨凄凉。雷声远去，雨点渐疏，诗人看见荒原上闲遛的归马以及遭受洗劫后的村庄。

尾联承接上一联，写百姓在战乱时的悲惨生活。孤苦无依的寡妇，终日哀伤，荒原中传来阵阵的哭声，不知道是从哪个村庄里传出来的。

诗人在这首诗中展现的是经过安史之乱后唐代社会的缩影，控诉了社会的黑暗。

存殁口号二首

题解

这是两首七言绝句，作于唐代宗大历元年（766）秋，杜甫当时在夔州。这首诗诗人写由朋友的存殁，想到自己的生活状况，那种壮志未酬的愤慨油然而生，便即兴吟咏出此诗。

其一

席谦不见近弹棋①，毕曜仍传旧小诗。

玉局他年无限笑②，白杨今日几人悲。

[注释]

①弹棋：一种博弈游戏。②玉局：玉石做的棋局。

其二

郑公粉绘随长夜①，曹霸丹青已白头②。

天下何曾有山水？人间不解重骅骝(huá liú)③！

[注释]

①郑公：郑虔。粉绘：彩色的图画。长夜：去世。人去世后，画也成了绝笔，所以说“随长夜”。②白头：头发发白，说明已经老了。③不解重：世人不识货。骅骝：传说中周穆王的八匹骏马之一。

[诗解]

第一首诗前两句紧扣诗题和内容，叙写事实，交代人物，直接引出下文。第三句承接首句，叙述了诗人思念席谦，想见他的原因。末句承接第二句，用反问的形式推出想得到的答案。诗人在这里描写了一片荒凉的景象，没有人为毕曜坟前的白杨悲伤，悲叹人们对毕曜的冷落，反衬出诗人对死者的怀念。

第二首诗首句写郑虔死后彩色图画成了绝笔，饱含悲惋之情。次句诗人赞扬曹霸热爱艺术、不慕名利的品质，同时对他的身世悲痛惋惜。第三句用反问形式写出，诗人赞颂郑虔在他去世后天下再也没有人会画山水了。末句写人们不会欣赏曹霸的鞍马画，说明像曹霸这样德才兼备的人得不到社会的重视。

这两首诗传达了诗人晚年对自己漂泊、衰老、疾病境遇的忧虑。这也是其出现感伤情绪的根由所在。

诸将五首

题解

这五首诗是唐代宗大历元年（766）秋天在夔州所作。当时安史之乱虽已平定，但边患仍未根除，诗人痛感朝廷将帅平庸无能，加以揭发讽刺。因为每首诗和诸将有关，所以以“诸将”为题。

其一

汉朝陵墓对南山①，
胡虏千秋尚入关②。
昨日玉鱼蒙葬地③，
早时金碗出人间④。
见愁汗马西戎逼⑤，
曾闪朱旗北斗殷⑥。
多少材官守泾(jīng)渭⑦？
将军且莫破愁颜！

汉朝陵墓对南山，胡虏千秋尚入关

[注释]

①南山：终南山，在长安之南。②胡虏：入侵的吐蕃。千秋：汉朝陵墓在千年之后的今天被盗掘。入关：入萧关。③玉

鱼：汉楚王戊太子葬时，以玉鱼一双为殓。蒙葬：埋葬于地下。④金碗：汉武帝的茂陵有只玉碗，也是贵重的陪葬品。⑤见：同“现”。西戎：吐蕃。⑥殷：赤红色。⑦多少：实际是没有多少。材官：勇武有能力，可以委以重任的武臣。

其　二

韩公本意筑三城①，拟绝天骄拔汉旌②。
岂谓尽烦回纥(hé)马③，翻然远救朔方兵④！
胡来不觉潼关隘(ài)⑤，龙起犹闻晋水清⑥。
独使至尊忧社稷⑦，诸君何以答升平？

[注释]

①韩公：张仁愿，封韩国公。筑三城：神龙三年（707），张仁愿乘虚夺下了黄河河套一带地区，并筑三受降城，首尾相连，以抵御突厥的入侵。东城在今榆林东北八里，中城在五原，西城在丰州西北八十里。②拔汉旌：拔掉汉人所树的旌旗，指侵犯中原。③岂谓：岂料。尽烦：多劳烦。④翻然：反而。朔方兵：朔方节度使所领军，当时是郭子仪所统领。⑤胡来：哥舒翰失守潼关以后，安禄山及后来回纥和吐蕃为仆固怀恩所诱，屡犯中原，蹂躏关中。潼关：在今陕西华阴东，历代皆为军事重地。⑥犹闻：过去听说，现在还听说。晋水：河名，西出晋阳，东入汾水。⑦至尊：唐代宗。

其　三

洛阳宫殿化为烽①，
休道秦关百二重②。
沧海未全归禹贡③，
蓟(jì)门何处尽尧封④？
朝廷衮(gǔn)职虽多预⑤，
天下军储不自供⑥。
稍喜临边王相国⑦，
肯销金甲事春农。

洛阳宫殿化为烽，休道秦关百二重

[注释]

①化为烽：洛阳宫殿在兵乱中多次被焚烧。唐玄宗天宝十四载（755）曾毁于

安禄山兵下，唐肃宗乾元二年（759）再毁于史思明兵下。②休道：不要夸口。秦关：潼关。百二：是说潼关险固，两万人足可抵挡百万人。③沧海：山东青州等地。禹贡：原为《尚书》中的一篇，详述九州岛的山川、物产，这里指国家的版图。④蓟门：卢龙等处。尧封：周代封尧之后代于蓟，和“禹贡”都是指版图说的。⑤衮职：三公。多预：当时武将及诸镇节度使，多在中央兼中书令、平章事等衔，所以说“多预”。⑥军储：军需供给。⑦王相国：王缙。

其　四

回首扶桑铜柱标①，冥冥氛祲(jìn)未全销②。
越裳翡翠无消息③，南海明珠久寂寥(liáo)④。
殊锡曾为大司马⑤，总戎皆插侍中貂⑥。
炎风朔雪天王地⑦，只在忠良翊(yì)圣朝⑧。

［注释］

①扶桑：南海一带。唐朝的岭南道有扶桑县，属禺州。铜柱：为东汉马援所立，玄宗时期，何履光用兵平定南诏，曾再立东汉马援所立的铜柱。②氛祲：所谓“妖氛”，战乱叛离之气。③越裳：周代南方国名，地接交趾。唐时有越裳县，属安南都护府。④南海：唐时岭南道中一县，属广州，其地出产珍珠。⑤殊锡：特别的赏赐。大司马：太尉。唐朝以太尉、司徒、司空为三公，并正一品。⑥侍中：唐门下省有侍中二人，正二品，其冠以貂尾为饰，插在左边。⑦炎风：南方疆土，即前四句所说。朔雪：北方疆土。⑧翊：辅佐。

其　五

锦江春色逐人来，巫峡清秋万壑哀。
正忆往时严仆射①，共迎中使望乡台②。
主恩前后三持节③，军令分明数举杯④。
西蜀地形天下险，安危须仗出群材！

［注释］

①严仆射：严武。严武死后，追赠尚书左仆射。②中使：天子的私使。望乡台：在成都北面。③三持节：严武一为东川节度使，再为成都尹，最后又为剑南节度使，所以说“三持节”。节，符节，古代的使者出使他国，都要持此以为凭信。魏晋以后，才有了“持节”的名称。④数举杯：严武军令分明，信赏必罚，且复开雅宴赋诗酬唱，有名将风度。

［诗解］

杜甫擅长在律诗中进行议论，这在这组诗中表现得尤为突出。诗人以安史之乱以来的军政大事展开讨论，表达了对国家安危、百姓疾苦的关怀和忧虑。

第一首诗写吐蕃盗掘陵墓，警告诸将要严加防御，不要高枕苟安。第二首诗斥责诸将无用，不能制止外患，反而要借助外力。第三首诗斥责诸将不知屯田务农，以解决军食问题。第四首诗斥责诸将徒享高爵厚禄，不知效忠国家。最后一首通过赞美严武的将略，衬托镇蜀诸将的平庸。这五首议论诗表达了诗人强烈的爱国感情，结尾处言语恳切，感人至深。

锦江春色逐人来，巫峡清秋万壑哀

秋兴八首

题解

这是一组联章七律，作于唐代宗大历元年（766）秋天，是杜甫滞留夔州时的惨淡经营之作。

其　一

玉露凋伤枫树林①，
巫山巫峡气萧森②。
江间波浪兼天涌③，
塞上风云接地阴④。
丛菊两开他日泪⑤，
孤舟一系故园心。
寒衣处处催刀尺⑥，
白帝城高急暮砧(zhēn)⑦。

玉露凋伤枫树林，巫山巫峡气萧森

［注释］

①玉露：白露。凋伤：衰败零落。②巫山：指夔州一带的山，在今重庆巫山东。

气萧森：气象萧瑟阴森。③江间：巫峡。兼天：波浪连天，因此说“兼天”。④塞上：即“巫山”。⑤丛菊两开：诗人去年秋天离开成都，到此时已经过了两个秋天。开，双关意，菊开泪亦随之而开。他日泪：异日泪，指已经不是第一次流泪，而是流了多年的老泪。⑥催刀尺：催人裁剪新衣。⑦急暮砧：傍晚的捣衣声显得更加急促。

其　二

夔(kuí)府孤城落日斜①，每依北斗望京华②。
听猿实下三声泪③，奉使虚随八月槎(chá)④。
画省香炉违伏枕⑤，山楼粉堞(dié)隐悲笳(jiā)⑥。
请看石上藤萝月，已映洲前芦荻(dí)花。

[注释]

①夔府：太宗贞观十四年（640），夔州设都督府，唐玄宗天宝元年（742）改云安郡。落日斜：映衬着孤城，惨淡之极。②每依：是说夜夜如此。北斗：北斗七星。③实下：身临其境的人对此感受特别深，所以用“实”字。④奉使：奉命出使。槎：木筏。⑤画省：尚书省。香炉：省中供具。《汉官仪》记载：尚书省中，入值由宫中女官执香炉跟随。违伏枕：因病未能去供职。⑥山楼：白帝城楼。粉堞：涂成白色的城上矮墙。隐：隐约传来。悲笳：军中所用鼓角乐。

其　三

千家山郭静朝晖①，
日日江楼坐翠微②。
信宿渔人还泛泛③，
清秋燕子故飞飞。
匡衡抗疏功名薄④，
刘向传经心事违⑤。
同学少年多不贱⑥，
五陵衣马自轻肥⑦。

信宿渔人还泛泛，清秋燕子故飞飞

[注释]

①山郭：山城，指白帝城。晖：日光。②江楼：临江的楼。坐翠微：面对青翠的山峦而坐。③信宿：再宿，即夜夜如此。还泛泛：依然泛舟、捕鱼。④匡衡：西汉经学家，元帝初，屡次上疏议论时政，迁为光禄大夫、太子少傅。薄：微薄。

⑤刘向：西汉文学家，宣帝时讲论五经于石渠阁上，成帝即位，诏为校中五经秘书。⑥多不贱：当年的同学多已富贵显达。⑦五陵：汉代长安的五座陵墓，分别是长陵、安陵、阳陵、茂陵、平陵，当时是豪杰名家聚居之地。衣马：裘马。轻肥：轻裘肥马。

其　四

闻道长安似弈棋①，百年世事不胜悲②。
王侯第宅皆新主③，文武衣冠异昔时④。
直北关山金鼓振⑤，征西车马羽书驰⑥。
鱼龙寂寞秋江冷，故国平居有所思⑦。

［注释］

①似弈棋：如同下棋，比喻时局的变化、人事的升迁，像棋局一样变化莫测。②百年：唐高祖开国至大历初为百年，也指人生不过百年，杜甫自谓平生经历。③新主：长安王侯的宅邸都已经更换了主人。④文武衣冠：朝廷上的大臣。异昔时：与从前不同。⑤直北：长安正北方，指陇右、关辅地区。金鼓：军中用来指挥军队进退的用具。⑥羽书：插羽于书，紧急军书。驰：奔驰，指军书频繁。⑦故国：长安。平居：平昔所住之处。有所思：对往日在长安的生活有所思念。

其　五

蓬莱宫阙对南山①，
承露金茎霄汉间②。
西望瑶池降王母，
东来紫气满函关③。
云移雉(zhì)尾开宫扇④，
日绕龙鳞识圣颜⑤。
一卧沧江惊岁晚⑥，
几回青琐点朝班⑦。

西望瑶池降王母，东来紫气满函关

［注释］

①蓬莱：龙朔二年（662），修旧大明宫，改名为蓬莱宫。南山：终南山，大明宫北据高原，南望终南山。②承露：汉武帝在建章

宫西建仙人承露盘。金茎：承露盘下的铜柱。霄汉：云霄和天空，形容极高。③紫气：这里化用老子的典故。《关尹内传》记载函谷关令尹登楼，望见紫气由东向西浮动，说应有圣人经过。果然他看到老子乘青牛车而来。老子自洛阳入函关，所以说东来。④云移：雉尾扇像云彩一般分开。雉尾：雉尾扇，缉雉羽做成，宫中仪仗之一。⑤龙鳞：皇帝衣服上所绣的龙纹。圣颜：皇帝的容貌，指唐玄宗。⑥一卧：卧病，有一蹶不复振之感。岁晚：一语双关，既指秋天，也指自己步入晚年。⑦几回：到底有几回呢？青琐：宫门，门窗装饰着青色的连环形图案。点：传呼点名，按顺序入朝。朝班：上朝时依官职大小排列班次。

其　六

瞿(qú)塘峡口曲江头①，万里风烟接素秋②。
花萼(è)夹城通御气③，芙蓉小苑入边愁④。
珠帘绣柱围黄鹄⑤，锦缆牙樯(qiáng)起白鸥⑥。
回首可怜歌舞地⑦，秦中自古帝王州。

［注释］

①瞿塘峡：三峡之一，在夔州东。曲江：在长安，与乐游园、杏园、慈恩寺相近。②风烟：风华烟云，写景中兼含兵象。素秋：古代以四季为四方，秋当西方，属金，色白，故称。③花萼：花萼楼，唐兴庆宫的楼名。夹城：兴庆宫至曲江芙蓉园有复道，两边有高墙，专供皇帝秘密来往而用。通御气：玄宗从夹城中往来，因此说“通御气”。御气，天子之气。④芙蓉小苑：芙蓉园，在曲江的西南。入边愁：传来安禄山叛乱的消息。⑤珠帘绣柱：曲江宫殿的豪华。黄鹄：天鹅。⑥锦缆：彩丝所织的纤绳。牙樯：象牙装饰的桅杆，用来指曲江舟楫的豪华。起：惊飞。⑦歌舞地：此指曲江。

其　七

昆明池水汉时功①，
武帝旌旗在眼中。
织女机丝虚夜月②，
石鲸鳞甲动秋风③。
波漂菰(gū)米沉云黑④，
露冷莲房坠粉红。

织女

关塞极天惟鸟道⑤，江湖满地一渔翁⑥。

[注释]

①昆明池：在长安西南，方圆四十里。②织女：昆明池有牛郎、织女的石像。虚夜月：织女伫立，夜月虽明，却不织布，形容织女的娴静。③动秋风：形容石鲸的生动。④菰：茭白，生长于浅水之中。沉云黑：形容水上菰米繁殖旺盛，如黑沉沉的阴云。⑤关塞：指第一首诗的“塞上”。极天：从夔州望长安，只见关塞重重直至天边。鸟道：只有鸟才能飞过的通道，极言其险。⑥江湖满地：江湖虽广，无所归依，处处漂流。渔翁：杜甫自谓。

其　八

昆吾御宿自逶迤(wēi yí)①，紫阁峰阴入渼陂(měi pí)②。
香稻啄余鹦鹉粒③，碧梧栖老凤凰枝④。
佳人拾翠春相问⑤，仙侣同舟晚更移⑥。
彩笔昔曾干气象⑦，白头吟望苦低垂⑧。

[注释]

①昆吾、御宿：地名，为长安去渼陂的必经之路。逶迤：道路曲折的样子。②紫阁峰：终南山山峰名。渼陂：在今陕西西安市鄠邑区西，为唐时长安西南的游赏胜地。③香稻：鹦鹉啄余之粒。④碧梧：凤凰栖老之枝。⑤相问：互相问候，即互赠花草珠翠。⑥仙侣：游伴。晚更移：天晚仍移舟夜游，指移棹夜游，乐而忘返。⑦干气象：说自己的作品曾经摄入了京华繁盛的气象。⑧吟望：因思念长安而吟诗。苦低垂：痛苦地低垂着头。

[诗解]

秋兴，因秋以发兴，所以说“秋兴”。当时诗人离开成都草堂已经一年零三个月了，生活艰辛，国家的状况也并未好转。诗人对人民疾苦的同情、对国家形势的关注和忧虑，以及对自己穷老漂泊的感伤，三者融汇交织于心中，让他逢着秋气萧飒时，不禁触景伤情。

这组诗的中心思想是“故国之思”，对故乡的无限怀念。个人的哀怨感伤也是由此而发的。篇中“每依北斗望京华”“故国平居有所思”，是全诗的纲目。诗人由于心怀故乡，所以虽然身在夔州，而写夔州的反而少，写长安的反而多。

杜甫曾经在长安困守十年，做过官，也曾过田园生活，因此可以说长安是他的第二故乡。第一首诗便是写故园的，但杜甫最关心的并非个人狭小的家园，而是整个国家，所以由长安引出了爱国的情怀。这种爱国胜于爱家的情怀，便是《秋兴八首》的主旨所在。第二首写在夔州月夜，遥望长安的感受，进一步将自己对故乡的情怀加以引申。第三首写夔州的景色，引申出对平生遭际的感慨。第四首转写朝政的变迁、边事的纷扰，表达出作者对国事的关切。第五首通过对长安宫阙的怀念，叹息自己远离朝廷，报国无门。第六首回忆曲江，在今非昔比的对比中表现了对国家命运的关心。第七首忆及昆明池，表现自己穷老漂泊的伤感。第八首总写平生，以回到眼前作结。

咏怀古迹五首

题解

这组诗大概作于唐代宗大历元年（766），是杜甫在夔州时写成的。诗题为《咏怀古迹》，说明诗人是借古迹以咏己怀。

其　一

支离东北风尘际①，漂泊西南天地间。
三峡楼台淹日月②，五溪衣服共云山③。
羯(jié)胡事主终无赖④，词客哀时且未还⑤。
庾(yǔ)信平生最萧瑟，暮年诗赋动江关⑥。

［注释］

①支离：流离。东北：指中原地区。就蜀地而言，中原在东北方向。②楼台：指白帝城之属，或指杜甫所居的“西阁”。淹：留滞。日月：光阴，岁月，说明漂泊之久。③五溪：在湖南贵州交界处。共云山：共同居住在高山云雾之中。④羯胡：指安禄山，他是胡人，曾被封为东平郡王。无赖：狡诈强横。⑤词客：喻指自己。哀时：伤时感乱。未还：没有回去。指庾信为避侯景叛乱，奔赴江陵，后出使西魏，滞留北国，暗指自己漂泊在外，未归长安。⑥江关：江南。

其　二

摇落深知宋玉悲，风流儒雅亦吾师①。
怅望千秋一洒泪②，萧条异代不同时。
江山故宅空文藻③，云雨荒台岂梦思？
最是楚宫俱泯灭④，舟人指点到今疑。

［注释］

①风流：说其标格。儒雅：说其文学，指宋玉文采华丽，学识渊博。②怅望：悲怆的怀望。③空文藻：宅舍虽留存，人却已殁，唯有文藻留下。④俱泯灭：已经

全都毁灭。

其　三

群山万壑赴荆门①，生长明妃尚有村②。
一去紫台连朔漠③，独留青冢（zhǒng）向黄昏④。
画图省识春风面⑤，环佩空归月夜魂⑥？
千载琵琶作胡语⑦，分明怨恨曲中论⑧。

王昭君

［注释］

①荆门：在湖北宜都西北，昭君村在荆门山附近。②明妃：王昭君，西晋时避司马昭讳，改称“明君”。尚有村：还存留她生长的村子。③去：离开。紫台：紫宫，天子的居所，这里指汉宫。朔漠：北方的沙漠之地，指匈奴地区。④青冢：王昭君墓，据说边地多白草，而昭君墓上独青，所以说“青冢”，在今内蒙古自治区呼和浩特城南二十里。⑤省：约略。春风面：美丽容貌。⑥环佩：女性所佩戴的饰物。⑦琵琶：本是西域乐器，推手向前称“琵”，却手向后称“琶”。⑧曲中论：在乐曲中怨诉。

其　四

蜀主窥吴幸三峡①，崩年亦在永安宫②。
翠华想象空山里③，玉殿虚无野寺中。
古庙杉松巢水鹤④，岁时伏腊走村翁⑤。
武侯祠屋常邻近⑥，一体君臣祭祀同⑦。

［注释］

①蜀主：刘备。幸：旧时称皇帝出行所至为幸。②永安宫：在今重庆奉节。③翠华：用翡翠的羽毛装饰的旗帜，这里是诗人想象中的刘备的仪仗。④古庙：奉节东的昭烈帝庙。巢水鹤：鹤在上面建造巢穴。⑤岁时伏腊：逢年过节之时。伏，农历夏至后第三个庚日（初伏）、第四个庚日（中伏）、立秋后第一个庚日（末伏）。腊，农历十二月初八。走村翁：村里的老人到庙中祭祀。⑥武侯祠屋：夔州诸葛亮的祠堂。⑦一体：君臣一同祭祀，指刘备和诸葛亮君臣契合。

其　五

诸葛大名垂宇宙，宗臣遗像肃清高①。
三分割据纡（yū）筹策②，万古云霄一羽毛。

伯仲之间见伊吕③，指挥若定失萧曹④。

运移汉祚（zuò）终难复⑤，志决身歼军务劳。

[注释]

①宗臣：关系到社稷安危的重臣。宗，主体。②纡：曲折周密的策划，以示谋划的苦心。筹策：谋略。③伯仲之间：不相上下。伊吕：辅佐成汤的伊尹和辅佐周文王、周武王的吕尚，都是开国名相。④指挥若定：处理军国大事胸有成竹，好像事先计划好的一样。萧曹：萧何和曹参，都是刘邦的得力谋臣。⑤运：天运。祚：皇位。

诸葛大名垂宇宙，宗臣遗像肃清高

[诗解]

这五首诗是诗人游江陵、归州一带，访庾信故居、宋玉宅、昭君村、蜀先主庙、武侯祠，有感于古人的身世遭遇，融入自己的感慨，一气贯成。

第一首怀庾信，由庾信的遭遇联系起自己的境况。"且未还"既指庾信不能从北朝回江陵，也暗指自己不能从西南回长安。第二首怀宋玉，既表明诗人对其文辞的崇拜，又深感与其同样的悲凉寂寞，感慨中对国运的兴衰进行讽喻。第三首怀王昭君，全诗从"怨"字落墨，将发出无穷怨恨之声的琵琶作为昭君的化身，别具一格。第四首怀刘备，通过老百姓对刘备驾崩地的四时祭祀之勤，表达了对刘备和孔明君臣的崇敬。第五首怀诸葛亮，具有强烈的艺术感染力。

壮 游

题解

这首诗和后面的《昔游》《遣怀》都是唐代宗大历元年（766）杜甫在夔州时所作的自传性的回忆诗。

往昔十四五①，出游翰墨场②。斯文崔魏徒③，以我似班扬④。七龄思即壮，开口咏凤凰。九龄书大字，有作成一囊。性豪业嗜酒⑤，嫉恶怀刚肠。脱略小时辈⑥，结交皆老苍⑦。饮酣（hān）视八极，俗物多茫茫⑧。

东下姑苏台[9]，已具浮海航。到今有遗恨，不得穷扶桑[10]。王谢风流远[11]，阖庐丘墓荒。剑池石壁仄[12]，长洲荷芰香[13]。嵯峨阊门北[14]，清庙映回塘。每趋吴太伯，抚事泪浪浪。蒸鱼闻匕首，除道哂要章[15]。枕戈忆勾践[16]，渡浙想秦皇。越女天下白，鉴湖五月凉[17]。剡溪蕴秀异[18]，欲罢不能忘。

归帆拂天姥[19]，中岁贡旧乡。气劘屈贾垒[20]，目短曹刘墙[21]。忤下考功第，独辞京尹堂。放荡齐赵间，裘马颇清狂[22]。春歌丛台上[23]，冬猎青丘旁。呼鹰皂枥林，逐兽云雪冈。射飞曾纵鞚[24]，引臂落鹙鸧[25]。苏侯据鞍喜[26]，忽如携葛强[27]。快意八九年，西归到咸阳[28]。

许与必词伯[29]，赏游实贤王[30]。曳裾置醴地，奏赋入明光[31]。天子废食召，群公会轩裳[32]。脱身无所爱[33]，痛饮信行藏[34]。黑貂宁免敝[35]，斑鬓兀称觞[36]。杜曲换耆旧[37]，四郊多白杨。坐深乡党敬，日觉死生忙。朱门任倾夺，赤族迭罹殃[38]。国马竭粟豆，官鸡输稻粱[39]。举隅见烦费，引古惜兴亡[40]。

河朔风尘起，岷山行幸长[41]。两宫各警跸[42]，万里遥相望。崆峒杀气黑，少海旌旗黄[43]。禹功亦命子，涿鹿亲戎行。翠华拥吴岳[44]，螭虎啖豺狼[45]。爪牙一不中[46]，胡兵更陆梁。大军载草草，凋瘵满膏肓[47]。备员窃补衮[48]，忧愤心飞扬。上感九庙焚，下悯万民疮。斯时伏青蒲[49]，廷诤守御床[50]。君辱敢爱死？赫怒幸无伤。圣哲体仁恕，宇县复小康[51]。哭庙灰烬中，鼻酸朝未央[52]。

小臣议论绝[53]，老病客殊方。郁郁苦不展，羽翮困低昂[54]。秋风动哀壑，碧蕙捐微芳[55]。之推避赏从[56]，渔

射飞曾纵鞚，引臂落鹙鸧

父濯(zhuó)沧浪[57]。荣华敌勋业，岁暮有严霜。吾观鸱(chī)夷子[58]，才格出寻常。群凶逆未定，侧伫英俊翔[59]。

斯时伏青蒲，廷诤守御床

[注释]

①十四五：杜甫生于唐玄宗先天元年(712)，其十四五岁时，正是开元十三、四年(725、726)。②翰墨场：指文场。③斯文：出自《论语》，此处有文坛领袖之意。崔魏：崔尚和魏启心。崔尚，武则天久视二年(701)进士。魏启心，唐中宗神龙三年(707)及第。④班扬：班固和扬雄。⑤业：既、又。⑥脱略：洒脱不拘，不以为意。小：轻视，看不起。时辈：同辈。⑦老苍：指上了年纪而成熟老练的人。⑧多茫茫：看不见，不将其放在眼中。⑨姑苏台：吴王阖闾所建，在苏州姑苏山上。⑩扶桑：神木名，传说日出于扶桑。⑪王谢：王氏与谢氏的并称，东晋时的两大士族，出了很多风流人物。⑫剑池：在虎丘山上，有高数丈的石壁。⑬长洲：苑名，在苏州东北。⑭阊门：苏州城的西北门。⑮除道：修路。要章：腰间的印绶。要，通“腰”。⑯枕戈：枕戈待旦，本是晋朝刘琨之事，借用越王勾践曾“卧薪尝胆”灭吴复国的故事。⑰鉴湖：一名镜湖，今浙江绍兴。⑱剡溪：水名，在浙江嵊州市。蕴秀异：风景优美。⑲拂天姥：船从天姥山经过。天姥，山名，在浙江新昌。⑳屈贾：屈原、贾谊。㉑曹刘：曹植、刘桢，二人均为建安诗人。㉒裘马：轻裘肥马。㉓丛台：战国时赵王所筑，在河北邯郸，数台相连聚在一起，因此得名。㉔射飞：射飞鸟。纵：驰马。㉕引臂：拉弦射箭。㉖苏侯：苏源明，杜甫的朋友。㉗葛强：东晋山简的爱将，这里是杜甫自比。㉘咸阳：借指长安。㉙许与：赞许。词伯：文豪或著名诗人，这里指韦济、郑虔、岑参、高适等。㉚贤王：汝阳王李琎等。㉛奏赋：唐玄宗天宝十载(751)在长安献三大礼赋事。明光：汉宫殿名，此处借用为唐朝宫殿。㉜轩裳：车服之盛。㉝无所爱：指唐玄宗天宝十四载(755)，杜甫辞河西尉不就之事。㉞行藏：出仕和退隐。㉟黑貂敝：用苏秦黑貂之敝的典故来感慨事业无成。黑貂，别名紫貂，此指貂裘。㊱兀称觞：举杯祝酒，此指自已年纪大了，突兀之间就有子弟称觞了。㊲杜曲：地名，在今陕西长安东，是唐代大姓杜氏的聚居地。㊳赤族：灭族。迭：更迭。㊴官鸡：官家所养的斗鸡。㊵引古：参验古事，对照现实，引古鉴今。㊶幸：古代对皇帝亲临的称呼。㊷两宫：玄宗和肃宗。一在成都，一在灵武，父子异地。警跸：天子出入时的警戒。㊸少海：太子。

鸡

㊹翠华：皇帝仪仗中的旌旗。吴岳：吴山，在陕西凤翔附近。㊺螭虎：比喻唐朝军队。㊻爪牙：这里指武将，没有贬意。㊼凋瘵：凋敝，疾苦，这里指为人民的生活疾苦感到痛心。㊽备员：充数，是自谦之词。补衮：补救皇帝的过失。这里指自己间道奔赴凤翔任左拾遗，为皇帝拾遗补阙是左拾遗的职责。㊾青蒲：天子的内庭，以蒲青为席。㊿廷诤：守着御座，在朝廷上公开谏诤，即所谓“面折廷诤”。51宇县：宇内、天下。52未央：汉未央官，这里借指唐朝的大明官。53小臣：唐肃宗乾元元年（758）六月，杜甫从左拾遗贬为华州司功参军，拾遗是个“从八品上”的小官，因此说“小臣”。54困低昂：不能奋飞。55捐：消散。56之推：介之推，这是杜甫自比。57渔父：以渔父自比。58鸱夷子：范蠡辅佐勾践破吴后，知道勾践不能共富贵，后隐居于齐地，自号“鸱夷子皮”。59侧伫：侧身伫盼。

[诗解]

壮，不单单指壮年，兼有豪壮和壮阔之味。这是一篇自传性的叙事诗，读者从诗中不仅可以了解到杜甫的个人生活，还可以了解当时的社会情况。诗人从七岁开始学作诗写起，中间按次序写了少年之游、吴越之游、齐赵之游、长安之游以及奔赴凤翔和还京的经历，贬官后客居巴蜀的生活等等，每个时期都以典型的细节展现其生活经历，是研究杜甫生平、思想、性格的可贵材料。此诗通篇气势奔放，感情激荡。这首诗与同时期所作《昔游》《遣怀》等都是了解诗人生活的重要材料。

昔　游

题解

这首诗写于唐代宗大历元年（766）秋，大致和《壮游》相同。

昔者与高李，晚登单父台[1]。寒芜际碣(jié)石[2]，万里风云来。桑柘(zhè)叶如雨，飞藿(huò)共徘徊[3]。清霜大泽冻，禽兽有余哀。

是时仓廪(lǐn)实[4]，洞达寰(huán)区开。猛士思灭胡，将帅望三台[5]。君王无所惜，驾驭英雄材。幽燕盛用武，供给亦劳哉！吴门转粟帛，泛海陵蓬莱[6]。肉食三十万[7]，猎射起黄埃。

隔河忆长眺，青岁已摧颓。不及少年日，无复故人杯。赋诗独流涕，乱世想贤才。有能市骏骨[8]，莫恨少龙媒[9]。商山议得失[10]，蜀主脱嫌猜。吕尚封国邑[11]，傅说已盐梅[12]。景晏楚山深，水鹤去低回。庞公任本性，携子卧苍苔。

［注释］

商山四皓

①晚：岁晚。单父台：宓子贱琴台。子贱是孔丘的学生，曾任单父宰，鸣琴而治，后人为了纪念他，因名其台为“琴台”，在今山东单县。②碣石：山名，在今河北昌黎北。③飞藿：零落的豆叶。④是时：这一时期。仓廪实：府库充盈。⑤三台：官名。汉因秦制，设尚书为中台，御史为宪台，谒者为外台，合称“三台”。⑥蓬莱：传说中的仙山。⑦肉食：兵卒的供养丰厚。⑧市骏骨：这里化用燕昭王购骏马骨的典故。⑨龙媒：良马，比喻贤才。⑩商山：商山四皓，泛指有名望的隐士。⑪吕尚：辅佐周文王的谋臣姜太公，商周时期杰出的政治家、军事家。⑫傅说：殷商时期政治家，传说曾为版筑的奴隶，后被殷高宗封为国相。已盐梅：指从大臣的扈从晋升至宰相。

［诗解］

诗人当时在夔州，回忆起与高适、李白的宋齐之游，写下此诗，是《壮游》的补充。这首诗分为三段。开头前八句是首段，写诗人登台时的所见所闻。中间十二句为第二段，写当时的社会环境，是诗人登台后所感。最后十六句为末段，是前两段的反面，写诗人由壮而老，时代则由治而乱，感叹自己有心为国效力，却仕途坎坷，只能像庞德公一样，带着妻子和孩子隐居鹿门山了。

遣怀

题解

这首诗的创作时间大体和《昔游》相同。诗名是“遣怀”，意为心中有所郁积而遣散之，通篇为对平生经历的回忆和总结。

昔我游宋中①，惟梁孝王都。名今陈留亚②，剧则贝魏俱③。邑中九万家，高栋照通衢(qú)。舟车半天下，主客多欢娱。白刃雠(chóu)不义，黄金倾有无④。杀人红尘里，报答在斯须⑤。

忆与高李辈⑥，论交入酒垆(lú)⑦。两公壮藻思，得我色敷腴(yú)⑧。气酣(hān)登吹台⑨，怀古视平芜。芒砀(dàng)云一去，雁鹜空相呼。

先帝正好武⑩，寰(huán)海未凋枯。猛将收西域，长戟(jǐ)破林胡⑪。百万攻一城，献捷不云输。组练弃如泥⑫，尺土负百夫。拓境功未已⑬，元和辞大炉⑭。

乱离朋友尽⑮，合沓岁月徂⑯。吾衰将焉托？存殁再呜呼⑰！萧条益堪愧⑱，独在天一隅(yú)。乘黄已去矣⑲，凡马徒区区⑳。不复见颜鲍(bào)㉑，系舟卧荆巫㉒。临餐吐更食，常恐违抚孤。

猛将收西域，长戟破林胡

［注释］

①宋中：今河南商丘南面。②陈留：今河南开封，唐时汴州属河南道。③贝：贝州，故地在今河北清河。魏：魏州，故地在今河北大名。④倾有无：倾其所有。⑤斯须：片刻。⑥高李：高适、李白。⑦论交：结交。酒垆：酒家安置酒瓮的土台。⑧色敷腴：颜色和悦的样子。⑨吹台：繁台，在今河南开封东南禹王台公园内。⑩先帝：唐玄宗。⑪长戟：比喻军队将领，这里指安禄山、张守珪等。林胡：汉时匈奴部族名。⑫组练：组甲练袍，这里指精兵。⑬拓境：开拓边境。⑭元和：太平和乐的气象。大炉：这里指天

地间。⑮朋友尽：朋友都离开了。⑯合沓：相继重叠的样子。⑰鸣呼：恸哭。⑱益堪愧：一作“病益盛”。⑲乘黄：传说中的神马，喻指高李。⑳凡马：杜甫自谓。徒区区：空怀有诚恳的心，却徒劳无用。㉑颜鲍：颜延之和鲍照。㉒荆巫：荆州巫峡，指漂泊夔州。

[诗解]

这是一首写回忆的诗，写诗人在梁地与高适、李白在一起游历之事。这首诗分四部分。诗先写宋中地区的繁华；次写诗人与高适、李白在宋中的遨游；第三部分写国事，战乱不休；第四部分写诗人痛惜高李之死，流露出无限的悲凉和伤感。诗中既描述了诗人现实的生活经历，又抒发了其几十年来郁积于心中的愤懑。

宿江边阁

题解

这首五言律诗，是唐代宗大历元年（766）杜甫在夔州时所作。这一年杜甫离开成都的茅屋，由云安来到夔州，寓居在夔州的西阁。

暝色延山径①，高斋次水门②。
薄云岩际宿③，孤月浪中翻。
鹳(guàn)鹤追飞静，豺狼得食喧④。
不眠忧战伐，无力正乾坤⑤！

[注释]

①暝色：暮色。②高斋：所宿西阁。次：临。水门：瞿塘峡口两山对峙处。③宿：歇宿。④喧：吼叫声。⑤正乾坤：整顿乾坤。

薄云岩际宿，孤月浪中翻

[诗解]

这首诗是诗人在移居之前，夜宿西阁的所见所闻。诗人通过对景物的描写，表达了忧国忧民的情感。

首联开头“暝色”二字点明了时间。从阁上看，好像由山径接引而来。高斋居高临下，雄踞长江边的瞿塘峡。颔联写诗人当时所见。诗人夜宿西阁，夜长不能入睡，于是起来远眺。薄薄的云层飘过白帝山头，停留在岩上好似歇宿。江上波涛汹涌，明月映在水面上，好像在不停地翻滚。颈联写诗人在长夜中难以入眠时的所见所闻。黄昏时江鸟觅食追逐飞旋，此刻已经停止了追逐。山林中晚上传来豺狼等野兽得食时的吼叫声。尾联写出诗人不眠的原委。诗人早年抱有“致君尧舜上”的政治抱负，而今四处漂泊，无力整顿乾坤，战乱使他忧心忡忡，彻夜不能入睡。

这首诗全篇都用对句，既写景，又写情，是融景入情、情景相融的一首佳作。

历　历

题解

这首诗大概作于唐代宗大历元年（766），正是杜甫羁旅卧病之时。诗人追寻兴衰事迹，回忆平生经历，写下此诗。

历历开元事①，分明在眼前②。
无端盗贼起③，忽已岁时迁④。
巫峡西江外⑤，秦城北斗边⑥。
为郎从白首⑦，卧病数秋天⑧。

［注释］

①历历：众多而清晰可见的样子。②分明：清楚，明明白白。③无端：无故，没有来由。盗贼：安史之乱。④岁时迁：岁月的流逝。⑤西江：蜀地的岷江，因其支流是成都的岷江，从西来，所以说是“西江”。⑥秦城：京城长安。⑦从：听任，任凭。白首：头发变白。⑧数秋天：数一数过了多少个秋日。

［诗解］

这首诗开篇便见诗人无限的感慨。

诗的首联追述往事，写天宝之乱虽然已经结束，但仍历历在目。安史之乱发生在天宝年间，所以诗人只提开元不提天宝，以遮蔽唐玄宗的过失。颔联写安史之乱的爆发没有来由。从唐玄宗天宝十四载（755）到现在动乱已经过去十年多了，诗人感慨时间过得非常快。颈联写诗人在西江边因看到北斗星而思念远在北方的长安。尾联写诗人身为检校工部员外郎，也只能任凭头发变白，卧床计算着时日，算需要多长时间才能看到天下太平。

解闷十二首

题解

这组七言绝句大概作于唐代宗大历元年（766）秋。

草阁柴扉星散居，浪翻江黑雨飞初

其　一

草阁柴扉星散居①，
浪翻江黑雨飞初。
山禽引子哺红果②，
溪女得钱留白鱼③。

［注释］

①柴扉：柴门，指贫苦人家的住所。星散居：形容当地百姓的住所小而分散。②引子：指山禽养育幼子。③溪女：一作“溪友”。

其　二

商胡离别下扬州①，忆上西陵故驿楼②。
为问淮南米贵贱③，老夫乘兴欲东游④。

［注释］

①商胡：胡商，从西域来的商人。②西陵：在浙江萧山西二十里，其地风景优美，唐时在此设有驿站。③问：打听。米贵贱：米价的高低，这是嘱咐商胡的话。④老夫：作者的自谓。

其　三

一辞故国十经秋①，每见秋瓜忆故丘②。
今日南湖采薇蕨③，何人为觅郑瓜州④。

［注释］

①故国：本意指祖国，引申为故乡。②故丘：诗人曾经居住的下杜城。③南湖：郑审当年谪居的地方。采薇蕨：隐居。④郑瓜州：郑审。古人为了表达对某人的敬意，往往不会直呼其名，而是称呼该人的出生地或者住地。郑审的故居在荥阳瓜州村，因此诗人称他为“郑瓜州”。

其四

沈范早知何水部①，
曹刘不待薛郎中②。
独当省署开文苑，
兼泛沧浪学钓翁③。

［注释］

①沈范：南朝梁的诗人沈约和范云，都以清秀隽永的诗风见长。何水部：梁朝诗人何逊，八岁就能赋诗，深得沈约和范云二人的赞赏。②曹刘：曹植和“建安七子”之一的刘桢，二人都擅长作五言诗。薛郎中：薛据，诗人的好友。③沧浪：古代水名，在今湖北境内。

曹植

其五

李陵苏武是吾师①，孟子论文更不疑②。
一饭未曾留俗客，数篇今见古人诗③。

［注释］

①李陵、苏武：汉武帝时人。很多人认为五言诗始于苏、李，所以诗人把李陵、苏武称作“吾师”。②孟子：孟云卿。③古人诗：孟云卿的诗作。

其六

复忆襄阳孟浩然①，清诗句句尽堪传②。
即今耆(qí)旧无新语③，漫钓槎(chá)头缩颈鳊(biān)。

［注释］

①孟浩然：唐时著名诗人。②清诗：孟浩然的诗风淡远清旷，其诗被称为“清诗”。③耆旧：故老，年高而素负声望者。新语：指新作的好诗。

其七

陶冶性灵存底物①，新诗改罢自长吟②。
孰知二谢将能事③，颇学阴何苦用心④。

[注释]

①陶冶：陶铸，烧制陶器或冶炼金属，引申为化育生成，娱情养性。性灵：泛指人的精神、思想、感情等。存底物：凭什么东西。底物，何物或何事。②吟：唐诗兼重音律，特别是律诗，所以必须“吟”。③孰：同“熟”，熟知，明知。二谢：南北朝时的谢灵运和谢朓，都是著名诗人。④阴何：阴铿、何逊，南北朝时著名诗人。

其　八

不见高人王右丞①，蓝田丘壑漫寒藤②。

最传秀句寰(huán)区满③，未绝风流相国能④。

[注释]

①王右丞：盛唐诗人王维，在乾元年间曾任尚书省右丞相。②蓝田：王维在晚年得到了宋之问的别墅，在蓝田辋川。③寰区：本义指天子直辖的区域，引申为天下。④相国：王维的弟弟王缙。

其　九

先帝贵妃俱寂寞①，荔枝还复入长安。

炎方每续朱樱献②，玉座应悲白露团③。

[注释]

①先帝：唐玄宗。贵妃：杨玉环。寂寞：死去。②炎方：炎热的南方，这里指四川。朱樱献：用鲜红的樱桃作为献庙之礼。③玉座：华丽高贵的坐椅，这里指先帝。白露团：剥掉壳的荔枝。

其　十

忆过泸戎摘荔枝①，青峰隐映石逶迤(wēi yí)。

京中旧见无颜色②，红颗酸甜只自知③。

[注释]

①泸戎：泸州和戎州。戎州，今四川宜宾。②无颜色：失去了原来的颜色。荔枝原名、“离枝”，这种水果一旦离开了果枝，就会失去原来的色、香、味。③红颗：荔枝，荔枝的外壳是朱红色的。

其十一

翠瓜碧李沈玉甃(zhòu)①，赤梨葡萄寒露成。

可怜先不异枝蔓，此物娟娟长远生②。

［注释］

①玉甃：皇家宫廷园中的水井。甃，井壁。②娟娟：形容荔枝的美好。

葡萄

其十二

侧生野岸及江浦①，

不熟丹宫满玉壶②。

云壑布衣鲐(tái)背死③，

劳生重马翠眉须④。

［注释］

①侧生：荔枝。②不熟丹宫：不生长成熟于宫中。宫，天子之宫。满玉壶：远方进贡而来的荔枝装满整个玉壶。③鲐背死：人因年老而死。鲐，一种海鱼，又称青花鱼。④劳生：劳民。重马：一人两马，以防倒毙。翠眉：杨贵妃。

［诗解］

杜常作诗排解愁闷，所以说“排闷强裁诗”“遣兴莫过诗”，但有时也无效，所以又说“愁极本凭诗遣兴，诗成吟咏转凄凉”。诗人的愁闷是多方面的，所以诗的内容相当庞杂，主要是评议诗作、记录生活中的感受，或抒情、或议论、或叙事，自由随意，读来也是亲切自然。通过这组诗，读者可以窥见诗人当时的心境。全诗不拘绳墨、挥洒自如。

阁　夜

题解

这是唐代宗大历元年（766）冬杜甫在夔州时所作。当时杜甫的好友郑虔、苏源明、李白、严武、高适都已去世，而四川的崔旰之乱仍未平息。杜甫在阁夜心情悲伤，有感而发，便写下此诗。

岁暮阴阳催短景①，天涯霜雪霁寒宵②。

五更鼓角声悲壮③，三峡星河影动摇④。

野哭千家闻战伐，夷歌几处起渔樵(qiáo)⑤。

卧龙跃马终黄土⑥，人事音书漫寂寥（liáo）⑦。

[注释]

①阴阳：日月。短景：冬天日短，因此说“短景”。②天涯：指偏远的夔州，点明自己的所在地。霁：雨过天晴，形容雪光的洁白明朗。③五更鼓角：天还没有亮时，当地驻军已经开始活动起来。④星河：银河，泛指天上的群星。⑤夷歌：夷人的歌曲。起渔樵：起于渔樵。⑥卧龙：诸葛亮。跃马：公孙述。终黄土：终归要死去。⑦人事音书：一指“朝廷记忆疏”，即人事方面的寂寥；一指“亲朋无一字”，即音书方面的寂寥。漫寂寥：陡然感到寂寞。

[诗解]

阁夜，即西阁之夜。

全诗八句全对，写得苍凉悲壮，感人至深。诗人在首联点明冬夜寒怆。在寒冷的冬夜，雪光洁白明朗如白昼，诗人在这样的夜晚感慨万千。颔联承“天涯霜雪霁寒宵”句，写诗人在夜晚的所见所闻。颈联写拂晓前诗人的所闻。说战乱的消息传来，千家万户的哭声响彻四野，景象凄惨。尾联写诗人远眺夔州西郊的武侯庙和东南面的白帝庙，引出无限的感慨。从朝廷到朋友，好像所有的人都把自己给忘记了，能不感慨、伤心吗？但转念一想，即使是诸葛亮那样伟大的人终究还是一死，如此一想，个人的孤独、寂寞就不算什么了。

缚鸡行

题解

诗的末句有“山阁”字样，此诗应为唐代宗大历元年（766）冬诗人在夔州西阁时所作。

小奴缚鸡向市卖，鸡被缚急相喧争。

家中厌鸡食虫蚁，不知鸡卖还遭烹。

虫鸡于人何厚薄①？吾叱（chì）奴人解其缚。

鸡虫得失无了时②，注目寒江倚山阁。

[注释]

①何厚薄：何必厚于虫而薄于鸡。②得失：用心于物而言。

[诗解]

全诗通过“释鸡”之举，表现了诗人对生命的热爱。但是物不自齐，诗人只能“注目寒江倚山阁”，表达心中的无奈。

诗人在偶然间看到家中仆人正捆鸡准备拿到市上去卖，鸡被捆得着急，于是“相喧争”，边叫边挣扎，似乎在向人抗议。诗人询问后得知，家里的人怕鸡吃掉蚂蚁之类的小虫，有伤生灵，于是要卖掉。诗人心想，鸡被卖掉不是也会遭到宰杀吗？为什么对虫子要施以厚恩，对鸡却如此刻薄呢？诗人于是立即命令仆人解缚放鸡。可是诗人转而一想，放了鸡，虫蚁又要遭难，思来想去，想不到万全之策，只好倚靠在山阁上，注视着寒冷的江面。

这首诗语言浅显易懂，以议论入诗，含意颇远，反映了诗人面对困境时的无奈。

麂

题解

这首诗大概作于唐代宗大历二年（767）。

永与清溪别①，蒙将玉馔（zhuàn）俱②。
无才逐仙隐③，不敢恨庖厨④。
乱世轻全物，微声及祸枢⑤。
衣冠兼盗贼⑥，饕餮（tāo tiè）用斯须⑦！

［注释］

①清溪：清溪山，此山多麂。②将：与、共。玉馔：泛指山珍海味等精美的食品。③逐仙隐：追随神仙归隐。④恨庖厨：憎恨厨房里的庖厨。⑤声：声名，指因美味而得名。及祸枢：招惹上祸事。⑥衣冠：古代士以上带冠，衣冠连称，指士以上的服装，后引申为王公贵人，即享用玉馔的人。⑦饕餮：古代传说中一种贪吃的恶兽，比喻贪婪凶恶之人。斯须：一会儿，很快。

［诗解］

这首诗借物言情，写麂自悔不能全身远离祸害，代麂抒情，感叹世人为了口腹之欲而残害生灵。诗的前四句代麂写意，自悔不能见机远离伤害。后四句感叹世人因为贪食美味而残害生灵。诗人在这里借题发挥，讽刺贪婪成性的人本身就是“盗贼”，有“鱼肉人民”的本性。本诗构思巧妙，寓意婉转，虽为咏物诗，却不给人咏物之感。

愁

题解

此诗作于唐代宗大历二年（767）春，诗人当时在夔州。杜甫来到夔州已经一年有余，期间愁事不断，如江草新生，唤起不断的愁思。

江草日日唤愁生①，巫峡泠泠非世情②。
盘涡鹭浴底心性③？独树花发自分明！
十年戎马暗万国④，异域宾客老孤城⑤。
渭水秦山得见否⑥？人今罢病虎纵横⑦！

[注释]

①唤愁：春草新生，引起愁绪。②泠泠：细细的流水声，形容巫峡的萧森之气。非世情：不近人情。③涡：旋涡。底心性：什么意思。④十年：指自安禄山造反至此时已有十年了。⑤异域：异乡，指夔州。⑥渭水秦山：代指长安。⑦人今罢病：民力疲惫衰竭。罢，同“疲”。虎纵横：比苛吏横行，比喻横征暴敛。

盘涡鹭浴底心性？独树花发自分明

[诗解]

诗题下自注：“强戏为吴体。”吴体即拗体，诗体的一种，语言通俗，取譬浅俚，有江南民歌的韵味。这类诗以七言为主，杜甫关于这类的诗不少。这首诗几乎全是拗体，所以特别标出。

诗的前四句写诗人所见，江边细草、巫峡冷水，使诗人愁绪更生。在漩涡沐浴的鹭鸶和自开的花朵使诗人心烦意乱，山水花鸟，可憎可怪。后四句写诗人感叹世事。十年的战乱使社会变得黑暗，漂泊异乡的人将要客死孤城。最后两句写暴吏像猛虎般残暴凶横，人民生活艰辛，自己也无法还乡。

昼梦

题解

此诗作于唐代宗大历二年（767）二月杜甫人在夔州时。这首诗是诗人写白天梦到的情景，极好地表现了杜甫旅居夔州时的心态。

二月饶睡昏昏然①，不独夜短昼分眠②。
桃花气暖眼自醉③，春渚日落梦相牵④。
故乡门巷荆棘底⑤，中原君臣豺虎边。

安得务农息战斗，普天无吏横索钱⑥！

[注释]

①饶：多。②昼分：正午。③眼自醉：形容眼自己闭上。④春渚：春日的水边。日落梦相牵：到了日落时仍在做梦，形容睡得时间长。⑤荆棘底：安史之乱后，洛阳数百里内化为废墟，因此说“荆棘底”。⑥索钱：要钱。

[诗解]

“昼梦”，有白日梦之意，题中含有自嘲之意和悲愤之情。

唐代宗大历元年（766），杜甫流落到夔州，乱离时代沉重的忧国思乡之情，萦绕在老病潦倒的诗人心中，积思成梦，就连白日小憩，也梦见故国君臣，旧乡门巷。此诗前四句写昼梦之由，笔触浓丽，所写春景暖意融融。五、六句写梦中所见，描绘惨淡险恶环境，末二句就昼梦所见发表议论。诗人巧妙地借说昼梦，将自己晚年忧国思家的强烈感情抒发出来，于自然流转中凝聚深厚的情绪，生动表现了杜甫晚年诗风沉郁苍茫的特色。

桃花气暖眼自醉，春渚日落梦相牵

这首诗前写梦，后写梦醒后之愁，闭眼是梦，睁开眼睛却是愁。因此这首记梦诗，不仅仅是单纯的记梦，给人余味无穷之感。

暮春题瀼西新赁草屋五首

题解

这首诗为五言律诗，是唐代宗大历二年（767）三月杜甫由夔州的赤甲迁居瀼西时所作。

其　一

久嗟三峡客①，再与暮春期。
百舌欲无语，繁花能几时。
谷虚云气薄，波乱日华迟②。
战伐何由定，哀伤不在兹。

[注释]

①久嗟：长时间的嗟叹。②日华：太阳的光华。

其　二

此邦千树橘，不见比封君。
养拙干戈际，全生麋(mí)鹿群。
畏人江北草，旅食瀼(ràng)西云①。
万里巴渝(yú)曲②，三年实饱闻。

[注释]

①旅：旅居。②巴渝曲：夔州地方民间的乐舞。

其　三

彩云阴复白①，锦树晓来青②。
身世双蓬鬓③，乾坤一草亭。
哀歌时自短，醉舞为谁醒？
细雨荷锄立，江猿吟翠屏④。

[注释]

①彩云：春云。阴复白：时雨时晴的景象。②锦树：春树。③双蓬鬓：老无所成。④翠屏：比喻美丽的春山如画屏一般。

其　四

壮年学书剑，他日委泥沙①。
事主非无禄②，浮生即有涯。
高斋依药饵③，绝域改春华④。
丧乱丹心破，王臣未一家。

[注释]

①他日：罢官之时。②非无禄：曾经做过官。③高斋：自己所租的茅草屋。依药饵：指身体多病。④绝域：瀼西。

其　五

欲陈济世策①，已老尚书郎。

未息豺虎斗[2]，空惭鸳鹭(lù)行[3]。
时危人事急，风逆羽毛伤。
落日悲江汉，中宵泪满床。

[注释]

①济世策：救世之策。②豺虎斗：比喻军阀混战。③鸳鹭行：形容朝官的队列。

[诗解]

诗人迁居瀼西后，这一年的夏天就是在此度过的。这五首诗首尾相连，形成一个有机的整体。虽主题各不相同，但是结构非常严密，代表了杜甫诗歌一贯的风格。诗人在诗中借迁居之事，忧虑国家前途，感伤自己的遭遇。

承闻河北诸道节度入朝
欢喜口号绝句十二首（录三首）

题解

唐代宗大历元年（766）十月，是代宗的生日，诸道节度使献金帛祝寿。次年春，淮南、汴宋、凤翔诸道节度使曾先后入朝，而河北诸道节度使，则始终没有入朝。当时杜甫远在夔州，可能是根据一时的传闻，写了这首诗，所谓"喧喧道路多歌谣"。尽管不是事实，但其爱国之心可见一斑。

其　一

禄山作逆降天诛，
更有思明亦已无[1]。
汹汹人寰(huán)犹不定[2]，
时时战斗欲何须[3]？

[注释]

①亦已无：完了，没有了。②汹汹：大水的声音，比喻社会动荡不安。③欲何须：欲何求。

汹汹人寰犹不定，时时战斗欲何须

其　三

喧喧道路多歌谣，河北将军尽入朝。

始是乾坤王室正①，却教江汉客魂销。

［注释］

①王室正：国家战乱平复了。

其　九

东逾辽水北滹(hū)沱①，星象风云喜共和②。
紫气关临天地阔③，黄金台贮俊贤多④。

［注释］

①辽水：在今辽宁境内。滹沱：水名，在河北省西部。②喜共和：一作“喜气和”，因过去敌对，而今皆入朝，君臣相得，国家一统，所以说“喜共和”。③紫气关：函谷关。④黄金台：在河北易水东南，战国时燕昭王建筑此台，并在上面置千金以延天下之士，因而得名。

［诗解］

第一首诗的前两句写757年正月安禄山为其子庆绪所杀，761年三月史思明为其子朝义所杀。这两句是以安、史二人的下场来做示众榜样的。后两句是反诘语，是其自悟，比喻社会的不安定。第二首前两句写平定叛乱，喧嚣的道路上有许多歌谣，河北节度使入朝觐见皇帝。乾坤反正，国内统一，诗人虽可以归却无法归，因此转伤流落。第三首的前两句写的是东面的辽水，北面的滹沱从对抗转为归顺，如今也入朝，全国一统，因此“日喜共和”。末尾两句出以唱叹，极为雄壮，充满着喜悦的气氛。

驱竖子摘苍耳

题解

这首诗为唐代宗大历二年（767）杜甫在夔州时所作，写的是诗人叫小儿摘卷耳草之事。

江上秋已分，林中瘴(zhàng)犹剧①。畦(qí)丁告劳苦，无以供日夕②。蓬莠独不焦③，野蔬暗泉石。卷耳况疗风④，童儿且时摘。侵星驱之去⑤，烂熳(màn)任远适⑥。放筐亭午际⑦，洗剥相蒙幂(mì)⑧。登床半生熟⑨，下箸还小益⑩。加点瓜薤(xiè)间，依稀橘奴迹⑪。乱世诛求急⑫，黎民糠籺(hé)窄⑬。饱食复何心？荒哉膏粱客⑭！富豪厨肉臭，战地骸(hái)骨白。寄语恶少年⑮，黄金且休掷⑯！

［注释］

①瘴犹剧：瘴热仍十分厉害。②畦丁：种菜的仆人。③焦：焦枯。④卷耳：苍耳，石竹科植物，多年生草木，成熟的可供药用，幼苗可以当蔬菜食用。⑤侵星：星还未落时，即拂晓。⑥烂熳：无所拘束。任远适：随意到远处去采摘。⑦放筐：采摘归来。亭午：正午。⑧洗剥：洗其土，剥其毛。幂：信手将其堆放起来。⑨床：古时放置器物的架子皆为床，如琴床、笛床、笔床、墨床。⑩箸：筷子。⑪依稀：仿佛。⑫诛求：残酷的盘剥。⑬粔：一种粗食。窄：不够。⑭荒：荒唐、荒谬。哉：感叹词。膏粱客：吃大肉和细粮的官僚地主。⑮恶少年：品性不端正的膏粱子弟。⑯黄金且休掷：不要挥金如土。

畦丁告劳苦，无以供日夕

［诗解］

竖子，指童仆。苍耳，即卷耳，形似鼠耳，丛生如盘。

这首诗写天热干旱，诗人让小儿摘苍耳做蔬菜，先写摘苍耳、食苍耳，末段揭示不同阶级之间的悬殊，体现了其“穷年忧黎元”的精神，可见诗人时刻挂念着广大人民。全诗大致分为三段。开头八句为第一段，主要写诗人让小儿摘苍耳的缘故；中间八句为第二段，写如何摘苍耳以及食用苍耳的方法；最后八句为第三段，诗人由自己说到广大人民和整个社会，这也是诗人写作这首诗的本旨。

寄韩谏议注

题解

这首诗作于唐代宗大历二年（767），当时杜甫因为房琯上疏力谏而获罪，但其忧国忧民之心没有泯灭。

今我不乐思岳阳，身欲奋飞病在床。美人娟娟隔秋水①，濯(zhuó)足洞庭望八荒②。鸿飞冥冥日月白③，青枫叶赤天雨霜④。玉京群帝集北斗⑤，或骑麒麟翳(yì)凤凰⑥。芙蓉旌(jīng)旗烟雾落⑦，影动倒景摇潇湘⑧。星宫之君醉琼浆⑨，羽人稀少不在旁⑩。似闻昨者赤松子⑪，恐是汉代韩张良⑫。昔随刘氏定长安，帷幄(wéi wò)未改神惨伤⑬。国家成败吾岂敢⑭，色难腥腐餐枫香⑮。周南留滞古所惜⑯，南极老人应寿昌⑰。美人胡为隔秋水，焉得置之贡玉堂⑱。

［注释］

①美人：所倾慕的理想人物，这里指韩注。娟娟：美好的样子。②濯足：洗脚。这里借指韩注遁世高隐。八荒：也叫八方，指四面八方遥远的地方。③鸿飞冥冥：喻指贤人为避祸而远走高飞。④青枫叶赤：指时间已经是深秋。⑤玉京：道家称元始天尊居住的地方，在天的中心，名玉京山，这里借指京城。群帝：众仙人。⑥翳：遮蔽，这里引申为骑在凤凰之上。⑦芙蓉旌旗：以芙蓉作旌旗。落：起落。⑧影动：身影在活动。潇湘：潇水和湘江，在今湖南境内。⑨星宫之君：星宿。这里喻指皇帝的近侍之臣。⑩羽人：穿着羽衣的仙人。喻指韩注。⑪赤松子：传说中的仙人名，神农时期的雨师。⑫韩张良：张良，字子房，祖先为战国时韩国人，汉代的开国功臣，后来放弃功名隐居。⑬帷幄：帐幕，指重大决策。⑭岂敢：不敢。⑮色难：面有难色，不愿意。腥腐：臭肉腐败的气味。枫香：道家用来配制丹药的枫香脂，这里指隐居山林。⑯周南留滞：指司马迁之父司马谈曾经留滞洛阳。周南，洛阳。⑰南极老人：星名，即南极老人星。据传该星出现天下就会太平，百姓安康。⑱玉堂：玉殿，这里指朝廷。

［诗解］

韩注，生平不详。谏议，即谏议大夫，官名，职掌侍从规谏。诗中的主人公韩注的生平已不可考，但从诗中可以看出他不仅有高超的谋略，为国家立下功勋，后来因为不满朝廷的腐朽和权贵当道而弃官归隐。

这首诗大致分为四段。诗的前六句为第一段，写诗人怀念远在洞庭的韩注。“玉京群帝集北斗”以下六句为第二段，写小人在朝廷得势，而贤臣遭到疏远。诗人在这里点出韩注已经罢官。“似闻昨者赤松子”以下六句为第三段，写诗人听到韩注罢官的原因，在诗中赞赏了他高洁的志趣，将其比作汉代的张良，充分肯定了他的才能，同时对他去官归隐感到惋惜。最后四句为第四段，诗人抒发感想，并希望韩注能够再次出来为国效力。

这首诗属于游仙诗，写得隐晦含蓄，需要反复吟咏才能体会诗人的心意。

复愁十二首

题解

这十二首诗都是五言绝句，大约作于唐代宗大历二年（767）的秋天。这年伊始，兵乱不断，杜甫有感于此，加上他羁旅天地悲秋更苦，于是写下了这组小诗自遣。

其　一

万国尚戎马，故园今若何？
昔归相识少，早已战场多[1]。

[注释]

①故园：诗人在东都洛阳附近的旧居。

胡虏何曾盛？干戈不肯休

其　二

胡虏何曾盛[1]？干戈不肯休[2]！
闾（lǘ）阎听小子[3]，谈笑觅封侯！

[注释]

①胡虏：古人都以中原为正统，中原以北和少数民族地区的人称为胡人。虏，对敌人的一种蔑称。②干戈：干是盾，戈是兵器、横刃，两者是古代作战常用的防御和作战的兵器，常用为兵器的通称，引申为战争。③闾阎：古人在里巷之口设置的门，这里借指乡里。小子：晚辈后生，含轻蔑之意。

其　三

今日翔麟马[1]，先宜驾鼓车[2]。
无劳问河北[3]，诸将角荣华[4]！

[注释]

①翔麟马：唐贞观年间，回纥首领献良马十匹，唐太宗为每匹马都起了名字，第九匹马为“翔麟紫”，在此代指良马。②鼓车：载鼓之车，为皇帝出行时的仪仗之一。鼓，鼓吹。③无劳问：不是不欲问罪，而是由于将骄不可用，问还不如不问。河北：地域名称，包括黄河以北、太行山以东、长城以南的广大地区。④角：角逐、争夺。

其　四

任转江淮粟（sù）[1]，休添苑囿（yòu）兵[2]。
由来貔（pí）虎士[3]，不满凤凰城[4]！

[注释]

①转：漕运。江淮：长江下游与淮河流域广大地区。②苑囿兵：保卫皇宫的

禁卫军。苑囿，古代帝王畜养动物的园林。③由来：自古以来。貔虎士：威武勇猛的精兵。貔，古代传说中的猛兽名，多认为其貌似老虎，也有人说其似熊。④凤凰城：指京城长安。

其　五

病减诗仍拙①，吟多意有余②。

莫看江总老③，犹被赏时鱼④。

［注释］

①病减：病情有所好转，但是仍然没有痊愈。②意有余：实际上是愁有余，因为这几首绝句，多感慨时事，但意仍未尽。③江总：南朝陈文学家，以工诗著称，诗人在此自比。④被：服、佩。赏时鱼：当时所赏的鱼袋。

其　六

人烟生处僻①，虎迹归新蹄②。

野鹘(hú)翻窥草③，村船逆上溪。

［注释］

①人烟：人家。生处僻：生在偏远的地方。②新蹄：老虎留下的脚印还很新，说明老虎刚过去不久。③野鹘：一种凶猛的飞禽，饲养驯熟后，可以帮助猎人捕捉小动物。翻窥草：野鹘在空中寻找隐藏于草丛中的动物。

其　七

钓艇收缗(mín)尽①，昏鸦接翅稀。

月生初学扇②，云细不成衣③。

［注释］

①收缗：收回钓鱼线。缗，钓鱼所用的线。②月生：月亮初升起之时。③云细：天空中云彩很少。

其　八

江上亦秋色，火云终不移①。

巫山犹锦树②，南国且黄鹂。

[注释]

①火云：火烧云。②锦树：形容树木枝叶茂盛，色彩斑斓。

每恨陶彭泽，无钱对菊花

其　九

每恨陶彭泽①，无钱对菊花。

如今九日至②，自觉酒须赊(shē)③。

[注释]

①陶彭泽：东晋诗人陶渊明，曾任彭泽县令。②九日：农历九月九日重阳节，古人有登高、插茱萸避邪的习惯。③酒须赊：指诗人生活的窘况。

其　十

贞观铜牙弩(nǔ)，开元锦兽张①。

花门小箭好②，此物弃沙场③。

[注释]

①锦兽张：张设行射礼专用的箭靶，靶上画有熊等猛兽。②花门：指花门山，在居延海北三百里。③此物：前面所说的弩机和箭靶。沙场：战场。

其十一

身觉省郎在，家须农事归①。

年深荒草径②，老恐失柴扉。

[注释]

①归：归家。②年深：经年、常年，指时间长久。

其十二

金丝镂箭簇①，皂尾掣(chè)旗竿②。

一自风尘起③，犹嗟行路难。

[注释]

①镂：本指雕刻，此处引申为装饰。②皂尾：黑色的牦牛尾，古代多用之做旗子的装饰。掣：制作，此处引申为装饰。③风尘：战乱，此处指安史之乱。

[诗解]

复愁，一愁未已，一愁复至，可见当时杜甫的愁思。

这组诗写诗人以豁达的态度面对人生的苦难。除第五首之外，这组诗全是写诗人的愁：为景物愁、为气候愁、为无乡土可依而愁、为时事世乱而愁。第五首诗诗人没有直接写愁，而是写自己从失意和困境中挣脱出来，自比江总："莫看江总老，犹被赏时鱼。"诗人在这里自我解嘲了一番，因此得到了些许欢欣和安慰。诗表面写得越诙谐，但诗人内心中越发沉痛，因为这个"时鱼"，即严武保荐的检校工部员外郎的职务，并不是他所追求的，这又是一愁。

同元使君春陵行并序

题解

这首诗是唐代宗大历二年（767）杜甫在夔州时有感于元结的《春陵行》所作。

览道州元使君结《春陵行》兼《贼退后示官吏作》二首，志之曰：当天子分忧之地，效汉朝良吏之目。今盗贼未息，知民疾苦，得结辈十数公，落落然参错天下为邦伯①，万物吐气，天下小安，可待矣！不意复见比兴体制、微婉顿挫之词②。感而有诗，增诸卷轴，简知我者，不必寄元。

作诗呻吟内，墨淡字欹倾

遭乱发尽白，转衰病相婴。沉绵盗贼际，狼狈江汉行。叹时药力薄，为客羸瘵（léi zhài）成③。

吾人诗家流④，博采世上名。粲粲元道州，前圣畏后生。观乎《春陵》作，欻见俊哲情。复览《贼退》篇，结也实国桢。贾谊昔流恸（tòng），匡衡常引经⑤。道州忧黎庶，词气浩纵横。两章对秋月，一字偕华星！

致君唐虞（yú）际，淳朴忆大庭。何时降玺书，用尔为丹青⑥？狱讼永衰息，岂惟偃甲兵！凄恻念诛求，薄敛近休明。乃知正人意，不苟飞长缨[7]！凉飙(biāo)振南岳[8]，之子宠若惊。色沮金印大，兴含沧浪清。

我多长卿病[9]，日夕思朝廷。肺枯渴太甚，漂泊公孙城[10]。呼儿具纸笔，隐几临轩楹(yíng)。作诗呻吟内，墨淡字攲(qī)倾。感彼危苦词，庶几知者听。

[注释]

①邦伯：州牧，这里指刺史。②不意：不料，有喜出望外之意。③羸：瘦弱。瘵：病，多指痨病。④流：一作“秀”。⑤贾谊、匡衡：西汉时人，都是国家的栋梁，此处用以比元结。⑥丹青：我国古代绘画常用朱红色、青色，故称画为“丹青”。这里借指绘画。⑦缨：冠的系带，这里用长缨来代指高官。⑧凉飙：清风。南岳：衡山，在道州附近。⑨长卿：司马相如，字长卿，汉代文学家，患有消渴病。⑩公孙城：白帝城，西汉末期公孙述曾经占据此城。

南岳衡山

[诗解]

元使君，即元结，字次山，号漫叟。

这首诗运用了“比兴体制”，也就是白居易所提出的“诗歌合为事而作”。通过这首诗，可以看出杜甫同情人民疾苦、热爱人民的伟大情怀。杜甫在诗中极力赞颂元结的《春陵行》，目的是为当时的文人指明一个方向，希望他们可以向元结看齐，多写一些反映百姓疾苦的作品。综观全诗，它展现了诗人关心国事、热爱人民的精神和现实主义的文学主张，以及他奖掖后进、乐道人之善的优良作风。

又呈吴郎

题解

唐代宗大历二年（767）夏天，杜甫住在瀼西草堂。有个邻家寡妇经常到草堂前打枣，杜甫可怜她，从不阻止。这年秋天，杜甫搬到“东屯”去住，将草堂让给他的一个姓吴的亲戚住。这个亲戚便在草堂周围插上篱笆，不让寡妇打枣，寡妇向杜甫诉苦，杜甫因此写下此诗送给这位亲戚。

堂前扑枣任西邻[1]，无食无儿一妇人。

不为困穷宁有此②？只缘恐惧转须亲。
即防远客虽多事③，便插疏篱却甚真。
已诉征求贫到骨④，正思戎马泪沾巾。

[注释]

①任：不加干涉，放任。西邻：邻居寡妇。②此：扑枣之事。③远客：远方做客的人，此处指吴郎。④征求：剥削，诛求。贫到骨：穷得一无所有。

[诗解]

这首诗表达了作者对贫苦百姓的同情。

枣

诗的第一句开门见山，写诗人过去如何对待邻妇打枣。第二句接着说这位邻居是一个没有吃的、没有儿女的老寡妇。这两句话是诗人对吴郎的解释。三、四两句紧接一、二句，说：如果不是因为贫穷，老寡妇哪会去打别人家的枣子呢？这说明杜甫十分同情、体谅穷苦人的处境。五、六两句才写吴郎。诗人认为吴郎一搬进草堂就插篱笆，好像是在防备寡妇打枣，她未免会多心。诗人的言外之意是这不能怪寡妇多心，而是吴郎有点太不体贴人。最后两句是全诗结穴，上句杜甫借寡妇的诉苦，指出官吏们的剥削正是寡妇也是当时广大人民困穷的社会根源。下句写“安史之乱”以来持续十多年的战乱，是导致人民陷于水深火热之中的又一社会根源。诗人从一个穷苦寡妇打枣的小事，联想到国家的前途。

登高

题解

此诗是唐代宗大历二年（767）杜甫在夔州时所写。诗人通过登高所见秋江景色，倾诉了长年漂泊、老病孤愁的复杂感情。

风急天高猿啸哀①，渚清沙白鸟飞回②。
无边落木萧萧下③，不尽长江滚滚来。
万里悲秋常作客④，百年多病独登台⑤。

艰难苦恨繁霜鬓⑥，潦倒新停浊酒杯⑦。

[注释]

①猿啸哀：猿的叫声很哀伤。长江峡谷多猿。②渚：水中的小洲。回：回旋。③落木：落叶。萧萧：象声词，形容秋风吹动落叶所发出的声音。④万里：说明作者远离故土。⑤常作客：长期流落无依。百年：一生。⑥艰难：形容国家局势的动荡不安和作者个人生计的困苦。繁霜鬓：白发一日日增多。⑦潦倒：衰颓，因多病而潦倒。新停：当时杜甫因患肺病而戒酒，因此说“新停”。

无边落木萧萧下，不尽长江滚滚来

[诗解]

诗的前四句写登高见闻。首联诗人围绕夔州的特定环境，用“风急”二字带动全联，写出了千古流传的佳句。颔联集中描写夔州秋天的景象。诗人仰望茫无边际、萧萧而下的木叶，俯视奔流不息、滚滚而来的江水，寓情于景。落木窸窣之声，长江汹涌之状，无形中传达出时光易逝、壮志难酬的感觉。前两联极力描写秋景，直到颈联才点出一个“秋”字。“悲秋”两字写得异常沉痛。秋天不一定可悲，只是诗人目睹苍凉寥廓的秋景，不由想到自己飘零他乡、年老多病的处境，和国家战乱频仍的局面，故而生出无限悲愁之绪。诗最后以悲苦难以言表作结。

这首诗语言精练，对仗自然，因此杨伦称赞此诗为“杜集七言律诗第一”，胡应麟《诗薮》更推重此诗，说其是“古今七言律诗之冠”。

暇日小园散病，将种秋菜，督勤耕牛，兼书触目

题解

此诗是唐代宗大历二年（767）秋杜甫在夔州时所作。

不爱入州府①，畏人嫌我真！及乎归茅宇，旁舍未曾嗔(chēn)②。老病忌拘束，应接丧精神。江村意自放，林木心所欣。

秋耕属地湿，山雨近甚匀。冬菁（jīng）饭之半[③]，牛力晚来新。深耕种数亩，未甚后四邻。嘉蔬既不一，名数颇具陈。荆巫非苦寒，采撷（xié）接青春。

飞来两白鹤，暮啄泥中芹。雄者左翮垂，损伤已露筋。一步再流血，尚惊矰（zēng）缴勤[④]。三步六号叫，志屈悲哀频。鸾凤不相待[⑤]，侧颈诉高旻（mín）[⑥]。杖藜（lí）俯沙渚，为汝鼻酸辛！

[注释]

①州府：这里指统治阶级。②旁舍：劳动人民。未曾嗔：未讨厌过。③冬菁：芜菁、蔓菁的一种，秋菜。饭之半：可用来节省一半的饭。④矰缴：古时候用来射鸟的拴着丝绳的短箭。⑤鸾凤：比喻得意之人。⑥高旻：高天。

[诗解]

根据诗题全诗可分为三部分。“不爱入州府”以下八句为第一部分，主要写暇日在小园中散病。“秋耕属地湿”以下十句，为第二部分，主要写将要种植秋菜、督勤耕牛。“飞来两白鹤”至末句为第三部分，为兼书触目。诗人用受伤的白鹤自喻，将田园生活与淹留不得志的身世之感联系在一起。

九 日

题解

这首诗是唐代宗大历二年（767）重阳节杜甫在夔州登高时所作。诗人联系两年来客寓夔州的经历，抒写重阳节登高的感慨。

重阳独酌杯中酒，抱病起登江上台[①]。
竹叶于人既无分[②]，菊花从此不须开[③]！
殊方日落玄猿哭[④]，旧国霜前白雁来[⑤]。
弟妹萧条各何在？干戈衰谢两相催[⑥]！

[注释]

①病：有病在身。②竹叶：酒名。③不须开：诗人心中怅惘，无心赏菊，又因病不能饮菊花酒，所以命令菊花“不须开”。④殊方：异乡。玄猿：黑色的猿猴。⑤旧国：故乡、故国。白雁：外形像雁而比其小，深秋而来，来则霜降，河北人称之为“霜信”。⑥衰谢：形容老人的容貌和形态。催：催人死去。

[诗解]

这首诗写于唐代宗大历二年（767）重阳节，当时安史之乱平定已有五年，但边患纷扰，国势衰微，曾经盛极一时的唐王朝正无可挽回地步入黄昏。诗人此时已经五十六岁，寓居夔州东屯。诗人长期郁郁不得志，飘零无定所，患上了肺病，左耳也开始失聪，心情十分烦闷。

诗的首联表现了诗人浓烈的生活情趣。重阳日诗人一时兴致勃发，于是抱病登台，独酌杯酒，欣赏秋天美景。颔联诗笔一转，写诗人因为抱病登台无法饮酒，于是向菊花发号施令起来。颈联进一步写诗人瞩目遐思，触景伤情。诗人独自漂泊在他乡，因听到黑猿啼哭、看到白雁南来，心生思亲怀乡之情。尾联以佳节倍思亲作为结束。诗人因见到白雁，思及故乡，以及弟弟妹妹流落各地，而干戈、时间两相催迫，因而担心此生难有重见之时。

这首诗写诗人登高，不仅是思念亲人，更多的是伤感时事。

虎牙行

题解

这首七言古体，是唐代宗大历二年（767）冬杜甫在夔州时所作。

秋风欻吸吹南国①，天地惨惨无颜色。洞庭扬波江汉回②，虎牙铜柱皆倾侧。巫峡阴岑朔漠气③，峰峦窈窕溪谷黑。杜鹃不来猿狖（yòu）寒④，山鬼幽阴雪霜逼。楚老长嗟忆炎瘴（zhàng）⑤，三尺角弓两斛（hú）力⑥。壁立石城横塞起⑦，金错旌竿满云直⑧。渔阳突骑猎青丘⑨，犬戎锁甲围丹极⑩。八荒十年防盗贼⑪，征戍诛求寡妻哭，远客中宵泪沾臆⑫。

楚老长嗟忆炎瘴，三尺角弓两斛力

[注释]

①欻吸：翕忽，形容风的迅疾。南国：南方。②江汉回：长江和汉水为之倒流。③朔漠气：来自北方荒野之地的寒气。④狖：一种猿猴类动物。⑤楚老：楚地来夔州的老

兵。⑥三尺角弓：三尺长的角弓，此为短弓，一般弓长六尺。斛：古代的容量单位，因为没有力的衡量单位，因此用容量单位代替。⑦壁立：形容城墙的陡峭。石城：白帝城，因坐落于山上而得名“石城”。横塞起：横亘于要塞上面。⑧金错：军旗上的金属条纹。旌竿：军旗。满云直：竖立如云，形容旌旗之多。⑨渔阳突骑：安禄山的叛军。青丘：山东一带。⑩犬戎锁甲：吐蕃的入侵军队陷长安。锁甲，铁甲。丹极：皇帝的居处。⑪八荒：八方荒远之地，指全天下。十年：是说十年来征战从未间断。⑫远客：远方的客子，杜甫自谓。臆：胸，这里指胸前。

[诗解]

虎牙，山名，在今湖北宜都市荆门山北面。

全诗可以分为两部分。起句至“山鬼幽阴雪霜逼”为前半部分，写秋风惨烈的景象，可以说是当时动乱时局的艺术表达。后半部分写诗人亲眼所见的关塞屯兵备战的情景，感叹战乱给人民带来的惨痛苦难。全诗写巫峡苦寒之景，从天气的反常写人民的疾苦，萧瑟黯然，动人情伤。

写怀二首

题解

这两首五言古诗是唐代宗大历二年（767）冬杜甫在夔州时所作。

其　一

劳生共乾坤①，何处异风俗？冉冉自趋竞②，行行见羁束③。无贵贱不悲，无富贫亦足④。万古一骸(hái)骨，邻家递歌哭⑤。鄙夫到巫峡⑥，三岁如转烛⑦。全命甘留滞⑧，忘情任荣辱⑨。朝班及暮齿⑩，日给还脱粟(sù)⑪。编蓬石城东⑫，采药山北谷。用心霜雪间，不必条蔓绿⑬。非关故安排⑭，曾是顺幽独⑮。达士如弦直⑯，小人似钩曲⑰。曲直吾不知，负暄候樵(qiáo)牧⑱。

编蓬石城东，采药山北谷

[注释]

①劳生：劳苦众生，泛指所有的人。②冉冉：形容缓慢行进的样子。自趋竞：自为争取私利而奔走。③行行：各行各业，这里指世俗中的事情。见羁束：不自由。④贫亦足：深处贫困中也感到满足。⑤递歌哭：挽歌和哭丧之声迭起。⑥鄙夫：诗人自谓。⑦转烛：烛光随风摇摆不定，比喻自己生活飘摇，兼指时间的迅速。⑧全命：为了保全性命。留滞：漂泊他乡。⑨忘情：忘记了世俗的人情。任荣辱：不去计较世俗的名利贵贱。⑩暮齿：人到老年。⑪日给：每天的供给。脱粟：脱去稃壳的粗糙粮食。⑫编蓬：搭建简陋的茅屋。⑬条蔓：枝条藤蔓，代指各种药材。⑭非关：不是有心而为。⑮幽独：性情。⑯达士：明白事理之人。弦直：像弓弦一样直，比喻正直不阿。⑰钩曲：像钩子一样弯曲，比喻阴险狡诈。⑱负暄："负日之暄"，指晒太阳取暖。

其　二

夜深坐南轩①，明月照我膝。惊风翻河汉②，梁栋已出日③。群生各一宿④，飞动自俦(chóu)匹⑤。吾亦驱其儿，营营为私实⑥。天寒行旅稀，岁暮日月疾。荣名忽中人⑦，世乱如虮(jǐ)虱⑧。古者三皇前⑨，满腹志愿毕⑩。胡为有结绳⑪，陷此胶与漆⑫。祸首燧(suì)人氏⑬，厉阶董狐笔⑭。君看灯烛张，转使飞蛾密⑮。放神八极外⑯，俯仰俱萧瑟⑰。终然契真如⑱，得匪合仙术⑲。

[注释]

①南轩：房屋南面有窗户的屋子。②翻河汉：天空的银河好像被大风翻动了一样。③梁栋：房屋的梁。④群生：所有的生物。各一宿：各自都过了一夜。⑤飞动：天上和地上的动物。⑥营营：来来往往，形容忙碌的样子。私实：私利。⑦荣名：名利。⑧虮虱：虱子和虱卵，泛指微小的生物。⑨三皇：古时三位皇帝，一说为燧人、伏羲、神农。⑩满腹：填饱肚子，形容欲望和要求很低。⑪结绳：传说中的结绳记事。⑫胶与漆：形容如胶漆一般，难于分开。⑬燧人氏：古皇帝名，也有说为"三皇"之一。传说他发明钻木取火，教民熟食，开始了结绳之政。⑭厉阶：祸端。董狐：春秋时期晋国的史官，

夜深坐南轩，明月照我膝

孔子曾称赞其直书不讳，忠于事实。⑮飞蛾：比喻趋名利者。⑯放神：超然神游。八极：八方极远之地。⑰萧瑟：寂寞凄凉，比喻清静无为，万事皆空。⑱真如：佛家语，永恒的实性或实体。⑲得匪：岂非。

［诗解］

杜甫长期在外漂泊，与下层百姓打交道，渐渐认识到了人民痛苦的根源在于贫富悬殊。杜甫不喜欢夔州人轻生逐利的行为，认为是“异俗”，但普天之下，不趋利而行的有几人呢？一个人如果能够将富贵生死等同看待，也就无所谓哀乐了。杜甫一生伤心事繁多，加上晚景凄凉，因而产生了归隐的想法，以求精神上的慰藉和解脱。两首诗当是作者上述思想的写照，诗中虽有很多达观之语，看似洒脱，其实是愤恨的。

观公孙大娘弟子舞剑器行并序

题解

这是一首“感时抚事”之诗，作于唐代宗大历二年（767）十月十九日。

大历二年（767）十月十九日，夔州别驾元持宅，见临颍李十二娘舞剑器①，壮其蔚跂②。问其所师？曰：“余，公孙大娘弟子也。”开元五（一作三）载，余尚童稚，记于郾城观公孙氏舞剑器浑脱③，浏漓顿挫，独出冠时。自高头宜春梨园二伎坊内人④，洎外供奉舞女⑤，晓是舞者，圣文神武皇帝初⑥，公孙一人而已！玉貌锦衣⑦，况余白首⑧！今兹弟子⑨，亦匪盛颜。既辨其由来，知波澜莫二⑩。抚事慷慨，聊为《剑器行》。昔者吴人张旭善草书书帖⑪，数尝于邺县见公孙大娘舞西河剑器⑫，自此草书长进，豪荡感激，即公孙可知矣！

昔有佳人公孙氏，一舞剑器动四方⑬。观者如山色沮丧，天地为之久低昂。㸌(huò)如羿射九日落⑭，矫如群帝骖龙翔。来如雷霆收震怒，罢如江海凝清光⑮。绛唇珠袖两寂寞⑯，晚有弟子传芬芳。临颍美人在白帝，妙舞此曲神扬扬。与余问答既有以⑰，感时抚事增惋伤。先帝侍女八千人，公孙剑器初第一⑱。五十年间似反掌⑲，风尘澒(hòng)洞昏王室⑳！梨园弟子散如烟，女乐余姿映寒日㉑。

金粟(sù)堆南木已拱㉒，瞿(qú)唐石城草萧瑟。玳筵(dài yán)急管曲复终㉓，乐极哀来月东出。老夫不知其所往，足茧荒山转愁疾㉔！

[注释]

①李十二娘：唐玄宗时舞蹈家公孙大娘的弟子。剑器：唐代流行的武舞，舞者为戎装女子。②壮：激赏。蔚跂：光彩蔚然，有举足凌厉之势。③剑器浑脱：剑器与浑脱二舞的综合。④宜春、梨园：设在宫禁之内，是内教坊，也可称为内供奉。伎坊：教坊。⑤外供奉：设在宫禁外面的左、右教坊，以及其他一些杂应官妓。⑥圣文神武皇帝：玄宗的尊号。⑦玉貌锦衣：公孙大娘当时年轻貌美衣着华贵。⑧白首：白发苍苍。⑨弟子：李十二娘。⑩波澜莫二：师徒舞技相仿，不相上下。⑪张旭：唐代著名书法家，擅长草书，被誉为“草圣”。⑫西河：剑器所产之地。⑬动四方：轰动四方。⑭㸌：光芒闪烁的样子。羿：后羿，古代善射者。⑮清光：唐时人们多用秋水、青蛇比喻剑光。⑯绛唇：红唇，指年轻时的公孙大娘。珠袖：舞。两寂寞：感叹人与舞都已经没有了。⑰既有以：既有根由。⑱初：始、本，指最开始就推其为第一。⑲反掌：形容时间过得迅速。⑳风尘澒洞：安史之乱。㉑余姿：容颜中衰，指十二娘。㉒金粟堆：金粟山，玄宗所葬之地。木已拱：因玄宗死于唐代宗宝应元年（762）四月，至此时已有五年多，故云。㉓曲复终：既指宴会结束，亦指李丨二娘舞剑器结束。㉔茧：足底因摩擦而生成的厚皮。

张旭

[诗解]

“剑器”，是唐代“健舞曲”之一，健舞即“武舞”，其特点是“女子雄装”。

杜甫写这首诗时已经五十五岁了，饱经忧患，却仍滞留异乡，自有不胜今昔兴衰之感。诗中借几十年前观看玄宗开元年间著名舞蹈家公孙大娘弟子舞剑的回忆，抒发了这种感情。诗人写闻其先师，触景生情，抚今思昔，记起童年观看公孙大娘之剑舞，赞叹其舞技高超，并以张旭见公孙大娘舞剑而书艺大有长进的故事点缀。

这首诗使用了歌行体，更好地书写这种“豪宕感激”的剑器舞，并淋漓尽致地表达了这种激动的感情。此篇诗序，也极富有诗意，可以看出杜甫在散文上的造诣。因此清代学者李因笃说：“绝妙好词！序以错落妙，诗以整妙。错落中有悠扬之致，整中有跌宕之风。”

冬至

题解

这是一首七言律诗，作于唐代宗大历二年（767）冬至。杜甫从唐肃宗乾元二年（759）弃官客居秦州以来，流落异乡已有八九年时间了。这年冬至日，诗人回忆往事，感慨万千，于是写下此诗。

年年至日长为客①，忽忽穷愁泥杀人②！
江上形容吾独老，天边风俗自相亲③。
杖藜（lí）雪后临丹壑④，鸣玉朝来散紫宸（chén）⑤。
心折此时无一寸⑥，路迷何处望三秦⑦？

[注释]

①至日：冬至日，农历二十四节气之一。②忽忽：形容飘忽不定，郁郁的样子。泥：纠缠不放。杀：用在动词之后，表示程度很深。③自相亲：人们各自相亲，而与我不亲。④丹壑：冬天山谷中，有丹枫，也有翠柏，颜色丰富，因此说“丹壑”。⑤紫宸：殿名，在大明宫。⑥心折：心碎，因心已折，所以说“无一寸”。⑦三秦：此处指长安。项羽曾经三分关中（陕西）之地，分治亡秦的三个降将，因此有“三秦”的说法。

江上形容吾独老，天边风俗自相亲

[诗解]

唐代时，每年冬至朝廷都有举行朝参大会的惯例。杜甫曾经参加过这种大会，因此在冬至日想起了当年的情形。

诗的首联写诗人这些年来一直漂泊在外，每年冬至都是在异乡度过，穷困愁苦缠身，难以释怀。颔联写诗人站在江边，看流水匆匆，逝者如斯，感叹自己容颜衰老，看着人们来来往往，却与自己不亲。诗人在此感叹独在异乡的悲愁。颈联写诗人雪后拄着拐杖来到山顶眺望，只见山川被茫茫白雪覆盖，那些丹壑使他想起了当年长安的紫宸殿。尾联写诗人想起往事不由地心碎。诗中抒发了杜甫伤老叹贫、思念“紫宸”的感情，可以窥得诗人内心的渴望、失意与挣扎。

归雁

题解

这首诗是杜甫于唐代宗大历三年（768）春出峡后所作，大约是其最后一首五言绝句。

东来万里客①，乱定几年归②？
肠断江城雁，高高向北飞！

［注释］

①客：诗人自己。②几年：几时。

［诗解］

诗的前两句点明时间和客居情况，表达急切渴望回归故乡的心情。安史之乱爆发以后，杜甫携全家老小背井离乡已经有八年时间，从长安、洛阳、秦州辗转流离到四川成都。“万里客”三字，饱含诗人多年奔波的凄楚和强烈的思乡之情。后两句写正当诗人为乡情所苦、愁思百结之时，一队队大雁正从濒临锦江的成都的天上向北飞去。大雁北归的地方就是中原，既是诗人的故乡，也是朝廷的所在地。大雁一年一次返回故乡，诗人却多年滞留在他乡，不禁愁思缕缕。

这首诗寄托了诗人深切的乡思，表达了他对朝廷的系念和对国事的关心。全诗情景交融，构思巧妙，先赋后兴，颇具特色。

短歌行赠王郎司直

题解

这是一首歌行体乐府诗。唐代宗大历三年（768）正月杜甫自夔州出峡，寓居湖北江陵，在这年春暮时作了这首诗。王郎将西游成都，诗人也参加了在仲宣楼举行的欢送宴会。王郎酒酣哀歌，诗人于是即席赋诗相赠。

王郎酒酣（hān）拔剑斫（zhuó）地歌莫哀①，我能拔尔抑塞磊落之奇才②。豫章翻风白日动③，鲸鱼跋（bá）浪沧溟开④。且脱佩剑休徘徊！西得诸侯棹（zhào）锦水⑤，欲向何门蹋（tà）珠履⑥？仲宣楼头春色深⑦，青眼高歌望吾子⑧，眼中之人吾老矣⑨！

［注释］

①斫地：用剑砍击地面，是一种愤慨的表现。②拔尔抑塞：排解“你”心中的抑郁烦闷。抑塞，抑郁，指有才却得不到施展。磊落：光明坦荡。③豫：枕木。

章：樟木。豫、章都为名贵的树，此处用来比喻王郎，说明他高大挺拔。白日动：白日为之动。④跋浪：乘浪遨游。沧溟开：沧溟为之而开。沧溟，形容海水弥漫，常指大海。⑤得：得其信任。诸侯：蜀中节镇。棹：本指划船的工具，类似于橹，此处用作动词，摇动。锦水：锦江，在四川成都东南部。⑥蹑珠履：穿着装饰有珠宝的鞋，这里比喻王郎此次入蜀做幕僚将会得到重用。⑦仲宣楼：在今湖北襄阳东南，后梁高季兴所建，得名于“建安七子”之一的王粲的字。⑧青眼：据《晋书·阮籍传》记载，阮籍能为青白眼，青眼时表示好感，白眼时表示蔑视。高歌：放声高歌，诗人此处意在勉励对方。吾子：一种亲切称呼，指王郎。⑨眼中之人：一说指诗人自己，一说指王郎。吾老矣：自己已经老了。

[诗解]

“郎”是对少年的美称。司直，司法官。王郎，其名不详。杜甫于唐代宗宝应元年（762）作《戏赠友》：“元年建巳月，官有王司直。马惊折左臂，骨折面如墨。”诗中的王司直当为此诗中的王郎，大概是一个豪侠之士。汉乐府有《短歌行》，这用的是旧题。

这首诗分为两部分。上半部分写杜甫劝慰王郎。王郎在江陵不得志，于是趁着酒兴正浓，拔剑起舞，斫地悲歌，杜甫劝他不要悲哀。下半部分写送行之情。诗人说以王郎的才华，这次去西川必定会得到蜀中官员的赏识，含有劝勉王郎及时努力的意思。

这首诗只是送别之言，但诗人内心激动哀伤、感触颇多，诗显得跌宕悲凉。

江 汉

题解

这是一首五言律诗，大概作于唐代宗大历三年（768）暮秋时节。从诗题《江汉》可以看出，此诗当是诗人漂泊湖北时所作。杜甫此时已经离开夔州，辗转于湖北江陵、公安等地。诗人历经磨难，北归无望，感慨万千，于是写下此诗。

江汉思归客，乾坤一腐儒①。
片云天共远，永夜月同孤。
落日心犹壮②，秋风病欲苏③。
古来存老马④，不必取长途。

[注释]

①腐儒：本指迂腐而不知变通的读书人，这里是诗人的自称，含有自嘲之意。②落日：比喻自己已是垂暮之年。③病欲苏：病都要好了。④存：留养。老马：诗人自比。

[诗解]

这首诗是杜甫观景有感而抒怀之作。

诗人在首联以自嘲的方式写出自己滞留江汉的困境。“思归客”三字，表明诗人想归乡却不能回，被迫四处漂泊，饱含无限辛酸。颔联写诗人眼前的自然景物。诗人在这里融情入景，感慨自己虽然四处漂泊，但对国家的忠诚如同孤月一般皎洁。颈联用借喻手法写出了诗人虽然身处逆境但依然壮心不已的精神状态。诗人虽然身处江汉，面对瑟瑟秋风，不仅没有往昔的感伤，反而产生了“病欲苏”的感觉。尾联化用老马识途的典故。诗人将自己比作“老马”，意在表明自己并不是一无用处，虽然年老多病，但是可以发挥自己的智慧，仍然可以有所作为。全诗采用委婉含蓄的手法，表达了诗人老而弥坚、壮心不已的心志。

落日心犹壮，秋风病欲苏

公安送韦二少府匡赞

题解

这首诗是唐代宗大历三年（768）暮秋时节诗人漂泊于湖北公安时所作。当时诗人在公安受尽冷落排挤，感到十分孤独凄凉，没有人到他的船上来探望他，韦匡赞却特来看望，并向他辞行。诗人便将心中积郁已久的心酸与伤感，以及感时惜别之情，尽情倾泻于这首赠别诗中。

逍遥公后世多贤，送尔维舟惜此筵①。
念我能书数字至，将诗不必万人传②！
时危兵革黄尘里③，日短江湖白发前。
古往今来皆涕泪④，断肠分手各风烟。

[注释]

①尔：对韦匡赞的称呼。维舟：系舟。惜：可惜。②传：流传。③时危：时势危急。④涕泪：形容无限悲伤。

[诗解]

韦匡赞排行二，时任少府，故称“韦二少府匡赞”。

诗的前两句写诗人赞美韦匡赞是贤人的后代，在筵席结束后系舟送别，感叹后会有期。次两句说此番离别之后，如承相念，只要能有只言词组相寄送，“我”这老头便感激不尽了，但“我”的诗就不劳向万人传播了。五、六句写诗人的苦况先说兵荒马乱，是时代环境；再说漂泊江湖，是个人当时的处境。兵甲不休、国家动荡，使诗人感到无限悲痛。最后两句写诗人认为这种极端的悲痛，古往今来都只是一场悲剧。末句写诗人一想到分手后，各自都走向风烟，不知道今后的命运，后会无期，这令人断肠。

暮归

题解

此诗大概作于唐代宗大历三年（768）暮秋时，当时诗人流寓江陵，为了谋生而奔波不定。

霜黄碧梧白鹤栖①，城上击柝(tuò)复乌啼②。
客子入门月皎皎③，谁家捣练风凄凄④。
南渡桂水阙舟楫⑤，北归秦川多鼓鼙(pí)⑥。
年过半百不称意⑦，明日看云还杖藜(lí)。

［注释］

①霜黄碧梧：寒霜使碧绿的梧桐叶变黄。②击柝：打更。柝，古时打更用的木梆。③客子：杜甫自谓。④捣练：捣洗白绢。练，白绢。⑤阙舟楫：缺少雇船之资。⑥秦川：唐朝京城长安一带。鼓鼙：战争。⑦不称意：不如意。

客子入门月皎皎，谁家捣练风凄凄

［诗解］

这是一首七言拗体律诗，乍读似聱牙诘屈，其实声调和谐。

诗人写自己早上出家门，黄昏时又进家门，因不能南渡，也无法北归，表现了年老客居的失意。诗的前四句写暮归的景色，通过对周围景物和人物的描写，表达了诗人的悲哀之情。

诗的后四句转入抒情。诗人想南渡，但是没有船；想北归，担心路上有战乱，无法出行。最后一句描写诗人寓居夔州时生活的寂寞与无聊，每天只好拄杖去看云。首尾二联中的一个“复”字、一个“还”字，道出了诗人天天如此的无可奈何之意，不须明言而自现。

晓发公安

题解

这首诗为唐代宗大历三年（768）冬杜甫由公安前往岳阳时所作。诗人自注云：“数月憩息此县。”

北城击柝（tuò）复欲罢，东方明星亦不迟①。
邻鸡野哭如昨日，物色生态能几时②？
舟楫（jí）眇（miǎo）然自此去，江湖远适无前期③。
出门转眄（miǎn）已陈迹④，药饵扶吾随所之⑤。

[注释]

①明星：金星，又名长庚（昏见西方为长庚）、太白、启明（晨出东方为启明）。②物色：风物、景色。生态：生意，指人。能几时：不能长久。③无前期：没有明确的目的地。④转眄：转眼，指时间短。⑤随所之：走到哪里算哪里。

[诗解]

诗的前两句写北城的柝声一歇，启明星就出现在东方，仿佛也在催人早早出发。接下来两句是说听邻鸡的鸣叫、悲悯的哭声，仿佛就像昨日，而今已到了离开这里的时候了。广大人民不断加深的痛苦以及自己没有止境的漂泊，使杜甫对人生产生了一种幻灭感。五、六句写诗人不知去往何处，没有目的地，于是随船远去，浪荡江湖。最后两句写诗人临行时的感叹。自己的脚踏出门后，转眼之间，这里就成为过去了，说明时间过得快。此时诗人已经五十七岁了，一身都是病，全靠药饵来维持，诗人只能“随所之”，走到哪儿算哪儿。

蚕谷行

题解

这首诗作于何年，诸家说法不一，大约作于唐代宗大历元年（766）至大历四年（769）间。

天下郡国向万城①，无有一城无甲兵②！

焉得铸甲作农器[③]，一寸荒田牛得耕[④]？
牛尽耕，蚕亦成。
不劳烈士泪滂沱[⑤]，男谷女丝行复歌[⑥]。

[注释]

①向：将近，差不多。②甲兵：比喻战乱。③焉得：安得，怎得。④一寸：每寸，指不荒废一寸土地。⑤烈士：战士。滂沱：形容大雨，这里是形容落泪的样子。⑥男谷女丝：名词用作动词，即男耕女织。行复歌：一边行走，一边歌唱。

[诗解]

杜甫写这首诗时安史之乱已经基本停息，诗人希望战争能够早日完全结束，让战士们都能够解甲归田，过上安定的生活，真实地反映了当时广大人民的心声。

这首诗的前四句写诗人的构想。全天下的城都没有披甲带戈的兵，把那些兵器销毁，改作农具，没有不能耕种的荒田。诗人在这里给出了一个万城无甲兵的和平构想，勾画出了一幅社会和谐、人民安居的图画。后三句表达了杜甫的理想：田土都得到牛耕，桑蚕可以养成，不让战士泪水滂沱，男耕女织的人边走边欢歌。这是杜甫理想的社会中的劳动大众的理想生活。

登岳阳楼

题解

这是一首五言律诗，是唐代宗大历三年（768）冬杜甫由湖北的江陵、公安又漂泊至湖南的岳州后不久所作。

昔闻洞庭水[①]，今上岳阳楼[②]。
吴楚东南坼（chè）[③]，乾坤日夜浮[④]。
亲朋无一字[⑤]，老病有孤舟[⑥]。
戎马关山北[⑦]，凭轩涕泗流[⑧]。

[注释]

①洞庭水：洞庭湖。②岳阳楼：在湖南省岳阳市，为开元中期的张说所建。③吴楚：吴国和楚国，后来泛指长江中下游地区。坼：分裂。④乾坤：天地，指湖的壮阔，连天地都如同浮在湖面上一样。⑤无一字：没有一点消息。字，书信。⑥有孤舟：在水上漂泊，以舟为家。⑦戎马：军马，这里指战争。⑧凭轩：依靠着楼窗。涕泗流：老泪纵横。涕，眼泪。泗，鼻涕。

[诗解]

岳阳楼

岳州有海内名胜洞庭湖和岳阳楼。诗人初次登岳阳楼，看到壮阔的景色，联想到国家、个人、百姓等等万方多难的现实，始而喜，继而悲，终至涕泗横流，悲伤不已。十几年前，诗人曾写有《登慈恩塔》：“自非旷士怀，登兹翻百忧。”参看这首诗，可以更好地理解诗人这次登楼时的心情。

诗的首联二句互文，写诗人早闻此地名胜，今天终于登上岳阳楼观赏洞庭湖的湖光山色。颔联写诗人怀着喜悦之情观赏洞庭湖的美景，感觉真是无比辽阔，气象万千。颈联笔锋一转，回到现实当中。诗人想到自己来到此地后没有亲朋的消息，同时老病缠身，只有孤舟相伴。诗人的孤独与上一联湖面的壮阔形成了鲜明的对比。尾联写诗人触景感叹。诗人凭轩远眺，想起北方战乱未平，国家艰危，不禁感叹自己的遭遇，继而老泪纵横。

这首诗采用了以乐写悲的手法，语言质朴凝练，对仗工稳自然，意境宏阔。

岁晏行

题解

这是一首七言古诗，当作于唐代宗大历三年（768）冬。诗人到达岳阳时，有感于乱世动荡，百姓贫苦，因此赋诗感叹。

岁云暮矣多北风①，潇湘洞庭白雪中。
渔父天寒网罟（gǔ）冻②，莫徭射雁鸣桑弓③。
去年米贵缺军食④，今年米贱大伤农。
高马达官厌酒肉⑤，此辈杼柚茅茨（cí）空⑥。
楚人重鱼不重鸟，汝休枉杀南飞鸿⑦。
况闻处处鬻（yù）男女⑧，割慈忍爱还租庸⑨。
往日用钱捉私铸⑩，今许铅锡和青铜。
刻泥为之最易得⑪，好恶不合长相蒙⑫！
万国城头吹画角⑬，此曲哀怨何时终⑭？

［注释］

①云、矣：语气助词，无意义。岁暮：年末，指诗题所言的“岁晏”。②罟：鱼网。③莫徭：古代南方少数民族，今瑶族的先民。桑弓：桑木做的弓。④缺军食：缺少军粮。⑤高马：高头大马。达官：显达之官。厌：同“餍”，饱食。⑥此辈：上面提到的渔民、莫徭的猎人等。杼柚：织布机。茅茨：草房。⑦汝：莫徭的猎人。鸿：大雁。这里代指飞禽。⑧鬻：出卖。男女：儿女。⑨割慈忍爱：指父母卖儿女时的痛苦感受。还：交纳。租庸：唐时赋税制度有租、庸、调三种，租是交纳粮食，调是交纳绢绫麻，庸是服役。这里代指一切赋税。⑩私铸：私家铸钱。⑪刻泥：用胶泥刻制铁模。⑫好恶：好钱和恶钱。不合：不应当。⑬万国：普天之下。⑭此曲：画角之声，也指这首《岁晏行》。

［诗解］

安史之乱平息后，唐朝局势仍然一片混乱，藩镇割据，相互混战，百姓深受其苦。这首诗表现的就是安史之乱后广大人民的艰苦生活，表达了诗人忧国忧民之情。

诗的开篇写岁暮的风雪严寒，感叹湘中之人以渔猎谋生的艰辛。接着，叹息无论年成好坏，受害的总是普通百姓。结尾以城头画角之声，抒发无限的哀怨。此诗揭露深刻，忧愤深广，可以看出杜甫“穷年忧黎元”之心，甚至是“到死忧黎元”。

这首诗采用了铺叙的艺术手法，并运用对比手法，有很强的艺术感染力。

南征

题解

这是一首五言律诗，是唐代宗大历四年（769）春杜甫由岳阳去往长沙时所作。诗人此行是要到衡州投靠老友韦之晋。船开之后，诗人深感自己贫病的境遇，还朝和归乡都没有希望，于是赋此诗以遣怀。

春岸桃花水①，云帆枫树林。
偷生长避地②，适远更沾襟③。
老病南征日，君恩北望心④。
百年歌自苦⑤，未见有知音！

［注释］

①桃花水：春水，因水生于桃花开放的时节，因此称“桃花水”。②避地：避难而逃往他乡。③适远：到远方去。沾襟：浸湿衣襟，指伤心落泪。④君：指唐代宗。⑤百年：人的一生，一辈子。

［诗解］

春岸桃花水，云帆枫树林

诗的首联写诗人南行途中见到的春江景色，春水方生、桃花夹岸、云帆一片、枫树成林，构成了一幅美妙迷人的自然图景。

颔联写诗人长年在外颠沛流离，远适南国的羁旅悲愁。面对这样的美景，诗人应该感到高兴才是。然而诗人感到自己时日无多，前途渺茫，忧郁的心情与春江美景很不协调，于是触景伤情，泪水沾襟。

颈联写诗人的矛盾心情。诗人年老多病，应当北归长安，然而命运迫使他向南前往衡湘。诗人在这里运用流水对，“南征日”“北望心”六字，生动表现了诗人的矛盾心情。

尾联写诗人不得不南征的目的。诗人有报国之心，无奈仕途坎坷、壮志未酬。杜甫一生苦吟，没有多少人理解，他不禁发出“未见有知音”的感慨。这正是杜甫晚年生活与思想的自我写照。全诗语言沉重，流露出浓重的伤感气息，可见诗人怀乡忧时的悲苦情怀。

遣　遇

题解

这首诗是唐代宗大历四年（769）杜甫在由岳阳去往长沙的途中所作。舟行于湘江上，诗人看到岸上有民女采摘蕨菜卖钱交税。诗人有感于此，因而赋诗。

磬折辞主人①，开帆驾洪涛。春水满南国，朱崖云日高②。舟子废寝食③，飘风争所操。我行匪利涉④，谢尔从者劳⑤。石间采蕨女，鬻(yù)市输官曹⑥。丈夫死百役⑦，暮返空村号。闻见事略同⑧，刻剥及锥刀⑨。贵人岂不仁？视汝如莠蒿⑩！索钱多门户⑪，丧乱纷嗷(áo)嗷⑫。奈何黠(xiá)吏徒⑬，渔夺成逋(bū)逃⑭！自喜遂生理⑮，花时甘缊(yùn)袍⑯。

［注释］

①磬折：形容弯腰作揖恭敬的样子。磬，一种玉或石做的乐器，为弯曲状。②朱崖：长沙的丹崖。③舟子：船夫。④利涉：利于跋涉。⑤谢：惭愧、抱歉。从者：前文所说的船夫。⑥市：一作“菜”。输官曹：缴纳关税。输，输税。官曹，

官府。⑦死百役：死于各种各样的徭役。⑧略同：大致相同。⑨锥刀：锥刀之利，比喻利益的微小。⑩莠蒿：两种杂生的野草，这里指微贱。⑪多门户：五花八门，一指索要钱财的衙门众多，一指索要钱财的名目众多。⑫丧乱：这里指频繁遭受纷乱的人民。纷嗷嗷：到处啼饥号寒的哭声。⑬黠吏徒：奸猾的小吏们。⑭渔夺：掠夺，指掠夺百姓的财物如渔人取鱼一样。逋逃：本指逃亡的罪人，这里指逃亡在外的贫穷人。⑮自喜：自幸。⑯花时：春暖花开之时。缊袍：用旧絮或碎麻填充的袍子。

［诗解］

遣遇，是指排遣所遇见的叫人愤恨的事情，其实是“遣愤”。

这首诗是杜甫晚年具有代表性的作品。诗中描写了采蕨女的苦难遭遇和人民逃难以致村庄空无一人的现实，诗人心中升起了强烈的忧愤之情。杜甫在诗中对统治者、官吏们为富不仁、横征暴敛的罪恶，进行了无情的揭露和谴责；而对广大人民所遭受的苦难表达了深切的同情。这首诗真实反映了那个动乱时代的社会现实，表现了诗人渴望匡国济民的爱国之情。

宿花石戍

题解

这首诗当为唐代宗大历四年（769）春杜甫由长沙前往衡州时所作。花石戍在长沙之南，诗人在此投宿，并赋诗写景抒情。

午辞空灵岑①，夕得花石戍②。岸流开辟水③，木杂古今树。地蒸南风盛④，春热西日暮。四序本平分，气候何回互⑤？茫茫天地间，理乱岂恒数⑥？系舟盘藤轮，杖策古樵(qiáo)路⑦。罢人不在村⑧，野圃(pǔ)泉自注。柴扉虽芜没⑨，农器尚牢固。山东残逆气⑩，吴楚守王度⑪。谁能叩君门⑫，下令减征赋？

［注释］

①空灵：峡名，从空灵南行四十五里即到花石戍。②夕得：傍晚到达。花石戍：在湘潭南一百五十里。③开辟水：开天辟地以来就有的水。④地蒸：地气蒸腾，指地湿热。⑤回互：往复错互。⑥理乱：治乱。唐人因避高宗李治之讳，而改“治”字为“理”字。恒数：常数或定数。⑦古樵路：樵夫所走的荒僻小路。⑧罢人：疲于征役的人民。不在村：指逃亡一空。⑨柴扉芜没：门内外长满了野草，可见逃亡之久。⑩山东逆气：北方诸降将薛嵩等，他们都目无朝廷，不纳贡赋。残：残余。

⑪守王度：恪守朝廷法度，是说江南地区秩序尚好。⑫君门：君王的宫门。

岸流开辟水，木杂古今树

[诗解]

这首诗写杜甫在宿地所见：菜圃无人浇灌，屋舍被野草芜没。诗人得知当地人因征役过重而纷纷逃亡，因此发兴。诗人在自身处境堪忧的情况下，依然心忧天下，情系苍生。他在诗中希望有人能叩开君王的宫门，诉说穷征暴敛给人民带来的苦难，从而减免百姓的徭役税赋，改善人民的生活处境，抒发了忧国忧民之情。诗中描绘了安史之乱后农村凋敝，人民在死亡线上苦苦挣扎的景象，如实录一般，富有现实意义。

客从

题解

这首诗当为唐代宗大历四年（769）杜甫在长沙时所作。据史书记载，这年三月，朝廷派出御史向商人征税，百姓更加贫困。诗人有感于此，写出了这首寓言式的政治讽刺诗。

客从南溟来①，遗我泉客珠②。
珠中有隐字③，欲辨不成书④。
缄（jiān）之箧（qiè）笥（sì）久⑤，以俟公家须⑥。
开视化为血⑦，哀今征敛无⑧！

[注释]

①南溟：南海。②遗：赠送。泉客：鲛人，也叫泉仙或渊客。古代传说南海鲛人的眼泪能变成珠子。③有隐字：隐约有文字。④书：文字。⑤缄之：将珠宝封藏起来。箧笥：藏物的箱子。⑥俟：等待。公家须：赋税。⑦化为血：化为乌有。⑧征敛无：财物都被剥夺一空。

[诗解]

诗人在这首诗中巧妙、准确地运用了传说，从摩尼珠中想到“有隐字”，比喻民间疾苦皇上不能知晓；从鲛人弃珠想到珠化为血，比喻朝廷征收的都是人民的血泪。“征伐诛求寡妇哭”，“已诉征求贫到骨”，便是这首诗的主题。

诗人在首联仿汉乐府民歌“客从远方来，遗我双鲤鱼”的格式，但别生新意。这里的“客”和“我”都是诗人虚构的。南海来的泉客送给“我”一个珠子。颔联写珠子中隐约有字，但是无法辨清。因为珠子是由眼泪变成的，所以诗人从珠子上想到“有隐字”，即是“泪”字。诗人在这里说明统治者剥削的财物都包含着广大人民的血泪。颈联写诗人把珠子藏在箱子里，等待着朝廷的征敛。诗人在尾联点明写诗的主旨。诗人用珠子化为血联想开来，说原有的财物都被剥夺一空，而官府的征敛，仍有加无减，意在说明而今再无可供搜刮的了。

清明二首

题解

这两首七言排律，大概是唐代宗大历四年（769）春天在湖南时所作。诗人到达长沙，看到当地清明时节的景事，激发了怀古伤今、思君恋阙的悲伤之情，于是写下此诗。

朝来新火起新烟，湖色春光净客船

其一

朝来新火起新烟①，湖色春光净客船②。绣羽衔花他自得③，红颜骑竹我无缘④。胡童结束还难有⑤，楚女腰肢亦可怜。不见定王城旧处⑥，长怀贾傅井依然⑦。虚沾焦举为寒食，实藉严君卖卜钱。钟鼎山林各天性⑧，浊酒粗饭任吾年⑨。

［注释］

①新火：重新点燃炊火。古代有清明前一日禁火寒食，到了清明再重新起火的习俗。②客船：诗人所乘之船。③绣羽：美丽的羽毛，指春天丰美的禽鸟。④红颜：儿童。因为儿童大都面容红润。⑤胡童结束：少数民族儿童的服装。难有：偶尔有之。⑥定王：刘发。⑦贾傅：贾谊，因做过长沙太傅，故称。⑧钟鼎：古代祭祀时使用的器具，这里比喻有权势。山林：平民和隐者的居住之地，比喻普通人。⑨任吾年：消磨自己剩余的岁月。

其二

此身漂泊苦西东，右臂偏枯半耳聋①。寂寂系舟双下泪②，悠悠伏枕左书空[3]。十年蹴鞠(cù jū)将雏远[4]，万里秋千习俗同[5]。旅雁上云归紫塞[6]，家人钻火用青枫[7]。秦城楼阁烟花里，汉主山河锦绣中[8]。春去春来洞庭阔，白蘋愁杀白头翁[9]。

[注释]

①半耳聋：杜甫晚年左耳失聪。②双下泪：两眼流泪。③伏枕：卧病。书空：这里是说用手指在空中虚画字形。④十年：杜甫自唐肃宗乾元二年（759）十二月入蜀以来至此凡十年有余。蹴鞠：古代的一种踢球运动。将雏：携带幼子。⑤同：同于故乡。指同于唐都长安，可见诗人的恋阙之心。⑥紫塞：泛指北方的关塞。相传秦筑长城时，所用土为紫色，所以说"紫塞"。⑦钻火：相传燧人氏教人钻木取火，诗人用此事代指清明重新起火。青枫：楚地的一种树木。与北方多榆、柳不同，楚地多枫，所以钻火用青枫。⑧汉主：代指唐代宗。⑨白头翁：诗人自谓。

[诗解]

这首的诗体为七徘，是古代诗人很少创作的诗体。

这是一首触景伤情、感慨入怀的作品。第一首诗写的是诗人清明初到长沙的所见和所感。诗人见物感兴，叙写自已的悲惨遭遇，最后以高洁自守的志向收尾。第二首诗在内容上是第一首的继续和发展，写诗人每次携家人漂流异乡都会遇上清明，强调漂泊之感，情感真挚饱满。从这两首诗中可以看出杜甫晚年的健康状况和他"自强不息"的积极精神。

北　风

题解

这首诗是唐代宗大历四年（769）春暮，杜甫到达潭州后所作。诗人在行进时遇到大风，为避大风在新康江入湘江处停留了两天两夜。到第三天早上，风势有所减弱，诗人就催促船主开船，并写了此诗记述避风的感受。

春生南国瘴(zhàng)[1]，气待北风苏[2]。向晚霾(mái)残日，初宵鼓大炉。爽携卑湿地，声拔洞庭湖。万里鱼龙伏，三更鸟兽呼。涤除贪破浪[3]，愁绝付摧枯[4]。执热沉沉在[5]，凌寒往往须。且知宽病肺，不敢恨危途。再宿烦舟子[6]，衰容问仆大[7]。今晨非盛怒[8]，便道即长驱。隐几看帆席[9]，云山涌坐隅(yú)[10]。

[注释]

①瘴：南方山林中的湿热之气。②气：发于春天的瘴热潮湿之气。③涤除：瘴气被强劲的北风一下吹走了。贪破浪：是说自己贪图凉爽，想要乘风起程。④摧枯："摧枯拉朽"的省略，形容北风的强劲之势。⑤执热：湿热难解。⑥再宿：再住一夜。⑦衰容：诗人的病容。⑧盛怒：形容风势的盛大。⑨隐几：凭依着几案。⑩坐隅：坐在船舱的角落中。

隐几看帆席，云山涌坐隅

[诗解]

这首五言排律，写的是诗人所乘之船在沩河入湘江的今新康镇一带的情形。诗的前八句写北风的威力，含蕴深邃，寄意绵远，并非为写气候而写气候。中间八句写强劲的北风，驱除了长沙江面的郁闷之气，使忧愁消解些许；后四句又写风平息后船可长驱前进，这使诗人神驰心旷。

全诗节奏鲜明，充满生活实感，自然又有神韵。诗中对于北风声势的描写豪壮有气势，而对避风感受的叙写则十分惬意舒缓。

咏怀二首

题解

这两首诗为唐代宗大历四年（769）春杜甫自潭州赴衡州途中所作。诗人自年初从岳阳向南，至此已经将近三个月了，走走停停，途中因病痛的折磨加上归乡无日，还朝无期，使诗人不禁赋诗感慨。

其　一

人生贵是男①，丈夫重天机②。未达善一身③，得志行所为④。嗟余竟轗(kǎn)轲⑤，将老逢艰危。胡雏逼神器⑥，逆节同所归⑦。河雒(luò)化为血⑧，公侯草间啼⑨。西京复陷没，翠盖蒙尘飞⑩。万姓悲赤子⑪，两宫弃紫微⑫。倏(shū)忽向二纪⑬，奸雄多是非。本朝再树立⑭，未及贞观时。日给在军储⑮，上官督有司⑯。高贤迫形势，岂暇相扶持。疲苶(nié)苟怀策，栖屑无所施[17]。先王实罪己[18]，愁痛正为兹。岁月不我与，蹉跎病于斯。夜看丰城气[19]，回首蛟龙池。齿发已自料，意深陈苦词[20]。

［注释］

①贵是男：《列子·天瑞》载："男尊女卑，故以男为贵。"②天机：天时之机。③未达：人不能实现自己的抱负。④得志：有机会施展一技之长。⑤轗轲：困顿，不得志。⑥胡雏：安禄山。神器：古时祭祀神灵、祖先时所用的器具，这里指国家。⑦逆节：归顺安禄山的变节之人。⑧化为血：变为血染之域。⑨公侯：朝中的达官显贵。⑩翠盖：皇帝的仪仗之一，这里代指皇帝。⑪万姓：黎民百姓。悲赤子：悲伤的如出生婴儿的哭号一般。⑫两宫：唐玄宗和唐肃宗。紫微：比喻京城。⑬向二纪：古人以十二年为一纪，从安史之乱到唐代宗大历四年（769）时已经过去十五年，因此说"向二纪"。⑭本朝：唐代宗朝。再树立：代宗朝时平定河北、驱逐吐蕃一事。⑮日给：日常生活所需要的用品。⑯有司：有关的下属衙门。⑰栖屑：形容奔走不安的样子。⑱先王：唐肃宗。其在位之时，曾在诏书中痛斥杜甫。⑲丰城气："丰城剑气"的略称。⑳苦词：此诗。

其　二

邦危坏法则[1]，圣远益愁慕[2]。飘飖(yáo)桂水游[3]，怅望苍梧暮[4]。潜鱼不衔钩，走鹿无反顾[5]。皦(jiǎo)皦幽旷心[6]，拳拳异平素。衣食相拘閡[7]，朋知限流寓[8]。风涛上春沙，千里侵江树。逆行少吉日[9]，时节空复度[10]。井灶任尘埃[11]，舟航烦数具[12]。牵缠加老病，琐细隘(ài)俗务。万古一死生，胡为足名数。多忧污桃源[13]，拙计泥铜柱。未辞炎瘴(zhàng)毒，摆落跋(bá)涉惧。虎狼窥中原[14]，焉得所历住。葛洪及许靖[15]，避世常此路[16]。贤愚诚等差[17]，自爱各驰骛。羸(léi)瘠且如何[18]，魄夺针灸屡[19]。拥滞僮仆慵，稽留篙师怒。终当挂帆席，天意难告诉。南为祝融客[20]，勉强亲杖屦(jù)。结托老人星[21]，罗浮展衰步[22]。

［注释］

①法则：法纪与制度。②愁慕：忧愁和仰慕。③飘飖：随风摆动的样子。④苍梧：即苍梧山，传说舜帝埋葬于此。⑤潜鱼、走鹿：诗人自喻。是说自己如同潜鱼、走鹿一般四处奔走，无非是为了全身远祸而已。⑥皦皦：清白。⑦拘閡：阻碍、拘束。⑧限流寓：受限于流寓。⑨逆行：逆江而行。⑩时节：清明节。⑪井灶：故乡。⑫数具：诗人多次乘舟远行。⑬污桃源：玷污桃源。⑭虎狼：安禄山、史思明的降

飘飖桂水游，怅望苍梧暮

将。⑮葛洪：东晋道教学者、炼丹家，曾隐居在罗浮山炼丹。许靖：三国时期蜀国人，曾因避难到交州。⑯此路：诗人南征所行之路。⑰等差：品第井然有序。⑱羸瘠：诗人自谓。⑲魄夺：夺魄，挽救性命。⑳祝融：祝融峰，为南岳衡山七十二山峰之一。㉑老人星：象征长寿的星宿。㉒罗浮：罗浮山，在广东博罗境内，因葛洪曾在此山修炼，此山成为道家的圣地。

［诗解］

第一首诗追溯了国家纷乱的局面，安禄山作乱导致朝野倾覆皇帝出逃，生民涂炭血流遍野，十余年的动荡全是因奸雄而起。等到唐王朝从战乱中挣脱出来，却已经不复往时的风采，能人贤士也迫于时局的窘迫而无暇扶持他人，所以诗人也无从施展自己的抱负，他感叹岁月蹉跎，不由地悲从中来。

第二首诗叙写行踪，诗人四处漂泊，缺衣少食非常困窘，天高地迥，舟车劳顿，却不能得到亲朋的帮助。而此时他老病缠身，又为世间俗务所牵绊，令诗人不得不大发感慨：人生倏忽一世，为何只为一个功名？而今天下纷乱，不如远远躲开，避乱求仙去吧。这看似超然，实则饱含诗人对时局和人生无奈的感慨。

暮秋枉裴道州手札，率尔遣兴，寄递，呈苏涣侍御

题解

这首七言古诗是杜甫于唐代宗大历四年（769）秋在长沙所作。题目中所说“裴道州”，是道州刺史裴虬，他赴任时杜甫曾赋诗相送。

久客多枉友朋书，素书一月凡一束。虚名但蒙寒暄问[1]，泛爱不救沟壑辱[2]！齿落未是无心人[3]，舌存耻作穷途哭[4]！道州手札适复至，纸长要自三过读。盈把那须沧海珠？入怀本倚昆山玉[5]。拨弃潭州百斛（hú）酒，芜没潇岸千株菊。使我昼立烦儿孙[6]，令我夜坐费灯烛。

忆子初尉永嘉去[7]，红颜白面花映肉。军符侯印取岂迟？紫燕𫘧（lù）

耳行甚速[8]。圣朝尚飞战斗尘，济世宜引英俊人[9]。黎元愁痛会苏息[10]，戎狄跋扈徒逡(qūn)巡[11]。授钺(yuè)筑坛闻意旨[12]，颓纲漏网期弥纶[13]。郭钦上书见大计[14]，刘毅答诏惊群臣[15]。

他日更仆语不浅[16]，明公论兵气益振。倾壶箫管黑白发[17]，舞剑霜雪吹青春[18]。宴筵(yán)曾语苏季子[19]，后来杰出云孙比[20]。茅斋定王城郭门[21]，药物楚老渔商市[22]。市北肩舆每联袂，郭南抱瓮(wèng)亦隐几。

无数将军西第成[23]，早作丞相东山起[24]。鸟雀苦肥秋粟(sù)菽(shū)[25]，蛟龙欲蛰寒沙水[26]。天下鼓角何时休？阵前部曲终日死。附书与裴因示苏，此生已愧须人扶[27]。致君尧舜付公等[28]，早据要路思捐躯[29]！

［注释］

道州手札适复至，纸长要自三过读

①寒暄问：一种嘘寒问暖的客套语。②泛爱：泛泛地表示同情。③齿落：诗人形容自己的老态。④舌存：用张仪事，表达自己的壮心尚存。⑤沧海珠、昆山玉：形容裴虬手札的珍贵。⑥烦儿孙：劳烦儿子扶持他。“儿孙”二字，为复词偏义，指儿子，因为杜甫这时并没有孙子。⑦初尉永嘉：唐玄宗天宝十三载（754），裴虬任永嘉（今浙江温州）县尉。诗人曾作《送裴二虬尉永嘉》相送。⑧紫燕：汉文帝良马名。騄耳：周穆王八骏之一。⑨英俊：代指裴虬。⑩会：定会。⑪徒：空，白白地。⑫授钺筑坛：古时大将出征或大吏赴任，朝廷要授钺筑坛，并授以节钺。钺，大斧，以示其可专刑杀。闻意旨：亲承皇帝的意旨。⑬颓纲漏网：当时朝纲败坏，法网不严。纲、网，比喻国家的法制。弥纶：弥缝，修补。⑭郭钦：晋武帝朝任侍御史。⑮刘毅：晋武帝时人，以直陈朝政著称当时。⑯更仆：更换侍仆，因为谈话时间太长，仆人都累了，需要更换。语不浅：这里指军国大事无所不谈。⑰黑白发：使白发变黑，极言欢乐，所谓“白间生黑丝”。黑，用为动词。⑱霜雪吹青春：形容剑舞的美妙，即使在春天，仍觉得寒光霜气逼人。霜雪，形容剑光。⑲苏季子：苏秦，季子是他的字，战国时期的纵横家，才能出众。⑳云孙：据《尔雅》言，第七世孙为云孙。此因苏涣和苏

饯行

秦姓氏相同，因此以远代祖孙比之。㉑茅斋：苏涣的居处。定王城：长沙城，长沙有定王庙。㉒药物楚老：诗人自谓，诗人向来有卖药谋生之习。渔商市：杜甫居处。㉓西第：城西的府第。㉔东山起：起于东山。㉕鸟雀：比喻小人。㉖蛟龙：比喻贤者。蛰：潜藏。㉗已愧：诗人此时已经五十八岁，却无所建树，因此说“已愧”。㉘致君尧舜：辅佐皇上成为尧舜一般的君主。公等：裴、苏二公。㉙要路：显要的官位。

[诗解]

这首诗可分四段。开头至“令我夜坐费灯烛”十四句为第一段，写裴虬的来信，称其是弥足珍贵的。“忆子初尉永嘉去”至“刘毅答诏惊群臣”为第二段，写祝贺裴虬飞黄腾达，并希望裴虬能够有所作为。“他日更仆语不浅”至“郭南抱瓮亦隐几”为第三段，由湘江宴会饯别的往事说及苏涣，可见诗人与苏涣交情颇深。苏涣与裴虬的情况不同，因此诗人对裴虬是期待，对苏涣则是同情。“无数将军西第成”以下至最后为末段，是说国家局势不妙，劝勉裴虬、苏涣二人报效国家，是寄诗给裴虬和呈苏涣的本意。

诗人此时已是老病极衰，但仍把致君安民的愿望寄托在朋友们身上，可见其执着和积极的精神。

楼上

题解

这是一首五言律诗，当为杜甫在唐代宗大历四年（769）漂泊长沙时所作。杜甫所居之楼临江而立，有感于家国之忧，于是赋成此诗。

天地空搔首①，频抽白玉簪（zān）。
皇舆三极北②，身事五湖南③。
恋阙劳肝肺④，论才愧杞楠⑤。
乱离难自救，终是老湘潭。

[注释]

①空搔首：搔头也无法解决问题，形容一筹莫展。②皇舆：指国君。三极北：传

说地有四极，皇舆在东、西、南之北，因此说“三极北”。③五湖：我国五个湖泊，具体所指说法不一，一般指具区、兆滆、彭蠡、青草和洞庭。④恋阙：恋主。劳肝肺：五内俱劳，形容思念之心极其苦切。⑤愧杞楠：愧对栋梁之材。杞楠，都是高大乔木，材质坚硬，此指栋梁之材。

皇舆三极北，身事五湖南

［诗解］

这首诗写诗人在孤楼上极目远眺，俯仰天地，有感于朝廷在北而自己在南，漂泊终老于异乡，却难以自救，表达了诗人的悲哀之情。

诗的首联写极其阔大的景象。诗人登楼远望，联想到现实是“乾坤含疮痍”，自己却“无力整乾坤”，一筹莫展，唯有搔头，而搔头也无法解决问题，因此说“空搔首”。颔联写京城远在极北之地，自己却身在五湖的南面。颈联写诗人始终将救民于水火的希望寄托于皇帝身上。尾联直抒胸臆，写在动荡乱离中，诗人尚不能自救，何来报国，只怕会老死湖南，表达了诗人沉痛悲凉的离愁和身世之叹。

追酬故高蜀州人日见寄并序

题解

此诗作于唐代宗大历五年（770），是杜甫的一首血泪之作。杜甫作此诗之时，高适已经去世了，因此说“追酬”。

开文书帙中①，检所遗忘②，因得故高常侍适③，往居在成都时，高任蜀州刺史。人日相忆见寄诗，泪洒行间④，读终篇末。自枉诗，已十余年；莫记存殁，又六七年矣！老病怀旧，生意可知。今海内忘形故人⑤，独汉中王瑀与昭州敬使君超先在⑥。爱而不见，情见乎辞。大历五年正月二十一日，却追酬高公此作，因寄王及敬弟⑦。

自蒙蜀州人日作，不意清诗久零落⑧。今晨散帙(zhì)眼忽开，迸(bèng)泪幽吟事如昨。呜呼壮士多慷慨⑨，合沓高名动寥(liáo)廓⑩。叹我凄凄求友篇⑪，感君郁郁匡时略⑫。锦里春光空烂熳(màn)⑬，瑶墀(chí)侍臣已冥寞⑭。潇湘水国傍鼋鼍(yuán tuó)，鄠(hù)杜秋天失雕鹗(è)。

长笛邻家乱愁思，昭州词翰与招魂

东西南北更谁论[15]？白首扁舟病独存！遥拱北辰缠寇盗[16]，欲倾东海洗乾坤。边塞西蕃最充斥[17]，衣冠南渡多崩奔[18]。鼓瑟至今悲帝子[19]，曳裾(jū)何处觅王门？文章曹植波澜阔[20]，服食刘安德业尊[21]。长笛邻家乱愁思，昭州词翰与招魂！

［注释］

①帙：书套。②检：查检。③常侍：高适曾做过左散骑常侍，议政官之一。④行：行间，即字里行间，指高适的诗。⑤忘形：不拘形迹，任性自然。⑥汉中王瑀：唐宗室李瑀，封汉中王。昭州：今广西平乐。⑦敬弟：敬之比诗人年龄小，又是“忘形故人”，所以这样亲切地称呼他。⑧久零落：杜甫将高适的赠诗卷在了书卷里面，因此“久零落”。⑨呜呼：语气词，这里为叹美之意。壮士：高适，高适能诗，也能用兵。⑩合沓：重叠复沓。动寥廓：动天地。寥廓，天空。⑪叹我凄凄：高适在诗中对诗人的遭遇表示了深切的同情，因此说“叹我凄凄”。求友篇：高适赠诗。⑫郁郁：抑郁而不得伸。匡时略：济时的谋略。⑬锦里：指成都草堂，追溯当时唱和所在。⑭瑶墀：玉阶，指朝廷。冥寞：死亡。⑮更谁论：是说现在自己任凭如何漂泊再也没人关心了。⑯北辰：朝廷。⑰西蕃：吐蕃。充斥：充塞，众多。⑱衣冠南渡：安史之乱后，中原衣冠士庶，多逃到江南地区，因此借用晋元帝南渡之事。崩奔：逃窜避乱。⑲鼓瑟、帝子：《楚辞·九歌·湘夫人》：“帝子临兮北渚。”又《远游》篇：“使湘灵鼓瑟兮。”帝子和湘灵都是指尧的女儿，也就是舜的妃子娥皇和女英。相传舜死于苍梧之野，二妃悲泣，投湘水死，遂为湘灵（湘水女神），常鼓瑟悲歌。⑳曹植：三国魏宗室，文学家，封为陈王。㉑服食：服食丹药。刘安好神仙，

使湘灵鼓瑟兮

传说其曾白日升天。刘安：西汉宗室，封淮南王，因此作比。

［诗解］

蜀州，高适赠诗时为蜀州刺史，故称其当时官职。人日，古时习俗相传农历正月初七日为“人日”。传说女娲在创造苍生时，先后造出了鸡、狗、猪、羊、牛、马等动物，并在第七天造出了人，因此初七为人的生日。

这首诗的内容大致是：诗人从书卷中发现赠诗的经过；对高适才望的赞颂；回忆自己与高适之间的友谊；哀悼高适之死；讲高适对自己的关切和敬意；谈论高适所关心的国家局势；最后引用多个典故，写自己对高适的怀念之情。

奉赠萧十二郎使君

题解

这首诗当为唐代宗大历五年（770）春杜甫在长沙时所作。萧十二郎是谁已不可考，其在诗人之前任严武的幕府任郎官，后出任县令。严武与其母亲的丧事都是由萧十二郎来办的，萧十二郎还费心照顾严家，可谓古道热肠。这时萧十二郎在湖湘任刺史，诗人遂赠诗诉旧。

昔在严公幕，俱为蜀使臣[1]。艰危参大府[2]，前后间清尘。起草鸣先路[3]，乘槎(chá)动要津。王凫聊暂出[4]，萧雉只相驯[5]。终始任安义[6]，荒芜孟母邻[7]。联翩匍匐礼[8]，意气死生亲[9]。张老存家事[10]，嵇康有故人[11]。食恩惭卤莽，镂骨抱酸辛。巢许山林志[12]，夔(kuí)龙廊庙珍[13]。鹏图仍矫翼，熊轼(shì)且移轮。磊落衣冠地，苍茫土木身。埙篪(xūn chí)鸣自合[14]，金石莹逾新。重忆罗江外[15]，同游锦水滨。结欢随过隙[16]，怀旧益沾巾。旷绝含香舍[17]，稽留伏枕辰[18]。停骖(cān)双阙早[19]，回雁五湖春。不达长卿病[20]，从来原宪贫[21]。监河受贷粟(sù)[22]，一起辙中鳞[23]。

［注释］

①使臣：郎官。②艰危：严武再度镇蜀时，正是高适在蜀失地之后，因此说“艰危”。大府：公府，此处指严武幕府。③起草：这里指舍人。唐制，凡诏令皆由舍人起草，因此唐朝常用“起草”称“舍人”。④王凫：王乔飞凫入朝的故事，比喻萧十二郎暂时出任县令。⑤萧雉：用萧芝为郎官的故事，比喻萧十二郎再为郎官。⑥任安：据《汉书》记载，霍去病为骠骑将军，越来越显贵，卫青门下之人见此纷纷投入霍去病门下，唯独任安没有去，诗人用此典故喻指萧十二郎重信义而非趋炎附势之徒。⑦荒芜：严母在严武去世后的境况十分惨淡，也指萧十二郎境况萧条。孟母：孟子的母亲为选择良好的成长环境，三次迁居，择邻而处。诗人用此典

故喻严母教子有方。⑧联翩：接连而来，指萧十二郎接连办理了两次丧事。匍匐：形容萧十二郎办丧事时竭尽全力。⑨死生亲：视死如生。⑩张老：春秋时晋国大夫张孟。⑪故人：嵇康的朋友山涛。⑫巢许：尧帝时的隐士巢父和许由，此处为诗人自比。⑬夔龙：舜时两位大臣的名字，一位是乐官，一位是纳言。⑭埙篪：古代的两种乐器，埙为陶土制成，篪为竹子制成。⑮罗江：地名，在今四川绵阳西南。⑯过隙：形容时间过得飞快。⑰含香：郎官。⑱伏枕：卧病在床。⑲停骖双阙：不再驾车入朝，指自己久断朝谒。⑳不达：不奉达，指不告诉萧十二郎。长卿：指司马相如。病：司马相如患有消渴疾。㉑原宪：孔子的弟子子思，其人虽贫，但是节操不改，此处为诗人自喻。㉒监河：监河侯。庄子家庭贫穷，曾贷粟于监河侯。㉓辙中鳞：涸辙之鱼，比喻自己急切需要救助。

许由

[诗解]

这是一首排律，全诗除首、尾两联外，全部使用对仗句，格律严整，用典贴切，表达了诗人对萧十二郎由衷的赞美，同时委婉地表示了自己处境艰难，希望能够得到帮助。当初在艰危之时，萧十二郎和诗人一同在严武幕下，之后他像孝子萧芝一样做了郎官，接着又像仙人王乔那样成为县令。他始终坚守道义，在严武与其母相继亡故之时，感念旧情，竭尽全力为两人操办丧事，这样视死如生的行为真是令人敬重，可以与教导赵武的张孟和保护嵇康之子的山涛相提并论。诗人说自己无非是山野之人，而萧十二郎才是国家的栋梁，虽然二人身份有别，但是情谊相投，坚如金石。诗人回想当初携手同游的往事，一时的欢聚如白驹过隙，想到这里不禁令人潸然泪下，沾湿衣襟。而今诗人像司马相如一样患病卧床，又如同原宪一样贫苦，这样的境况有口难言，于是不得不写信给萧十二郎，像庄子向监河侯借粮那样请求帮助，希望萧十二郎像对待涸辙之鱼那样施以援手。

小寒食舟中作

题解

这首律诗是唐代宗大历五年（770）杜甫在潭州时所作。

佳辰强饮食犹寒①，隐几萧条戴鹖(hé)冠②。

春水船如天上坐，老年花似雾中看。

娟娟戏蝶过闲幔(màn)③，片片轻鸥下急湍④。

云白山青万余里，愁看直北是长安。

[注释]

①强饮：勉强地喝点酒。饮，一作“饭”。寒：因禁火，故冷食。②隐几：凭几。鹖冠：隐士的冠。③娟娟：形容蝴蝶嬉戏。闲幔：一作“开幔”。④片片：形容白鸥身体之轻。

[诗解]

小寒食，指寒食的次日、清明的前一天。杜甫抵达潭州后一直住在船上，诗中写寒食的次日在船中的感受，表达了诗人暮年漂泊异乡却仍关心国家安危的思想感情。

古时从寒食到清明三日禁火，因此诗的首句说“佳辰强饮食犹寒”，到佳辰日，诗人虽在老病当中，但还是打起精神来饮酒。次句刻画了诗人在舟中的孤寂形象，诗人虽然身不在官，但依然时刻忧心时局。

春水船如天上坐，老年花似雾中看

三、四句紧接前两句，传神地写出了诗人在舟中的所见所感。春来水涨，诗人在舟中漂荡起伏犹如坐在天上；诗人年迈，老眼昏蒙，看岸边的花草犹如隔着一层薄雾，真假难辨。

五、六句写舟中江上的景物。前一句写舟中近景，蝴蝶穿过布幔而过；次句写舟外远景，片片白鸥轻快地逐流飞翔，向远方而去。

末尾两句总收全诗，写诗人的思绪随着绵延不断的青山白云引开去，愁思凝聚到了正北方的长安。“愁”字总括全诗的思想感情，表达诗人对国家的忧虑之情。

江南逢李龟年

题解

这首诗是唐代宗大历五年（770）杜甫在长沙时所作，杜甫于此年去世，此诗也是杜甫绝句中最晚的也最有名的一首。大历五年暮春时节，杜甫和流落的宫廷歌唱家李龟年在潭州重逢，回忆起在岐王和崔九的府第二人频繁相见和自己听歌的情景，他百感交集，于是写下此诗。

岐(qí)王宅里寻常见①，崔九堂前几度闻②。

正是江南好风景，落花时节又逢君。

［注释］

①岐王：唐玄宗的弟弟、唐睿宗的儿子李范，以好学爱才著称，雅善音律。②崔九：中书令崔湜的弟弟崔涤、唐玄宗的宠臣，经常出入皇宫，曾任秘书监，他在同族弟兄辈中排行第九，故称“崔九”。

［诗解］

李龟年是盛唐时期声名赫赫的音乐家，但其生卒、籍贯、出身等均不详，只知大概活动于唐玄宗开元至代宗大历年间，擅长歌唱，也会作曲。安史之乱后，李龟年流落江湘地区。

诗人在前两句追忆往昔与李龟年的接触，流露出对“开元全盛日”的深情怀念。回忆是美好的，但是改变不了眼前的现实。后两句写诗人和李龟年重逢于山明水秀的湖南，本该高兴才是，却相逢于“落花时节”。这里在写景的同时，将两人都已年迈、社会动乱凋敝包含其中，意味深长。

这首诗抒发了动荡时代故人重逢时的沉痛心情，暗寓对往昔的无限眷恋、对现实的深沉慨叹，以及对今昔对比、人情聚散的千般感触。此诗语言平易，而含意极深远，凝结着四十多年的时代沧桑、人生巨变。昔盛今衰构成了尖锐的对比，使读者深入感到诗情的深沉与凝重。

奉酬寇十侍御锡见寄四韵复寄寇

题解

这首五言律诗是唐代宗大历五年（770）暮春杜甫在潭州所作。寇锡到岭南后给诗人寄诗一首，杜甫于是作此诗作答，寄到岭南。

往别郇(xún)瑕地①，于今四十年②。

来簪(zān)御府笔③，故泊洞庭船④。

诗忆伤心处⑤，春深把臂前⑥。

南瞻按百越⑦，黄帽待君偏⑧。

［注释］

①往别：惜别。郇瑕：古代地名，指山西临猗一带晋国故地。②于今：至今。③御府笔：据《魏略》记载，殿中侍御史，簪白笔，坐在皇帝的侧面。④洞庭船：

寇锡曾经来到诗人的船中访问。⑤诗忆：寇锡寄给自己的诗。⑥春深：二人在船中相见的时光。把臂：握臂，形容相见时非常亲热。⑦百越：古代岭南地区。⑧黄帽：诗人自谓。

来簪御府笔，故泊洞庭船

［诗解］

杜甫在此诗中回忆四十年前与寇侍御在山西郇瑕相聚一事。

首联诗人叙述了四十年前来过郇瑕，并在那里结识了韦之晋和寇锡。颔联写寇锡以侍御史的身份来到长沙时，拜访了自己。颈联写寇锡寄给自己的诗提到了伤心之处，自己不由想起当时在船中相见的时光。尾联写诗人向南面瞻望百越，等待着有朝一日再次与寇锡相见。这首诗抒发了人生聚散无常的感慨，有悲有喜。

入衡州

题解

这首诗当为唐代宗大历五年（770）夏杜甫在衡州时作。

兵革自久远①，兴衰看帝王②。汉仪甚照耀③，胡马何猖狂④。老将一失律⑤，清边生战场⑥。君臣忍瑕垢，河岳空金汤。重镇如割据⑦，轻权绝纪纲。军州体不一⑧，宽猛性所将⑨。嗟彼苦节士⑩，素于圆凿方⑪。寡妻从为郡，兀者安堵墙⑫。凋弊惜邦本⑬，哀矜存事常⑭。旌麾(huī)非其任⑮，府库实过防⑯。恕己独在此，多忧增内伤。偏裨(bì)限酒肉，卒伍单衣裳。元恶迷是似⑰，聚谋泄康庄。竟流帐下血，大降湖南殃。烈火发中夜⑱，高烟焦上苍。至今分粟(sù)帛，杀气吹沅(yuán)湘⑲。

福善理颠倒⑳，明征天莽茫㉑。销魂避飞镝，累足穿豺狼。隐忍枳棘刺，迁延胝(zhī)跰(jiǎn)疮(chuāng)㉒。远归儿侍侧，犹乳女在旁。久客幸脱免，暮年惭激昂。萧条向水陆，汩(gǔ)没随鱼商㉓。报主身已老，入朝病见妨。悠悠委薄俗，郁郁回刚肠。

萧条向水陆，汩没随鱼商

参错走洲渚，春(chōng)容转林篁(huáng)㉔。片帆左郴(chēn)岸㉕，通郭前衡阳㉖。华表云鸟埤(pí)，名园花草香。旗亭壮邑屋，烽橹(lǔ)蟠(pán)城隍。中有古刺史㉗，盛才冠岩廊。扶颠待柱石，独坐飞风霜㉘。昨者间琼树㉙，高谈随羽觞(shāng)㉚。无论再缱绻(qiǎn quǎn)㉛，已是安苍黄㉜。剧孟七国畏㉝，马卿四赋良㉞。门阑苏生在㉟，勇锐白起强㊱。

问罪富形势，凯歌悬否臧㊲。氛埃期必扫，蚊蚋(ruì)焉能当。橘井旧地宅，仙山引舟航㊳。此行厌暑雨，厥(jué)土闻清凉。诸舅剖符近㊴，开缄(jiān)书札光㊵。频繁命屡及，磊落字百行。江总外家养，谢安乘兴长。下流匪珠玉㊶，择木羞鸾皇㊷。我师嵇叔夜㊸，世贤张子房。柴荆寄乐土㊹，鹏路观翱翔㊺。

[注释]

①兵革：作战用的武器、盔甲，比喻战争。自久远：自古以来。②看帝王：取决于帝王的意思。③汉仪：汉代的礼法制度，这里指唐法。④胡马：发动安史之乱的叛军。⑤老将：哥舒翰。一失律：指哥舒翰失守潼关一事。⑥生战场：变成了征战之地。⑦重镇：本指要地，此处指拥兵自重的河北诸降将。⑧体不一：政体不一，即各自为政。⑨性所将：任由自己的性格做事而不守朝廷政令。⑩苦节士：指湖南观察使兼御史中丞崔瓘。《旧唐书》记载，其为官清廉，政在简肃，恭礼守法。⑪圆凿方：圆凿方枘之内，圆孔是不能容纳方榫的，这里喻指崔瓘正直而不善应变。⑫兀者：残疾人。⑬惜邦本：

嵇康

爱惜老百姓。⑭哀矜：哀怜。存事常：指崔刺史能以安民为务。⑮旌麾：本指旗帜，这里指统领军队。非其任：并非他所能胜任。⑯府库：代指财务。实过防：过于注意防范。⑰元恶：元凶，指臧玠。迷是似：不明真相被人迷惑，这里指臧玠借缺军饷而迷惑众听。⑱中夜：半夜。⑲沅湘：沅水和湘水，泛指长沙一带。⑳理颠倒：事理被颠倒了，指崔瓘不应该死。㉑明征：明显的证验。天莽茫：天道神秘不可测。㉒胝趼：因为走路过多，脚上起了水泡。㉓汩没：船只驶入急流中。随鱼商：跟随着渔船商船一起逃难。㉔舂容：原指钟声的回荡相应，这里指从容。篁：竹林，泛指竹子。㉕左郴岸：郴州在衡州的东南，从诗人舟行的方位看，在左前方，故称“左郴岸”。㉖衡阳：衡州州治。㉗古刺史：有古风的刺史，指衡阳刺史阳济。㉘独坐：指阳济，当时兼任御史中丞。据《史记》载，东汉光武帝改御史长史为中丞，与尚书、司隶校尉朝位皆专席而坐，京师号为“三独坐”。飞风霜：堪当御史之任。㉙昨者：昨天，诗人抵达衡阳之日。琼树：喻指阳济。据《世说新语》记载，毛曾尝与夏侯玄并坐，时人谓“蒹葭依玉树”，此处即取其意。㉚羽觞：酒杯。㉛无论：且不说。再缱绻：多次表示出深情厚谊，这里指阳济对诗人很好。㉜苍黄：惶恐不安的样子。㉝剧孟：西汉洛阳人，任侠豪爽，闻名河南，因为苏涣年轻时为盗，狂放任侠，因此以剧孟相比较。㉞马卿：司马相如，西汉文学家，善赋。四赋：司马相如曾作《子虚赋》《上林赋》《哀二世赋》及《大人赋》。此处用司马相如喻指苏涣有文才。㉟苏生：苏涣。㊱白起：战国时期的秦国名将，因军功被封为武安侯，此处比喻苏涣善战的才能。㊲悬：悬殊。否臧：臧否，好坏、得失，比喻叛军和联军的军事力量对比鲜明。㊳橘井、仙山：都在郴州。相传西汉文帝时，苏耽在州东山成仙。㊴诸舅：诗人的舅舅崔伟。㊵开缄：拆开书信的封套。㊶下流：诗人自谓身居卑贱。㊷择木：择木而栖。㊸嵇叔夜：嵇康，字叔夜，三国时人。㊹乐土：指郴州。㊺观翱翔：看诸公平定叛乱立功。

张良

[诗解]

唐代宗大历五年（770）四月，臧玠之乱爆发，湖南兵马使臧玠杀死潭州刺史兼湖南都团练观察使崔瓘，占据潭州起来叛乱。杜甫当时正在潭州，不幸遇上这场兵祸，于是携带家人离开长沙，又溯湘江再入衡州避难，想要由此继续南行，前往郴州投奔其舅崔伟。诗中记叙了安史之乱以来世事的纷乱，以及这场兵祸给潭州人民带来的苦难，哀叹贤能的崔瓘死于战乱中。叙述了全家仓促避难而转入衡州的经历，最后说了自己今后的打算。

白 马

题解

这是一首五言古体诗，作于唐代宗大历五年（770）四月。臧玠之乱于此月爆发，当时在潭州的杜甫不得不携带家人南前往衡州。这首诗便是诗人在途中见到负伤的战马载着空空的马鞍，身中双箭急驰而来的场景，有感而发。

白马东北来，空鞍贯双箭①。
可怜马上郎，意气今谁见？
近时主将戮(lù)②，中夜伤于战③。
丧乱死多门④，呜呼泪如霰(xiàn)⑤！

［注释］

①空鞍：空空的马鞍，说明马的主人已死。②主将：潭州刺史兼湖南都团练观察使崔瓘。③中夜：半夜。④死多门：死于各种劫难。⑤霰：小冰粒，多在下雪前或下雪时出现。

［诗解］

诗人离开蜀地后，辗转漂泊，贫困交加，一直没有安身的地方。在四处漂泊的途中，诗人看到国家兵连祸结，民生凋敝，心中十分痛苦。因此，当杜甫在逃难途中看见白马载着空空的马鞍，身体中了双箭急驰而来，知道白马的主人已经在战乱中死去，因而伤心落泪。诗人通过对这两匹马的不幸遭遇的描写，表达了自己“天寒关塞深”的悲惨处境以及人民“丧乱死多门”的不幸遭遇，生动反映了当时的社会现实。

逃 难

题解

根据末句可知，这首诗大概作于唐代宗大历五年（770），也就是杜甫躲避臧玠之乱之时。

五十白头翁①，南北逃世难②。
疏布缠枯骨，奔走苦不暖。
已衰病方入，四海一涂炭③。
乾坤万里内，莫见容身畔④。
妻孥(nú)复随我⑤，回首共悲叹。

故国莽丘墟⑥，邻里各分散。

归路从此迷，涕尽湘江岸。

[注释]

①白头翁：诗人于唐肃宗至德元年（756）开始逃难，当时四十五岁，次年由安史乱军中逃归，头发已经尽白了。②南北：从南到北，指所漂泊地方之多。③四海一涂炭：是说全国各地的百姓都处于水深火热之中，无有例外。涂炭，烂泥和炭火，比喻极其困苦的境地。④畔：边际。⑤妻孥：妻子和儿女。⑥莽：莽莽然，形容草木丛生的样子。

五十白头翁，南北逃世难

[诗解]

这首诗是杜甫给自己一生的逃难作了一次总结。

诗的前四句写逃难的艰辛。诗人五十岁时就变成白头老翁，是因为流浪南北，到处逃难，食不果腹、衣不蔽体。次四句写四处漂泊无处安身。此时诗人年老多病，生活困苦，全国各地的百姓都处于水深火热之中，以致无法找到容身之地。接下来四句写诗人的悲叹。妻子、儿女虽然在身边，但是故乡已变成杂草丛生的废墟，邻居也各奔东西，回想过去不禁发出悲叹。末尾两句写诗人已经迷失了回家的道路，因此泪洒湘江。

题衡山县文宣王庙新学堂呈陆宰

题解

这是一首五言古诗，当是杜甫于唐代宗大历五年（770）夏天所作。贞观四年（630），诏令州县学建孔子庙，唐玄宗开元二十七年（739），谥孔子为文宣王。杜甫参观了衡山县新建成的文庙，有感于该县县令在乱世中的兴学之举，不禁喜出望外，于是赋诗记述此事。

旄(máo)头彗紫微①，无复俎(zǔ)豆事②。金甲相排荡③，青衿(jīn)一憔悴④。呜呼已十年，儒服弊于地⑤。征夫不遑(huáng)息，学者沦素志。我行洞庭野，欻得文翁肆⑥。侁(shēn)侁胄(zhòu)子行⑦，若舞风雩至⑧。周室宜中兴，孔门未应弃。是以资雅才，涣然立新意。衡山虽小邑，首唱恢大义⑨。因见县尹心，根源旧宫閟(bì)⑩。讲堂非曩(nǎng)构⑪，大屋加涂塈(xì)⑫。下可容百人，墙隅(yú)亦深邃。何必三千徒⑬，始压戎马气⑭。林木在庭户，密干叠苍翠。有井朱夏时，辘轳(lù lu)冻阶戺(shì)⑮。耳闻读书声，杀伐灾仿佛。故国延归望，衰颜减愁思。南纪改波澜⑯，西河共风味⑰。采诗倦跋(bá)涉⑱，载笔尚可记⑲。高歌激宇宙⑳，凡百慎失坠㉑。

[注释]

①旄头：星宿名称。古人认为旄头星特别亮时，预示有战争发生。彗：扫帚，用作动词，引申为侵犯。紫微：紫微垣，星宿的名称，古人认为是皇室的象征。②俎豆事：祭祀孔子之事。俎豆，古代祭祀用的器具，常常用来代指祭祀。③金甲：身穿金甲的人，也就是武夫。相排荡：相互攻击对打。④青衿：古代读书人穿青衿，这里代指读书人。⑤儒服：比喻孔子的儒教事业。⑥文翁肆：学堂。⑦侁侁：也写作“莘莘”，众多。胄子：古代称帝王或贵族长子，这里指县学生员。⑧舞风雩：指诸生员都受过孔学的教化。⑨首唱：即首倡。大义：陆宰兴学之事。⑩宫：学宫。⑪曩构：原来的规模。⑫涂塈：同“塈”，指用泥涂饰。⑬三千徒：孔子的学生。据《史记·孔子世家》记载，孔子以诗书礼乐教，弟子盖三千焉。⑭戎马气：兵战之气。⑮冻阶戺：形容井水的冰凉。阶戺，台阶。⑯改波澜：比喻远离了战乱的潭州。⑰西河：水名，在龙门附近，位于济水和黄河之间。据《史记》载，孔子的学生子夏曾在西河居住，教授学生，做魏文侯的老师。这里是说学堂中读书声不绝于耳，颇有西河的风味。⑱采诗：采民间歌谣作诗。⑲载笔：援笔。⑳高歌：指此诗。㉑凡百：指世人。

讲堂非曩构，大屋加涂塈

[诗解]

这首诗可分为四个部分。第一部分写诗人慨叹由于国家局势的动荡不安，导致文教的废弛；第二部分记述了文庙的兴建，并将建庙的功绩归于陆县令；第三部分写新修学堂环境的幽静以及学生学习的情形；最后一部分写诗人在参观这个新建成的文庙后，有感而发，赋诗记述此事，以期可以传诸后世。

聂耒阳以仆阻水，书致酒肉，疗饥荒江，诗得代怀，兴尽本韵。至县，呈聂令。陆路去方田驿四十里，舟行一日，时属江涨，泊于方田

题解

这是一首五言古诗，是杜甫最后一首谢人送食的诗，当作于唐代宗大历五年（770）夏天。诗人为了躲避臧玠之乱，携家由长沙到衡阳，此时他的舅父崔伟做了郴州的录事参军，写信让他去，此诗即赴郴途中所作。

耒(lěi)阳驰尺素①，见访荒江渺②。义士烈女家③，风流吾贤绍。昨见狄相孙④，许公人伦表⑤。前朝翰林后，屈迹县邑小⑥。知我碍湍涛，半旬获浩溔(yǎo)⑦。麾(huī)下杀元戎⑧，湖边有飞旐(zhào)⑨。孤舟增郁郁⑩，僻路殊悄悄。侧惊猿猱(náo)捷，仰羡鹳(guàn)鹤矫⑪。礼过宰肥羊⑫，愁当置清醥(piǎo)⑬。人非西喻蜀⑭，兴在北坑赵。方行郴(chēn)岸静⑮，未话长沙扰。崔师乞已至⑯，澧(lǐ)卒用矜少⑰。问罪消息真，开颜憩(qì)亭沼⑱。

［注释］

①尺素：书信。②见访：是说聂县令让手下持书信来到自己船上。渺：渺茫。③义士：聂政。烈女：即聂政的姐姐。这里称赞聂县令的家世。据《史记·刺客列传》记载，聂政为严仲子杀韩相侠累后自杀，其姐嫈伏其尸体旁哀痛哭泣，死在了聂政的旁边。④昨见：昔见。狄相孙：唐朝武则天时期的宰相狄仁杰的孙子博济。杜甫在夔有《寄狄明府博济》云："梁公曾孙我姨弟。"即指此人。⑤许：许聂公。表：表率。⑥屈迹：屈任。因为聂令的祖父曾经做过翰林，而他现在只做个小小的地方官，不在朝廷之上，所以这样说。⑦浩溔：水弥漫无际的样子。⑧元戎：潭州刺史崔瓘。⑨飞旐：崔瓘灵柩所悬之素旐。⑩郁郁：形容心情郁结。⑪矫：举。⑫礼过宰肥羊：聂

孤舟增郁郁，僻路殊悄悄

令送的大概是牛肉，据记载，古人祭祀所献的牺牲中，牛、羊、豕三者具备为“太牢”，无牛只有羊、豕则为“少牢”，因此有“礼过”之说。⑬愁：指杀元戎。清醥：清酒。⑭人：诗人自称。西喻蜀：司马相如曾出使过西蜀，作有《喻巴蜀檄》，并告谕巴蜀，以安民心。诗人用此事，说明自己未负有传檄的责任。⑮郴岸：前往郴州途中的耒水岸。⑯崔师：讨伐臧玠之徒的军队。⑰澧卒：同“崔师”，指讨伐臧玠之徒的军队。⑱开颜：露出微笑。憩：游息。

[诗解]

聂耒阳，即耒阳县令聂某，其名不详。诗人舟行至耒阳县境内的方田驿时，遇到江水涨起，不得不在此地停泊一段时间，幸好得到耒阳县令聂某的救济，才渡过难关。诗人因此赋诗记录此事以表示感谢，并亲自到县城面呈聂县令。通过这首诗，可以了解诗人杜甫去世前的生活状况和思想状况。这首诗一韵到底，兴尽本韵。

暮秋将归秦，留别湖南幕府亲友

题解

这是杜甫最后的一首五律，当为唐代宗大历五年（770）秋诗人在长沙时所作。这年四月，长沙的臧玠之乱已经平息，诗人改变原来南下郴州的计划，又由耒阳折回长沙，想要北归。深秋时，万事俱备，只欠东风——盘缠了。贫困交加的诗人只好求助亲友，虽然希望亲友资助，却说得委婉含蓄，不涉寒乞之相。

水阔苍梧野①，天高白帝秋②。
途穷那免哭③？身老不禁愁④。
大府才能会⑤，诸公德业优⑥。
北归冲雨雪⑦，谁悯敝貂裘⑧？

水阔苍梧野，天高白帝秋

[注释]

①水阔：湘水流域广阔。②白帝：思秋之神。③那免哭：暗用阮籍事。《晋书·阮籍传》记载，阮籍率意独驾，不走平常之路，走到路的尽头，就痛哭而返。诗人以此喻自己穷途末路之状。④不禁：禁不起，不堪忍受。⑤大府：唐时称节度使府为“大府”，这里指湖南幕府。会：汇聚。⑥诸公：幕府中的诸亲友。⑦冲雨雪：冒着风霜雪雨，比喻北归的路途艰难。⑧敝貂裘：诗人用战国

时期的苏秦游说秦国失败而归之事，喻自己的北归也是失败而终。

[诗解]

这首诗先从行船所见的景色落笔，描写湘水的广阔和秋季苍天的高远。水远天高，这种空旷寂寥的景象令诗人悲从中来，天地之大，却没有他安身之处，于是不免潸然泪下，而他孤单老迈，又禁受不住如此愁苦。接着诗人笔锋一转，开始描写诸位亲友，幕府之中人才济济，而他们是其中的佼佼者。这样的赞叹与前文诗人的处境形成了鲜明的对比，更加反衬出诗人处境的困窘。于是收束点题，亲友们在幕府中身受优待，自己却在北归途中忍耐霜雪，在这个时候谁又会哀怜他呢？求助的意味含而不露，无一点媚态，却令人不由动容。

长沙送李十一衔

题解

这是一首七言律诗，当为杜甫于唐代宗大历五年（770）秋所作。李十一衔，即李衔，排行十一，两人曾经一起在同谷县避难。这年秋天，李衔路过长沙，与诗人相见后即将分别，诗人遂作此诗相赠。

与子避地西康州①，洞庭相逢十二秋②。
远愧尚方曾赐履，竟非吾土倦登楼③。
久存胶漆应难并④，一辱泥涂遂晚收⑤。
李杜齐名真忝（tiǎn）窃⑥，朔云寒菊倍离忧⑦。

与子避地西康州，洞庭相逢十二秋

[注释]

①避地：因避乱而寄居他乡。西康州：同谷，今甘肃成县。②十二秋：杜甫于唐肃宗乾元二年（759）冬寓居同谷，至唐代宗大历五年（770），共十二年。③非吾土、倦登楼：借用东汉末年王粲避乱荆州之事。王粲作《登楼赋》，曾慨叹说："虽信美而非吾土兮，曾何足以少留！"诗人用此事指代自己滞留荆州。④胶漆：比喻朋友之间坚不可破的友谊，说李衔对自己的友谊坚如胶漆。应难并：应无人可比并。⑤泥涂：草野，比喻地位低下。晚收：老去无成。⑥李杜：后汉李固和杜乔、李云和杜众、李膺和杜密，皆齐名，并称为"李杜"。忝窃：自谦之辞，是说愧于和李衔齐名。⑦倍离忧：李衔大概是由长沙返回长安，因此更引起了杜甫的故国之思，因此说"倍离忧"。

［诗解］

这首诗的内容可分为两部分。前半部分主要叙述诗人与李衔在同谷分别后的事情，后半部分写诗人感念李衔的相知，感伤重逢不久却要离别。前两句写诗人与李衔在洞庭湖久别重逢。三、四句写诗人向朋友叙述别后十二年来的行踪。诗人在这里借用王乔、王粲事迹，写自己在此为客日久。五、六句感叹李衔对自己的友谊坚如胶漆，也正因诗人已困泥涂，才见识到与李衔的友谊如此坚固。末尾两句写两人重逢不久却将要离别。李衔这次大概是从长沙返回长安，这无疑加剧了杜甫思念家乡的情感，所以诗人说“倍离忧”。

这首诗写得浑朴，有初唐时期作品的气息。

风疾舟中伏枕书怀三十六韵奉呈湖南亲友

题解

这篇五言排律是诗人的绝笔，当为唐代宗大历五年（770）年冬所作。当时诗人风疾病复发，躺在由长沙往岳阳经洞庭湖的船上。看着船外浩瀚的洞庭湖，诗人预感自己将不久于人世，百感交集，于是写下这首长律。

轩辕休制律，虞(yú)舜罢弹琴。尚错雄鸣管①，犹伤半死心②。圣贤名古邈(miǎo)③，羁旅病年侵。舟泊常依震④，湖平早见参⑤。如闻马融笛⑥，若倚仲宣襟⑦。故国悲寒望⑧，群云惨岁阴⑨。水乡霾(mái)白屋⑩，枫岸叠青岑⑪。郁郁冬炎瘴(zhàng)⑫，蒙蒙雨滞淫⑬。鼓迎非祭鬼⑭，弹落似鸮(xiāo)禽⑮。兴尽才无闷，愁来遽(jù)不禁。生涯相汩没⑯，时物正萧森⑰。

疑惑尊中弩(nǔ)⑱，淹留冠上簪(zān)⑲。牵裾(jū)惊魏帝，投阁为刘歆(xīn)⑳。狂走终奚适㉑，微才谢所钦㉒。吾安藜(lí)不糁(sǎn)㉓，汝贵玉为琛(chēn)㉔。乌几重重缚㉕，鹑(chún)衣寸寸针㉖。哀伤同庾(yǔ)信㉗，述作异陈琳㉘。十暑岷(mín)山葛㉙，三霜楚户砧(zhēn)㉚。叨陪锦帐座，久放白头吟㉛。反朴时难遇，忘机陆易沉㉜。应过数粒食㉝，得近四知金。

春草封归恨㉞，源花费独寻㉟。转蓬忧悄悄㊱，行药病涔(cén)涔㊲。瘗(yì)夭追潘岳㊳，持危觅邓林。蹉跎翻学步㊴，感激在知音㊵。却假苏张舌㊶，高夸周宋镡(xín)㊷。纳流迷浩汗㊸，峻(jùn)址得嵚(qīn)崟(yín)㊹。城府开清旭㊺，松筠(jūn)起碧浔(xún)㊻。披颜争倩倩㊼，逸足竞骎(qīn)骎㊽。朗鉴存愚直㊾，皇天实照临！

公孙仍恃险[50]，侯景未生擒[51]。书信中原阔[52]，干戈北斗深[53]。畏人千里井，问俗九州箴(zhēn)。战血流依旧，军声动至今。葛洪尸定解[54]，许靖力难任[55]。家事丹砂诀[56]，无成涕作霖[57]！

［注释］

①错雄鸣管：用错了律管，指调不准琴音。②半死：语带双关，一指琴是半死之铜所制，一指自己的心已经半死。③圣贤：指轩辕、虞舜等客死于荆州之地的圣人前贤。邈：远。④常依震：每每靠在东方。震，东方。⑤湖：洞庭湖。参：参星，西方七宿之一，也称为“晓星”，冬季夜空中最亮的星星。⑥马融笛：马融是东汉文学家，善吹笛，有《长笛赋》。⑦仲宣：三国时期王粲的字，王粲曾作《登楼赋》云：“凭轩槛以遥望兮，向北风而开襟。”⑧寒望：在冬寒之时远眺。⑨岁阴：岁晚，秋冬为阴。⑩霾：水汽如雾。白屋：茅屋。⑪青岑：青山，指山色尚青。⑫郁郁：形容热气很盛。湖南地暖，十月仍在穿单衣，还有摇扇子的，因此诗人这样说。炎瘴：湿热之气。⑬蒙蒙：形容微雨。滞淫：细雨连绵。⑭鼓迎：鼓声迎来。非祭鬼：不是该祭祀的鬼神。⑮鸮：猛禽名，即猫头鹰，不祥之鸟。⑯汩没：沉沦。⑰时物：岁时景物。⑱尊中弩：即杯弓蛇影，比喻疑神疑鬼。⑲冠上簪：朝簪。⑳投阁：扬雄为刘歆之子刘棻所牵连，怕被株连，于是从阁上跳下欲自杀。这句为了趁韵，故借用其父名。㉑狂走：奔走不停，指弃官客秦州及流寓蜀湘以后，不停地迁徙。终奚适：终究到何处安身。㉒微才：诗人自谦之词。所钦：所敬佩的人，这里是反语，指显贵朝官。㉓藜不糁：藜叶为羹汤而没有米粒，说明自己穷。糁，米粒。㉔汝：显贵朝官。琛：宝玉。这里加上“汝贵”二字，不是真的赞扬，而是反讽。㉕乌几：乌皮几，即乌羔皮所裹的凭几，指诗人心爱的一张桌子。诗人从成都起便一直将其带在身边，因日久损坏，需要用绳子层层缚起来。㉖鹑：鸟名，形似小鸡，鸟尾短秃，此处用来形容衣服的破旧。寸寸针：补而又补。㉗同庾信：自己和庾信一样都遭受了丧乱之苦。庾信曾流落北朝，作《哀江南赋》。㉘陈琳：东汉末人，

舟泊常依震，湖平早见参

为建安七子之一。这里自谦不如陈琳有才能，因此说“异陈琳”。㉙十暑：诗人自唐肃宗乾元二年（759）入蜀，至唐代宗大历三年（768）出峡，共十年。岷山：点明是在蜀。葛：葛衣，暑天穿的衣服。㉚三霜：自唐代宗大历三年（768）出峡至今已三年，所以说“三霜”。砧：捣衣石。㉛白头吟：汉乐府民歌有《白头吟》，这里借用，含有年老之意。㉜忘机：忘却一切荣辱贵贱，不去计较。㉝过：超越。数粒食：极言自己之穷。㉞封：封隔或封断。这里是说北归不能实现。㉟源花：桃源之花，陶渊明作有《桃花源记》，相传即在湖南。费独寻：不能独访，诗人到湖南后想要找个安身之处，但是找不到，因此说“费独寻”。㊱悄悄：忧心忡忡的样子。㊲行药：吃药后散步缓行以宣散药气。涔涔：烦闷，这里是说药不见效。㊳瘗：埋葬。夭：早死。㊴蹉跎：耽误了光阴。学步：指邯郸学步，语出《庄子·秋水》：“寿陵余子学行于邯郸，未得国能，又失其故步，直匍匐而归耳。”㊵知音：湖南的亲友。㊶假：借重。苏张：苏秦和张仪，皆为战国时期的纵横家，长于论辩，这里比喻湖南的亲友。㊷镡：剑鼻，也称剑环或剑珥，即剑柄下形如覆盂的东西。㊸纳流：河海。浩汗：水大的样子。㊹嵚崟：小而高的山。㊺城府：长沙，湖南观察使府署在长沙。清旭：早晨的光辉。㊻�：竹。碧浔：湘江，府衙所在地。浔，水边。㊼披颜：开颜。倩倩：笑貌。㊽逸足：良马。骎骎：马奔驰的样子。㊾朗鉴：明鉴，指亲友。存：包涵、体谅。愚直：诗人的谦称。㊿公孙：公孙述，东汉末人，曾称帝于四川。四川有“西蜀地形天下险”之称，因此有“恃险”一说。51侯景：南朝梁的叛将，曾陷台城。这里指当时作乱的军阀，如湖南的臧玠。52中原：洛阳，即诗人故乡。阔：阔绝。53干戈：战乱。北斗：长安。深：深重。54尸定解：是说必死在道路上。55许靖：《三国志·蜀志·许靖传》记载，许靖到处漂泊逃难，诗人以此自比。56丹砂诀：炼丹之方。57涕作霖：泪如雨下。

战血流依旧，军声动至今

［诗解］

这首诗的基调是忧苦，依照诗的标题，大体可以划分为四段，每段紧扣这个基调，从不同的角度抒发了自己的忧思愁苦。

从开头到“时物正萧森”句为第一部分，从正面入题，从风疾写起，接写舟行湖中的所见所感，着重表现病苦，引发了漂泊而不堪回首的往事。

第二部分是第一部分之后的转折，从

图书在版编目（CIP）数据

图解杜甫集 /（唐）杜甫著；崇贤书院释译 .
— 合肥：黄山书社，2021.9
（中华古典珍品）
ISBN 978-7-5461-9737-1

Ⅰ . ①图… Ⅱ . ①杜… ②崇… Ⅲ . ①杜诗－诗集
Ⅳ . ① I222.742

中国版本图书馆 CIP 数据核字（2021）第 196909 号

出 品 人　贾兴权
选题策划　贾兴权　汤吟菲
编辑统筹　刘　春
责任编辑　刘　春　汤吟菲
装帧设计　观止堂 _ 未　氓　朱　璇
责任印制　李　磊
出版发行　时代出版传媒股份有限公司（http://www.press-mart.com）
　　　　　黄山书社（http://www.hspress.cn）
地址邮编　合肥市政务文化新区翡翠路 1118 号出版传媒广场 7 层　230071
印　　刷　安徽联众印刷有限公司
版　　次　2021 年 10 月第 1 版
印　　次　2021 年 10 月第 1 次印刷
开　　本　700 mm × 1000 mm　1/16
字　　数　400 千字
印　　张　18.5
书　　号　ISBN 978-7-5461-9737-1
定　　价　27.80 元

服务热线　0551-63533706
销售热线　0551-63533761

官方直营书店（https://hsss.tmall.com）

“疑惑樽中弩”到“得近四知金”句，写诗人回顾往事，着重表现自己漂泊蜀地的困苦。

第三部分从“春草封归恨”到“皇天实照临”句，写奉呈亲友，感谢诸位亲友对自己在湖南期间的照顾，表现了诗人做客异乡、孤苦无依的悲苦。

第四部分从“公孙仍恃险”到末尾，笔势宕开，是对全篇的总结。诗人叹息国家战乱不止，从而伤感自己将要逝于道路之中，表达出无限深长的人生悲苦。

杜甫在诗中叙述了自己的病情，回顾了半生颠沛流离之苦，并向亲友托付了后事，充满凄切动人的家国之忧。

瘗天追潘岳，持危觅邓林